本书受教育部人文社会科学重点研究基地重大项目（项目批准号：13JJD750007）和黑龙江大学对俄问题研究专项重点项目（项目批准号：DEZ1905）资助，为黑龙江大学俄罗斯语言文学与文化研究中心学术成果

教育部人文社会科学重点研究基地重大项目成果丛书
Publication Series: MOE Supported Projects of Key Research Institutes of Humanities and Social Sciences in Universities

语言文学类 Language and Literature

当代俄罗斯大国重建中的文艺战略研究

田刚健　张政文　著

中国社会科学出版社

图书在版编目（CIP）数据

当代俄罗斯大国重建中的文艺战略研究/田刚健，张政文著．—北京：中国社会科学出版社，2019.6

ISBN 978-7-5203-4603-0

Ⅰ.①当… Ⅱ.①田…②张… Ⅲ.①文艺—发展战略—研究—俄罗斯—现代 Ⅳ.①G151.2

中国版本图书馆 CIP 数据核字（2019）第 122348 号

出 版 人	赵剑英
责任编辑	张 潜
责任校对	崔芝妹
责任印制	王 超

出　　版	中国社会科学出版社
社　　址	北京鼓楼西大街甲 158 号
邮　　编	100720
网　　址	http://www.csspw.cn
发 行 部	010-84083685
门 市 部	010-84029450
经　　销	新华书店及其他书店
印　　刷	北京明恒达印务有限公司
装　　订	廊坊市广阳区广增装订厂
版　　次	2019 年 6 月第 1 版
印　　次	2019 年 6 月第 1 次印刷
开　　本	710×1000　1/16
印　　张	21
插　　页	2
字　　数	334 千字
定　　价	98.00 元

凡购买中国社会科学出版社图书，如有质量问题请与本社营销中心联系调换
电话：010-84083683
版权所有　侵权必究

目　　录

绪　论 ·· (1)
 一　选题意义 ·· (2)
 二　文献综述 ·· (6)
 三　关键词界定 ·· (13)
 四　研究思路 ·· (17)
 五　研究方法 ·· (18)

第一章　苏联时期及俄罗斯联邦初期文艺战略的历史沿革 ············ (21)
 第一节　苏维埃政权初期的文艺战略评述 ································ (22)
  一　苏维埃文化 ·· (22)
  二　苏维埃文化政策指导下的文化革命 ······························ (27)
  三　苏维埃政权初期文艺战略的主要成就与不足 ·················· (30)
 第二节　斯大林至勃列日涅夫时期的文艺战略概述 ··················· (31)
  一　斯大林时期社会主义现实主义文艺政策的
    一花独放及其影响 ·· (32)
  二　赫鲁晓夫时期文化政策极端化后的解冻与封冻 ············· (36)
  三　勃列日涅夫时期的文艺战略的收紧与反复 ··················· (39)
 第三节　戈尔巴乔夫时期的文艺战略概述 ······························· (41)
  一　戈尔巴乔夫的"改革新思维"与苏维埃的
    文化变革 ·· (41)
  二　"民主化"和"公开性"在文化领域的集中体现 ············ (44)
  三　"新思维"和"公开化"下苏维埃文艺的最后历程 ·········· (46)

第四节 叶利钦时期的俄罗斯文艺与文化发展评述 ……………（49）
  一 苏联解体后俄罗斯社会的整体精神惶惑和
    文化危机 ………………………………………………（50）
  二 叶利钦时期俄罗斯政府挽救文化危机的
    政策举措 ………………………………………………（55）
本章小结 ……………………………………………………………（58）

第二章 "新俄罗斯思想"
     ——当代俄罗斯文艺战略之核心理念 ……………（61）
第一节 "俄罗斯思想"的历史演进与基本内涵 …………………（62）
  一 "俄罗斯思想"的诞生与演化 ……………………………（63）
  二 "俄罗斯思想"的基本内涵与主要特点 …………………（69）
第二节 普京"新俄罗斯思想"的生成境遇与文化谱系 …………（73）
  一 普京"新俄罗斯思想"的生成境遇 ………………………（73）
  二 普京"新俄罗斯思想"的文化谱系 ………………………（75）
本章小结 ……………………………………………………………（81）

第三章 "新俄罗斯思想"与文化软实力提升战略
     ——当代俄罗斯文艺战略的利益诉求 ……………（83）
第一节 "新俄罗斯思想"统摄下的文化软实力提升战略 ………（83）
  一 文化软实力概说及其国内与国际的两个向度 …………（84）
  二 普京关于文化软实力的战略思考 ………………………（87）
  三 当代俄罗斯文化软实力提升战略 ………………………（89）
第二节 东正教复兴背景下的意识形态重建
     ——文化软实力提升战略的国内向度 ……………（91）
  一 普京执政前的意识形态真空与东正教复兴潮流 ………（91）
  二 帝国崇拜、国家认同和道德净化 ………………………（94）
  三 东正教复兴背景下意识形态重建与当代
    俄罗斯文艺战略 ………………………………………（99）
第三节 双头鹰民族性格与文化大国形象塑造
     ——文化软实力提升战略的国际向度 ……………（105）

一　俄罗斯民族东西方双重性格 ……………………………（106）
　　二　双头鹰民族性格与普京欧亚联盟的文化外交战略 ………（109）
　　三　双头鹰民族性格在俄罗斯文化大国形象塑造中的
　　　　功能与表征 ……………………………………………（112）
　本章小结 …………………………………………………………（124）

第四章　当代俄罗斯文艺战略的主要形态 …………………………（126）
　第一节　当代俄罗斯文艺战略的法律基础
　　　　　——《俄罗斯联邦宪法》和《俄罗斯联邦文化
　　　　　立法基础法》 …………………………………………（127）
　　一　《俄罗斯联邦宪法》中关于文艺和文化事业的
　　　　规定和表述 ……………………………………………（127）
　　二　《俄罗斯联邦文化立法基础法》的基本内容和
　　　　遵循原则 ………………………………………………（128）
　第二节　文化强国复兴梦的总体规划
　　　　　——《"俄罗斯文化"联邦目标纲要》 ………………（130）
　　一　《俄罗斯文化》的基本内容和总体目标 ………………（132）
　　二　《俄罗斯文化》的实施机制和效果评估 ………………（134）
　　三　《俄罗斯文化》所体现的当代俄罗斯文艺战略的
　　　　主要特点 ………………………………………………（135）
　第三节　国家引导文艺活动的重要方式
　　　　　——当代俄罗斯国家文艺奖述评 ……………………（138）
　　一　当代俄罗斯国家文艺奖的历史沿革 ……………………（139）
　　二　当代俄罗斯国家文艺奖的评选机制 ……………………（145）
　　三　当代俄罗斯国家文艺奖的价值导向 ……………………（156）
　第四节　知识分子传统与文化安全维护
　　　　　——当代俄罗斯艺术教育政策评述 …………………（164）
　　一　知识分子话语传统与俄罗斯艺术教育政策的
　　　　历史因缘 ………………………………………………（165）
　　二　利哈乔夫文艺思想与普京时期艺术教育政策理念的
　　　　内在关联 ………………………………………………（169）

三　现实性、人文性、民族性、国际性 …………………………（175）
　本章小结 ………………………………………………………………（182）

第五章　当代俄罗斯文艺战略的运行模式 …………………………（185）
　第一节　当代俄罗斯国家治理结构的整体改造 ……………………（185）
　　一　强化总统权力，构建强力国家中央政权体系 ………………（186）
　　二　重视市场调控，着力培育和保护市场经济秩序 ……………（187）
　　三　促进社会整合，实现国家秩序的稳定和有序 ………………（188）
　第二节　当代俄罗斯文艺和文化国家管理的主要原则 ……………（189）
　　一　国家利益最大化原则 ………………………………………（189）
　　二　干预方式法制化原则 ………………………………………（190）
　　三　政策导向现代化原则 ………………………………………（191）
　　四　文化管理市场化原则 ………………………………………（193）
　第三节　当代俄罗斯文艺和文化管理的权力分配 …………………（194）
　　一　总统 …………………………………………………………（194）
　　二　联邦会议 ……………………………………………………（196）
　　三　总理及文化部 ………………………………………………（198）
　第四节　当代俄罗斯文艺与文化战略的决策运行机制 ……………（200）
　　一　决策信息的采集与保障 ……………………………………（200）
　　二　政策目标的确定与研判 ……………………………………（202）
　　三　政策立场的协调与探讨 ……………………………………（203）
　　四　具体措施的贯彻与落实 ……………………………………（205）
　　五　实施效果的反馈与修正 ……………………………………（206）
　本章小结 ………………………………………………………………（207）

第六章　当代文艺战略导向下的俄罗斯文艺生态 …………………（208）
　第一节　文学
　　　　　——帝国情怀下的市场行为 ……………………………（208）
　　一　法律保障下作家群体的整体回归与
　　　　文学生产繁荣 …………………………………………（209）
　　二　市场经济体制下的文化活力和文学生产 …………………（212）

三　多元文学思潮中的国家认同和帝国召唤 …………… (215)
　　四　文艺大国重建形势下的文学评论 …………………… (218)
第二节　电影
　　——民族光影工业的复苏新生 ………………………… (221)
　　一　电影产业发展的国家扶植机制 …………………… (223)
　　二　摆脱困境的多元化经营模式 ……………………… (229)
　　三　民族经典与好莱坞模式的结合与反拨 …………… (234)
　　四　俄罗斯电影的世界发行效果及动态 ……………… (240)
第三节　建筑
　　——国家形象传播的符号系统 ………………………… (245)
　　一　当代俄罗斯建筑艺术多元化的基本形态 ………… (245)
　　二　俄罗斯经典古建筑的重建和保护 ………………… (246)
　　三　帝国重建意识下的大规模现代城市建筑兴建 …… (248)
　　四　自由主义新型建筑模式的兴起与创建 …………… (250)
　　五　生态主义建筑艺术的兴起与国家形象塑造 ……… (252)
本章小结 ……………………………………………………… (254)

结语与启示 ………………………………………………… (256)

附　录 ……………………………………………………… (263)

参考文献 …………………………………………………… (309)

后　记 ……………………………………………………… (328)

绪　　论

文艺战略是一个国家执政党及其政府就文艺和文化发展的某些重大问题所提出的理念化、制度化和行为化的政治主张，与国家政治、经济、社会和外交政策紧密相关、相辅相成，构成国家治国理念的整体系统，是国家意志与核心价值在文艺和文化领域的集中体现。大国战略中的文艺战略格局研究作为一门包含政治学、文艺学、文化研究等在内的新兴边缘交叉学科，其研究对象包括文艺战略的价值指向、表现形态、发展历史以及结构体系等。研究一个国家的文艺战略和文化政策对于深入了解和把握其国家意识形态诉求、现代化进程、民族精神建构和文化发展走向等具有重要意义。[①]

俄罗斯作为横跨欧亚大陆、在历史和现实中均对世界具有重要影响的大国，自20世纪90年代起开始其国家整体转型就成为全球范围内制度变迁浪潮中最具代表性、最引人注目的经典案例之一。特别是普京入主克里姆林宫的第一个任期提出了以"新俄罗斯思想"为核心的"控制与发展"总体治国方略和指导思想，采取了一系列改革措施，有效消解了叶利钦时期俄罗斯所面临的政治、经济与社会危机相互作用的"系统性危机"，实现了俄罗斯社会的重新整合，提升了国民生活水平，为俄罗斯的重新崛起创造了必要的经济、政治和心理前提，将经济衰败、社会混乱、国际地位日趋下降的俄罗斯重新带回到了强国之列。其中，文艺战略作为普京振兴计划的重要组成部分对俄罗斯重新崛起到了不可忽视的

[①] 参见李忠尚、尹怀邦、方美琪、刘大椿等《软科学大辞典》，辽宁人民出版社1989年版，第503页；胡惠林：《文化政策学》，山西人民出版社2006年版，第3—6页。

关键作用。当代的文艺战略深植于俄罗斯历史中，彰显着这一横跨欧亚大陆传统强国的现代化强国诉求、宗教信仰和民族个性，是"新俄罗斯思想"在意识形态及文化领域的集中体现，它一改苏联直接命令和叶利钦时期放任自流的做法，以间接引导和规范甚至渗透等形式实施，以恢复俄罗斯帝国传统、重塑国家形象、凝聚民族精神、繁荣文艺产业、增强国家认同和文化软实力为核心，以加强制定法律、法规和发展规划为导向规范保障，以加快推动新型文化市场、文化产业发展和强化俄罗斯民族经典文艺作品的国民教育为主要措施，从而实现在政治上重构国家意识形态、经济上构建文化产业体系、社会管理上塑造新型公民社会、外交上实行大国文化推广的主要政治意图，从而有效破解了俄罗斯政治经济转轨中所遇到的一系列文化难题和文化障碍，为俄罗斯重新崛起起到了重要作用，为包括中国在内的世界各国提供了制定国家文艺战略的有益参考和借鉴。

一 选题意义

（一）拓展当代俄罗斯文艺和文化研究的视野领域

深入研究当代特别是当代俄罗斯大国重建中的文艺战略是拓展当代俄罗斯研究视野、深化中国相关领域研究的迫切需要。俄罗斯作为世界上领土面积最大的国家，不仅是当今全球范围内在经济、政治、军事、外交等方面拥有重大影响力的世界强国，更是在文艺和文化领域具有不可忽视影响力量的文化大国。作为自然地理位置和文化传统均跨越东西方的俄罗斯民族而言，其既不是纯粹的欧洲民族，也不是纯粹的亚洲民族。东方与西方两种因素始终融汇、交错和角力于俄罗斯文化精神中。[1]正是这种东西方文化要素的不断碰撞与整合，不仅构筑了俄罗斯民族独特文化内质，更孕育和诞生了诸如普希金、契诃夫、陀思妥耶夫斯基、屠格涅夫、马雅可夫斯基、康定斯基、拉赫玛尼诺夫、柴可夫斯基等世界文化巨匠。他们以无与伦比的艺术、文化的独特性和开创性为欧洲乃至世界文化提供了具有经典和范式价值的宝贵财富，而以此为坚实基础

---

[1] ［俄］尼·别尔加耶夫：《俄罗斯思想》，雷永生、邱守娟译，生活·读书·新知三联书店1995年版，第3页。

的包括文学、音乐、建筑、舞蹈、电影等在内的俄罗斯当代文艺和文化对于当今世界文化发展具有持续影响。以当代为代表的文艺战略正是指导和引领俄罗斯当代文化发展的重要国家力量和导向，不了解和认识俄罗斯当代文艺战略就很难了解俄罗斯乃至全球当代文艺和文化走向以及与其相关联的国际政治、经济和外交等重大理论和现实问题，通过研究梳理和对比苏联时期、叶利钦时期和当代文艺战略的承续与变迁，有助于把握新俄罗斯文化发展变革的整体脉络，并对其今后政策的取向及改革趋势做出预测，对开拓俄罗斯文化乃至世界文化研究视野具有重要意义。

（二）发掘当代俄罗斯社会转型研究的独特角度

社会转型主要指20世纪最后30年来在世界范围内部分国家实现的从集权主义的政治经济体制向市场经济及民主法治体制转化后所产生的社会形态的转型，而其中又特别指向苏联东欧国家高度集权的政治与指令性计划体制向着市场与民主法治体制转变所伴随的社会形态整体转变。[①]毫无疑问，苏联解体和当代俄罗斯社会转型是涉及全球经济、政治、文化等各领域乃至整个人类发展史的重大事件。自20世纪90年代初独立以来，俄罗斯经历了一场长达10余年的动荡曲折的国家转型历程。以2000年前后为界，后社会主义时期的俄罗斯发展历程呈现出两种截然不同的面貌，叶利钦时期的俄罗斯几乎是俄罗斯历史上最为暗淡的时期之一，处于深刻危机中的俄罗斯一直在苦苦寻求如何克服内部混乱、确定一个大国强国的发展之路；而普京则将新俄罗斯思想确定为崭新的意识形态，以"乱世用重典"的方式悄然实现了政治可控、经济发展、社会稳定的转变，无论是从共时还是历时的视角看，俄罗斯目前的相对实力和绝对实力与苏联解体之初相比都有了长足的发展，俄罗斯重新强势地屹立在国际舞台上，成为牵动国际关系格局与大国关系变迁的重要因素。全球学者都将当代俄罗斯转型作为全球化时期国家治理的重要标本对其历史动因、发展轨迹和建设历程进行研究和思考，并取得了大量研究成果。面对当代俄罗斯转型问题，有的学者从经济视角在新自由主义经济学或

[①] 冯绍雷、相蓝欣主编：《转型理论与俄罗斯政治改革》，上海人民出版社2005年版，第2页。

新凯恩斯主义的逻辑框架内进行讨论，有的从政治学视角在权威主义的资本主义模式的逻辑框架内进行探讨，有的则从军事外交的重回后苏联空间、联合斯拉夫国家的角度研究。然而令人遗憾的是，文艺和文化这一牵涉俄罗斯国家政策制定、社会发展走向、意识形态重建和民族精神等深层影响的重要维度却并未获得足够重视，尤其是对俄罗斯转型中当代文艺战略在意识形态建构、国家形象树立、民族精神凝聚、文化产业发展等方面重要作用和影响之研究更是匮乏，而这正是解开当代俄罗斯社会的转型是否具有普遍价值，这次转型与叶利钦时期的转型是什么关系，俄罗斯重新崛起的起因、动力、机制和走向是什么等围绕俄罗斯转型的整个过程与功能的诸多重大理论和现实问题的有效途径。

（三）提供深化中俄人文合作和推动中国文化强国建设的资政借鉴

中俄两国是在历史和现实中对世界具有重要影响的经济、政治和文化大国，特别在文艺和文化领域自20世纪初至今的各个重要历史时期，苏联及俄罗斯对中国的影响巨大。从历时性角度而言，新中国成立后的17年，因统属由苏联领衔的社会主义国家阵营，中国几乎全方位学习和模仿了苏联的文艺政策和文艺理论，"苏联文艺模式"成了当代中国文艺建设的主要参照系，普列汉诺夫、日丹诺夫等苏共宣传文艺战线领导人的思想以及季莫菲耶夫、毕达可夫等文论教育家的教材著作深刻影响了新中国成立初文艺政策的制定实施和文艺理论学科的建制与发展。文艺从属于政治并为政治服务的基本定位使这一时期的文艺活动具有强烈的政治性、宣传性和教化性，也受到了机械唯物论和庸俗社会学的不良影响，并在"文化大革命"时期达到了最严重的程度。新时期以来，邓小平同志在推动中国社会主义发展转折过程中积极调整了党的文艺政策，深刻反思了苏联模式文化专制主义的弊端，正确地处理和理顺了文艺与政治的关系，恢复了文艺界统一战线，解放了艺术生产力，开创了中国特色社会主义文艺百花齐放的生动局面。苏联解体造成的原有文艺政策模式的全面崩塌以及叶利钦时代俄罗斯思想界之混乱和文艺界之衰落，引起了中国高度关注。这一时期，党和国家领导人进一步深刻总结了冷战时期及俄罗斯建立初期文艺政策和文艺体制的成败得失，站在中国文艺"人民性""民族性"和"创新性"的立场，探讨如何建立一套具有中国特色、适合社会主义文化繁荣和文艺发展的政策，从建设和谐文化的高度、从推动文化事业和文化产业协调发展的角度管理文艺，真正落实了文艺的"二为方针"和"双百方针"，有力推动了中国特色社会主义文艺事业发展。党的十八大以来，以习近平同志为核心的党中央从实现中华民族伟大复兴的中国梦的历史高度，指导中国特色社会主义文艺繁荣发展，将其视为弘扬社会主义核心价值观和确保国家意识形态及文化安全的重中之重。2014年10月15日，习近平总书记主持召开文艺工作座谈会并发表了重要讲话，中共中央颁布了《关于繁荣发展社会主义文艺的意见》，党的十九大报告明确提出了伟大时代成就伟大文艺，要坚持文化自信，谱写中华民族走向复兴的伟大史诗，推动当代中国文论话语建构和中华文化走出去，标志着中国特色社会主义文艺的发展进入了新时代。习近平总书记有关文艺的重要论述高度重视中俄人文交往，提出在"一带一路"倡议框架下和构建人类命运共同体的构想中推进和发展中俄文艺交往，夯实中俄友好的民意基础，为促进人类文明共同发展贡献力量。从共时性的角度看，当前中俄全面战略协作伙伴关系已成为影响和维护世界及地区和平发展和安全稳定的最重要力量之一，中俄作为共同拥有悠久人文传统和辉煌文艺成就的大国，在构建人类命运共同体中是最主要、最重要的战略协作伙伴，文艺交流发展作为中俄人文合作的重要组成部分，对两国和世界文化具有举足轻重的作用。如何辨析两国传统文化中的共性和差异性，通过扬弃文化固有因素，构建适应时代发展的社会核心价值体系，推进国家转型向更深、更高层次发展应当成为中俄文化比较研究的重点之一。因此，如果对当代俄罗斯文艺战略缺乏深入研究，势必会影响中俄人文合作的深化发展，对于中国而言也将在诸如对俄文化推广、文化产业发展和文化合作交流等方面造成障碍和龃龉。因此，从这一角度而言，对当代俄罗斯文艺战略的研究，也是对当代中国文艺和文化发展的具有前瞻性和实践性的研究，在文艺和文化领域中为中俄人文交流与合作的发展提供战略咨询、数据支持和技术保障，为巩固和推动中俄全面战略协作伙伴关系发展做出理论和实践贡献。

综上所述，本书不仅可通过研究评价当代特别是当代俄罗斯文艺战略丰富大国转型期理论，有助于我们理解当代俄罗斯文艺和文化的基本生态面貌、发展形态和生成机制，开启俄罗斯文化史、政治史研究的全新视角和模式，同时也有助于我们提升和深化对文艺与意识形态关系、文艺与国家战略形态、文艺政策对日常生活影响等文艺学、文化学、政治学等领域重要理论问题的科学认识，更为重要的是，以俄罗斯为鉴可以深化对文艺政策制度建设和大国崛起问题、大国形象与文艺推广关系问题、市场经济条件下文艺政策导向和文化产业发展问题、文艺政策与民族文化自信心和凝聚力关系问题等中国文艺文化建设领域的重大理论问题的理解，有助于中国特色社会主义文化强国建设，有利于推进中俄人文合作的协调发展，从而为新时期中俄战略关系可持续的良性发展提供建设性思路和指导，为国家制定对俄方针政策提供资料支撑，具有重要的实践意义和战略价值。

二 文献综述

（一）当代俄罗斯总体治国政策研究概述

2000年以来即普京执政以来国内外对其政策走向、执政理念和治国方略的研究主要呈现为"一个中心"和"纵横双向"的主要特征。"一个中心"即相当多的研究者是以对普京个人的研究为中心，从他的性格特征、人生经历、心理素质、人际交往等来推测他的决策及俄罗斯的未来。这最直接体现为普京的传记编写和翻译上。目前，国内关于普京的传记就有20余种，其中较有特色的如俞邃等著的《普京：能使俄罗斯振兴吗?》，书中在描述普京的同时，也对其内外政策做了简明但精准的概括。中国社会科学院还编辑出版了《普京文集》共两集，收录了1999—2008年普京的文章和讲话。此外，国内主要出版的普京传记类著作还有曲铮编《普京的冷面人生》，何亮亮著《俄国新总统普京传——从克格勃到叶利钦的接班人》，李景龙等著《从克格勃中校到俄联邦总统》，何文著《普京：克宫新主人》，祝寿臣、范伟国编著《通向克里姆林宫之路——普京》，终建舟、王勇编著《铁腕普京》，吕平著《走近普京》，魏眠编著《重振俄国——普京传》，张豫著《一个人的振兴——直面普京》，斯人编译《魅力普京》，易定宏编著《普京凭什么这么牛》，张金良、林志国编著《权力和魅力——透视普京》，周志淳编著《再看普京》，丁志可著《普京大传》，申民编译等《俄罗斯新主：普京》。国内翻译的普京传记主要有列昂尼德·姆列钦著《克里姆林宫的主人——从叶利钦到普京的权力战略》《权力的公式——从叶利钦到普京》、瓦寄姆·佩切涅夫著《普京——俄罗斯最后的机会?》、奥列格·布洛茨基著《通往权力之路——普京：从克格勃到总统》《走出列宁格勒——普京的35个人生瞬间》、穆欣著《普京与幕僚》。另外还有西方记者娜塔利亚·格罗克扬等人的采访录《第一人：普京自述》等。这些著作主要从纵横两个方面描述了普京奋斗成长历程和执政以来的转型调整、政策走向、部署实施等内容。

据统计，在2000年至2012年10月期间，中国知网与国家图书馆收录的涉及普京及当代俄罗斯问题研究的博士论文10篇，其中外交领域研究占近1/3，国内经济问题研究占1/4多；硕士论文231篇，其中外交研究近70篇、国内经济问题研究52篇。期刊论文方面，大致在不同的时期有不同的热点，基本与俄罗斯国内外情况的发展变化同步。粗略地看，在2004年前，多侧重于研究普京与叶利钦在国内外政策上的异同；2004年后侧重于研究普京政府政策走向。关于当代政策的总体定位和评价，中国学者一般从历史角度、宏观层面给予其积极的评价，大致可分为以下三种视角：其一是从整个世界的发展进程出发，认为这是集权制度向民主制度过渡的必要的中间环节：权威主义或委任民主阶段。如臧秀玲、王金珍在《俄罗斯转型时期的权威主义政治及其走向》一书中重点探讨了当代权威主义的表现和发展，指出俄罗斯与东亚和拉美一些国家和地区一样都是经由权威主义统治走向民主的道路。其二是从俄罗斯整个发展历程的视角出发，认为当代的政策体系基本是西方思想和道路模式的俄国化阶段，是外来的西方文明与俄罗斯的实际相结合，其中国家集权、官僚体制、个人专权等是俄国化的主要构成。董晓阳在其主编的《走向二十一世纪的俄罗斯》中指出俄罗斯每一次激进的西化之后都转向保守的俄国化，可从俄罗斯三大社会思想——欧洲文明式的普世性大西洋主义、俄罗斯民族性的斯拉夫主义以及介于二者之间的欧亚主义——的起伏中找到证据。当代就是欧亚主义占主导的时期，俄罗斯精神同世界文明相结合，民主、法制同强大的国家政权相结合，体现为自由与社会秩序的统一。赵华胜的《两个俄罗斯》和黄立茀的《俄罗斯能再崛起吗——俄罗斯民族发展钟摆性与兴衰周期浅析》进一步阐发说，俄罗斯在历史上始终处于东西方之间，甚至存在两个俄罗斯，一个是西方主义的俄罗斯，另一个是斯拉夫主义的俄罗斯，二者挣扎的结果就导致俄罗斯呈现出东方化—西方化—东方化的"钟摆性"发展周期,当俄罗斯在东西方之间找到契合点时,俄罗斯就会"兴旺"。当代处于一个新的"西方化"的开端,而"普京思想"融贯了俄罗斯文化传统与西方价值观,使俄罗斯具备了"兴旺"的前提条件。其三是从当代与叶利钦时期的对比出发,认为相较于叶利钦时期的"破、乱",普京阶段是"治、兴",由乱到治、由浪漫到现实、由自由到法律专制,且是先治后兴。一些学者还用了"中兴""新政"等中式词汇概括当代执政的主要成就,其中较典型的是徐向梅著《由乱而治:俄罗斯政治历程(1990—2005)》、许志新著《当前普京"新政"的特点与走势》、胡键著《普京中兴论析》等。

较之中国学者,俄罗斯学者及西方学者更善于从微观的不同层面把握当代的执政方针,且正反面的评价都有。俄罗斯政治学家、叶利钦的政治助理萨塔罗夫在《俄罗斯——道路是否已经选择?》中称国家处于"热月"与后革命阶段之间,正在走出革命阶段。俄罗斯政治学界甚至将当代称为"普京共和国",并以政府组成为标界从时间上进行了划分:第一共和国始于1999年普京就任总理,止于2003年总统办公厅主任沃洛申离职;而此后则进入了第二共和国。罗伊·麦德维杰夫在《当代:世纪之交的俄罗斯》一书中将当代的社会定性为国家资本主义。维克多·基姆契卡在《普京与新俄罗斯》中指出普京不同于以往俄罗斯的所有领袖,"他"的俄罗斯不追求核武器的庇护,甚至准备同北约建立新的战略关系。西方国家实际上并不认同俄罗斯的"国家身份转型",这种思想在西方学者们的研究中有一定体现。曾担任过俄罗斯政府经济顾问的卡内基国际和平基金会高级研究员安德斯·阿斯伦德评价说,"我们将牢记,俄罗斯传统的特征将使行政压制的车轮滚滚转向专制",西方人在讨论俄罗斯问题时相当一部分人认为当代的俄罗斯正退回到苏联时期。

综合学界对普京执政理念的总体评价和定位,大致分为三种,一种极端看法是独裁和反民主,代表者是包括俄罗斯首富米哈伊尔·霍多尔科夫斯基在内的一大批寡头反对派及部分西方媒体,他们刻意勾画和渲染普京与彼得大帝、斯大林以及皮诺切特等人之间的联系,宣扬普京政策的威权成分。一种中间看法认为是在中央集权上的可控民主,这是大多数研究者的看法,相当一部分西方学者持类似的看法,如美国国家安全委员会负责俄罗斯事务的小托马斯·E.格雷厄姆就认为,"普京不可能建立他曾经梦想的超级集权国家",但"也不可能有朝西方自由民主方向的突破性发展",最有可能的情况就是"寡头政权的要素慢慢整合,普京因其所占据的重要地位将是其中的关键人物"。另一种是积极的以A.M.米格拉尼扬等人为代表的观点,认为"对俄罗斯社会来说,权威主义并不比庸俗的民主可怕,它可能是一剂苦药,但却是通往民主的一座桥梁"。国内外研究者关于当代的执政理念和治国策略研究的主要成果已经取得基本共识,即可以系统总结为包含政治、经济、社会、外交、文化等领域体系化的"普京道路"或"普京主义"并对其持有较为积极的态度。普京主义的主要内容包括以强国为主线,走独立的民主道路,建立有效的经济以及平衡外交政策。普京主义实现了俄罗斯的全面转型,在政治上体现为从"自由主义的民主"到"行政主导下的民主"的调整,在经济领域体现为从"新自由主义"到"私人—国家资本主义"的模式转换,在意识形态领域主要表现为从叶利钦时期的多元竞争到以中派主义为特征的主体意识,在外交领域主要表现为从后帝国外交到超越帝国外交的转变。[①] 正是以上对当代整体政策走向特征的把握为本论题的深入展开提供了总体基调和理论基础。

(二) 当代俄罗斯意识形态及相关政策研究概述

文艺政策是意识形态领域重要的组成部分,它直接表现和传达意识形态的诉求,因而系统考察当代意识形态及相关政策的研究情况对于深入探讨这一时期文艺战略至关重要。综观国内外关于当代意识形态的研究,基本形成了将当代意识形态系统归纳为"新俄罗斯思想"的学术共识。对此国内学者研究较深入,其中,汪宁在其博士学位论文《普京的俄罗斯新思想》中将"俄罗斯思想"作为一个文化概念专指俄罗斯民族所特有的、最本质的精神因素,认为其是俄罗斯独特思维方式的一种表达,最早发源于宗教思想,后来随着国家的形成和发展强大,逐渐演变成为一种俄罗斯民族独特的思想体系。论文对这一发展过程进行了总结

---

① 参见朱可辛《普京的执政理念与俄罗斯的政治改革》,《中共中央党校学报》2007年第5期;杨成:《"第二次转型"的理论向度与原社会主义国家转型的多样性——以当代的俄罗斯制度转型为例》,《俄罗斯研究》2008年第4期。

和探讨，把俄罗斯思想要解决的问题总结归纳为"俄罗斯在世界文明中的地位"（位置）、"要往哪里去"（方向）和"怎么办"（如何发展）三个主要问题。孙建廷的博士学位论文《论俄罗斯的新国家主义》指出俄罗斯大多数人希望稳定，希望和平、安全和法制，希望利用多种所有制、经营自由和市场关系所提供的机会，是实现思想统一、重建"俄罗斯新思想"的社会基础。"俄罗斯新思想"实质上是想对传统的俄罗斯民族主义、大国主义、国家专制主义和社会集体主义去芜存精，嫁接上西方的政治自由主义、财产权和人权观念，以及市场经济和经营自由等价值观，形成一个特殊的思想混合体。杨成在其博士学位论文《"第二次转型"与俄罗斯的重新崛起》中也指出普京正在重塑以国家主义为中心的"俄罗斯精神"，作为复兴俄罗斯的强大精神武器。普京推动俄罗斯社会接受了其倡导的以自由、民主、个人权力和俄罗斯传统的爱国主义、强国意识、国家作用、社会团结为核心的"新俄罗斯思想"，从而为俄罗斯的"第二次转型"提供了团结社会大众的主体意识形态。这迎合了俄罗斯民众中间道路的追求，得到了民众的大力支持。而"第二次转型"在短期内打破了旧有的非效率制度均衡，加上国际能源市场行情的好转，使得俄罗斯经济进入快速增长期，民众生活迅速改善，整个社会进入良性循环，普京主张的主体意识也获得了越来越多俄罗斯人的认同，甚至造成盲目的崇拜。王伟在《"普京计划"和俄罗斯发展战略》中指出"俄罗斯文明"是主权概念的延伸，它比国家的概念要深入而广泛，它往往成为民族和国家精神的内在力量源泉。相同的文明可以把不同的国家紧密团结在一起，相异的文明可以成为一国分裂的诱因。一个强大而有凝聚力的国家必定拥有全球文明影响力，这正是普京在意识形态领域凝聚所有俄罗斯力量和推广俄罗斯文明的重要战略诉求。总之，普京的"俄罗斯新思想"构成了当代执政的理论基础或指导思想。普京的所有实践包括政治、经济、文化、外交等都以此为依据。

（三）当代俄罗斯文艺战略及文艺形态研究概述

关于当代的俄罗斯文艺战略的研究成果比较有限。据笔者了解，国内主要有首都师范大学的林精华教授多年始终关注后苏联时期俄罗斯帝国重建过程中文艺与文化发展问题。他的《后苏联俄国重建国家的文化行为》一文全面分析了在法律替代书刊审查制度的前提下，把文学强制纳入文化市场后，后苏联文学的存在状态、功能和影响，论述了文化市场及其强大的重新配置资源力量，催生了大众文学的旺盛生命力，又延续了文学作为社会文化事业的传统，分析了在这个过程中，民间资本、国家、大众、文学界的共同努力使后苏联重建过程中的国民对俄罗斯帝国认同程度上升的作用。在《后苏联俄罗斯文学发展和俄联邦政治进程》一文中，他指出后苏联文学活动被置于新闻出版法下的文化产业结构中，政治家只能通过个人的政治行为或经济手段，在一定程度上影响具体的文学活动，文学家只能以个人身份参与政治，且其政治行为和文学活动无直接关联。废除新闻报刊审查制度的政治行为和新闻出版法的法律行为，从根本上保证了政治之于文学只能是叙述内容，而非指导思想，从而使后苏联文学与苏联文学得以区分。以上论述对后苏联时期的俄罗斯文学生态与政治关系做出了较好的分析。李景阳教授的《俄罗斯改革的文化困境》从社会变革的文化条件这一点出发来看俄罗斯近年的社会变革和所引发的全面危机，发现某些隐蔽的内在制约因素，对俄罗斯改革以来所陷入的文化困境进行了描述和分析，指出了俄罗斯政治经济转轨中所遇到的一系列文化难题和文化障碍，在文化冲突的描述中，对俄罗斯特有的文化传统及其当代影响也有所涉及。西北民族大学刘英教授的《俄罗斯文化政策的转轨》在俄罗斯社会转型的视域中对当代俄罗斯文化政策的变道及其发展轨迹进行了描述，并指出其文化政策在摒弃苏联文化的意识形态模式的同时，服务于现代化强国目标的政治功能得以形成，民族传统文化的社会功能得到焕发。但诸多的文化现实问题，是需要俄罗斯新文化建设长期面对的课题与考验。

关于当代俄罗斯文艺研究和介绍方面，任光宣的《苏联解体后俄罗斯文学的发展特征》、张捷的《苏联解体后的俄罗斯文学》、陈建华的《在大众文化背景下生存的俄罗斯纯文学》、汪介之的《文学接受与当代解读：20世纪中国文学语境中的俄罗斯文学》，从20世纪中国文学对俄罗斯文学的接受、中国视角重新审视20世纪俄罗斯文学、当代中国语境中的俄罗斯文学研究、俄罗斯文学的文化阐释等内容来进行研究。对从苏联解体后到21世纪初的俄罗斯文学的基本状况进行了较为全面的介绍和扫描，其中包括20世纪90年代俄罗斯文学发展的多元化、边缘化和市场化，俄罗斯作家的媒体化、俄罗斯文学作品的网络化和文学语言的复杂化以及新侨民文学、宗教题材文学、后现代主义、纯文学作家在艰难转型过程中的现状做出了总结。在具体文体方面，齐昕的博士学位论文《宗教复兴背景下的新俄罗斯小说》认为从苏联中后期开始，基于一系列复杂的社会政治原因，基督教，特别是东正教的信仰开始恢复在俄罗斯的影响，并于20世纪90年代初期苏联解体时期达到顶峰。论文基于解体后的俄罗斯社会奇特的宗教气质，以具体作家作品为依据，将新俄罗斯小说作家分成自由派、保守派、激进派三类，阐述了宗教复兴背景下新时期俄语小说创作的主要特点，明确了其与俄罗斯经典文学传统的联系。此外，《转型时期的俄罗斯电影》《俄罗斯当代音乐教育管窥》《在大众文化背景下生存的俄罗斯纯文学》《世纪之交的俄罗斯戏剧作品概观》《曲高和寡的俄罗斯诗坛》《浅析俄罗斯当代艺术的发展现状》《转型时期的俄罗斯诗歌》《多种多样的俄罗斯文学奖》《谈谈俄罗斯的文学奖》《20世纪及21世纪的俄罗斯文学回顾及展望》《俄罗斯后现代主义文学的诗学特征》《苏联解体后俄罗斯文学的发展特征》等文章也从不同文体、奖项等各层面对当代文艺政策统领下的俄罗斯文学文艺现状进行了描述。在国际斯拉夫研究界，《亚历山大·索尔仁尼琴与俄罗斯殖民主义体验》（1997）、《民族主义、帝国主义、认同：第二思想》（1998）、《帝国的知识：俄国文学与殖民主义》（2000）等，用知识考古学方法考察了"俄罗斯帝国"概念生成以及如何成就了俄国文学、苏联、伟大作家等问题。密西根大学社会政治学教授桑尼（Ronald Suny）《自成一体的帝国：俄罗斯帝国、民族认同和帝国理论》（1998）、卡普勒（Andreas Kappeler）《俄罗斯帝国：多族裔历史》（2001）等也对俄罗斯帝国问题进行了多方面研究。总之，国际学界对俄罗斯当代问题研究中，特别是在后苏联时期俄罗斯帝国重建中的俄语、文学、文化等问题上，特别关注文艺战略对于俄罗斯文化精神归复及其民族认同等的重要作用，这些为本书研究提供了重要的研究维度和启示。

综上所述，当前国内外对当代文艺战略的研究主要存在以下四点主要问题：一是对当代的文艺战略的基础材料即政府法规、领导人讲话、国民教育教材统计、文艺出版物统计、国家文艺奖项评选等一手材料缺乏细致的整理总结，致使对当代的文艺战略的内涵主旨、运行机理与效用评价等重大问题研究缺乏翔实可靠的依据，从而也严重影响了诸如文艺战略与当代俄罗斯意识形态关系、文艺文化与其他国家重大战略关系等重要论题的研究深入。二是对当代的文艺战略与苏联时期、叶利钦时期的异同之处缺乏纵向分析比较,对三个不同时期文艺战略的制定、实施和效果情况,断裂与承继关系等重大问题未进行很好的比较分析,从而导致对俄罗斯文艺战略的核心内涵和演变轨迹研究的缺失。三是当前当代治国政策研究大都存在于就文艺谈文艺、就政治谈政治、就经济谈经济的问题,而坚持运用全景研究视点和综合交叉研究方法,透视政治、经济、文化、军事、外交等政策间的交互影响的研究比较少,直接导致了对于隐藏在普京治国政策背后的诸多重要文化动机的研究和思考匮乏。同时,当前研究普遍存在的单纯分析作家、作品和文学潮流的窠臼,也导致了对文艺战略与当代俄罗斯文艺生态渗透、抵触等交互关系的研究空白。四是当前的俄罗斯文艺文化研究仍存在重视学理价值而忽视针对中俄人文合作的战略实践价值,特别是具有实证性、科学性和前瞻性的"智库"性研究更是相对匮乏,对中国特色社会主义文化强国建设提供有益参考和启示的研究成果还较少。

总之,当前虽然对当代治国理念的研究成果较多,但对当代俄罗斯文艺战略形成和实施的政治机理、俄罗斯新的文艺事业管理和发展模式的形成过程及主要形态、文艺政策与其他国家政策的体系关联、俄罗斯文艺乃至文化产业发展趋势等研究尚有不足,特别是以此为重要视角研究俄罗斯当代国家软实力提升、现代社会构建和帝国强盛诉求等相关问题还有许多有待开掘的空间,正是前辈学者获得的宝贵经验成果和遗留下的诸多问题为本书持续研究提供了可能。

三 关键词界定

(一)关于"当代俄罗斯"

本书所谓的"当代俄罗斯"主要指普京自2000年入主克里姆林宫担任俄罗斯联邦总统至2008年第二任期结束的8年时间。在这一时期,普京面对叶利钦时代留下的内外交困的政局,以集中力量发展经济、应对国际挑战、提高国家竞争力为目标,提出了独特的政治思想并形成了一套具有鲜明个人风格的治国理念,在国家的经济、政治、外交等领域进行了一系列卓有成效的改革,即以新俄罗斯思想来重建俄罗斯人的精神支柱，以此作为实现社会团结和睦的信念，以强有力的国家政权体系来恢复联邦中央的权威，以维护俄罗斯联邦的统一和完整，以国家的宪法和法律作为公民共同的游戏规则来重建俄罗斯的法律秩序，在借鉴人类普遍文明与尊重俄罗斯现实的统一、赞同多元思想与信奉俄罗斯思想的统一、追求民主与法治的统一、建设公民社会与强大国家的统一、加强政治建设与以经济发展为中心的统一、实行市场经济与国家干预的统一、强化中央权威与发展地方自治的统一、肯定历史成就与否定历史错误的统一、维护国家利益的坚定性与灵活性的统一、发展对外关系的选择性与全方位性的统一中，[①] 大刀阔斧地推行了一系列政权建设和政治改革的措施，从而使俄罗斯政治发展告别了叶利钦时代之"乱"，进入了普京时代之"治"。有学者将普京的执政理念定义为国家主义，其核心是总统集权，又被称作"新权威主义"或"可控民主"。8年来，普京唤醒了俄罗斯的民族意识，统一了民族思想，建立了一个将俄罗斯发展为超级大国的政治体制，也构建了以其为核心的新的精英统治集团。国民收入增长了一倍多，经济总量增长了60%，进入世界前十大经济强国之列。俄罗斯一改20世纪90年代的孱弱面貌，以迅速崛起的姿态回到国际舞台。其中，文艺战略作为其治国理政理念在文化领域的内容之一，对于俄罗斯国家文化发展、意识形态重构和民族精神凝聚等都产生了重要影响，对于实现当代俄罗斯社会的经济发展、整体转型、文化认同起到了重要作用。同时，为了保持研究的联系性和前瞻性，本书考察内容也部分延伸到包括梅德韦杰夫总统任期（2008—2012）和普京第三个总统任期（2012—2016）时间内，以了解当代俄罗斯最新的文艺战略和文化政策动向。

（二）关于文艺战略

按照联合国教科文组织2005年10月20日颁布的《保护和促进文化表达多样性公约》（Конвенция об охране и поощрении разнообразия форм культурного самовыражения）定义，文化政策和措施主要是指地方、国家、区域或国际层面上针对文化本身或为了对个人、群体或社会的文化表现形式产生直接影响的各项政策和措施，包括与创作、生产、

[①] 王立新：《通向富民兴邦的道路》，《俄罗斯研究》2003年第2期。

传播、销售和享有文化活动、产品与服务相关的政策和措施。①《俄罗斯联邦文化立法基础法》界定的"国家文化政策"则指在国家活动中国家在保留、发展和推广文化方面所倡导的原则及规范的总和,同时也包括国家在文化领域的活动。根据以上公约和法案所限定的俄罗斯通行的文化门类并结合本书主要研究文艺现象的侧重点,本书所研究的文艺战略主要指当代俄罗斯在文学、电影艺术、舞台艺术、造型艺术、音乐艺术、建筑设计艺术、摄影艺术以及其他种类的艺术形式,还有涉及艺术教育、艺术创作、美学培养等文艺活动等方面的国家文艺和文化治理思想和政策。②当代俄罗斯政府在文化艺术领域实行意识形态管理、行政管理和经济管理所采取的一整套制度性的规定、规范和原则,作为俄罗斯国家管理意志特别是普京"新俄罗斯思想"等治国思想在文化领域的集中反映,它是普京领导的俄罗斯联邦政府为实现重建意识形态、凝聚民族精神、保护和复兴俄罗斯文化的任务和目标而规定的文化准则和行为方式。因此,本书所涉及的研究对象主要包括当代文艺战略的发展脉络、制定动因、主要内容、基本形态、运行机制和实践效果等,从而为理解当代俄罗斯文艺战略形成和实施的政治机理、文艺事业管理和发展模式的形成过程和主要形态、文艺政策与其他国家政策的体系关联、俄罗斯文艺乃至文化产业发展趋势等开辟重要途径,同时为我们在全球化背景下俄罗斯国家文化软实力增强和国家文化认同推广等角度开启了俄罗斯文化史、政治史研究的全新模式。

(三) 关于"新俄罗斯思想"

苏联解体之后,马克思主义主导意识形态的地位被彻底颠覆,共产党一党执政成为一去不复返的追忆历史。而90年代激进改革失败造成的社会动荡、混乱导致了多元意识形态泛滥和无政府主义盛行,使俄罗斯再度陷入危机。站在历史转型的十字路口的俄罗斯面临三个重大抉择:我们是什么人?我们要到何处去?我们如何去?即国家定位、发展方向

---

① Конвенция об охране и поощрении разнообразия форм культурного самовыражения (http://www.chinaculture.org/static/files/pact_to_protect_diversity).
② ОСНОВЫ ЗАКОНОДАТЕЛЬСТВА РОССИЙСКОЙ ФЕДЕРАЦИИ О (http://www.consultant.ru/document/cons_doc_LAW_148902/).

和发展道路的问题。其中重建失落的俄罗斯民族思想即意识形态成为摆在普京面前的首要课题。出于凝聚思想、巩固政权和恢复大国地位的实用主义考量，普京在其就职初的施政纲领《千年之交的俄罗斯》中提出了"新俄罗斯思想"概念，全面阐述了未来俄罗斯国家的官方意识形态。普京的"新俄罗斯思想"的关键词是"国家"。"强有力的国家"、国家主义、爱国主义和强国意识是普京治国方略的意识形态基础，是普京认定的未来俄罗斯社会的精神基础，他特别强调："俄罗斯新思想是一个合成体，它把全人类的价值观和俄罗斯的经过时间考验的传统价值观有机结合在一起。重要的是不要强行加快，也不要摧毁这一重要进程。"普京将传统价值观归结为"爱国主义""强国意识""国家作用"和"社会团结"这四个方面的内容。[①] 至2007年，俄罗斯新思想发展至更具国际号召力与形象力的俄罗斯文明，普京在国情咨文中提出了"俄语世界"概念，强调俄罗斯政治文化的影响，号召统一价值观和俄罗斯文明基础上的各族团结。他指出，"人民精神的团结和统一的道德观是和政治经济稳定具有同样重要意义的国家发展要素"。"俄罗斯为欧洲文化和世界文明的形成做出了巨大贡献……俄语存在于千千万万俄罗斯人世界的现实空间中，远比俄罗斯国家本身的概念广泛。"[②] 同年，格雷兹洛夫在党的最高委员会和总部委员会联席会议上作的《关于统一俄罗斯党实施普京计划的政治报告》中把"俄罗斯文明"作为"普京计划"的核心。他指出："俄罗斯认为自己是远在其境外的俄罗斯人世界的大中心，并将这个世界团结在自己周围，这是完成使命的文明回归。"[③] 至此，集合"强大国家""政治独立""主权民主"和"俄罗斯文明"为一体的俄罗斯新思想被正式确定为2000年以来俄罗斯政府实施的一系列政治、经济、军事和社会发展政策的总和，又是保证2008年最高权力平稳过渡和交接的一系列措施，更是俄罗斯"强国富民"的大国发展战略的"普京计划"在意识形态领域的最集中代表。"新俄罗斯思想"是本书研究的基本概念之

---

① ［俄］普京:《普京文集（2000—2002）》，中国社会科学院俄罗斯东欧中亚研究所编译，中国社会科学出版社2002年版，第7—10页。

② Annual Address to the Federal Assembly（http：//eng. kremlin. ru/transcripts/8595）.

③ 2007年5月22日，格雷兹洛夫在党的最高委员会和总部委员会联席会议上的政治报告：《关于统一俄罗斯党实施普京计划的报告》（http：//www. edinros. ru/news. html？id = 120687）。

一，其中包含着"现代化强国诉求""东正教文化归复"和"双头鹰民族个性"等俄罗斯思想厚重深远的文化内涵，体现着独具一格的俄罗斯文化精神品格，也是当代俄罗斯政府制定文艺战略的基本思想依据和政治内因。

四 研究思路

（一）基本内容

本书纵向上坚持在民族性和现代化的历史维度中考察当代俄罗斯文艺战略的延续性和断裂性，全面把握当代俄罗斯大国复兴中的文艺战略和文化政策现状和走向；横向上坚持在全球化背景下俄罗斯社会转型、大国重建和文化软实力增强的三重视域下全面考察当代文艺战略的运行机制和实施功效，宏观把握文艺政策对于俄罗斯在意识形态建构、国家形象树立、民族精神凝聚、文化产业发展等方面的重要作用和影响，在对当代俄罗斯文艺政策形态全面梳理的基础上，着重研究文艺政策制度建设和大国崛起问题、大国形象与文艺推广关系问题、市场经济条件下文艺政策导向和文化产业发展问题、文艺政策与民族文化自信心和凝聚力关系问题等，突出本书的资政针对性和智库实用性，为新时期中俄战略关系的可持续良性发展提供建设性思路，为国家制定对俄方针政策提供资料支撑。

（二）主要框架

按照基本研究思路本书共由8部分组成。

绪论部分交代本选题的选题意义与核心概念，说明本课题所要达到的研究目标、研究方法以及对前辈学人的研究成果进行综述，指出目前研究需要进一步探索的领域和主要问题。

第一章从转型研究理论出发着重探讨苏联时期及俄罗斯联邦初期文艺战略的历史沿革，共分为苏维埃政权初期、斯大林至勃列日涅夫时期、戈尔巴乔夫时期和叶利钦时期四部分，重点分析四个不同时期文艺战略的制定背景、实施情况和社会效果，分析出社会发展和社会环境对文艺事业发展的要求和作用，在此基础上分析各时期文艺战略特点，客观理性评价各时期文艺政策法规的成败得失，为本课题研究提供了历史维度下的理论背景。

第二章通过回顾和分析传统"俄罗斯思想"到普京"新俄罗斯思想"的发展演变，分析"新俄罗斯思想"这一当代意识形态和文化建设领域的核心价值。在厘清新俄罗斯思想的文化谱系的基础上，分析探讨文艺战略作为新俄罗斯思想的具体表现形态在恢复俄罗斯帝国传统、重建国家意识形态、推进国家形象推广等方面的价值诉求和重要地位。

第三章以"新俄罗斯思想"为纲并结合"国家软实力"理论论述当代在国内和国际两个向度上提升文化软实力的总体战略，分别论述东正教复兴背景下的意识形态重建战略和双头鹰民族性格中的大国形象塑造战略，从而概述当代俄罗斯文艺战略的总体状态。

第四章以当代俄罗斯文艺战略的主要形态为内容，分类梳理总结文艺文化法律、国家文化发展规划、文艺教育、国家文艺奖项评选等文艺政策形态，分析其直接与间接引导国家文艺发展的政策特征。

第五章分析当代在国家治理结构整体改造形势下的文艺战略的运行模式，从政策学角度勾画当代俄罗斯文艺政策从提议启动到立场协调到起草规划再到实施反馈的决策过程，在多学科视野中论述当代俄罗斯文艺战略的政治机理。

第六章论述在当代文艺战略导向下的当代俄罗斯文艺生态，重点以当代俄罗斯文学、电影、建筑等艺术形式为例分析国家主流文化意志、文化精英知识分子与大众文艺形态之间的相互渗透和影响，客观描绘与评价俄罗斯当代文艺政策在恢复俄罗斯大国传统、凝聚民族精神和推动文化产业繁荣等方面所起到的重要作用。

结语与启示总括当代文艺战略的核心理念、主要特征和实施效果，论述当代俄罗斯文艺战略对中国文艺事业的启示以及对中俄人文合作文艺领域的决策建议。

五　研究方法

本课题是涉及文艺学、社会学、政治学、政策学、文化研究等多学科的交叉融合的新型学术研究，因而在研究方法上，必须打破学科壁垒，更新学术思维，拓展学术视野的综合性、前沿性、创新性，突出的历史与逻辑相统一、归纳法与比较法相统一、当下生存现实与最新科研成果相统一的特点，具体而言主要采用以下四种研究方法。

(一) 交叉融合研究法

面对这一涉猎多学科课题，单纯的美学和文艺学研究方法和范式显然无法满足研究需要，必须采取哲学、文艺学、人类学、文化学、图像学、社会学、国际关系学、艺术学等交叉综合方法，在多学科视野中紧紧围绕当代俄罗斯文艺战略的政治机理和运行模式这一核心问题，分析其政策的精神内涵、文化外延和影响途径，从而透视俄罗斯文化政策在俄罗斯转型重建中的地位和作用，从而建立对当代中俄文艺发展形势和未来发展的全面认知，为中俄人文合作提供坚实的理论基础和翔实的数据支撑，为两国文化认同和战略合作提供智性保障和范式指导。如，研究俄罗斯当代文艺与社会整体转型关系问题时必须运用社会学研究方法；在研究苏联与俄罗斯文艺战略延续和断裂问题时必须运用政策学和政治学研究方法等。

(二) 文献调查解读法

收集、整理和翻译当代政府发布文件、法规，国家领导人和文化主管部门领导的讲话等关于文艺战略的大量文献资料，并从中整理发掘当代对于文艺文化活动的主要价值指向是本课题研究的基础和重点。但由于本书题材涉及面极广，政治、经济、文化、外交等领域人物和事件非常多，在国内收集外文一手资料的难度较大，需要耗费相当的时间、精力和物力；同时，由于俄罗斯国内互联网站涉及国家政策的内容多为加密和屏蔽，也增添了材料收集的难度。因此，利用俄罗斯互联网上联邦图书馆、国立图书馆等网站的图书资源成为本研究获取资料的重要方法。在具体政策文献的整理解读中，坚持俄罗斯当代文艺现象、政策实施和文化生态三者的对话和圆融，通过大量丰富政策文献对俄罗斯当代文化的构成样态进行还原阐释，彰显文艺战略在俄罗斯社会精神文化生活中的在场性和互动性，从而开辟出俄罗斯文艺战略背后深层次的理论价值和实践意义。

(三) 综合比较分析法

比较分析法在本书中的应用主要体现在两个方面：一方面是从时间上，纵向比较分析俄罗斯文艺政策从苏联到俄罗斯的发展变化轨迹，研究俄罗斯文艺政策法规在不同历史时期的异同和作用特点等；另一方面是从空间上，横向比较分析有相近发展经历和处于相同发展阶段的中俄两国文艺政策,从而为推动中俄两国人文领域合作以及中国当代文艺政策制定、发布、实施、贯彻和总结提供有益启示和借鉴。

(四) 整体系统归纳法

利用系统论的观点和方法,融合政策学、法学、社会学、人类学、艺术学等多种学科的理论进行阐述论证,把对俄罗斯文艺战略法规的研究置于普京执政以来的社会发展环境和历史时期之下,与国家社会、经济、法律、政治、信息、教育等关系愈加紧密;将俄罗斯文艺政策法规作为普京"新俄罗斯思想"的一个系统和一个更大系统的子系统,分析影响和决定文艺政策法规制定实施的文艺制度和社会制度因素,以及它们之间的相互联系、相互作用、结构组成,以期全面系统归纳揭示俄罗斯文艺战略的内容与发展变化并对其发展趋势做出预判。

第一章

苏联时期及俄罗斯联邦初期
文艺战略的历史沿革

就发生学角度而言，当代的俄罗斯文艺战略是在反拨联共（布）政党文艺战略以及反思戈尔巴乔夫、叶利钦时期国家文化方针的基础上发展形成的。苏联时期特别是斯大林时代形成的文化专制主义政策和自戈尔巴乔夫提出"公开性""民主化"原则开始的全盘西方的文化自由主义政策是当代文艺战略孕育生成的历史背景，意识形态坍塌、主流文化失落、社会道德日下、民族精神涣散和文化事业疲敝是当代制定文艺战略面对的基本前提。虽然，俄罗斯文化的发展进程在苏联"国家结构的解体和政治制度的跌落中也没有中断"[①]，但苏联解体的历史剧变也的确造成了原有国家文化生活的中央集权式管理制度的彻底崩溃，俄罗斯文艺和文化伴随社会转型而发生重要转向，文艺战略的意识形态、主要形态、运行机制、内外需求等决策要素也随之发生了巨大转变。其中，政治体制转变造成的当代俄罗斯文艺战略的历史性断裂和深蕴于民族精神内部的文脉传统的延续性以及其对俄罗斯国家复兴和文化转型的意义影响都是我们需要高度关注的问题所在。本章我们将从文艺和文化沿革发展的历史维度梳理苏联建立政权初期、斯大林时期、赫鲁晓夫时期、戈尔巴乔夫时期和叶利钦时期文艺战略的各自特点，描绘普京执政前国家政治文化和意识形态的发展流变轨迹，陈述苏联解体后俄罗斯文化丧失了本位造成的传统文化困顿和民族精神危机，为进一步研究当代文艺战略的

[①] ［俄］尼古拉·梁赞诺夫斯基、马克·斯坦伯格：《俄罗斯史》，杨烨、卿文辉译，上海人民出版社2007年版，第576页。

核心理念、主要形态、运行体制和效应影响等提供话语背景。

第一节　苏维埃政权初期的文艺战略评述

风云际会、地覆天翻的 1917 年既是俄罗斯国家政治发生彻底转变的历史时刻，也是苏维埃文化模式确立发展的开端，这不仅意味着沙皇统治下以农奴制封建专制主义和宗教蒙昧主义为典型特征的俄罗斯帝国文化形态彻底覆灭，也昭示了以布尔什维克政党文化为特征的苏维埃文化模式的孕育诞生。苏维埃俄国的第一部宪法由第五届全俄苏维埃代表大会批准，并于 1918 年 7 月 10 日颁布实施。根据该宪法的精神，俄罗斯苏维埃社会主义联邦共和国得以建立。1922 年 12 月 3 日，苏维埃社会主义共和国联盟（USSR）成立，这是一个由俄罗斯、乌克兰、白俄罗斯和外高加索组成的联邦，即"苏联"诞生了。在经济体制方面，苏联实行典型的高度集中的计划管理体制，表现为集中确定社会需求、集中计划和决策、集中和高度行政化管理。在政治体制方面，与之相匹配，苏联实行的是高度集权的政治制度。自苏联建立之初，苏共就牢牢控制了国家机器，以列宁为首的中央委员会和政治局拥有巨大的权力，列宁在这两个部门都是最高领导，国家的组织形式是苏维埃制度。其特点非常鲜明地体现在苏维埃制度和高度集权的国家管理机构中，表现为党政不分、党内高度集权，实行的是形式上的联邦制、实际上的中央集权制。正是在联共（布）高度集权的政党统治下，与经济和政治体制相适应并一体化的文化管理体制也随之诞生。

一　苏维埃文化——意识形态一元主导下的全新文化类型

诞生形成于十月革命和国内战争硝烟炮火中的苏维埃文化体制及其政策具有相当强烈的革命色彩，它既要继续保持布尔什维克党内战时团结凝聚组织的鼓动作用，同时也要开展向广大群众宣传教育革命信仰、铲除旧有沙皇专制文化体制的工作。俄共（布）将宣传文化工作始终作为自身的政治思想工作的优势和重点，最早体现苏俄文化教育制度和政策的法令、文告就是在十月革命第三天，即 1917 年 11 月 9 日由列宁批准的《出版法令》和教育人民委员卢那察尔斯基于同年 11 月 13 日就国民教育发布的告公民书。可见,在诞生之初苏维埃政府就将新闻宣传和教育工作作为文化政策的重点,同时也注定了苏维埃文化所具有的布尔什维克政党文化严密组织性、高度政治化和意识形态化等特点。

首先,在文化基本政策方针上,新政权主张在政治上配合消灭私有制、阶级和阶级剥削,统一社会思想,保持意识形态的纯洁性和"舆论一律",稳固社会政治和道义一致的根基,引导、组织全国人民建立高速工业化和强制集体化为特征的、"消灭富农"阶级的社会主义经济体制,最终实现共产主义。遵循上述方针确立的文化工作运行体制主要为:通过设立统一的专门机构、任命这些机构的领导人、制定统一的政策、控制舆论宣传工具等,对文化建设实行集中领导;利用行政手段对文化领域进行统一规范,保持思想文化建设的具体活动在可控范围内的整齐划一和计划性、简单化管理。①

列宁在苏维埃政权成立初期的言论和著作是党和国家文化工作的最高指针,他的主张对于文化领导体制的抉择和形成起着决定性作用。列宁关于文化建设的主要政策方针包括:一是坚持党对意识形态和文化工作的绝对领导权。列宁认为,"苏维埃工农共和国的整个教育事业,无论一般的政治教育还是专门的艺术教育都必须贯彻无产阶级斗争的精神",为无产阶级专政的目的服务,共产党人必须努力"领导"艺术的发展,"去形成和决定它的结果"。②对于思想文化领域的理论方针问题。列宁一贯坚持党必须领导文化的原则,并于1920—1922年亲自领导了思想文化领域的一系列斗争,包括反对以无产阶级文化派为代表的极"左"文化思潮和各种资产阶级思想流派的斗争。二是注重文化工作的特殊性,注重传统优秀文化遗产的保护传承。列宁认为,文化工作有别于军事、政治领域的工作,"当我们高谈无产阶级文化及其与资产阶级文化的关系时,事实提供的数字向我们表明,在我国就是资产阶级文化的状况也是很差的"。因此,他一向批评关于"无产阶级文化"的夸夸其谈,很强调继承过去时代的文化遗产。他说:"仅靠摧毁资本主义,还不能饱肚子。

---

① 靳会新:《俄罗斯民族性格形成的历史文化因素》,《俄罗斯东欧中亚研究》2011年第1期。

② 《列宁选集》,人民出版社1965年版,第385页。

必须取得资本主义遗留下来的全部文化，用它来建设社会主义。必须取得全部科学、技术、知识和艺术。没有这些，我们就不能建设共产主义社会的生活。"① 三是主张对不同的文化部门采取不同的政策。他强调文艺部门同教育部门的区别。他主张艺术创作部门应有相对自主权，不能对它们作"烦琐的管束"，至于对科学教育和政治教育部门，则应将它们纳入党的全面领导的轨道。除了列宁的思想是作为党和国家进行文化建设的最高指导原则而发挥作用外，其他布尔什维克领导人和理论家，比如布哈林、托洛茨基和卢那察尔斯基等人有关文化理论和文化政策的思想在 20 年代大部分时间也发挥着重要的指导作用。其中布哈林反对"拉普"（РАПП，Российская ассоциация пролетарских писателей）的文艺政策主张具有比较大的影响。"拉普"鼓吹把战争年代的阶级斗争形式搬到和平时期，在文化艺术战线进行"阶级战争"，主张以直攻近取、军事命令的方式夺取文坛领导权；把文学的阶级性绝对化、庸俗化，宣扬文学即政治，要求文学直接为政治服务，甚至要求文学作品去图解政治原则。它实质上宣扬的是较"无产阶级文化派"更多加工的、更为精致的庸俗社会学理论。② 此外，拉普派分子认为自己是无产阶级和工人阶级的文化代表，视所有非拉普派文学组织（如"山隘派""谢拉皮翁兄弟"小组等）和非拉普派作家（甚至包括高尔基、马雅可夫斯基、叶赛宁、普利什文、列昂诺夫等人）为同路人，挥舞着极"左"的大棒，打击和迫害一大批文学界的创作人士。针对这种状况布哈林认为，"不能按党、合作社、军队的形式去组织一切团体"，"尤其在有关文化问题上"，应"规定另外的、不同的团体纪律"，这些团体"应当是完全自发的"、"有灵活性的"、"极其多种多样的"。③ 因此，一是要利用文化遗产，团结文化"同路人"即文化方面的专家；二是要教育无产阶级自己，一方面克服"共产党人的自大狂"，另一方面防止"丧失立场"。这里重要的是要实行正确的政策；"党不是把所有人都攥在一个拳头里，而是使大家有可

---

① 马龙闪：《苏联文化体制沿革史》，中国社会科学出版社 1996 年版，第 45 页。
② 马龙闪：《苏联 30 年代的"大批判"与联共（布）政党文化的形成》，《俄罗斯学刊》2013 年第 1 期。
③ 张秋华等：《"拉普"资料汇编》上册，中国社会科学出版社 1981 年版，第 351 页。

能展开竞赛。"布哈林的这些思想包含着有关社会主义文化领导体制的一些重要原则性方针。列宁于1924年去世,使他只亲自领导了20年代初苏维埃国家的思想斗争和文化建设。事实上在几乎整个20世纪20年代,布哈林和托洛茨基的思想、言论在思想文化领域都发挥着重要的指导作用,这些文艺和文化思想也成为苏维埃政权初期文化的主要指导方针。

其次,在文化管理机构方面成立党内文化事务的中央宣传鼓动部和党外事务的文化教育国家最高机关——教育人民委员部,作为苏维埃中央执行机关代表俄共(布)对国家文艺和文化事业进行统一管理。为革旧布新,苏维埃政府首先通过法令,解散了临时政府的旧国民教育委员会,并遣散了旧教育部职员。为了实现苏维埃国家对文化教育事业的领导,按照1917年11月25日第二届全俄苏维埃代表大会法令,成立了俄罗斯联邦共和国教育人民委员部;领导该部的教育人民委员由布尔什维克党和苏维埃国家的杰出教育家卢那察尔斯基担任。部务委员会由教育人民委员、副教育人民委员和5名委员组成。教育人民委员由全俄中央执行委员会遴选,副教育人民委员和其他部务委员则根据教育人民委员提名,由人民委员会任命。首届部务委员会委员依次分别是卢那察尔斯基、波克罗夫斯基、克鲁普斯卡娅、潘·勒柏辛斯基、维·波兹涅尔、达·梁赞诺夫、巴·施特恩贝尔格。[①] 各地方也纷纷效仿,解散了旧的国民教育机构,成立了地方苏维埃的国民教育机构——国民教育厅或国民教育处。国民教育厅、处按照双重领导原则,一方面属地方苏维埃机关,服从地方党政领导,另一方面又是俄罗斯联邦教育人民委员部的地方机构,服从该系统的上级机关,从而实现了国家对文化教育工作的统一领导。

俄罗斯联邦教育人民委员部几乎掌握全国文化教育事业管理的全部职能,至1918年9月共有28个司。这些司被划分为5个分部,其中学校分部包括统一学校司、学前教育司、高校司、学校改革司等;校外教育分部包括校外教育司、无产阶级文化协会司、电影司;科学分部内含科学司、图书馆司、科学博物馆司和档案总局等;艺术分部包括戏剧司、音乐司、造型艺术司、博物馆事业和国家文物、古迹、财产保护司;职业教育分部内设职业教育改革司等机构。后来又成立了领导少数民族教

---

① 马龙闪:《苏联文化体制沿革史》,中国社会科学出版社1996年版,第20页。

育事业的少数民族司。1920年11月在教育人民委员部原政治教育司（即校外教育司）的基础上组建了共和国政治教育总委员会，政治教育总委员会在行政上从属于教育人民委员部，但同时它是党中央的一个机关，其中包括教育人民委员部政治教育司、全俄中央鼓动社、俄罗斯通讯社、斯维尔德洛夫共产主义大学、全俄扫盲非常委员会等。同时，无产阶级文化协会、国家出版社、全俄中央执行委员会中央报刊发行处和教育人民委员部各司——戏剧司、造型艺术司、音乐司、摄影和电影总局及博物馆也一并纳入，一个包罗国家意识形态和文化各个方面的领导机关终于形成。俄共（布）十大在其专门决议中对宣传鼓动部的职权范围和它同政治教育总委员会的关系作了明确规定。总的原则是，中央宣传鼓动部主要负责党内，政治教育总委员会主要领导党外。即党系统内宣传鼓动部，其工作重心是负责党内教育，同时领导各种非党的代表会议和代表大会，在苏维埃选举、吸收党员和与组织工作有关的各种工作中从事宣传鼓动；政治教育总委员会及其下属各级机关，其工作重心是负责党外的宣传鼓动和文化教育工作，同时协调工会、共青团的宣传教育并负责军队的政治教育。尽管在职权和任务上作了这样的划分，但在具体工作中到底有许多重叠和交叉，因此在十一大上又决定把宣传鼓动部和政治教育局的领导人员加以合并。[①]

　　实行对文化教育事业的这种高度集中化领导，在当时的具体历史条件下也起到了一定的积极作用。它保证了当时极为混乱的文化教育事业的统一，有效地动员了文化方面的人力和物力以解决燃眉之急。但由于各部门从事文化教育工作的形形色色的机构都集中于教育人民委员部机构内也使后者变得组织过于庞大，造成机构臃肿、混乱无序、效率低下等问题。为此，1920年教育人民委员进行了改组，分设业务指导中心和组织中心两个中心，其中业务指导中心又称为一般理论和计划领导中心，该中心分为科学部和艺术部。科学部又称国家学术委员会，下设3个分部：政治科学分部、技术科学分部、教育科学分部。艺术部又叫艺术总委员会，下设5个分部：文化分部、戏剧分部、音乐分部、造型艺术分部、电影分部。自此，苏联延续70年的国家文化管理体制及其职能基本

[①] 马龙闪：《苏联文化体制沿革史》，中国社会科学出版社1996年版，第54页。

形成，同时这一机构和体制安排也对俄罗斯联邦成立后的文化管理部门和职能产生了深刻影响。

再次，在文艺战略领导运行方式上，苏维埃初期主要采取举行各种文化问题的中央会议方式来研究和制定关于文艺战略的具体做法。例如，在 1920 年 12 月至 1921 年 1 月，曾举行国民教育问题会议及一系列各民族共和国和省负责人会议；在 1924 年 5 月、1925 年 1—3 月曾召开文学政策问题会议；在 1927 年 5 月又举行戏剧政策问题会议，等等。这些会议的参加者都是有威望的党的领导人、教育人民委员部和其他各国家机关的领导干部以及各社会团体的代表和有关创作人员。会上，对文化政策和文化建设的理论和实践问题一般都能各抒己见，热烈争论，会议结论则成了党和国家一些重要决议的基础。俄共（布）中央《关于党在文学方面的政策决议》（简称《决议》）这一历史性决议则是在 1924—1925 年历次文学问题会议文件的基础上制定的。这个《决议》重点批评了"拉普"加剧阶级斗争的极"左"文艺路线，纠正了"拉普"打击"同路人"作家和文化人的"左"的政策，指出应对他们采取团结、争取和利用的政策；反对"拉普"以行政强制手段独占文坛的做法，提出党主张在这方面实行"各种集团和流派的自由竞赛"，反对在文学事业上企图采取"专横的和外行的行政干涉"。在理论上指出了艺术阶级性的"无限多种多样"和极端复杂性，反对在文艺领域把阶级性简单化、绝对化和庸俗化，反对把文学等同于政治，反对让文艺直接为政治服务。这实质上是对苏俄和俄共（布）队伍中长期存在极"左"文化思潮的批判，是对从"无产阶级文化派"到"拉普"的庸俗社会学理论深刻而系统的清算，成为苏联思想文化史上总结苏维埃政权初期文艺战略纲领的代表性文件。

二 苏维埃文化政策指导下的文化革命

面对新政权成立后整个国家百废待兴的严峻局面，特别是整体国民赤贫和愚昧的低素质以及各类专门技术人才奇缺的严重情形，为了促进国家经济的恢复和政治生活的正常发展，同时也为了巩固苏维埃政权的政治文化基础，改变人民群众的精神面貌和文化水平，列宁等布尔什维克党的高层领导人将扫盲、发展普通教育和职业技术教育、培养有专门技能的建设人才、发展科学和文学艺术、提高全党的政治文化水平提上了党和国家的议事日程,掀起了一场基于马克思列宁主义和无神论思想、旨在对社会的精神生活和人们的社会意识进行变革的"文化革命"。

一是进行了扫除文盲的国家文化教育活动。新建立的苏维埃俄国是一个半文盲的贫穷国家,"笼罩着的却是宗法制度、半野蛮性和十足的野蛮性"。在所有其他的那些穷乡僻壤,也"到处都是宗法制度、奥勃洛摩夫精神和半野蛮性所统治"。苏维埃政权从旧俄国继承下来的是一个文化落后的摊子。[①] 改变俄国居民文化素质的落后状态是苏维埃政权着力解决的问题,列宁把扫除文盲视为动员群众参加社会主义建设的重要前提。十月革命前的俄罗斯,9—49岁年龄段居民中有73%是文盲,全国80%的儿童和少年没有受教育的机会。20世纪20年代初,列宁实施的新经济政策开始时,在俄罗斯城市里有将近半数的居民是文盲,文盲在农村居民中的比例更大。因此,列宁在1921年10月的一次政治教育机关代表大会上说,如果扫盲任务得不到圆满的解决,那么去谈新经济政策是可笑的。1918年,苏联在全国范围内广泛开展了扫盲工作。1919年年底,人民委员会通过了关于扫除文盲的法令,规定不会读写的8—50岁的居民必须学习识字。在苏维埃政权成立后的最初3年,尽管处于严酷的国内战争条件下,但仍有700万人接受了扫盲教育。

二是新的国民教育制度逐渐形成。列宁认为发展苏维埃政权文化,第一是发展教育,尤其是初等国民教育;而发展教育的关键,除了增加教育经费外,就是提高人民教师的地位,首先是改善他们的物质生活条件。其次是教育农民,提高其文化水平,至少要让他们识字,把他们吸引到合作社中来,逐步引导他们走社会主义道路。1919年的俄共(布)八大通过的党纲中提出了发展国民教育的基本目标,如建立包括托儿所、幼儿园、保育院在内的学龄前教育机构网,对17岁以下的儿童少年实行义务普通教育和综合技术教育,发展成人职业教育并为工农进入高等学校创造条件。在中学教育领域,苏维埃政府一方面规定学校的教学活动要按照人民教育委员部拟订的教育计划和教育大纲;另一方面,增加教育的经费投入,使全国中学数量和在校学习的学生人数大大增加。在大

[①] 任光宣:《俄罗斯文化十五讲》,北京大学出版社2007年版,第219页。

学教育方面，布尔什维克领导人把培养工农子弟定为苏维埃国家的一项国策，苏维埃政权重视培养新型的无产阶级知识分子，创造有利条件让工农出身的青年上大学。除学校教育外，苏维埃国家还搞了一些非学校教育形式，如组织各种技术培训班、文化补习班等。总之，20世纪20年代，苏维埃政权教育的大规模改革和一系列举措使得苏维埃国家获得了管理文化的"资格"，奠定了苏维埃文化意识形态化的基础，为苏维埃国家培养了自己的知识分子队伍。[①]

三是大力开展无神论意识形态教育宣传，消弭俄罗斯东正教的社会作用。无神论是布尔什维克政党的基本理论，苏维埃政权成立后始终视俄罗斯东正教为党的意识形态最大威胁。列宁早在《社会主义与宗教》（1905）一文里就阐述了宗教与国家完全分离的原则，让俄罗斯东正教教会远离国家事务的主张。1917年12月4日，苏维埃政权发布命令把教堂和修道院占有的所有土地收归国有。几天后，又下令把宗教教区学校、神学校和神学院归于人民教育委员部管辖。同年12月31日，苏维埃政府颁布了《关于良心自由法令》，这个法令让教会远离国家事务，剥夺其一切财产和法人权力。此后，俄罗斯全国掀起了一场没收教会财产的运动。大批教堂建筑被关闭和拆除，教堂里的大批珍贵文物被拿走，许多教堂变成仓库、摄影棚和宣传无神论的博物馆。除了容许教民在教堂祈祷外，教会的许多其他活动，如教育儿童、帮助穷人和病人、办教会学校、进行宗教的行善活动等均被禁止。1918年2月2日，布尔什维克政府颁布了《关于教会同国家分离和学校同教会分离》的法令，禁止在学校开设宗教神学课，开始对学生进行无神论教育。与此同时，苏维埃政权加大无神论宣传的力度，创办了《无神论者》（1922年年底）报纸，并且印数很大。苏维埃政权对待俄罗斯东正教教会和宗教界人士的政策和措施引起了包括俄罗斯东正教牧首在内的宗教界人士和一批教民的不满，造成了极为不良的后果，同时损害了苏维埃政权形象。

四是针对旧有文化遗产进行了有选择性的保护和利用。在列宁的思想中，旧文化应该被用来为社会主义服务。1918年春天，列宁在同卢那察尔斯基谈话时指出，要用纪念碑、浮雕等来装饰城市，不仅要使社

---

① 任光宣：《俄罗斯文化十五讲》，北京大学出版社2007年版，第229页。

主义先驱者和战士的形象,也要使那些著名的思想家、科学家、艺术家的形象在人民的记忆和意识中扎根。他特别指出,后一类人物虽然与社会主义没有直接联系,但却是真正的文化英雄。人民委员会先后通过决议,拆除沙皇及其仆从的纪念碑,建立革命、社会和文化活动家的纪念碑。而对待一般文物、建筑物、古旧物品和文献则通过对属于私人、团体、机关的古代艺术品和古物进行登记和清点的方式对贵族、官僚的庄园及其收藏的艺术品实行国有化。1918 年,教育人民委员部物馆和文物保护的专门委员会做出了一系列决定,如将特列季亚科夫美术馆收归国有,禁止把艺术品和古物运往国外,因而国立博物馆数量增加,其收藏也不断扩大。

三 苏维埃政权初期文艺战略的主要成就与不足

20 世纪 20 年代前半期,尽管苏维埃官方对文化进行干预和控制,但苏维埃文化依然呈现出一种多元发展状态。这里的原因有多种,其中最主要的有两个:一个是白银时代俄罗斯文化的余波冲动;另一个是新经济政策实施的结果。[①] 在新经济政策初期,俄共(布)文化政策的一个重要原则是,从苏俄文化事业的实际出发,运用新经济政策的基本原则,正确地对待资本主义遗留下来的文化力量,调动一切积极因素,促进文化的发展和繁荣,创造建设社会主义所必需的文明水平。

新经济政策初期俄共(布)的文艺战略的工作重点就是改天换地后帮助广大群众克服旧习惯、旧风俗、旧思想,提高他们的文化水平和政治觉悟,特别是新经济政策初期的群众性扫盲运动有了新的发展。俄共(布)第十一次和第十二次代表大会都对此做出许多相应的规定并提出了具体的要求。同时,新生的苏维埃政权实行的新经济政策造成一种相对宽松的社会环境,不但迎来了经济高涨,而且促进了文化的发展。新经济政策在文化领域里提供了自由竞争氛围,容许各种文学艺术团体和小组存在和活动,促使了文化领域的思想、风格和审美的多样化。1925 年 9 月 18 日,俄共(布)中央《关于党在文学方面的政策》的决议提出的"真正正确的、有益的和灵活的领导"原则通过批评的途径和说理的方

---

① 任光宣:《俄罗斯文化十五讲》,北京大学出版社 2007 年版,第 229 页。

法，揭示文学的阶级性，与文学中的自由主义倾向和反革命倾向作斗争。在这一方针指导下，20年代的苏维埃文学出现了活跃的、富有生气的局面，文艺界存在着许多自发的团体和组织，意象派、未来派、结构主义等多种流派纷纷出版刊物，包括高尔基、绥拉菲莫维奇、富尔曼诺夫、马雅可夫斯基、肖洛霍夫、法捷耶夫等无产阶级作家；也有阿赫玛托娃、皮里尼亚克、列昂诺夫、卡达耶夫等在内的知识分子作家发表不同风格的作品，为苏联文学的繁荣做出了贡献。此外，雕塑、电影、音乐和戏剧表演艺术等方面的艺术家们也在进行着不同流派和风格的探索。

这一时期，苏维埃政权文艺战略的不足之处主要表现为政府对宗教和教会采取了简单化的行政措施。在20年代初期的灾荒期间，政府以没收教会财产为开端，以镇压教会上层人物为结束，对教会进行了一次沉重的打击，但同时也同一般教徒发生了尖锐冲突。1925年，以成立由党的宣传鼓动部门领导的战斗的无神论者同盟为标志，开展了一场声势浩大的宣传无神论的运动，中央要求政治教育总局在人民群众中广泛地组织、领导和促进反对宗教迷信的宣传。但这一运动经常被搞成露骨的反宗教运动，漫骂式的宣传收效甚微，也并未在文化信仰和精神追求层面对民众的宗教意识产生根本性动摇。

综观苏维埃政权建立初期的文艺战略，总体而言直到20年代末为止都是积极并值得肯定的。一方面，苏维埃政权初期掀起的"文化革命"及其一系列举措对发展苏维埃政权初期的文化起到过积极的作用。不同文化流派和不同艺术风格的阵地，不同文化思想、各种艺术形式共存和交融，呈现出一种多元的发展态势。另一方面，苏维埃政权从建立之日起就把文化政治化和意识形态化，苏维埃政权的文化政策和对文化的领导管理在很大程度上就是对文化的专制，这也开启了70年来苏联文化专制主义的历程，苏维埃文化从此被强行纳入了单一的模式和发展轨道，为斯大林时期的极"左"文艺战略埋下了伏笔。

第二节 斯大林至勃列日涅夫时期的文艺战略概述

20世纪20—30年代，斯大林在经过多次残酷的政治斗争后将托洛茨基、季诺维也夫、加米涅夫、布哈林等政敌一一击溃，取得并牢固确立了自己在布尔什维克党内的领袖地位,直至 50 年代初都是斯大林执政的鼎盛时期,被称为苏维埃社会的斯大林时代。斯大林时代苏维埃文化进入一个特殊的发展时期。斯大林时代的文艺战略和制度是为高度集权的政治、经济制度服务,采取高压控制手段,领导人不是根据文化自身的规律进行文化建设,而是依据僵化的理论、教条、个人意志,运用诸如"大批判""大清洗"等破坏性运动手段,甚至通过消灭肉体来树立对领袖的顶礼膜拜,文化呈现为一种专制主义的政治斗争文化。这种典型的文化高压政策与斯大林高度集中的文化领导体制相适应,确立了对所谓"真理"的垄断,剥夺了人们自由思考的权利,压抑了自由创造的渴望,扼杀了个体独立,这种文化政策模式造成了整个国家的文化专制和极权恶果。赫鲁晓夫执政之后,对斯大林时代对苏联社会高度集权的一元化统治进行了全面改革,特别是在文化领域进行了一定程度的松绑和开禁,被称为"解冻"。由于国家政治体制决定将共同的信仰和观念作为社会整合的唯一手段,非此即彼的刚性意识形态决定了赫鲁晓夫文化"解冻"时期的文艺政策并未根本摆脱斯大林时期的运行模式,仍然对苏联文化艺术的发展产生了不良影响。

一 斯大林时期社会主义现实主义文艺政策的一花独放及其影响

斯大林 1928 年发动所谓反"右倾"运动,取消了"新经济政策",又实行了经济、政治和意识形态的"大转变",以不同的形式和面貌,恢复了军事共产主义时期的非常措施,重启向社会主义的"直接过渡"。一是在经济上,取消了"新经济政策",确立了以超高速工业化、强制集体化和计划经济为特征的社会主义经济模式。二是在政治上,实行形式上的人民民主、实质上的个人崇拜、领袖个人权力至上的专制统治;把党内和人民内部的矛盾泛化并扩大为阶级矛盾和斗争,实行无休止的残酷斗争和镇压。在文化上,提出"资产阶级文化全面腐朽"论,[1]认为资本主义文化是剥削阶级意识形态的载体,要消灭这种意识形态及其残余,就必须彻底抛弃资产阶级文化。同时,以大批判、大斗争和大整肃的手

---

[1] [南斯拉夫]马尔科维奇、塔克等:《国外学者论斯大林模式》(下),中央编译局列宁斯大林编译室、世界社会主义研究所译,李宗禹主编,中央编译出版社 1995 年版,第 874—875 页。

段,肃清包括中间思想形态在内的一切非无产阶级思想意识;以隔离、封闭的方式,在"纯社会主义"的封闭环境中培育无产阶级意识;以垄断的方法,通过哲学粗暴干预社会科学和自然科学各学科的方式,控制意识形态。这样一来,就在学术文化上导向否定一切的虚无主义,造成思想理论上的僵化、凝固和教条主义,带来了学术文化和艺术的委靡不振。①

在苏联发生经济、政治和意识形态全面"大转变"的背景下,斯大林于1929年2月28日发出《致拉普共产党员作家》的信,肯定"拉普""总路线基本正确",指出"只有你们,唯独你们",即"拉普","才配领导文艺战线"。② 这一对极"左"文艺思潮的肯定直接放弃了布哈林、卢那察尔斯基关于文艺阶级性复杂多样的马克思主义分析,转向"拉普"的庸俗社会学观点,把文艺的阶级性简单化、绝对化、庸俗化、教条化,主张文艺直接为政治服务,从而把文化艺术的领导权正式委任给了"拉普"及其代表的极"左"路线。以阿维尔巴赫为首的"拉普"多数派领导,在斯大林的支持下故技重施对作家重施"残酷斗争、无情打击";继续搞宗派主义,打击一大片;在文坛发号施令,对创作大搞行政干预;宣扬庸俗社会学,以政治代替文艺;等等。20年代末30年代初,在反右倾的大背景之下,这个团体内部发生分化,其极"左"一翼指责"拉普"领导人犯有右倾机会主义的错误。1932年春天,根据斯大林的意见,联共(布)中央政治局通过了《关于改组文学团体》的决议,"拉普"和其他文学组织都被解散,取而代之的是在联共(布)严密控制下的统一的苏联作家协会;在其他各种形式的文化艺术领域也采取了相应的措施,取消各种团体和派别,成立了全苏统一的协会。社会主义现实主义成了苏维埃政权官方独尊的文艺理论和创作方法。

社会主义现实主义是1934年苏联作家第一次代表大会上被苏维埃官方宣布为文学艺术创作的基本方法的。党性、人民性和社会主义人道主

---

① 马龙闪:《苏联30年代的"大批判"与联共(布)政党文化的形成》,《俄罗斯学刊》2013年第1期。

② Власть и художественная интеллигенция. Документы ЦК РКП(6)-ВКП(6), ВЧК-ОГПУ-НКВД о культурной политике, 1917 – 1953. Под ред. Акад. А. Н. Яковлева, сост. А. Артизов О. Наумов. М., МФД 2002. С. 110 – 111.

义是社会主义现实主义的主要思想原则，要求"艺术家从现实的革命发展中真实地、历史具体地去描写现实，同时艺术描写的真实性和历史具体性必须与用社会主义精神从思想上改造和教育劳动人民的任务结合起来"，这就要求艺术家反映、表现和描绘的现实必须符合"用社会主义精神从思想上改造和教育劳动人民的任务"。[①] 按照"社会主义现实主义"的政治标准，必然不能完全包容该时期苏联社会的文学艺术，一些没有按照"社会主义现实主义"政治标准创作的作品被视为应批判的异类。在全国范围内展开的语言辩论和关于形式主义的辩论又将创造方法极端化和标准化，迫使艺术家放弃了自己的多样化艺术探索，使苏维埃文化进入了一元化发展时期。

在社会主义现实主义方法的要求下，文化各个领域的艺术家们在20世纪30—40年代确实创作出一些具有苏维埃时代特征的文化艺术作品，塑造出一些苏维埃的新人形象，如奥斯特洛夫斯基《钢铁是怎样炼成的》中的主人公保尔·柯察金、法捷耶夫《青年近卫军》中的主人公奥列格·科歇沃伊、格拉西莫夫的画作《西伯利亚游击队员的宣誓》里的游击队员、雕塑家穆希娜的大型雕塑作品《工人与女庄员》、作曲家哈恰图良的芭蕾舞音乐《加扬涅》中的女主人公加扬涅等都是这一时期的文艺经典形象，其表现的人的乐观主义和社会主义的人道主义精神追求和新浪漫主义诗学的形式诉求都值得肯定。但是，将共产党人、工人、农民、新知识分子作为文学、绘画、雕塑乃至音乐作品创作的唯一对象造成了文艺发展的单一化。在社会主义现实主义创作原则下，有些历史事实被改写和歪曲，一些形象被人为地拔高，"高大全"式的人物和"假大空"式的粉饰文化艺术作品泛滥，这些都违背了亘古以来俄罗斯文化发展的规律，束缚了文化界知识分子的创作思维和创作个性，限制了他们的创作自由和艺术探索。文艺和文化发展的一元化造成了斯大林时代文化发展的危机。

这种危机主要表现为以下几方面：一是按照官方旨意的"遵命文学"大行其道，极力宣扬对斯大林的个人崇拜，公式化、概念化、为政治口号作图解的作品被当作"社会主义现实主义"硕果的"粉饰文学"和

[①] 任光宣：《俄罗斯文化十五讲》，北京大学出版社2007年版，第243页。

"个人崇拜文学"作品泛滥，作品只考虑意识形态，而根本不顾及美学要求，如巴巴耶夫斯基的《金星英雄》和《阳光普照大地》、A.托尔斯泰的小说《粮食》等。直至斯大林逝世前，苏联的文学艺术一直处于危机和"结冻"状态。二是通过联共（布）中央对文化问题颁布的各项决议实施意识形态控制，强化文化一元化统治。从20世纪30年代初开始，联共（布）中央开始大抓意识形态工作，从办杂志的方向到高校的文科教学，从剧院的上演剧目到对影片的评价都颁发了一系列决议，加强对文化领域的意识形态控制。例如，1946年一连公布了3个决议，即"关于《星》和《列宁格勒》两杂志的决议"（1946年8月14日）、"关于剧场上演节目及其改进办法的决议"（1946年8月26日）和"关于影片《大家庭》的决议"（1946年9月4日）。1948年又发布了"关于穆拉杰里的歌剧《伟大的友谊》的决议"（1948年2月10日）和"关于苏联音乐中颓废现象的决议"（1948年2月10日）。这些决议全部针对文艺界中与斯大林文艺政策不相符的作品和作家开展，基本都是在斯大林本人直接授意下出台的。其中批判《星》杂志因其刊登了左琴科、阿赫玛托娃等作家、诗人的"非党性和社会主义现实主义"的原则作品；《列宁格勒》杂志因刊登崇拜外国资产阶级文化的作品而受到批判；批判穆拉杰里的歌剧《伟大的友谊》则是因为斯大林参加了这部歌剧的首演式后很不满意，认为歌剧情节歪曲了历史的真实；"关于剧院上演剧目及其改进措施的决议"明确禁止剧院排演资产阶级作家的剧目，认为资产阶级作家会利用苏联舞台宣传反动的资产阶级意识形态和道德。三是在文艺界开启了国家订单的创作生产模式。如艺术委员会造型艺术总局事先拟定出创作的绘画作品、雕塑作品的主题，而后同作者签订协议。该机制订单的分配形式不是以创作竞争来决定，而往往通过暗箱操作导致订单分配的不公平，造成了伪劣作品和官员腐败盛行，国家资源严重浪费。四是造成对外文化交流的停滞。20世纪40年代末，由于苏美冷战趋于白热化，国际上欧洲分裂为东西方两大阵营加剧了苏美意识形态的对抗，国内的意识形态领域同崇拜西方的斗争进一步加强了苏联与美国和西方国家的铁幕关系。为此，苏联官方将西方文化艺术统统视为资产阶级的而加以否定和批判。例如，禁止翻译出版西方当代作品，禁止演奏美国和西方现代作品，把西方的印象主义绘画与形式主义相提并论而加以否定。除了极少数身居要职的艺术知识分子有机会代表官方出席国际性活动外,大多数文艺创作工作者没有出国机会;而且禁止同外国人通婚等。① 上述原因导致苏联的对外文化交流工作处于完全停止状态,苏维埃文化隔绝了与世界各民族文化的往来和沟通,变成了文化孤岛。

总之,斯大林时代,在社会主义现实主义文艺理论的指导下,"无冲突论"和"粉饰现实"之风盛行,高度极端化和统一化的文化体制、文化政策和知识分子政策在这一时期达到顶峰,使苏联文化陷入重重危机之中,也使赫鲁晓夫时期的文化改革呼之欲出。

二 赫鲁晓夫时期文化政策极端化后的解冻与封冻

在苏联历史上,以斯大林逝世后大规模平反冤假错案、释放无辜和批判个人崇拜为开端,从1964年10月以赫鲁晓夫被迫辞职到1968年苏联出兵捷克斯洛伐克这个时期,被称为"解冻"时期。② "解冻"一词来自爱伦堡小说《解冻》,比喻个人崇拜的漫长冬日已经过去,坚冰消融后思想解放的到来。1956年在苏共第二十次代表大会上赫鲁晓夫抛出"秘密报告"点名批评斯大林,并且号召全党清除斯大林个人迷信造成的严重后果。此后,在全党和全国展开了针对斯大林时期的问题和隐患的一场重大变革运动,在文化领域也进行了一系列的改革,如调整文化政策、改革领导机构、给遭受迫害的艺术知识分子平反等,苏联文化艺术界出现了繁荣的景象,意为文化"解冻"。赫鲁晓夫时期以"解冻"为特征的文艺战略主要表现在以下方面。

一是解除斯大林时期的文艺和文化禁令,为20世纪30—40年代蒙受冤屈的文化界知识分子平反。如颁布《关于修正对歌剧〈伟大的友谊〉、〈鲍戈丹赫梅利尼茨基〉和〈全心全意〉的错误决定》的决议等。中央指出,对这些音乐作品的批判是毫无道理的,把肖斯塔科维奇、普罗科菲耶夫、哈恰图良、谢巴林、波波夫、米亚斯科夫斯基等有才华的音乐家称为"反人民的形式主义流派的代表"是不公正的。同时这期间也为

---

① М. Р. Зезина, *Советская художественная интеллигенция и власть в 1950 – е – 60 – е годы*, Диалог-МГУ, 1999, С. 236.

② 马龙闪:《苏联文化体制沿革史》,中国社会科学出版社1996年版,第222页。

被斯大林时期迫害的艺术家恢复名誉。如为戏剧导演弗·埃·梅耶霍德和作家奥·埃·曼德尔施塔姆、伊·埃·巴别尔等恢复名誉。

二是解禁了大批被禁的文学、绘画和电影作品。发表于《星》杂志的左琴科和阿赫玛托娃等作家的作品得以解禁；被禁作家由原来的 3310 人减少到 675 人；曾遭到斯大林批评的爱森斯坦的影片《伊万雷帝》续集在全国公映；遭禁的德·德·肖斯塔科维奇的歌剧《姆钦斯克县的麦克白夫人》上演；在莫斯科和列宁格勒举办了现代主义者西班牙画家毕加索的作品展等。

三是相对放松了对文化的意识形态控制，修改了"社会主义现实主义"的定义，打破了对文艺创作和文艺研究的藩篱和桎梏，使艺术知识分子的精神获得了相对的解放和自由。1954年苏联第二次作家代表大会和1959年苏联第三次作家代表大会上两次修改社会主义现实主义的内容并规定为："要求艺术家从现实的革命发展中真实地、历史地和具体地描写现实"，[①] 从而在很大程度上拓展了社会主义现实主义的理论空间，有力恢复了文艺创作的生机活力。在文学题材上，反映苏联社会生活中的阴暗面如官员的特权和滥用权力、斯大林时代的镇压和种种悲剧等内容的大量作品纷纷出现。如1962年发表在《新世界》杂志上的伊·索尔仁尼琴的中篇小说《伊万·杰尼索维奇的一天》，描写了斯大林时期政治犯们在劳改营中的生活状况，在社会上引起了强烈的反响，从而使知识分子得到了精神解放和自由创作的空间，促进了他们的创作和理论探索。

四是扩大了对外特别是对欧美国家的文艺和文化交流。赫鲁晓夫时期对外文化政策进行了调整，其中重要内容就是加强与美国和西方国家的文化交流。这一时期苏联实施了对外"文化进攻"战略。"文化进攻"作为苏联国际战略的重要方向之一，遵循促进宣传社会主义的成就和扩大苏联在世界范围内拥有朋友的数量的方针，其意义在于加强对异国文化的了解，介绍国外作家和艺术文化流派；扩大文化出版领域的信息来源，加强知识分子同国外同行的彼此交往，营造良好的社会精神文化

[①] 马龙闪：《苏联文化体制沿革史》，中国社会科学出版社1996年版，第314页。

氛围。①

虽然"解冻"的规模和影响很大，但并未导致苏维埃文化真正的繁荣发展，赫鲁晓夫时期的文化"解冻"并没有彻底触动苏维埃官方的总体文化政策，社会主义现实主义依然是官方倡导的唯一原则，其他文化流派不容许存在。更为严重的是伴随"解冻"，"封冻"也在同时进行，苏维埃高层内部各种力量角逐，官方文艺态度和形势波谲云诡，斗争此伏彼起。苏维埃社会中的保守派对赫鲁晓夫的社会变革、对"解冻"持怀疑甚至反对的态度，在文学艺术上继承斯大林时代的发展方向和传统，认为任何背离这一原则的，尤其是亲西方的文化倾向都会导致苏维埃文化的毁灭。同时苏共二十次代表大会后，国际共产主义运动出现了分歧和分裂。波兰、匈牙利等国内出现的民主运动，也迫使赫鲁晓夫收紧意识形态，并下决心采取了一系列文化"封冻"措施。1957年以后，苏联作家协会理事会和苏联作家协会书记处召开会议，认为苏共二十大以来文化"解冻"出现了文化混乱，提出要捍卫"党性""人民性"和社会主义现实主义。苏联戏剧家协会、苏联电影家协会等其他各种创作协会也纷纷召开会议，强调党的领导和党领导文化艺术的基本原则。苏维埃官方文化政策中的保守主义倾向加强，官方强化了文化审查制度，坚决回击削弱社会主义现实主义的思想，不容许偏离社会主义现实主义的作品发表和流传。② 1962年12月17日赫鲁晓夫等苏共中央领导人会见文艺工作者时，苏共中央书记、意识形态委员会主席伊利切夫要求作者遵循文艺发展的主要方向和主要路线，他批评文学界经常发表一些标新立异的诗歌和散文作品，认为抽象派、印象派等流派是"病态的矫揉造作"、对西方的"可怜的模仿"，指责音乐界"醉心于各种外国爵士乐的怪叫"，并声称"不能容许任何脱离我国文学艺术主要发展路线的现象"。紧接着又由苏共中央意识形态委员会召开青年作家、画家、作曲家、电影和戏剧工作者会议，强调不能把反对个人崇拜的题材"变成耸人听闻的消息"，"不能贬低苏联人民的生活、历史、伟大成就和美好志向"。此后，

---

① М. Р. Зезина, *Советская художественная интеллигенция и власть в 1950 – е – 60 – е годы*, Диалог – МГУ, 1999. С. 236.

② 任光宣：《俄罗斯文化十五讲》，北京大学出版社2007年版，第271页。

大众媒体上频频出现代表官方思想的文章，提出要与文化艺术界知识分子中的不健康倾向斗争，要批判所谓"攻击党的领导"的言行，要整治文化领域里的混乱现象，并出现了以"帕斯捷尔纳克事件"和"布罗茨基案件"为代表的"封冻"典型事件，导致了文艺政策的寒流回潮，文艺一元化统治形势并未得到根本改变。

三 勃列日涅夫时期的文艺战略的收紧与反复

1964年10月赫鲁晓夫被免除了党和国家的最高领导人职务后，他的继任者勃列日涅夫继续对文艺和文化工作采取"封冻"政策，任命保守派代表人物苏斯洛夫主管意识形态工作，苏斯洛夫在"冷战思维"指导下进一步加强了对文化及意识形态的严密控制和封锁。

一是苏共中央以文件和决议形式收紧意识形态和文艺工作。1965年2月，莫斯科市委第一书记叶戈雷切夫发表文章点名批判《伊万·杰尼索维奇的一天》，说这类作品"过分醉心于描写个人崇拜时期的专横、无辜受迫害的人们的精神感受和肉体痛苦"，结果混淆了苏联人的视听。在3月初俄罗斯联邦作协第二次代表大会开幕时，勃列日涅夫和苏共其他领导人到会，基里连科代表中央致贺词，其中要求"对思想动摇现象和资产阶级意识形态、虚无主义情绪以及抹黑的种种表现毫不妥协，坚决反对艺术中的自然主义、形式主义和抽象的做法"。《真理报》为此发表社论，把苏联作家的使命确定为"同反动的资产阶级意识形态、同那些与马克思列宁主义格格不入的美学理论进行不调和的始终不渝的斗争"。此后，"解冻"时期那种对斯大林进行批评的作品被严格限制出版。另一方面，党为了加强对文学艺术的控制又开始加强对文艺批评的组织工作的领导。1972年1月21日，苏共中央专门通过了《关于文艺批评》的决议，随后《真理报》和其他文艺报刊相继发表社论和文章，认为这一决议是文艺批评长期的行动纲领。决议指出，文艺批评在肯定社会主义现实主义艺术和揭露资产阶级群众文化以及颓废派的反动本质方面仍然不够积极和彻底，认为文艺评论"对思想和艺术产品采取调和主义态度"，存在着"主观主义和出于私情和派别的偏袒风气"。决议责成党政主管部门和文艺团体提高文艺批评的思想理论水平，增强贯彻党的文艺路线的积极性和原则性，调配"业务熟练，政治敏锐"的干部加强编辑委员会、出版委员会和编辑部。

二是斯大林时代进行思想文化控制的方式重新被采用。在勃列日涅夫时期，持不同政见者的意见致使整个知识界和政府始终处于紧张状态。1965年9月，持不同政见的作家西尼亚夫斯基和丹尼尔被逮捕判刑。为此，一批作家、科学家以集体请愿的方式抗议对持不同政见者的镇压，呼吁当局遵守苏联宪法。索尔仁尼琴的《1914年8月》等地下文学和政治刊物得到传播，引起了苏共中央的紧张，主管意识形态的部门通过公开谴责和批判开除出作家协会、禁止在莫斯科居住、劳动改造、取消国籍等方式处理持不同政见者。年轻的诗人布罗茨基在1963年就因犯有"寄生罪"，被判刑5年，送往劳改农场接受改造。1972年，布罗茨基移居美国，1987年获诺贝尔文学奖。有些持不同政见的知识分子甚至作为精神病人被强制治疗。但是，这种高压措施非但没有取得良好效果反而加剧了政府与知识阶层的对立，苏维埃知识分子与官方的文化政策和意识形态控制产生了激烈的冲突

在这种氛围下，80年代中期整个社会呼吁开放的政治气候的氛围不断浓郁，加之西方对苏联流亡海外持不同政见作家及其作品的大肆宣传，苏联国内的文化气候也再次转折。1986年6月，在相当开放的气氛下第八次苏联作家代表大会举行。会上，许多作家在发言中对长期以来压制文学、决定苏联文学命运的制度提出了尖锐批评。大会通过决议指出，第一位的任务是必须创造一种能够促进文学发展的气氛。同时要求为帕斯捷尔纳克平反，出版他的全集等。在大会产生的新作协领导机构中，增加了一批比较独立的著名作家、诗人和评论家。随后，很多在过去时代由于政治原因而被禁止出版的作品，如普拉东诺夫、布尔加科夫、雷巴科夫、杜金采夫等人的作品重新面世。在历史上曾被否定的或流亡国外的文学家作品也得到了重获评价的机会，如古米廖夫、吉皮乌斯、纳波科夫、金斯伯格等。侨居美国的布罗茨基获得诺贝尔文学奖后，其作品也被苏联文学杂志介绍给苏联读者。

总之，斯大林至勃列日涅夫时期的苏维埃官方文艺战略基本呈现为一种以行政命令手段为支撑的文化专制主义形态。苏维埃官方用法令、命令和决议等手段干预文化发展的进程和文化的教育、科研、文化社团、出版、新闻、广播等各个领域的活动，以强制、高压甚至暴力手段对待

包括科学家、哲学家、学者、艺术家、作家、教授等在内的与苏维埃官方意识形态对立的文化界知识分子。虽然在赫鲁晓夫当政后文艺和文化领域某些政策和措施为当时文化发展注入了一定的活力，但这种文化革新措施仍是极为有限，苏共的政党形态和政党文化也不可能放弃对意识形态和文化领域的控制，这表现为社会主义现实主义始终都是苏维埃文化艺术唯一的创作方法、批评原则和审美标准，苏维埃官方始终强调文化艺术创作必须坚持无产阶级的"党性"和"人民性"的基本原则等。虽然这一时期的苏维埃文化依然是在官方意识形态控制下发展，但是显然已经与斯大林时代有很大的不同，社会主义现实主义不再是"铁板一块"，在文艺自身规律、知识分子自由价值诉求与政党一元化文化统治之间的博弈和矛盾中，以侨民文学、地下出版物和异样散文为代表的持不同政见声音的文化艺术创作始终存在，成为这一时期文艺政策宰制下的奇特景观，其中的新现象和新特征不但反映出这个时期苏维埃国家的社会政治生活的矛盾性，也反映出文化发展突破束缚和自身革新的强烈渴求，昭示着文艺和文化社会变革的到来。

第三节 戈尔巴乔夫时期的文艺战略概述

勃列日涅夫执政后期，政治体制的僵化、经济发展的迟滞以及来自冷战遏制的国际氛围使苏联处于内政外交的双重危机之中。为突破原有政治体制束缚、激发国家经济发展活力、突围冷战环境，戈尔巴乔夫自1985年被推选为苏共中央总书记伊始就开始启动政治改革进程，倡导以"民主化"和"公开性"为核心内容的"改革新思维"，试图以政治改革带动经济改革。在戈尔巴乔夫倡导"公开性""民主化""多元化"政治改革不断推进的进程中，自由主义逐渐成为俄罗斯社会的主流价值，引起了苏维埃国家在外交、政治、经济、文化等领域的深刻变革，苏维埃文化发生了显著变化并彻底"解冻"。

一 戈尔巴乔夫的"改革新思维"与苏维埃的文化变革

1987年，戈尔巴乔夫撰写并出版了《改革与新思维》一书，在此书中他全面、系统地对苏联改革进行了总构想，指出"改革给我们的政治实践和社会思维提出了新的任务",必须"结束社会科学的僵化状态""彻底消除垄断理论的后果""使社会思维发生急剧的转折"等等。① 戈尔巴乔夫的"改革新思维"改变了苏维埃时代的意识形态、政治思维和政治行为的固定模式,以新的观念、态度和方法处理苏维埃国家的国际和国内事务,使苏维埃国家走上了一条前所未有的、各个领域的"改革"之路。在国际方面,戈尔巴乔夫一改赫鲁晓夫和勃列日涅夫时期军备竞赛的"冷战"对立思维,改变原有的封闭和对立状态,与非社会主义阵营国家特别是西方大国对话,就国际争端、裁军问题、从国外撤军、削减核武器等问题接触和会晤,主张通过协商谈判解决国际争端。在"新思维"思想指导下"柏林墙"被拆除,东西方"冷战"局面迅速瓦解。此外,戈尔巴乔夫的"新思维"还摒弃苏联长期以来奉行的"无产阶级国际主义"和"革命输出"的思想和政策。1986 年 6 月,苏联开始从阿富汗逐渐撤军,到 1989 年从阿富汗撤出自己的全部军队,同时苏联还逐渐减少在东欧盟国和亚洲盟国蒙古的驻军,等等。在国内政策方面,1987 年戈尔巴乔夫把"全人类价值"引入苏共中央文件,建构了"人道主义的社会主义"概念,把对外维护和平、裁军、禁止核战争、防止生态灾难等表述,变成了改革内政原则,否定社会主义公有制和苏维埃政权建立以来推行的计划经济体系,提出在经济领域搞私有化和市场经济,并坚持对苏维埃国家的经济管理体制进行重大改革。国家颁布法律容许从事个体劳动,容许农村自留地和搞副业,苏联部长会议还颁布决议为从事个体生产的人们提供方便和较大的可能性,为之提供贷款,组织销售合作社,帮助销售个体户生产的产品,等等。此外,在经济领域还容许企业股份制,容许与国外建立合资企业以及推出其他一系列有利于发展市场经济的措施,实际上将苏联引入了市场经济机制中。在意识形态领域,戈尔巴乔夫提出社会主义观念的多元化,从根本上动摇了斯大林模式的社会主义思想。1988 年 6 月全苏党务会议出台对国家体制改革、法制体制改革的重要决议,导致苏维埃政治体制进一步自由化。随后特罗斯特尼科夫、科斯季诺夫等人分别在报刊上撰文公开批判列宁,否定马克思列宁主义,否定十月革命的道路,对马克思主义的正确性提出质

---

① [俄] 戈尔巴乔夫:《改革与新思维》,苏群译,新华出版社 1987 年版,第 53—55 页。

疑，《新世界》杂志在20世纪80年代末刊登格罗斯曼的小说《一切都是流动的》和索尔仁尼琴的小说《古拉格群岛》，矛头直接指向列宁和十月革命。1986年苏共第二十七次代表大会上修改党章和党纲，1990年苏联宪法第六款中苏联共产党的执政党地位被取消。同年，苏共中央全会通过了"走向人道的、民主的社会主义"的决议，其实质是否定正统的社会主义思想。到1991年，苏共中央公开宣布用全人类价值观代替社会主义价值观，导致社会主义苏维埃共和国的解体崩溃。

在"新思维"改革的总体氛围中，文化体制的改革也随之来临。戈尔巴乔夫通过种种为文艺松绑的方式，希冀以此借助文化力量削弱其在政治和经济领域的改革阻力。为此，戈尔巴乔夫提出"公开性"和"民主化"原则，使这种沉闷的社会文化现实发生了令人应接不暇的转变，以至于当苏联解体的钟声敲响时，苏联专制主义的文化政策也被新俄罗斯时代的异质性文化政策所取代。[1] 其中改革中的"公开性"原则和大众传媒的先锋作用成为苏联文化政策开始走向终结的关键因素。"改革为名副其实的人文教育和精神教育，为俄国人回归民族历史的背景中、回归俄国社会思想的运动背景中，创造了一切必要的政治条件。"[2] "公开性"大面积地破开了苏联大众文化的"冻土层"。到1990年前，"公开性"不仅已经成为社会政治生活中的一般准则，而且对动摇斯大林意识形态模式的神圣性起到了决定性作用。当"公开性"引发的社会激愤开始冲击苏联意识形态的秩序时，苏联传媒界第一个冲向了社会变迁的历史前台，自觉地承担起了"文化革新"的使命。大众传媒吸引了社会各阶层参与历史性的大辩论，使得不可调和的阶级斗争观念遭到人类的普遍价值认同与社会主义多元论的挑战。[3] "反斯大林的批评性政论的事态转变成了反共产主义。"[4] 原有的意识形态遭到重创。"在许多出版物中话题已不是

---

[1] 刘英：《俄罗斯文化政策的转轨与启示》，《探索与争鸣》2012年第2期。

[2] 俄罗斯社会经济和政治国际基金（戈尔巴乔夫基金会）：《奔向自由》，中央编译出版社2000年版，第310页。

[3] Л. В. Кошман и др, *Историярусской культуры IX - XX веков Издательство*，Москва：КДУ，2011，C. 444–445.

[4] Ibid. , C. 458.

围绕斯大林的罪过和社会主义的变形,而是制度本身的缺陷",① 尤其是"在社会意识中对于'回到起点'的不可能性被一步步强化",② 从斯大林意识形态束缚下解放出来的文化改革进程也已不可逆转。

除了意识形态的彻底松动外,文化管理体制改革也是戈尔巴乔夫时期文化政策变革的重要表现。这一时期现存的文化管理体制与文化发展要求之间的矛盾越来越明显。因此,1987 年苏联文化部不得不决定在 8 个加盟共和国的 60 多个剧院进行改革试验,其中包括:剧院在剧本的编写、出版、上演方面有权独立做出决定,而无须再经过文化部有关部门的批准;文化部门可以对剧院的工作提出建议和意见,但不能用行政手段进行干涉;剧院在经济上自负盈亏,可以自行决定票价;在剧院内部管理上,由选举产生的艺术委员会负责剧院的创作和演出,等等。电影界也着手进行改革,放弃了由国家电影委员会统一管理的做法,改为由电影制片厂独立负责,实行经济核算,鼓励开展竞争。制片厂自行决定影片的题材选择、剧本编写、资金投入和人员安排,不受行政干预。电影发行部门按照放映收入的一定比例向制片厂返回利润,制片厂内部各创作组也与厂方签订合同,根据工作的数量和质量获取报酬。文化体制由原来的高度行政化逐渐向市场化倾斜,同时文艺创作题材和发行传播的限制又在逐渐破除。

二 "民主化"和"公开性"在文化领域的集中体现——《苏联出版与其他大众传媒法》

戈尔巴乔夫的"新思维"在苏维埃社会各个领域里引发了一系列变革,其中在意识形态和文化领域最重大的事件莫过于《苏联出版与其他大众传媒法》的颁布,废除了自沙皇时期开始直至苏联的严格的新闻书刊检查制度。书刊检查制度是苏共统治意识形态和国家思想的重要工具。为了强化对各种出版物的检查,苏联政府规定了严格的检查秩序,是否符合政府的方针政策、是否符合国家利益成为是否列入查禁之列的重要

---

① Л. В. Кошман и др. Историярусской культуры IX – XX веков Издательство, Москва: КДУ, 2011, С. 444.

② Ibid., С. 444 – 445.

标准。

1985年3月戈尔巴乔夫当选为苏共中央总书记时苏联的大众传媒已经有了长足发展。1956年苏联出版的报纸有7246种，发行量达4870万份，到1985年苏联出版的报纸种类达到8500种，发行量达1.8亿份。苏联报业的发展证明苏联的读者群在逐渐扩大，越来越多的人开始关心国家大事，反对书刊检查制度。在苏联共产党第二十七次代表大会上，戈尔巴乔夫首次公开提出"公开性"，指出没有"公开性"就没有民主。"公开性"的重要内容就是公开历史真相与现实问题，这为打破苏共以往的意识形态垄断发出了革新先声。1986年6月24—28日，苏联作家第八次代表大会在莫斯科召开。《星火》画报主编科罗季奇在会后的记者招待会上表示，与会作家一致认为，必须改革现行书刊检查制度，应该只限于禁止出版宣扬战争和种族主义以及泄露军事秘密的作品，而绝不能对文学创作本身进行干预。[1] 1988年6月28日，苏共第十九次代表会议召开，与会代表对雅科夫列夫主笔的《关于"公开性"》的文件展开了讨论，该文件的主要内容是绝不允许压制大众传媒中存在的批评意见，绝不允许迫害批评者，出版物要定期公布党的收支情况的详尽信息。[2] 随后，戈尔巴乔夫开始从改革和缩减苏联书刊保密局入手开放书刊检查。苏联书刊保密局财政预算以及人数都大大缩减，一些没有裁掉的书刊检查员也并没有从事书刊检查任务，而是参与到"特藏文献"的整理工作中去。[3] 苏联书刊检查员的工作地位从此一落千丈，不再享受任何特权。到20世纪80年代末90年代初，国家对书刊检查制度的改革已经势在必行。1990年6月公布的《苏联出版与其他大众传媒法》是苏维埃时代大众传媒历史上划时代的法律文件。它规定了"苏联宪法保障的公民出版自由和言论自由，是指以任何形式（包括印刷和其他大众传媒）发表意见和寻求、收集和传播信息以及思想的权利"。该法还列出"苏联公民有权通过国外渠道（包括电话、无线电电台直播和报刊）获得信息"这一

---

[1] 柳光青:《苏联文艺界打破沉闷空气》,《国际问题资料》1986年第16期。
[2] 吴非、胡逢瑛:《俄罗斯传媒体制创新》,南方日报出版社2006年版,第246页。
[3] См.: Дьюхирст М. Цензура в России в 1991 – 2001 годах. Российская национальная библиотека Санкт-петербургский филиал института истории естествознания и техники РАН. Цензура в России: история и современность. Санкт-Петербург. 2005. С. 159.

条。这样一来，报纸、杂志、电视、电台、电影以及出版物都不再受到官方的审查，享有自由的权利。此外，该法的一些条款（第一章第4条，第二章第7、15、17条）规定解除官方对大众传媒的垄断和实现大众传媒的自治权利，等等。[①] 这部传媒法的问世阐释了大众传媒应该脱离书刊检查的约束，在保护新闻自由的同时严格限制了新闻界滥用报道权和评论的行为，确立和承认了社会思想的多元化。[②] 依照《苏联出版及其他大众传媒法》，1990年8月24日，苏联部长会议颁布了应对苏联书刊保密局职权进行适当限制的法令。同年10月，俄罗斯联邦部长会议通过决议终止俄罗斯联邦境内书刊保密局的活动。苏维埃时代国家领导文化体制宣告终止，对文化的意识形态审查也就此彻底结束。

三 "新思维"和"公开化"下苏维埃文艺的最后历程

书刊出版检查制度的结束为苏维埃文艺带来了全新发展环境，在戈尔巴乔夫"新思维"和"公开化"指导下，苏维埃文艺进入了全面解冻的最后阶段。按照戈尔巴乔夫原意，他希望将文艺纳入"新思维"激进改革的轨道，在被他所领导的苏共和苏联所利用后产生推进改革的意识形态正能量。然后，出乎意料的是，由于戈尔巴乔夫没有认真面对文艺在苏俄意识形态化的历史及其后果，在文艺政策和文化思潮全面放开后，意识形态不再被视为文艺创作的唯一标准，承认历史标准、道德标准、审美标准等也是文艺作品的批评标准，社会主义现实主义原则遭受质疑并且受到其他创作原则和方法的挑战，引发了文艺乃至苏维埃文化内部的剧烈变革，从而导致了苏维埃文化从一元向多元化发展的历史转化，并成为苏联解体的一大诱因。

一是大量地下和流亡文学及文艺作品的解禁造成了对苏维埃文化的全面否定。戈尔巴乔夫时期文艺政策最突出的特点就是全面开放性，其中最显著的标志就是对于斯大林时期开始的查禁文艺作品的开禁，以及地下作家和作品的面市。20世纪80年代中期以后，苏联政府对以普拉东

---

① 任光宣：《俄罗斯文化十五讲》，北京大学出版社2007年版，第291页。
② 郑超然、程曼丽、王泰玄：《外国新闻传播史》，中国人民大学出版社2005年版，第258页。

诺夫的《切文古尔镇》、布尔加科夫的《大师与玛格丽特》和扎米亚金的《我们》为代表的一大批文学作品进行解禁，这些文学作品有的揭露苏联现实阴暗面和历史内幕，有的批评苏共政策上的失误，有的在艺术形式方面表现怪诞；有的作品给苏联的意识形态造成了不良影响，有的作品如果公开发表可能给苏联造成不利的影响，并且与当时的社会政治条件、意识形态的要求相矛盾。[①] 1986年在苏联作协第八次代表大会上，沃兹涅先斯基提议出版帕斯捷尔纳克的全部作品获得响应。同年，苏联莫斯科艺术出版社出版了包括《日瓦戈医生》在内的帕斯捷尔纳克作品集。1988年5月，苏共中央政治局批准《真理报》出版社和《哲学问题》杂志出版此前被查禁的各种作品，不再对二战题材的文学艺术创作作要求，《新世界》《旗》《十月》等大型文学杂志以及《文学报》《莫斯科新闻》《莫斯科共青团真理报》等重要报纸，同样热衷于刊发持不同政见者作品、白银时代作品，包括索尔仁尼琴的《古拉格群岛》《癌病楼》等小说和《致苏联领袖的一封信》等政论作品，1986年放禁《小维拉》和《年轻人容易吗?》等30多部查禁的电影以及其他社会主义现实主义所排斥的文学、哲学、历史等各种文本，形成声势浩大的"回归文学"潮流。这股来势汹涌的文学潮很快演变成全方位批判苏联历史及其关键人物、事件的社会氛围，过去的文学在新思维政策激励下复活，变成推动知识界公开否定苏联的重要力量。[②]

二是大量西方文艺作品的引进加速了原有苏维埃文化的瓦解。"新思维"的开放政策解除了以前对广播电台播音的种种控制，1987年5月后，苏联开始停止干扰"美国之音"和其他西方鼓动苏联改革的无线电广播，西方作为公平正义之化身的意识形态、西方批评苏联共产主义各种不足和罪恶的论述等在苏联得到合法传播，使欧美大众文化涌入苏联社会。电台增加了民众了解外部世界和西方文化的渠道，西方的政治和文化信息通过电波传入苏联，及时报道国内外新闻和政治文化生活；电视上播放许多内容低俗、艺术质量低下甚至镜头不堪入目的西方电视剧；大量

[①] 谭得伶、吴泽霖：《解冻文学与回归文学》，北京师范大学出版社2001年版，第157页。
[②] 林精华：《文学国际政治学：苏联文学终结和冷战结束》，《黑龙江社会科学》2013年第1期。

引进西方电影,并且几乎没有什么审查和限制,所以西方的各种侦探片、暴力片、色情片充斥苏联电影市场,改变了苏联观众传统的欣赏习惯和审美取向,造成俄罗斯电影市场的失控和混乱。尤为严重的是,昔日的审美观和道德观被否定,共产主义和社会主义理想被抛弃,许多青年人滋生出拜金主义世界观和崇尚西方文化的价值取向……这一切引起了文化界许多人士的忧虑和不满,尤其是传统派作家邦达列夫、拉斯普京、普罗斯库林,文学评论家邦达连柯、卡金采夫等人在会议上发言,在报刊上发表文章,与改革派进行辩论,并且公开批判戈尔巴乔夫改革以来的一些现象。

三是文坛"改革派"与"传统派"的激烈论争加剧了社会思想的动摇。戈尔巴乔夫时期苏联文坛主要分成两大派,一个是拥护戈尔巴乔夫改革的"改革派"或"民主派",另一个是对戈尔巴乔夫改革持保留意见的"传统派"或"保守派",两派阵营分别代表苏维埃国家东方与西方、俄罗斯文化与西方文化道路选择的斗争和较量。改革派主要有贝科夫、叶甫图申科、格拉宁、杜金采夫、以斯坎德尔、奥库扎瓦等作家和诗人,他们认为改革后的文化"回归"是俄罗斯的一次"文化复兴",主张艺术创作的多元化,崇尚西方文化,尤其肯定现代派艺术,欢迎大众文化。"传统派"主要有阿列克谢耶夫、别洛夫、拉斯普京、阿斯塔菲耶夫、邦达列夫、库尼亚耶夫等作家和诗人。传统派对改革后的文化"回归"也表示欢迎,但也有所保留。这派作家坚持弘扬俄罗斯民族文化传统,对西方文化持谨慎态度,抵制西方的"大众文化",对现代派、流行音乐、流行艺术在苏联的泛滥深感忧虑。[①]"改革派"得到新苏共支持,积极投身于"公开性"和"民主化"运动。而且,他们否定苏联的文学活动得到了大型文学杂志的支持,如《旗》杂志在巴克兰诺夫主编期间,发表的作品多是不容于苏维埃文学的作家之作。这种把文学纳入新思维的改革,使坚守传统社会主义体制的正统派作家越来越少,以至于曾在苏联作协体制下获益良多的艾特玛托夫、扎雷金、阿斯塔菲耶夫等中间作家,也随着改革急剧变化、利益格局调整,先后转向批评苏共、不再支持苏联的阵营。1986年苏联作家第八次代表大会的代表以戈尔巴乔

[①] 任光宣:《俄罗斯文化十五讲》,北京大学出版社2007年版,第297页。

夫的"公开性"和"民主化"为旗帜，提出要对历史上和现实中的矛盾、问题公开揭露，并纷纷提出要进一步"开禁"的问题，改革派代表格拉宁要求重新评价20年代的那些"不公正地被遗忘的"作家；传统派代表利哈乔夫则指出，不应该把20世纪的俄罗斯文学"奉送"给西方，应该设法收回，并列举出一批应该予以承认的作家和应该出版的作品。① 会后，这两派营垒变得更加分明尖锐。改革派和传统派双方争论的问题和内容大大越出文学和文化的范围，而涉及政治、经济、外交、历史、道德、宗教等一系列领域，这种论争并未真正严肃的反思苏联社会主义问题，而是因公开性政策的刺激，走向日趋激烈否定苏联共产主义正统价值观之路。

总之，20世纪80年代中期前苏共的文学政策和文化思潮已孕育出戈尔巴乔夫时期必须要改革苏共文艺体制之紧迫性。戈尔巴乔夫把文艺引入新思维改革，以为按西方建构的"普遍"概念开禁那些激励批评苏联社会的持不同政见者和被查禁大半个世纪之久的文学艺术作品，就能放心进行内政改革。但戈尔巴乔夫"新思维"和"民主化"指导下的文艺政策虽然开启了官方意识形态的闸门，却由于举措过激和控制失调，加之"新思维"理论自身的缺陷，非但没有使苏维埃国家走向振兴和繁荣，反而导致了国家的解体。

第四节　叶利钦时期的俄罗斯文艺与文化发展评述

1991年12月25日，苏联国旗在克里姆林宫上空飘扬了69年后黯然降落，俄罗斯帝国时代的白、蓝、红三色国旗升起，世界上第一个社会主义国家苏联退出了历史舞台。以叶利钦为首的"民主派"夺取了政权，一系列西方政治体制的基本原则在俄罗斯得到确立，俄罗斯又回到资本主义发展道路，于是在社会急剧转型中围绕着传统与现代、西化与本土、自由与专制、浪漫与现实、激进与保守的思想文化冲突和碰撞在这片古老的土地上继续展开，在相伴相随的文化转型中叶利钦时代来临了。

---

① 谭得伶、吴泽霖：《解冻文学与回归文学》，北京师范大学出版社2001年版，第165—166页。

叶利钦时代，俄罗斯的经济转型在政治上彻底摒弃了苏联宪法，管理体制上基本放弃了国家干预，以盖达尔和丘拜斯为首的"圣彼得堡帮"在经济上实行以经济自由化、私有化和宏观稳定为核心的"休克疗法"，试图通过全面私有化将国家引入自由市场经济。首先，国家必要的管理和调节经济运行的职能弱化造成宏观调控缺失，为大规模的寻租、腐败和犯罪行为洞开大门，从而形成了一种畸形而低效率的市场经济体制，最终引发全面的通货膨胀和经济衰退。其次，激进的政治体制变革与国家制度重构引发了严重的政治秩序动荡，政府国家治理能力受到了严重制约，相关改革措施仅停留在议会讨论和草案文件上而未能及时落实。再次，经济寡头在私有化过程中使大量国有资产流失，在财富不断积累膨胀的同时获得相应的政治地位成为他们的迫切诉求，寡头干预政府决策现象越来越严重，也障碍了国家改革的推进。最后，原有的社会价值体系伴随着激进的制度变革突然瓦解，而权威与能力遭受严重削弱的国家也无法及时有效地对新生的公民社会实施必要的协调、规范与整合，这些都加剧了转型期的社会失序，增加了社会断裂的潜在风险。正是在激进制度变革中整个国家处于一种岌岌可危的无序状态，在总统与议会的冲突、权力资源的严重流失、秩序治理能力严重削弱和意识形态控制缺失等多种因素的综合作用下，俄罗斯社会在急剧转型初期陷入严重的文化危机之中。

一 苏联解体后俄罗斯社会的整体精神惶惑和文化危机

叶利钦时期的俄罗斯文化处于20世纪90年代俄罗斯复杂多变、动荡混乱的政治经济发展环境中，表现出失范、无序、混杂和多元等特点，总体陷入前所未有的精神迷失和文化危机之中。俄罗斯联邦成立以来，苏共意识形态彻底崩溃，俄罗斯的政治体制经历了艰难痛苦的转轨过程，自由主义再次成为俄罗斯社会政治转型的基本工具和强大武器。在民众对集权体制的强烈不满及对欧美自由民主的无比向往中，在短期内经济、政治体制走向高效化、民主化，立即消除特权泛滥、分配不公等积弊，从而迎来政治参与的高峰成为集体对叶利钦政权的期许和幻想。欧美式民主政治的热烈崇拜与自由主义思潮交织在一起，形成一股强大的合力，严重地摧毁了旧的国家结构和法律基础，涤荡了国家对政治、经济、意识形态等领域的控制，以 1993 年宪法颁布为标志，以叶利钦为首的激进民主派确立了以自由选举、三权分立、多党政治为主要内容的西方式民主政治体制。然而，转型初期建构起来的俄罗斯政治制度仍不完善，多元化政治对国家的鞭挞和蔑视致使政府的政策难以真正落实，三权分立和多党制对政府实施各种计划造成了牵制，政府的行为能力遭到严重削弱，缺乏足够的能力维持转轨时期社会的稳定与秩序，而民众和各种力量的政治参与又跑到政治制度化前面。在这种情况下，迅速迸发的政治热情给俄罗斯带来的是政局动荡不安、经济陷入危机、社会混乱不堪。①特别在精神文化和价值体系领域，社会制度的急剧转型给俄罗斯人的思想带来巨大冲击，在旧有的价值观坍塌而新的价值观尚未确立之时，俄罗斯人出现了前所未有的信仰危机、意识形态真空和道德滑坡等社会病症。一时间俄罗斯政治文化陷入矛盾性，并且易于从一个极端走向另一个极端，导致俄社会一度陷入严重的混乱之中，法律缺失，法纪无度，社会犯罪严重，不少人丧失了思想和道德支柱，也丧失了人的尊严，自私、贪婪、冷漠、无情、尔虞我诈、见利忘义、互相倾轧、不择手段、行贿受贿等充斥俄罗斯社会……②在文化领域具体表现如下。

（一）国家意识形态真空状态

"随着苏共的垮台，空洞而简单化的正统意识形态说教成为过去，与之相对的简单化的自由主义口号骤然泛起。随之俄罗斯出现了一个各种思潮杂乱纷呈的局面。"③ 剧变后的俄罗斯，原来占统治地位的社会主义政治文化迅速走向没落，形形色色的政治思潮如社会民主主义思潮、国家主义思潮、欧亚主义思潮、保守主义思潮等充斥于俄罗斯政治舞台，或兴或衰、或强或弱，在俄罗斯思想领域此起彼伏，但没有任何一种思潮能够成为占主导地位的意识形态。正如麦德维杰夫所指出的："周围的一切都开始坍塌……但谁能给国家提供一种新的意识形态，领导国家进

---

① 邱芝：《转型期俄罗斯政治文化的变迁》，《南京师大学报》（社会科学版）2014 年第 2 期。
② 王立新：《转型以来俄罗斯社会思潮的变迁和应对策略》，《南京师大学报》（社会科学版）2010 年第 5 期。
③ 张树华、刘显忠：《当代俄罗斯政治思潮》，新华出版社 2003 年版，第 15 页。

行革新和复兴呢?"① 在这样的背景下,民众的价值观趋向于多样化和分散化,整体上表现出消沉、悲观、冷漠的倾向。可以说,当时俄罗斯的政治文化处于一种混乱无序的分裂状态,"转型期俄罗斯政治文化一个相当突出的特点是行为失范与管理无序"②。政治文化的分裂使俄罗斯制度变迁缺乏牢固的精神支撑、使社会发展面临一致性危机的困扰,俄罗斯社会陷入了某种程度的思想混乱和严重危机之中。国家缺乏统一的意识形态,最高权力机构受制于各派力量,在各种思潮冲击下无休止地摇摆,思想上不能统摄人心,政权运作缺乏权威,失去组织能力,社会处于停滞状态。③ 俄罗斯制度变革迅速打碎了民众原有的诸多思想的、价值的、情感的精神寄托,造成了民众普遍的心理紧张、价值失落与认同危机。民众的意识呈现出一种失落与迷惘的状态,出现了前所未有的思想混乱局面。④

(二) 传统精英文化全面衰落

精英文化是指在知识分子和上层统治阶级当中流行的具有一定系统性、自觉性的文化,体现为各种道德学说、哲学、宗教、文学、艺术等意识形态,具有理想化的特征。⑤ 在向市场经济体制转轨和西方文化的双重冲击下,俄罗斯精英文化面临着严重的生存危机。主要表现在人文学术著作,甚至连一些学校教科书等都出版艰难,"最爱读书的国家"逐渐变得名不副实。读者和严肃读物数量锐减,色情读物铺天盖地。刚刚踏上社会的年轻人常常是通过根据名作改编的影片来了解俄罗斯经典文学的。高雅、严肃的影视、音乐等艺术作品鲜有人问津,相反,各种庸俗的,充满暴力、犯罪、凶杀、色情的文化垃圾充斥书店、银屏,社会文化消费和精神追求极度低俗。文化事业惨淡经营,文化团体难以度日。1992 年起俄罗斯开始经历政治、经济的急剧动荡,俄政府对文化事业的

---

① [俄] 罗伊·麦德维杰夫:《普京时代:世纪之交的俄罗斯》,王桂香等译,世界知识出版社 2001 年版,第 354 页。
② [俄] 尼·雷日科夫:《大动荡的十年》,王攀等译,中央编译出版社 1998 年版,第 1 页。
③ 董晓阳:《走进二十一世纪的俄罗斯》,当代世界出版社 2003 年版,第 334 页。
④ 邱芝:《转型期俄罗斯政治文化的变迁》,《南京师大学报》(社会科学版) 2014 年第 2 期。
⑤ 刘进田:《文化哲学导论》,法律出版社 1999 年版,第 300 页。

拨款锐减。俄罗斯联邦法规定全国预算的2%、地方预算的6%用于文艺事业，而实际上的拨款却少于预算的1%。由于经费不足，转型期俄罗斯文化事业急剧衰退，广大城乡文化宫、俱乐部、图书馆、博物馆、影剧院数量锐减，近1/5的文化设施需要维修。在市场经济浪潮的冲击下，地方各级政府把无钱维修和无力经营的文化设施和场所租给商家。一些图书馆、博物馆变成了某些公司的办公地点，俱乐部变成了商店或餐厅、酒吧。同时，由于俄罗斯政府只对极少数有一定规模和影响的文艺团体给予部分财力资助，大多数文艺团体需要自负盈亏，自谋出路，因此许多文艺团体陷入倒闭或半倒闭状态。有些文艺团体为了迎合部分人的低级趣味，甚至在小剧院、歌舞厅、饭店、酒吧、夜总会进行色情表演。文化精英地位不在，失去了对理想和真理的追求动力。他们的创作不再体现对人的命运、人的存在方式的终极关怀和思考，而是滑向功利化、实用化，这一切都大大加剧了俄罗斯精英文化的思想贫血和精神萎缩。[①]

（三）大众文化主宰市场

以美国文化为代表的大众文化是现代工业社会的产物，是工业社会和消费社会的特殊文化类型，它以现代化的大众传媒为受众，是一种具有商业性、娱乐性、媚俗性和技术性等特征的模式化的文化形态。90年代许多俄罗斯人普遍接受美国大众文化，牛仔裤、可口可乐、麦当劳等成为大众消费品，流行歌曲、通俗的豪华演唱会、电视里的肥皂剧、猜谜表演、"脱口秀"，各种以名人隐私、情色、暴力犯罪为主要内容的新闻报道或电视剧，通俗小说与侦破小说，再加上铺天盖地宣传西方产品和文化的广告等，大众文化产品如潮水般涌入俄罗斯社会，不断改变着俄罗斯人的生活方式、审美趣味、时尚观念，改造着俄罗斯文化。俄罗斯青年一代尤其迷恋美国生活方式，甚至对欧美文学作品、现代派绘画、流行音乐、美国好莱坞电影达到崇拜的地步。一大批模仿欧美歌星做派和演唱方式的俄罗斯歌星占据着今日俄罗斯的电台、电视台和舞台。"正宗的"欧美流行歌星则更是受到青年人的欢迎，大有市场。欧美的生活、

---

① 参见严功军《当代俄罗斯文化转型探析》，《四川外语学院学报》2005年第3期；李景阳：《俄罗斯改革的文化困境》，《东欧中亚研究》2000年第6期；安启念、姚颖：《苏联解体后俄罗斯的道德混乱与道德真空》，《国外理论动态》2006年第12期。

心理、思维、教育、信仰和行为等模式在俄罗斯大行其道。大量引进欧美（尤其是美国）的各种影片（武打片、暴力片、色情片），影片的录像带和光盘充斥电影市场，形成了西方和美国好莱坞电影对俄罗斯电影的"侵略"。俄罗斯电影观众青睐美国影片和影星，通过进口的西方影片看到西方的社会现状、生活方式、文化取向，潜移默化地接受了西方的文化思想。[①]

（四）道德主义滑坡式微

俄罗斯转型期初期主流文化失范和对物质利益的追求腐蚀着人们的心灵。政治、经济的不稳定使大多数俄罗斯人悲观失望，使他们更容易沉溺于只注重感观性、平面化、模式化、满足低级需要的大众文化消费中去，从而造成他们欣赏心理单一，导致思维惰性和麻木，人文精神失落。一部分人变得厚颜无耻、冷酷残忍，对旁人的痛苦和不幸无动于衷。物质利益至上导致"各人自扫门前雪"、无视国家和大众的存在与利益等现象的产生。大量人才流失国外、对一切与国家有关的事务持虚无主义态度、大规模的盗窃、行贿和官场腐败屡见不鲜。有的青年学生甚至弃学或离家出走，混迹于社会，吸烟、酗酒、吸毒，未成年人的犯罪率大大提高，犯罪年龄趋小乃至女性犯罪者增多。社会调查表明，青年的求知欲望、事业心与社会责任感在削弱，对于"愿为社会多做贡献""为国家分担困难""希望获得文学、艺术、科学等文化财富"这类问题的肯定性回答的比例分别只有1.8%、1.1%和4.6%。[②]作为社会中最敏感阶层的青年人的价值观和行为方式的剧烈变化是转型期俄罗斯社会道德危机的重要表征，这与充满着恐怖、暴力、色情的劣质文化的教唆诱导密不可分。

总之，叶利钦时期思想领域破有余而立不足，国家缺乏统一的意识形态，最高权力机构受制于各派力量，在各种思潮冲击下无休止地摇摆，思想上不能统摄人心，政权运作缺乏权威，失去组织能力，社会处于停

---

① 任光宣：《俄罗斯文化十五讲》，北京大学出版社2007年版，第325—327页。
② 海运、李静杰主编：《叶利钦时代的俄罗斯》（政治卷），人民出版社2001年版，第374页。

滞状态。① 这使俄罗斯文化陷入巨大混乱和危机中,国家发展道路的摇摆不定、意识形态的缺失真空、政治精英的各自为政、低俗文化的大行其道、道德力量的孱弱无力构成转型期的俄罗斯文化生态。

二 叶利钦时期俄罗斯政府挽救文化危机的政策举措

面对文化危机叶利钦政府也并非无所作为,特别是自文化与旅游部成立以来采取了一定措施挽救危机。

(一)进行了文化管理机构的重组,确定了俄罗斯联邦文化部基本职能

早在俄罗斯联邦成立的前几个月逐步建立了国家联邦立法机构并确定了其执行权力,其中也包括俄罗斯管理文化建设的机构。1992年3月27日,根据俄罗斯联邦总统令,俄罗斯苏维埃联邦社会主义共和国的文化部改为俄罗斯联邦文化旅游部,1992年9月30日,俄罗斯联邦文化与旅游部被重组为俄罗斯文化部,任命评论家和文学家、高尔基文学院院长西多罗夫为文化部部长。文化部是联邦行政机构,是文化领域中执行俄罗斯国家政策的机构,是实行国家调节、与其他联邦行政机构配合的组织,同时也是协调联邦行政机构与联邦各主体机构活动的单位,文化部章程中确定了每个文化活动方向的具体任务。除此之外,文化部门内部进行了改建,从1992年9月30日起组建了联邦项目局、地方与国家政策局、戏剧艺术管理局、音乐艺术管理局、造型艺术管理局、文化遗产保护局、博物馆事务局、图书馆事务局、民间创作与休闲局、科学与教学机构局、经贸局、审计局、管理监察局、合同法律局、国际文化关系交流局、基础建设局、经济局、事务管理局等18个局,在原苏联文化部基础上构架起了以项目订购和管理为体系的文化管理行政体系。1996年俄总统文化艺术委员会成立,负责向总统汇报文化艺术事业发展情况,确保总统与文化艺术组织和个人的相互联系,起草并向总统提交国家文化艺术政策及实施方案。

---

① 参见卢绍君《民族心理、社会现代化与俄罗斯的政治转型——兼论俄罗斯政治发展的未来方向》,《俄罗斯东欧中亚研究》2012年第3期。

(二) 出台文艺和文化方面相关法律和规划，将文化安全和文化遗产保护作为文化政策重点

苏联解体初期，文化公共事业由于缺乏政府政策的支持和重视，经费极为紧张，大量图书馆、博物馆和俱乐部等文化公共事业人员因工资问题而失业或改行，同时社会的动荡也使得国家文化遗产遭受破坏，大批珍贵文物被倒卖到海外。90年代上半期，由于俄罗斯联邦的经济状况恶化，国家的文化投入逐年减少，文化发展资金严重短缺。据统计，1993年国家对文化的拨款占1991年文化拨款的81%，1995年占63%，1997年又降到60%。1985—1995年，国家在科技上的资金投入大幅度缩减。这造成这些事业发展的举步艰难和滑坡。国家文化古迹的情况尤其严重，据俄罗斯文化部估计，全国保护建筑和文物大约一半处于随时可能发生事故的状况，大约11000座建筑在最近10—15年完全被毁坏。[①]为此，叶利钦时期在1992年俄罗斯新宪法制定前，国家杜马就通过了《俄罗斯文化立法基础法》，从而为文化政策的制定实施提供了法律基础和保障，确定将国家文化安全和国家利益作为文化政策遵从的最高宗旨。从1993年开始，俄罗斯政府制定实施了文化事业发展联邦纲要《俄罗斯文化遗产保护和文化发展》（1993—1995）、《保护和发展俄罗斯文化艺术》（1997—1999），其后，叶利钦发布《国家支持文化艺术发展的补充措施》和《加强国家支持文化艺术发展的措施》年两个总统令，明确了文化事业改革发展的国家战略，将文化事业的繁荣发展视为俄罗斯复兴的重要支撑。此外，俄罗斯当局还颁布了一系列文化类法律和决定，如《关于图书馆事业法》《关于国家支持俄罗斯联邦电影业法》《关于俄罗斯联邦的博物馆基金会和俄罗斯联邦境内的博物馆法》等，大力发展俄罗斯文化事业。[②] 这些法律法规是对俄罗斯国家文化政策的细化和具体化，以保障新时期俄罗斯社会文化生活的多样化和文化发展的多元性，促进文化的自由发展。1996年，文化部在国家检察院的帮助下，进行了保护文物方面的执法检查，这使大约20件具有国家意义、濒临拆除的文

---

① федеральной целевой программе, "Культура России (2006—2010 годы)" (http://pravo.roskultura.ru/documents/118048/page15/).

② 任光宣：《俄罗斯文化十五讲》，北京大学出版社2007年版，第318页。

物得到了保护。

（三）借助东正教努力填补意识形态的真空，挽救道德和文化危机

苏联解体后，意识形态真空造成的精神惶惑与信仰危机催促人们开始追溯本民族文化传统寻找精神寄托。叶利钦政府意识到信仰的凝聚力对于国家振兴的意义之重大，发掘在俄罗斯具有千年历史的东正教填补意识形态真空，挽救道德滑坡。1997年9月国家杜马通过和批准了《关于信仰自由和宗教组织法》规定，俄罗斯联邦为世俗国家，国家不持宗教偏见及不干预宗教组织内部事务。但是，国家在承认公民享有信仰自由和宗教自由权利的同时，专门对"东正教在俄罗斯历史上、俄罗斯精神和文化形成与发展中的特殊作用"给予了特别的强调和肯定。东正教成为一个规模更为庞大的社会事实，并且有很强的社会政治影响力，如1994年3月国防部长和东正教会牧首签署联合声明——教会负责军人的精神道德和爱国主义教育。

（四）自由主义的松弛文化管理方式刺激了文化自由市场的日益形成和文艺创作的活跃

从某种程度而言，叶利钦时期俄罗斯彻底废除对文化的垄断，不再集中控制社会的文化发展，摒弃了对文化的官僚主义行政管理，解除了文化上的种种戒律和禁忌，的确激活了文化自由发展的活力。国家把文化产业也推向了市场，实行文化机构的自主经营、自负盈亏。首先是民间的工艺美术企业、印刷行业、文化娱乐业快速市场化。民营企业主也以最快的速度前来开发演艺业、画廊、音像制作和出版业。私营文化机构纷纷建立，如成立私人剧团成为文艺行业的新趋势。许多文化机构除了自身从事商业活动外，同时还接受赞助商在互惠互利原则下的资助。表演商业成为发展最快速、利润最大的产业。在室内俱乐部和体育学校中出现了很多健身中心。[①] 在文学创作方面，放宽国民创作和社会活动的自由性，人们有机会选择做政府并不支持的事情，离开自己的工作岗位去私人企业工作。创作的自由、个人的主动权和"社会需求"的缺乏促使俄罗斯产生并形成新流派文学和文艺流派，后现代主义、后现实主义、新历

---

① Л. В. Кошман и др, *История русской культуры IX - XX веков*, Москва: КДУ, 2011, С. 454.

史主义、后先锋派等成为艺术探索领域的焦点,"地下文学""异样文学"在社会中获得了合法的地位,社会主义现实主义独领风骚的时代已经成为历史;在俄罗斯文学批评领域里也不再是社会历史批评方法一枝独秀,而是文本批评、审美批评、社会历史批评、伦理批评、社会批评、文化批评等百花争艳;文学创作风格纷呈,题材体裁多样……总之,20世纪90年代俄罗斯文坛在文学创作、文学批评、作品形式和内容等方面表现出多元化景象,构成20世纪俄罗斯文学发展的尾声。[1]

要之,虽然叶利钦时期政府采取了挽救文化危机的相关政策,但从效果而言是很有限的。这是由于经济困顿、政治无序和国内外政局动荡使这一阶段的文化政策缺乏整体规划,往往处于临时性应付状态。加之经济困境和政治风波让叶利钦处于焦头烂额之中而无暇顾及意识形态和文化领域的建设工作,在盖达尔长达450页的社会经济改革计划中,并没有找到与"文化"相关的词语就是最典型的例证。另外,处于苏联解体初期,俄罗斯宪法承认意识形态多样化,西方自由主义和大众文化的蜂拥而至也必然造成思想混乱和精神失落的高峰期,因此,在经济几近崩溃、政治动荡不定、社会思潮千姿百态、腐败问题丛生、国家安全和统一受到严重威胁的情况下,叶利钦在文化和文艺领域的政策安排和执行必然是极为有限的,重整民族精神、重塑国家形象和提振文化软实力的重任历史性地传递到了普京身上。

本章小结

肇始于列宁时期的苏维埃文艺战略是在意识形态一元化体制下的政党文化的产物,在塑造新生的苏维埃政权思想、凝聚人民精神力量和保护国家文化安全方面起到了重要作用,特别是第二次世界大战结束后,作为世界上唯一能与美国相抗衡的国家,苏联的文化呈现出强势特点,提出了社会主义现实主义的文艺理论体系,在文学、影视、音乐和戏剧上创造出大量影响深远的优秀作品,深刻影响着包括中国在内的广大社会主义国家和发展中国家。作为世界上第一个社会主义国家,苏联文化

---

[1] 任光宣:《俄罗斯文化十五讲》,北京大学出版社2007年版,第328页。

倡导的民主和平等思想，以及反对压迫和剥削的阶级诉求，对资本主义的价值体系产生了巨大冲击，但同时也造成了文化政策专制主义的基本格局。"列宁之后，斯大林将社会主义文化应有的开放性引到了封闭和僵化上，形成了以'个人崇拜''思想高度垄断'和以行政干预管理为主要手段的斯大林文化模式。"[1] 这种模式"混淆学术问题和政治问题的界限，禁止科学问题的自由讨论，理论认识和概括被斯大林个人垄断，整个思想文化界只能对领导人物的思想和言论作注解工作——对领袖人物著作的引证代替了独立的理论思考和对现实问题的创造性研究"[2]。斯大林文化模式束缚了苏联文化的创新活力，干预了文化发展，禁止任何偏离和越出社会主义现实主义的文化现象存在和发展，割断了苏联文化与世界文化的交流，从而造成了文化发展的停滞。尽管赫鲁晓夫推翻了斯大林生前的许多错误政策，提出了文化"解冻"的政策主张，但他和他的后任都未从根本上改变斯大林时期形成的对苏联文化发展的体制性障碍。而勃列日涅夫提出的"有限主权论"和"国际专政论"以及在此口号下苏联的扩张行为违背了社会主义原则和自身的承诺，践踏了国际法，严重损害了苏联的国际形象。在西方国家强大的"和平演变"攻势面前，苏联文化越来越失去原来的活力和吸引力，其国内民众信仰缺失，思想上的混乱随即带来了国家政局的动荡不安。[3] 为摆脱困局，戈尔巴乔夫提出清理"阻碍机制"，实行公开性、民主化和多元化的"新思维"进行全面改革，最终实现"民主的、人道的社会主义"。然而公开性导致共产党合法性的丧失、民主化造成国家组织力量的瘫痪、多元化走向民族分离主义，苏联文化随着国家解体而彻底瓦解。总结苏联文化最终失败的原因，主要有四点：一是实行文化专制主义，几乎断绝国际文化交流；二是以意识形态的指导代替文化发展，禁锢了文化思维；三是打压知识分子，使得知识分子最终转向国家的对立面；四是戈尔巴乔夫文化体制改

---

[1] 胡惠林：《中国国家文化安全论》，上海人民出版社 2004 年版，第 37 页。
[2] 陆南泉：《苏联兴亡史论》，人民出版社 2002 年版，第 453 页。
[3] 甄文东：《文化安全与大国兴衰——俄罗斯文化安全战略对中国的启示》，《亚非纵横》2013 年第 6 期。

革失败,导致社会思想混乱和西方文化的入侵。[①] 叶利钦接受自由主义全面理念,试图制造一个纯粹的西方国家,在俄罗斯全方位的制度转型中,俄罗斯文化陷入严重危机。意识形态领域出现真空,马克思主义、自由主义、民族主义、宗教势力以及每一种"主义"或势力中的众多色彩不同的派别,互相争斗得不可开交,各种思想和政治力量疯狂角逐。国家虽然出台了一系列文化政策力图扭转局面,但由于缺乏切合实际的文化治理思想和强有力的执行机制,结果都收效甚微。叶利钦时期具有悠久历史和灿烂成果的俄罗斯文艺和文化在国家能力缺失状态下基本处于"自由"发展状态中,一系列阻滞国家安全和发展的文化难题和文化障碍亟待解决。

[①] 曹泽林:《世界部分国家维护文化安全的经验与教训》,载徐根初主编《中华战略文化的传承与发展》,时事出版社 2008 年版,第 204—207 页。

第二章

"新俄罗斯思想"

——当代俄罗斯文艺战略之核心理念

伴随苏联解体，肇始于斯大林模式的文化专制主义和一元中心的苏联模式意识形态彻底崩塌，社会主义主流价值和民族传统文化标准也随即分崩离析，国家和民族陷入了巨大的精神困顿和文化危机中。面对国家分裂、政局混乱、经济疲敝和社会思潮多元等种种危难，特别是在叶利钦时期实行"全盘西化""休克疗法"后国家治理困境雪上加霜，包括新任总统普京等国家政要以及俄罗斯知识分子在内的社会各阶层都忧心忡忡地努力寻求"挽狂澜于既倒、扶大厦于将倾"的妙计良方。于是，根植于俄罗斯文化和民族精神内部、诞生于大国崛起时代的"俄罗斯思想"重新被发现并在俄罗斯重启现代化进程和强国复兴的背景下被赋予了崭新含义，经由俄罗斯知识阶层改造，被以普京为代表的当代俄罗斯政治文化精英重新阐释和高扬，成为普京实施意识形态重建和文化强国战略的理论支撑和治国理念，成为俄罗斯国家整合思想文化资源、重铸凝聚民族之魂的精神旗帜，也自然地成为当代俄罗斯文艺战略的价值内涵和基本指导。本章我们将追寻"俄罗斯思想"的形成过程、主要内涵和历史命运，阐释其"如何使俄罗斯成为世界大国"的价值诉求和理论特质，探讨普京"新俄罗斯思想"的文化谱系和主要构成。

第一节 "俄罗斯思想"的历史演进与基本内涵

俄罗斯思想[①]（Русская идея，the Russian Idea）指的是俄罗斯民族全部精神财富的集中体现，它既是一个宽泛的文化所指，也是一个整体上并不追求系统化但具有强烈民族色彩的哲学思维的总括，其内容庞杂，既有霍米雅科夫提出的宗教哲学的基础性概念"聚议性"，也有索洛维约夫构想的具有普世情怀的"完整知识"，还有弗洛连斯基关于世界存在秘密的"真理的支柱"学说。[②]

一般认为，陀思妥耶夫斯基于1877年在《作家日记》里首次明确用"俄罗斯思想"这一概念来描述他对俄罗斯精神的想象。他写道："俄罗斯思想，归根到底只是全世界人类共同联合的思想。"[③] 陀思妥耶夫斯基的俄罗斯思想就当时而言并没有直接表现这个词的哲学内涵，而更多地表现了全人类在耶稣基督的带领下抗击异教徒完成人类和平共处目标的终极理想，因此，俄罗斯思想最早的含义更接近俄罗斯理想（Русский идеал）。此后，普希金、恰达耶夫、罗扎诺夫、维切·伊万诺夫、费多托夫、伊利因和别尔嘉耶夫等俄罗斯文化史上的巨擘出于对俄罗斯民族独特性和俄罗斯问题的关注，又分别从世界大国现代化进程、自我意识、基督教遗产等角度切入不断丰富"俄罗斯思想"的内涵要义，最终使其成为俄罗斯民族的独特思维、本质化的精神因素和国家历史道路的特有表达。

关于"俄罗斯思想"的解释多种多样。根据俄罗斯《哲学小百科词典》："俄罗斯思想是一个具有象征意义的概念，广义上是俄罗斯文化和俄罗斯精神在全部历史过程中所固有的各种独特特点的总和；从较为狭义上说，它指的是在历史的每一特定时期民族自我意识所达到的水平；从更为狭义上（即从社会学意义上）说，它指的是俄国的社会、文化、

[①] 巴铎作"俄罗斯理论""俄罗斯精神""神圣俄罗斯理念等"等。
[②] 郑永旺：《论俄罗斯思想的语言维度》，《求是学刊》2009年第3期。
[③] Ф. М. ДОСТОЕВСКИЙ, *Полное собрание сочинений в 30 томах том 250*，Ленинград：Наука，1983，С. 20.

政治等发展中各种旧的和新的成分存在的方式。"① 一般说来，俄罗斯思想指俄罗斯民族有史以来的全部思想的积淀，是俄罗斯民族精神体验和文化创造的集中体现。

一 "俄罗斯思想"的诞生与演化

"俄罗斯思想"是俄罗斯人民精神独立和自决的产物，是俄罗斯民族开启现代化和寻求强国之道的需要。俄罗斯思想不仅是意识形态问题，也不仅是政治问题，归根结底是其民族思想和精神文化独特性的问题，是俄罗斯精神独一无二的问题。俄罗斯思想是一种处世态度，这种处世态度导致一种特殊的世界观并导致了某种政治和意识形态的集体无意识后果。

"俄罗斯思想"的诞生可上溯到11世纪。其标志是伊拉利昂主教的《法与神赐说》，这篇作品体现了俄罗斯民族自我意识的萌生，认为俄罗斯作为一个基督教国家应在世界历史范围内占有一席之地，展现了一种历史乐观主义和对俄罗斯伟大未来的期待。② 此后，涅斯托尔和费洛菲修士等也分别论述了天定救世论的历史学说，集中反映了俄罗斯民族是上帝的选民，在世界历史中负有实现最高基督救世使命的信念以及"莫斯科——第三罗马"概念，从而奠定了"俄罗斯思想"——"俄国在世界历史中具有特殊历史使命，这一使命与真正的基督教即东正教因素相连，其指向是特殊的俄罗斯历史使命思想弥赛亚主义"等基本内容。

"俄罗斯思想"的真正形成是在19世纪中期。这一时期彼得大帝改革开启了俄国现代化进程，在其后一段时间，经过近200年的学习甚至模仿西方，尤其是1861年加速资本主义变革，工业化、城市化、市场经济等在俄国得到迅速发展，使俄国在19世纪后期迅速成为世界制造业大国、军事强国。俄国在引进现代化模式、加大内政治理的同时，国力逐渐强盛并开始征战东方，介入欧洲事务并与之分享东方利益。然而由于俄国实行现代化的方式不同于西方，虽然此时的俄罗斯已经显示出世界

---

① 贾泽林：《"俄罗斯思想"——对"立国"和"复兴"的精神支柱的寻求》，Вл. 索洛维约夫等《俄罗斯思想》，浙江人民出版社2000年版，第25页中译本前言。

② 朱达秋：《俄罗斯思想的现代意义》，《四川外语学院学报》2006年第2期。

大国面貌，但其内在政治思想和精神文化却并不为欧陆大国所认可。正如著名思想家恰达耶夫在《哲学书简》中忧心忡忡地表示："自我们社会生活伊始，我们就没有为人的普遍利益做过任何事情；在我们祖国不会结果的土壤上，没有诞生过哪怕一个有益的思想；在我们的环境中，没有产生过一个伟大真理，我们不愿艰苦努力地亲自去思考出什么东西，而在别人想出的东西中，我们又只接受了虚假的外表和无益的奢华。"①因此，如何出示与大国地位和诉求相匹配的"有益思想"成为俄罗斯政治界、思想界和文化界的共同愿望。于是伴随着"俄国与西方"问题的历史性大争论，伴随着俄罗斯帝国如何超越自身局限、出示具有民族特色及世界影响的思想的强烈召唤，具有独立意义的"俄罗斯思想"形成了。1861年陀思妥耶夫斯基在征订的《时代》杂志的广告中写道："我们知道，现在中国的长城已经不能把我们与人类分隔开来。我们预见，我们未来活动的性质应该在最大程度上是全人类的，俄罗斯思想也许会成为在欧洲的单个民族中勇敢顽强地发展的所有思想的综合。"② 1877年，陀思妥耶夫斯基在《作家日记》中更加明确提出："俄罗斯民族思想，归根到底只是全世界人类共同联合的思想。"③ 学界一般将其视为"俄罗斯思想"的真正形成。陀思妥耶夫斯基把俄罗斯思想"看成是全人类基督教的联合，也就是全世界以基督名义的人们实现兄弟般的团结"。他在自己早期的一篇论文中写道："我们看到，俄罗斯民族是全人类历史的不平凡的现象，在俄罗斯人民中表现出非凡的综合性、包容性和全人类性。"④ 在陀思妥耶夫斯基著名的《普希金墓前的讲话》（1881）中，上述思想得到更有力的表达："俄罗斯人毫无疑义具有全欧洲和全世界的意义。成为一个真正俄罗斯人，完全的俄罗斯人，就意味着成为所有人的兄弟，如果愿意的话，是全人类的兄弟。"⑤ 陀思妥耶夫斯基认为坚信俄罗斯民族全部的综合性、相信东正教内在的丰富和完美，在东正教中

---

① ［俄］恰达耶夫：《哲学书简》，刘文飞译，云南人民出版社1995年版，第13页。
② Русская идея, *Сборник произведений русских мыслителей*, Москва: Айрис-Пресс, 2004, С. 7.
③ 参见《陀思妥耶夫斯基全集（第25卷）》，列宁格勒1986年俄文版，第20页。
④ 参见В. В. 津科夫斯基《俄罗斯思想家与欧洲》，莫斯科1997年俄文版，第118页。
⑤ 参见М. А. 马斯林主编《俄罗斯思想》，莫斯科1992年俄文版，第145页。

可以找到西方基督教所有支离部分的最高的有机的综合。在陀思妥耶夫斯基的《罪与罚》《白痴》《群魔》等文学创作中天定使命和末日论因素得到充分彰显反映。其后，以恰达耶夫为代表的"西方派"和以基列耶夫斯基为代表的"斯拉夫派"又分别从走向欧洲基督教社会的理想及弥赛亚主义的俄国特殊使命和在包含着真理之路、俄国的命运及民族理想的完整而独特的东正教文化创造中实现东正教神圣罗斯的理想等方面进一步丰富了"俄罗斯思想"的内涵。①

"俄罗斯思想"的发展及影响力最大时期始自俄罗斯著名哲学家弗拉基米尔·索洛维约夫（Владимир Соловьев，1853—1900）的论述。他于1888年在用法语写成的《俄罗斯思想》（L'Idee Russe）中在陀思妥耶夫斯基用文学叙述这个概念的基础上比较系统地论述了"俄罗斯思想"。在他看来，"一千年来，俄国受苦受难，奋斗不息，圣弗拉基米尔使之成为基督教国家，彼得大帝使之成为欧洲国家，但它那时经常处于东西方之间的特殊地位，而这一切都是为了最终成为塞尔维亚的'伟大思想'和保加利亚的'伟大思想'的工具"，这种情形之于俄国显然是不合适的，因为古希腊之于古罗马虽然不再重要，却有其"伟大思想"遗产——泛希腊主义，而俄国从希腊那里借用的只是已经葬送了拜占庭帝国的政教合一原则，这种原则不能给世界提供有价值的思想，尤其是这种原则的后果常使俄国不知所措，由此他吁请国人要注意，"俄国的意志仍需要拒绝利己主义和民族愚钝政策，因为民族愚钝政策必然导致我们历史使命的破灭。那些机会主义的报刊、粗制滥造和廉价推销被称作舆论的伪劣产品，并未使我们的民族良知泯灭，它能找到更值得表现的真正的俄罗斯理念。真正的俄罗斯理念就在这里，无须舍近求远地寻找。这个思想已经得到民族宗教天性的证明"，"俄罗斯民族是信仰基督教的民族，要想认识真正的俄罗斯理念，就不能提这样的问题，即俄罗斯通过自己和为了自己能做什么，而应该问，为了他所承认的基督教原则，为了他作为其中一个部分的整个基督教世界的幸福，应做什么"，而且这种思想具有伟大目标，"在人间恢复神的三位一体的真正形象，这就是俄罗斯理念"，

---

① 白晓红：《"俄罗斯思想"的演变社会政治生活试析》，《俄罗斯东欧中亚研究》2005年第1期。

或者说，在人间建立理想的神权政治社会乃俄罗斯信仰东正教的使命所在，因为肇始基督教的犹太人、信奉天主教或新教的欧洲人对世界各有使命，"要保持和显现俄罗斯的基督教性格，我们应该彻底地放弃我们这个时代的虚假精神，为了真正的上帝而牺牲我们的民族利己主义。上帝使我们处于特殊条件下，这些条件应该使这个牺牲更完全和更富有成效"，而俄国却不顾基督教精神，剥夺波兰人的民族自由、剥夺俄国分裂教派的宗教自由、剥夺犹太人的公民权，"俄罗斯理念不可能是别的，只能是基督教思想所应该确定的侧面，只有深入基督教的真正意义中，我们的民族使命对我们而言才是最清楚的"，"那些不愿意为了普世真理而牺牲民族私利的人，是不能称为基督徒的"，"教会、国家、社会，是绝对自由和强大的，彼此间互不分离、吞并或消灭。在人间恢复三位一体的真正形象，这就是俄罗斯理念。这个理念自身没有任何片面和分裂的东西，只是基督教理念的新侧面，要实现这个侧面，要实现这个民族使命，我们不需要反对其他民族，而应与其一道，并为了他们，俄罗斯理念的正确和伟大就在此"。① 索洛维约夫深刻把握历史潮流，前瞻性地提出了适应社会发展趋势的"俄罗斯思想"，它不是学院式，更不是用西方学术逻辑演绎的话题，而是在融合了此前著名思想家各自关于俄罗斯问题叙述后，根据俄国发展模式看到了欧洲理性主义发展观的局限以及俄国斯拉夫文化传统根基的方法论意义，发现了以"俄罗斯思想"去重建俄国社会进程具有重大意义。索洛维约夫既深入阐释民族主义之于俄国的复杂意义和有限性，又深刻地指出俄罗斯使命是如何超越自身的斯拉夫人身份，从而走进了更宏大的世界。②

索洛维约夫的思想很快得到了知识界和文学界呼应，其中的代表人物就是别尔嘉耶夫。他成功地综合了俄罗斯历史哲学意识中的许多活的因素，在第一次世界大战正酣和十月革命发生不久的紧张局势中发表了《俄罗斯灵魂》。和索洛维约夫一样，别尔嘉耶夫也认定"俄罗斯思想"

---

① ［俄］索洛维约夫等：《俄罗斯思想》，贾泽林、李树柏译，浙江人民出版社2000年版，第166—170页。
② 林精华：《变"中国模式"为"中国思想"：来自"俄罗斯理念"的启示》，《清华大学学报》（哲学社会科学版）2014年第4期。

具有先验和本体的因素，提出有必要"理解俄罗斯思想、确定俄国在世界上的任务和地位。在今天的世界上，人人都感到俄国面临伟大的和世界性的任务……很早人们就有预感，俄罗斯负有某种伟大的使命，俄罗斯是一个独特国家，不同于世界上的任何一个国家。俄罗斯民族思想中有这样的情感，即俄罗斯是神选中的，并且心怀神明的民族。这种感觉来自古老的莫斯科——第三罗马观念，经过斯拉夫派过渡到陀思妥耶夫斯基和索洛维约夫，直到现代的斯拉夫派"，① 至此俄国提出和大国相称的"俄罗斯思想"最终成型。

19世纪中后期到20世纪初期，欧洲资本主义生产力实现大发展，贫富差距不断拉大，工人革命频频发生，各强国在欧洲和海外激烈争夺，战火不断，这些都刺激着俄罗斯思想家深深思考俄罗斯发展道路等俄罗斯问题。白银时代的文学家从诗歌开始，掀起了涉及文学艺术各领域的俄罗斯思想文化复兴运动，出现了充满历史哲学意蕴的象征主义文学，投射现实关怀的阿克梅主义、未来主义、意象主义等流派，以及影响力至今不绝的宗教哲学，更有直接诉诸如何改造俄罗斯文化和复兴俄罗斯精神的《唯心主义》《路标》和《在深处》等轰动一时的文集，马克思主义、自由主义、保守主义、现代人文主义等文化思潮也从各自的角度，促使"俄罗斯思想"成为社会共识。其中，当时著名思想家伊凡诺夫直接撰文《论俄罗斯理念》指出："无论是过去还是现在，在我们历史道路的每个转弯处，在面对我们亘古就有的、好像完全是俄罗斯问题（个人与社会、文化与自然、知识分子与民众等）时，我们所要解决的始终是一个问题——我们民族的自我规定问题，我们在痛苦中诞生的我们整个民族灵魂的终极形式，即俄罗斯理念。"他从古希腊以来的欧洲历史变迁过程，论证人类文化没有神性及其后果，而把宗教因素引入文化，能使相互内耗的各种能量重新整合，准备一场新变革，这种新变革会以无所不包的上帝意识的价值，替代没落文化的一切价值。② 20世纪初，"俄罗斯思想"继续发展，欧亚主义者继承俄罗斯具有特殊使命的观点，认为

---

① Н. Бердяев, *Русская душа*, Л.: Наука, 1990, С. 3.
② ［俄］索洛维约夫等：《俄罗斯思想》，贾泽林、李树柏译，浙江人民出版社2000年版，第218—222页。

"俄罗斯人以及俄国境内所有民族,不是欧洲人也不是亚洲人,这完全是特殊类型的民族。甚至俄罗斯民族都不可能完全归属于斯拉夫种族。在俄罗斯民族形成过程中,突厥人和芬兰人起了不小的作用。所以,说到可以称为俄国的民族基质,是居住在这个国家所有民族的融合。这种多民族分支构成的民族具有自己独特的文化、心理和民族意识"①。欧亚主义认为俄国文化在东西方文化间占据中间地位,但是,它不是二者简单的相加,不是它们任何机械的联合。俄罗斯文化不平凡而且不模仿,与东方文化和西方文化都不相同,其所拥有的聚合性和交响性是所有基督教文明的特征,这正是欧洲道德和宗教的衰落所丧失的。这种丧失源于西方片面发展后的技术和科学以及物质利益的过分发达。欧亚主义者认定,逃脱社会文化片面性和贫乏性的出路在于保存着"交响性"的东正教教会。从宗教映射到社会政治领域,欧亚主义认为政教一体化表现为压制个人自由和任性,保证个人顺从国家。为了更好地实现自己的职能,国家应当与人民保持看得见的联系。为此要创造一种政权体制,实现"表达人民意愿阶层"的力量。这一阶层通过从人民中选出其优秀代表形成。选举基于被选举人对于国家、其政治、意识形态以及统治者世界观的忠诚,从而使俄罗斯思想转化为一种较纯粹的政治理念。这种基于宗教信仰优越感的大国意识和民族自信深刻影响了 20 世纪的俄罗斯,以至于某些学者认为苏维埃政权就是以苏俄共产主义的意识形态再现的"俄罗斯思想",是"俄罗斯理念、俄罗斯弥赛亚主义和普世主义的变形"②。

当代对于"俄罗斯思想"考察深入和影响较广的学者当属利哈乔夫。这位被普京高度尊崇的苏联科学院和俄罗斯联邦科学院院士于世纪之交的 1999 年出版了《俄罗斯思考》(*Раздумья о России*)一书,集中阐释了对俄罗斯历史和文化的研究理解,特别阐释了对"俄罗斯思想"(*Русская идея*)独特认识。在《俄罗斯思考》中,利哈乔夫认为俄罗斯思想首先要思考俄罗斯的问题,应该是俄罗斯民族记忆中日常生活化的

---

① 白晓红:《"俄罗斯思想"的演变社会政治生活试析》,《俄罗斯东欧中亚研究》2005 年第 1 期。

② Никол й Бердев, *Истоки и смысл русского коммунизма*, Париж: YMCA-Press, 1955, C. 99.

表达方式,而并不仅仅是如索洛维约夫和别尔嘉耶夫强调的本体论和认识论的哲学命题。具体而言,利哈乔夫用"俄罗斯思考"(Раздумья о России)这一较为平面化和日常生活化的概念来传达对"俄罗斯思想"(Русская идея)的理解,他指出"俄罗斯思想"(Русская идея)首先是一个民族的文化记忆的表达和集体无意识,"是任何一种存在(物质存在、精神存在、人的存在……)的十分重要的属性之一……借助记忆,过去可以融入现在,而通过现在,联系过去,仿佛也可以预测未来"①。利哈乔夫对俄罗斯思想的这一理解具有强烈的实用主义倾向,将俄罗斯思想从白银时代思想家玄想的天空拉回了俄罗斯国家争霸、政治图强、经济振兴甚至平民日常生活的现实大地上。事实上,无论是戈尔巴乔夫所倡导的改革"新思维"(Новое размышление),还是普京的"新俄罗斯思想"(Новая Российская Идея),实际都是对"俄罗斯思想"的政治性、可操作性和日常样态的改造和运用以便于其直接服务于治国执政。

二 "俄罗斯思想"的基本内涵与主要特点

历览俄罗斯思想家关于"俄罗斯思想"的论述我们发现,其文化基础集中于俄国处于欧洲文化意义上东西方之间的独特文化地位和俄罗斯东正教文明传统,它产生于宗教天命论的思想土壤,其基本内涵可以概括如下:天定救世论(天赋使命弥赛亚说、末日论思想);落后民族历史优势思想,即落后民族没有染上先进民族的发达病;历史进步思想,其中一个民族——作为历史前景的拥有者和体现者——替代另一个民族;全人类兄弟般团结思想(全人类基督教统一)。② 19 世纪 30 年代国民教育大臣乌瓦罗夫曾将"俄罗斯思想"提炼为三位一体纲领:东正教、专制制度和国民性。③ 60 年代斯拉夫主义者"断言俄罗斯有三个基础,即

---

① [俄]德·谢·利哈乔夫:《俄罗斯思考》(下卷),杨晖等译,军事谊文出版社 2002 年版,第 121—122 页。
② 白晓红:《"俄罗斯思想"的演变社会政治生活试析》,《俄罗斯东欧中亚研究》2005 第 1 期。
③ 孙成木、刘祖熙、李建:《俄国通史简编》(下),人民教育出版社 1986 年版,第 29 页。

东正教、君主专制和民族性"①。自此,东正教、君主专制和民族性三位一体的综合体成为对"俄罗斯思想"主要特点的经典解读,也成为普京改造"俄罗斯思想"、形成"新俄罗斯思想"四方面内涵的基本遵循。

一是"东正教"即宗教性。众所周知,988年"罗斯受洗"事件是俄罗斯接受拜占庭模式的基督教——东正教的肇始,东正教构成了俄罗斯文化的精髓,并渗透到俄国百姓精神生活乃至日常生活的各个方面。从"俄罗斯思想"的诞生和发展考察,强烈的宗教意识历来都是其核心要素和不断推动其发展演化的内在动力,对于形成俄罗斯人道德价值观和整体精神风貌具有重要的决定性作用。首先是"莫斯科—第三罗马"的政治和宗教理念。"第三罗马"理论是由普斯科夫叶利扎罗夫修道院院长菲洛费依在给瓦西里三世的奏折中正式提出,他认为只有俄罗斯的信仰是唯一正确的,真正的基督教只存在于俄罗斯,俄罗斯民族注定要完成拯救世界的重任,有义务在世上实现"千年王国"。"第三罗马"理论奠定了"俄罗斯思想"是基督和基督教的唯一真正信仰的宗教优越感、救世主意识和神权政治观。其次是"弥赛亚主义"。在东罗马帝国灭亡后,俄罗斯人认为自己有责任将东正教教义中的"基督救世"即"弥赛亚主义"传承下去,"天将降大任于俄国,俄国是世界上非同寻常的特殊国家。滋养俄罗斯民族思想的情感是:俄罗斯是上帝特选的民族,是体现上帝的民族"②。俄罗斯人以国家强大为荣耀的强国意识、"第三罗马"理论连同东正教的"弥赛亚主义"、基督"感化天下、普济众生"等其他教义,与千年王国说一起浸透于俄罗斯人的意识之中,成为俄罗斯国家自我意识的主导思想,肇始了俄罗斯的大国主义,共同铸就了其民族强烈的"救世"使命感。再次是聚议性。霍米雅科夫最早指出俄罗斯思维的这一特性,聚议性的概念也是他创造来说明共同性特征的,认为东正教"是统一性与自由的结合,这种结合是建立在爱上帝及其真理和爱上帝者之间互爱的基础上。……在天主教那里是有统一而无自由,而在新

---

① [俄]尼·别尔加耶夫:《俄罗斯思想》,雷永生、邱守娟译,生活·读书·新知三联书店1995年版,第49页。

② [俄]索洛维约夫等:《俄罗斯思想》,贾泽林、李树柏译,浙江人民出版社2000年版,第259页。

教那里是有自由而无统一"。① 聚议性充分表现在俄罗斯人忽视个性独立，钟情于集体主义，愿意在集体中生活，相信集体的力量，依恋于家、村社和国家。俄罗斯人的集体意识非常强烈，村社中广大的农民甚至不知道个人还能作为一种独立的个体而存在。此外，浸润着东正教思想的俄罗斯精神特点还包括禁欲主义、顺从、忘我和牺牲精神、不抵抗暴力和宽恕精神。俄罗斯大众非常崇敬圣徒，崇敬他们的信仰坚定、受难、终生奉行禁欲主义原则、温顺地、忘我地接受残酷的暴力而死亡。② 民族性格中强烈的民族主义、悲天悯人、富有同情心、信奉集体主义、崇拜强权、爱走极端等特征也都可以在俄罗斯东正教中寻到根源。

二是"君主专制"即国家性。"君主专制"及其以后发展形成的"国家观念"在"俄罗斯思想"中占据重要位置，实际可将其理解为以沙皇为象征的俄罗斯国家性。根据史学家克柳切夫斯基考证，俄文"专制制度"一词 самодержавие 的词根源于 самодержец，指脱离蒙古统治的独立的君主，不太含有独裁霸道之义，是一种俄罗斯人民自己创造的、对抗西方"伪善的"立宪制度的、最适合俄国的政治制度。作为一种文化意义上的俄罗斯专制制度派生出的一系列俄罗斯文化特有现象——国家主义、国家至上等——在俄国历史发展过程中具有重要意义。"帝国思想是俄罗斯政治文化的政治恒量。"③ 从基辅大公到伊凡雷帝，从彼得一世到斯大林，国家性作为沙皇专制主义的统治方式，以政教合一的绝对态度统治着俄罗斯人的现实世界和精神世界。这种专制主义、民族主义和宗教主义的混合体被彼得大帝演绎为俄罗斯的强国精神，即俄罗斯是第三罗马，理应成为世界中心和强大帝国。为了实现强大的帝国梦，彼得大帝在内政上建立高度统一的中央集权体制，在对外政策上开始向"世界性侵略"转变。19世纪后，斯拉夫派和西方派均强调国家作用。斯拉夫派认定国家和政权对于人民是天经地义的，是俄罗斯历史的神圣遗产，而且这种政权是无限的政权，甚至把俄国看作是斯拉夫世界的领导者。

---

① 靳会新：《俄罗斯民族性格形成中的宗教信仰因素》，《俄罗斯学刊》2014年第1期。
② 白晓红：《俄罗斯文化的初始因素》，《中国社会科学院院报》2008年1月31日。
③ 参见 В. Н. 克拉夫佐夫《俄罗斯联邦对外政策形成的精神基础》，《俄罗斯对外政策十年》，莫斯科2003年版，第82页。

他们断言，专制制度是最合乎俄罗斯民族性的统治方式。[①] 西方派同样强调国家的作用，他们基于俄国与西方历史对立的看法：国家及其活动是历史过程的主导力量，只是他们主张立宪制的、法治的国家。[②] 正是基于此，俄罗斯人逐渐形成了放弃个性自由和责任，服从集体、国家、政权及其代表者的倾向，在政教合一的集体主义中强大的国家观念得以巩固。正如陀思妥耶夫斯基在《作家笔记》中断言：第一，君主并不是外在于人民而独立的现象，他与人民一体。第二，有了君主这位救世主，人民才完整而坚强有力，才可以走出苦难，得到拯救。第三，俄罗斯君主的独特性以及人民对他的信仰使得俄罗斯民族的历史与众不同。第四，在俄罗斯，这并非偶然现象，而是永恒的现象。[③]

三是"民族性格"即"民族性"。别尔嘉耶夫在自己的著作《俄罗斯思想》一书中对俄罗斯文化和俄罗斯性格的二律背反或者矛盾性、复杂性进行了解释。"在俄罗斯东西方两种世界历史潮流在进行激烈的冲突。俄罗斯民族既不是纯欧洲的也不是纯亚洲的民族，而是一个独立的世界，是一个巨大的东西方聚合体，它连接了两个世界。在俄罗斯内心深处东西方两种起源的斗争将永远进行。"[④] 俄罗斯一直徘徊于东西方文化之间选择摇摆，在这种选择与摇摆中形成了俄罗斯思想兼容东西方文明的实质和存在于其中的矛盾性，这种民族性格造成俄罗斯自身融合了极端对立的两极，即国家主义者和专制主义者，无政府主义和自由放纵、极端的民族主义和强烈的全人类思想、崇高的神圣性与可怕的低俗性并存、无边无际的自由与屈从于奴役的必然性等。这种民族性格对俄罗斯人社会、政治、经济生活的影响随处可见，左右着俄罗斯人的思维习惯和价值取向，成为俄罗斯人文化模式的核心、精神表达的准则以及行为模式的定因。俄罗斯民族性格鲜明的两极性正是其国家行为和文化心理

---

① [俄] 索洛维约夫：《俄罗斯与欧洲》，徐凤林译，河北教育出版社 2002 年版，第 214 页。

② 林精华：《俄罗斯思想与转型时期的俄罗斯外交》，《国际论坛》2006 年第 4 期。

③ 转引自郭小丽《王权的图腾——试析俄罗斯政治文化传统》，《俄罗斯东欧中亚研究》2006 年第 6 期。

④ [俄] 尼·别尔加耶夫：《俄罗斯思想》，雷永生、邱守娟译，生活·读书·新知三联书店 1995 年版，第 9 页。

的重要动因之一。

第二节 普京"新俄罗斯思想"的生成境遇与文化谱系

诚如俄罗斯思想家伊凡诺夫所言:"无论是过去还是现在,在我们历史道路的每个转弯处,在面对我们亘古就有的、好像完全是俄罗斯问题(个人与社会、文化与自然、知识分子与民众等)时,我们所要解决的始终是一个问题——我们民族的自我规定问题,我们在痛苦中诞生的我们整个民族灵魂的终极形式,即俄罗斯思想。"[1] 面对千疮百孔、迷途混乱的世纪之交的俄罗斯,"俄罗斯思想"再次焕发出独特魅力,成为政治精英、知识分子、文艺各界重建世界大国的思想资源,成为以普京为代表的国家高层摆脱重重危机、寻求强国复兴的历史依据。

一 普京"新俄罗斯思想"的生成境遇

普京上台伊始,如何确定国家发展道路、重建意识形态和挽救思想文化危机成为其在文化领域治国理政的三大难题与考验,也成为"新俄罗斯思想"产生的直接社会环境。

第一是国家道路的重新选择问题。近代以来,俄罗斯的政治精英和文化精英就始终在思考国家的发展出路问题。究竟是走西欧道路还是遵循斯拉夫传统,或是介于二者之间的欧亚主义政策,这些核心问题成为俄罗斯整个民族思考的焦点,并催生出了"俄罗斯思想",每每在国家面临巨大转折的关键时刻总会引起激烈争论。鉴于叶利钦时代全盘西化的"西方资本主义道路"的彻底破碎,历史轮回,俄罗斯仿佛又回到了彼得大帝时开启现代化的起点,重新开始确立国家定位和抉择社会发展道路。俄罗斯学术界如同白银时代知识界一样热烈探讨社会今后的发展道路,西方派、斯拉夫派、欧亚派分别诠释了"新俄罗斯思想",激进社会变革的失败使西方派受到沉重打击和社会强烈指责,强调"民族性"的本土派和欧亚派受到关注,多元化的社会思潮等待着普京的选择和解答。

---

[1] [俄]索洛维约夫:《俄罗斯思想》,贾泽林、李树柏译,浙江人民出版社2000年版,第218页。

第二是填补社会主义意识形态的巨大空洞。苏联解体后，传统的共产主义思想和爱国主义成了嘲讽和辱骂的对象，大国意识受挫，民族尊严感丧失，民族文化失去支撑价值。俄罗斯社会犹如一个萎靡不振的病人，大多数社会成员感到茫然不知所措，感觉自己成了"新社会"的"弃儿"。苏共负责意识形态的中央书记亚·雅科夫列夫认为，俄罗斯就像一艘迷失方向的航船，在没有航标的漆黑的海面上漂泊，在各种政治思潮滋生蔓延的同时，民族精神趋于分裂，极端自由主义、个人主义泛滥，导致了无政府主义盛行，国家失去了航标，社会失去了主导思想。① 在意识形态问题上，普京面对两难的抉择，一是在破除苏联意识形态一元化后，社会制度形态不能公开主张恢复任何形式的国家官方的意识形态；二是任何政党和国家在重新树立民族自信、统一社会思想和确立国家道路的过程中都必须出示具有号召力的国家思想文化领域的核心价值体系。为此，普京大费周章地表达"凡是在国家意识形态被当作一种官方赞同和由国家支持的一种思想的地方，严格地说，在那里就不会有精神自由、思想多元化和出版自由"②，以表面彰显维护国家思想言论自由主义的态度，同时又强调"我们的国家迫切需要进行富有成效的建设性工作，然而，在一个四分五裂、一盘散沙似的社会里是不可能进行的。在一个基本阶层和主要政治力量信奉不同的价值观和不同的思想倾向的社会里也是不可能进行的"③，为自己重建国家意识形态、提出统一俄罗斯社会的"新俄罗斯思想"留有余地。

第三是挽救日益严重的文化危机。如第一章所述，叶利钦时代文化危机严重，庸俗大众文化占据市场；外来欧美文化挤压本土经典文化；社会文化消费和精神追求极度低俗，丑化英雄现象层出不穷；"爱国者""爱国主义""祖国"等概念逐渐"淡出"日常生活；俄语在世界地位不断衰落；青年阅读量急剧下降；文化工作者待遇下降，失业、转行现象严重；文化公共事业和文化遗产保护工作投资不足，破坏严重。仅以文化遗产的破坏为例，据俄罗斯官方统计，在俄罗斯联邦境内受国家保护

---

① [俄]戈·波梅兰茨：《关于俄罗斯国家意识形态的争论》，《新时代》1997年第3期。
② 《普京文集（2000—2002）》，中国社会科学出版社2002年版，第8页。
③ 同上书，第9页。

的文化遗产超过80万项,其中包括23万项对于国家有重要意义。在这种情况下,许多对象的保护条件是至关重要的。根据不同的估计,受国家保护的古迹,50%—70%不能令人满意,而且在大多数情况下,它们需要采取紧急行动以不受破坏和损害。事实上,文化遗产是一个复杂的问题,无论是在国内还是国际,旅游业都直接依赖文化遗产。据世界经济论坛指出,俄罗斯文化遗址的数量在世界上133个国家排名第9。然而,俄罗斯的自然、历史和文化的潜力,据专家估计,不超过20%。[①]凡此种种,都成为普京在俄罗斯陷入文化危机状况下提出挽救方案和出台文化文艺政策的背景。

二 普京"新俄罗斯思想"的文化谱系

1999年12月30日普京在接替代总统前夕,发表《千年之交的俄罗斯》全面阐释了自己的施政理念,他强调"俄国正处于其数百年来最困难的历史时期。这大概是俄国二三百年来首次真正面临沦为世界二流国家,甚至三流国家的危险",要重新振兴俄国,需要以"俄罗斯人民自古以来就有的价值观"即"俄罗斯思想"作为精神资源,以俄罗斯精神文化团结国家共同克服经济危机、稳定社会政治局势、挽救道德文化危机。他提倡将"俄罗斯思想"的传统概念赋予时代崭新内涵形成"新俄罗斯思想"(Новая Российская Идея),"把全人类共同的价值观与经过时间考验的俄罗斯传统价值观,尤其是与经过20世纪波澜壮阔的100年考验的价值观有机地结合在一起"[②],将"俄罗斯思想"中原有的"东正教、君主专制、民族性"改造成"爱国主义、强国意识、国家作用和社会团结"四个要点,将其作为全体俄罗斯人团结一致共克时艰的社会道德观、思想基础和核心价值。"新俄罗斯思想"作为"结合体",一方面在全面反思西方文明的基础上强调探索有俄罗斯特色的发展道路,在文明模式上和西方加以区别,"90年代的经验雄辩地证明,将外国课本上抽象模式和公式照搬到我国无法进行没有太大代价的真正顺利的改革。机械照抄

---

① Федеральная целевая программа , "Культура России (2012-2018 годы)" (http://archives.ru/sites/default/files/186-prill).

② 《普京文集(2000—2002)》,中国社会科学出版社2002年版,第8—10页。

别国的经验也是没有用的";另一方面,普京也依然坚守自由主义的基本价值和规则即市场经济、民主、人权和自由的原则,并强调"只有将市场经济和民主的普遍原则与俄罗斯的现实有机地结合起来,我们才会有一个光明的未来"①。这既承接了欧亚主义和国家主义的治国观念,同时又真正引导和开启了国家在核心价值、道德、文化领域的重建,其四大要素均具有极强的社会针对性和文化导向性。下面,我们就具体分析一下"新俄罗斯思想"的文化谱系。

一是"爱国主义",即"为自己的祖国、自己的历史和成就而产生的自豪感",普京认为,"这种情感一旦摆脱了民族傲慢和帝国野心,没有什么可指责的,也不是因循守旧"。针对传统的爱国主义情感淡漠,爱国者、爱国主义被恶意诋毁甚至嘲讽的现实,普京要求俄罗斯全体人民都要做到:首先,要时刻怀揣重塑民族自豪感、民族自信心的强烈渴望;其次,要时刻怀揣将俄罗斯建设成为美丽、富强、幸福国家的强烈渴望;再次,要时刻怀揣为国家独立、民族富强贡献所有力量乃至生命的强烈渴望。普京认为,"我们需要共同找到某个能团结整个多民族的俄罗斯的因素。除了爱国主义之外,没有任何东西能够做到"。②

爱国主义是俄罗斯民族自我觉醒的表征,是在抵抗外敌入侵的过程中逐步形成的历史产物。斯拉夫派用东正教的"聚合性"(соборность)来解释俄罗斯民族的爱国情感,托尔斯泰曾把聚合性特征称为"群因素",说他们有一种像蜂群一样紧贴在一起的需求,对故土、乡音和同胞拥有永远眷恋,与此相连的就是俄罗斯民族的集体主义、爱国主义,在第二次世界大战中抗击德国法西斯的惨烈壮丽、震惊世界的卫国战争中更展现出强大的民族号召力和凝聚力,成为历代俄罗斯统治者凝聚民族精神和国家力量的必然选择。③ 在俄罗斯政治传统中,爱国主义几乎是专制制度和帝国思想的代名词,沙皇的集权主义在国内向度上推崇政教合一的帝国崇拜,在国外向度上则成为大俄罗斯主义的强权统治。俄罗斯联邦成立初期,爱国主义成为各派政治势力用以号召民众、争取支持和

---

① 《普京文集(2000—2002)》,中国社会科学出版社2002年版,第9页。
② 同上。
③ 白晓红:《俄国斯拉夫主义》,商务印书馆2006年版,第95页。

社会动员的重要内容，无论是俄共、自由民主派，还是欧亚派、斯拉夫主义者都将爱国主义视为自我政见的重要维度加以阐释，也加重了社会思潮混乱。面对政治思想日趋多元、文化差异持续拉大、民族凝聚力逐渐弱化的现实困境，普京为在俄罗斯恢复爱国主义的光荣传统，自然采取了一系列的措施以重燃民众心中的爱国主义热情，重启俄罗斯曾经拥有的爱国主义优良传统。

二是"强国意识"，是指"俄罗斯过去是，将来也还会是一个伟大的国家。它的地缘政治、经济和文化的不可分割的特征决定了这一点"。但今天这种思想倾向应当充实新的内容："当今世界一个国家的实力与其说表现在军事方面，不如说表现在它能够成为研究和运用先进技术的领先国家，能够保障人民高水平的生活，能够可靠地保障自己的安全和在国际舞台上捍卫国家的利益"的能力。① 这里实际就暗含着其后普京与经济、军事等"硬实力"相协调的关于"文化安全""文化软实力"方面的国家全方位现代化的战略构想。

如前文所述，强国意识是"俄罗斯思想"中"莫斯科—第三罗马""神选公民"和"弥赛亚救世"等思想内涵的必然延伸，"承担解救全人类的使命一直"决定着俄罗斯人的思想倾向和国家政策。从亚历山大一世发起"神圣同盟"到尼古拉一世出兵扑灭欧洲革命之火，从列宁无产阶级世界革命的理想到斯大林动用武装力量"帮助"东欧其他国家维持社会主义制度，弥赛亚意识激发的俄罗斯的大国情怀和强国心理，几乎成为这个国家力量动员和利益资源扩张的精神动因。普京同样是位有着强国抱负的领袖，但他对俄罗斯的现实处境有着清醒的认识："俄罗斯在200—300年来首次真正面临沦为世界二流国家，甚至是三流国家的危险。"② 他的"强国意识"将带有更多的务实色彩："当今世界一个国家的实力与其说表现在军事方面，不如说表现在它能够成为研究和运用先进技术的领先国家，能够保障人民高水平的生活，能够可靠地保障自己的安全和在国际舞台上捍卫国家的利益。要优先考虑的任务是，在俄罗斯周围建立稳定的、安全的环境，建立能够让我们最大程度地集中力量

---

① 《普京文集（2000—2002）》，中国社会科学出版社2002年版，第10页。
② 同上书，第76页。

和资源解决国家的社会经济发展任务的条件。"[1] 由此，普京的内政外交政策已经相当明确，即以政治安定、经济复苏和军事实力增强为主的精神文化全面振兴的现代化战略。总之，在普京看来，一个自认有着特殊使命和全人类意义的民族自然不会甘于"二流国家"的角色，"俄罗斯唯一现实选择是选择做强国，做强大而自信的国家，做一个不反对国际社会、不反对别的国家，而与其共存的强国"[2]。

三是"国家作用"即"国家主义"（Государственничество），其来源于"俄罗斯思想"中的"专制制度""政教合一""君权神授"等思想，强调国家与政府对社会与公民的决定作用，强调政府行使国家权力是实现社会共同利益、满足公民需要并维护其权利的不可或缺的重要手段。13世纪，鞑靼蒙古人占领罗斯各公国，从此统治这块土地达240多年之久，东方专制思想留下了深刻的烙印。16世纪初，俄罗斯在争取民族独立过程中，中央集权的政治体制得到进一步的巩固。1547年，伊凡四世加冕为沙皇，确立了沙皇独裁政治体制。弗拉季米尔大公选择东正教将君权和教权合一，东正教会承认沙皇是他们的最高首脑，皇帝有权任命教会牧首、召开宗教会议、批准宗教会议决定、解释教义等，教权完全依附于皇权，而不像罗马天主教会在西方那样独立于皇权，而教会为发展自身势力，也不断美化和神圣化王权，使沙皇权力神圣化，巩固了沙皇专制制度。村社生活方式是对俄罗斯专制传统产生巨大推动作用的另一因素。俄罗斯的村社是一个富于变化的、极具生命力的、不断发展的有机体。俄罗斯民族起源的东欧平原地广人稀，气候寒冷，交通不便，人们需要聚集在一起，共同生存、抵御外敌和开展生产。它的基本单位是家庭，若干家庭组成一个农村公社。在农村公社中，住宅、劳动工具和劳动成品是私有的，森林、牧场、水源和土地归公社所有，集体使用。村社就是农民的全部世界，他们的物质生活和精神生活都与村社息息相关。[3] 村社成员视自己是集体的附属物，而国家就是一个大村社。村社是俄罗斯传统文化的重要组成部分，村社意识在俄国民族性中占有

---

[1] 《普京文集（2000—2002）》，中国社会科学出版社2002年版，第251页。
[2] 同上书，第78页。
[3] 白晓红：《俄罗斯文化的初始因素》，《中国社会科学院院报》2008年1月31日。

重要位置，它包括平均主义，集体无条件高于个人、高于私利的意识，对于他人不幸的同情心，互助友爱、作为一种道德规范的善心，好客，等等。1907年以前沙皇与贵族保守派一直是村社文化的狂热鼓吹者，他们声称："公社是俄国人民的特点，侵犯公社就是侵犯特殊的俄罗斯精神。"① 农民将沙皇看作地上的上帝，对其权威充满敬畏和浪漫的信任，乃至农民战争也多表现为拥护"好沙皇"而反对贵族，乃至以假沙皇反对真沙皇。斯拉夫派也特别推崇专制制度，他们相信，君主制不是最理想的，但却是最适合俄国的政治制度。他们的理解基于对俄罗斯人民"非国家性"，即人们不关注政治权力的纷争从而自愿把它交由一人的认识之上，而专制君主受人民会议、民族生活方式、东正教和上帝意志的约束，因此，在斯拉夫派话语中的"专制制度"并不含有独裁霸道之义。总之，在俄罗斯历史发展过程中它对于"国家及其体制和机构在人民生活中一向起着极为重要的作用"。②

面对改革造成的社会动荡、国家衰落的局面要想力挽狂澜必须使用国家主义乃至威权主义的霹雳手段，普京深谙此理，因此他在论述"新俄罗斯思想"中再次提出了"国家主义对于一个强大的国家不是什么异己的怪物，不是要与之做斗争的东西，恰恰相反，它是秩序的源头和保障，是任何变革的倡导者和主要推动力"。而为了避免将其苏联及沙皇时期的专制主义、威权主义等恶谥相混淆而遭受国内外诟病，他又特别强调不应当把"强有力的国家"与极权主义混为一谈，因为俄罗斯社会和人民"已经学会了珍视民主、法治国家、个人自由和政治自由"。③ 在普京心中欧亚主义者的"强有力的国家保护和保证文明的进步、发展的计划性，保卫民族利益，最终保护个人安全"④ 的信念根深蒂固。

四是"社会团结精神"，是指在俄罗斯"集体活动向来比个体活动重要"，"大多数人不习惯通过自己个人的努力奋斗改善自己的状况，而习惯于借助国家和社会的帮助和支持做到这一点"⑤。社会团结要求社会有

---

① ［俄］谢·维特：《俄国末代沙皇尼古拉二世》上卷，新华出版社1983年版，第429页。
② 《普京文集（2000—2002）》，中国社会科学出版社2002年版，第10页。
③ 同上。
④ 白晓红：《俄国斯拉夫主义》，商务印书馆2006年版，第236页。
⑤ 《普京文集（2000—2002）》，中国社会科学出版社2002年版，第10页。

共同的信仰,全民有一致的奋斗目标,普京越是感到稳定俄罗斯的迫切性就越需要用新的世界观来填补社会空间,更需要用新的意识形态巩固政权、凝聚力量。在政策实践层面,"社会团结"就是普京要借东正教复苏之机提倡东正教中的爱国主义、人道主义、精神第一性、凝聚精神、仁慈大度、英勇忠诚等传统价值观,使东正教继续发挥社会整合与道德教化等积极作用,从而弘扬爱国主义传统、凝聚民族精神、规范民众道德,并推动俄罗斯人的国民身份认同与俄罗斯现代化进程,为俄罗斯的现代化进程提供精神道德支撑。

"东正教在俄国历史上一直起着特殊作用,不仅是每位信徒的道德准则,也是全体国民不屈不挠的精神核心。以博爱思想、良好戒律、宽恕和正义为本。东正教在很大程度上确定了俄国文明的特性,千百年来,它那永恒的真理无时无刻不在支撑着人民,给他们以希望、帮他们获得信念……对基督教的卓越评价在两千年前就有了,但今天仍然没有失去它深远的意义。我坚信我们进入第三个千年的今天,在我们社会中加强互谅和达成一致意见的基督教理想是可能达到的,也为祖国的精神和道德复活做出了贡献。"[①] 面对东正教精神回归俄罗斯的总体局势,普京顺势而为将东正教作为政治资源和意识形态因素,用东正教填补俄罗斯国民意识形态的真空,加强俄罗斯中央权力、维护俄罗斯社会稳定和捍卫国家主权;作为信仰和道德因素,推动将宗教的世俗文化教育转化成对民众的道德教育,重塑俄罗斯人的世界观和生活观,消除社会混乱、确立伦理道德观念;作为文化传承因素,普京着力通过东正教世俗化,增强俄罗斯民众的自我认同感,抵御西方大众文化对俄罗斯精神文化的打击,从而实现挽救文化危机的意图。

可以发现,普京的"新俄罗斯思想"均具有鲜明的现实针对性和政策指向性:"爱国主义"针对戈尔巴乔夫以来盛行的民族虚无主义和历史虚无主义;"强国意识"是针对自由主义经济学家极力鼓吹的"融入西方"、全盘西化政策,强调了俄罗斯自古以来的强国传统,在鼓舞国民士气的同时也为构建现代化强国战略奠定理论基础;"国家主义"是针对长期以来弱化国家作用的激进自由化、市场化改革的反思,希冀通过强化

[①] 《普京文集(2000—2002)》,中国社会科学出版社2002年版,第80页。

中央集权和总统力量的方式改进政府涣散无力的现状，以推动经济建设开展、保障社会秩序和国家主权领土完整；"社会团结精神"则针对道德滑坡和个人主义的社会病，通过宗教复兴来重铸民族精神和道德文化大厦。总之，"新俄罗斯思想"显然继承了自陀思妥耶夫斯基、霍米亚科夫、别尔嘉耶夫和阿克萨科夫等哲学家关于"俄罗斯思想"中应具有的全人类性、指导全人类行动的普遍价值原则和浓烈的宗教色彩，但同时面对国家疲敝和挽救危机的现实政治诉求，普京更加倾向和信赖利哈乔夫关于"俄罗斯思想"日常性方面的理解，并将其凝聚为俄罗斯民族的灵魂、民族利益和价值取向，在保留其神启式的弥赛亚意识和哲学意蕴的基础上，突出"俄罗斯思想"的实用性和生活性，将其改造为普世意义与民族特性相结合的具有可操作性的治国理政之纲领。因此，我们认为，普京的"新俄罗斯思想"既是普京上台后在内政外交等领域的施政纲领，更是在文化层面上俄罗斯在重大转折期和创伤期关于传统价值的沉思录和实现文化复兴的启示录，是意识形态重建和文化复兴的政治宣言，也是国家具体文艺和文化的精魂。

本章小结

面对执政后爱国主义淡漠、民族精神低落、道德滑坡严重、传统文化式微等种种文化危机和社会病症，普京深刻地认识到叶利钦时期政府主观和社会思潮合流制造形成的意识形态真空是造成文艺大国形象衰落、文化认同缺失和传统文化危机的关键所在。为此，普京重拾俄罗斯传统文化精髓"俄罗斯思想"并将其与现代化强国战略相结合，提出了其第一个总统任期内意识形态和文化价值构建的基本主张——"新俄罗斯思想"。综上，我们分析发现普京"新俄罗斯思想"的"新"或曰超越之处主要表现在对于传统俄罗斯精神文化的现代性改造和对于苏联体制专制主义、叶利钦文化自由主义的扬弃两个方面。普京在反思俄罗斯传统文化、苏联文化专制主义以及联邦建国初期全盘西化的种种问题后，坚定选择推行市场经济、加强国家权力、走资本主义市场经济的现代化道路，同时，在意识形态和文化领域充分尊重"俄罗斯思想"中集体主义、爱国主义和强国意识的因素，抛弃了其中极端化、非理性和法律虚无主义的特点,力图使俄罗斯成为"一个民主、法制、有行为能力的联邦国家"。[①] 这政治文化领域的"第三条道路"既强调国家作用,又否定斯大林模式,既发展市场经济,又反对无政府主义。[②] 作为"综合体"的"新俄罗斯思想"既"掌握和接纳高于各种社会、集团和种族利益的超国家的全人类价值观",如言论自由、个人拥有基本政治权利和自由等;同时,又挖掘"俄罗斯人自古以来就有的传统的价值观",以建设文化领域"强有力的国家"及文化强国战略为中心,提出"新俄罗斯思想",这既是对当时俄罗斯严重文化危机及无政府主义状态的必然回应,同时又契合了俄罗斯对于历史文化传统的呼唤。作为普京着力打造的国家意识形态和文化理论基石,"新俄罗斯思想"是其文艺战略的价值导向和基本遵循。"新俄罗斯思想"指导下的俄罗斯文艺战略的旨归就是在现代化、全球化进程中实现人类共同的价值观与俄罗斯传统价值观有机地结合在一起,激发"俄罗斯思想"的当代活力和意蕴,赋予"爱国主义""强国意识""国家观念"和"社会互助精神"等古老的俄罗斯民族精神价值以时代内涵,以填补苏联解体后延续多年的意识形态真空,为再造俄罗斯国家核心价值体系和主流文化、为增强国家文化软实力和重建文化强国提供了核心价值理论。

---

① 《普京文集(2000—2002)》,中国社会科学出版社2002年版,第9页。
② 白晓红:《普京的"俄罗斯思想"》,《东欧中亚研究》2000年第2期。

第三章

"新俄罗斯思想"与文化软实力提升战略
——当代俄罗斯文艺战略的利益诉求

普京将传统文化精髓"俄罗斯思想"与现代化强国战略相结合，提出了其第一个总统任期内关于国家意识形态建构和文化强国战略的理论基石——"新俄罗斯思想"，并将其作为文艺战略的价值导向和基本遵循。在实践层面，普京高度注重通过增强文化软实力实现强国复兴梦想、重振俄罗斯雄风。一方面，借助东正教复兴潮流填补苏联解体后延续多年的意识形态真空；另一方面，围绕欧亚联盟战略实施大国形象塑造工程，从而在国内和国际——这关系俄罗斯国家文化软实力——的双向度中，有力增进国家认同、凝聚民族精神、保护文化遗产、推动文化事业和产业发展，基本实现了建构俄罗斯国家核心价值体系和主流文化的利益诉求。本章将从普京"新俄罗斯思想"统摄下的文化软实力提升战略入手，论述国内方面意识形态重建和国际领域国家形象塑造的两大工程及其在文艺战略方面的功能和表征，考察分析当代文艺战略的整体构想和利益诉求。

第一节 "新俄罗斯思想"统摄下的文化软实力提升战略

如前章所述，普京将传统"俄罗斯思想"中"东正教、君主专制和民族性"改造为"爱国主义""强国意识""国家观念"和"社会互助精神"四大要点，赋予古老的俄罗斯民族精神价值以全球化和时代化内涵，用以填补苏联解体后延续多年的意识形态真空，再造俄罗斯国家核心价值体系和主流文化。为此，在文艺和文化实践层面，普京以"新俄罗斯思想"中的四大要点为价值统领，以国家文化软实力提升战略为核心，在国内和国际两个向度上增强俄罗斯文化的向心力和影响力，为实现俄罗斯强国梦提供文化层面和精神领域的资源和支持。

一 文化软实力概说及其国内与国际的两个向度

软实力是国家综合国力的重要组成部分，是指国家通过自身吸引力，而不需要诉诸武力威胁或经济制裁，以实现自身发展的非物质力量。如果我们把由军事力量和经济实力组成的国家力量称作硬实力的话，那么通过政治价值观、外交政策和文化创造等体现出来的国家力量就可以称作国家的软实力。"软实力"是由美国哈佛大学教授约瑟夫·奈于20世纪80年代末首先提出的。1990年约瑟夫·奈在《谁与争锋》一书中第一次使用"软实力"，后在《软力量：世界政坛成功之道》一书中又对此进行了进一步补充。约瑟夫·奈把软实力界定为"通过吸引而非强迫或收买的方式来达到自己目的的能力。它源自一个国家的文化、政治观念和政策的吸引力"。他把国家的软力量划分为三种因素：一是对其他国家产生吸引力的文化；二是能真正实践的政治价值观念；三是能被视为具有合法性和道德威信的外交政策。[①] 在当今多元价值观和文明体系共存的世界格局中，全球化进程和各国相互依赖的不断深化以及由此而来的国际体系转型不断加剧，由于软实力具有超强的扩张性和传导性，通过软实力来施加影响，在国际竞争中可以达到扩充硬实力的目的，[②] 因此，一个国家的崛起与强大，从根本上说，在于它综合国力的全面提升，软实力已经成为综合国力竞争中的重要衡量指标和核心要素之一，被赋予等同于传统的军事、政治与经济资源的重要地位。

文化软实力是软实力的核心因素，是指一个国家或地区文化的影响力、凝聚力和感召力。在构成软实力的诸要素中，文化软实力是第一要素，其中尤以价值观念、意识形态为最重要因素，这不仅因其体现了民

---

① Joseph Nye, *Soft Power: The Means to Success in World Politics*, Cambridge: Public Affairs, a member of Peruses Books L. L. C., 2004: 2.

② 许华：《俄罗斯借助俄语在后苏联空间增强软实力》，《俄罗斯学刊》2012年第4期。

族精神和国家意志，更因它渗透到政治、经济等领域并与之相互交融，在彰显国家形象、增强国家或地区的吸引力、影响力的竞争方面所表现出的相对隐蔽的表达方式和特殊效果。特别是冷战结束后，以美国为代表的发达国家在处理国际事务时逐渐改变了以往硬实力征服的策略，注重借助其强大的经济实力和信息网络技术，推行"文化霸权主义"，不断地向发展中国家倾销其文化产品，在大肆推销其文化产品获得丰厚经济利益的同时也夹带文化价值观和生活方式进行意识形态渗透，客观上实现了以文化软实力影响甚至左右世界的特殊效果。正如约瑟夫·奈强调的："软实力不仅是影响，也不仅是说服，它是引诱和吸引的能力。而吸引经常导致默许或模仿。软实力很多产生于我们的价值观。这些价值观通过我们的文化、我们在国内所实行的政策以及我们处理国际问题的方式表现出来。"[①] 目前，文化软实力已经成为世界许多国家文化决策特别是实施文化强国战略的重要参考和基本指标，成为实现国家的国内外政策任务的重要手段。借助全球网络化媒体和国际性文化体育平台，推广本国的语言文化、打造良好的国际形象、增强其文化软实力已经成为俄罗斯、美国、法国、英国、中国等国家外交战略的共识。

关于文化软实力的基本构成要素，奈认为文化软实力是一个要素集合，其中包括影响力、说服力和吸引力，其核心要素是文化、意识形态和国际制度。在奈看来，文化软实力的内在向度主要包括一国的文化、政治意识形态和社会制度等所产生的影响力、吸引力和说服力，其中说服力是根本的因素。这是因为无论是国家层面的文化软实力的凝聚力和影响力，还是国际外交层面的说服力和吸引力，都需要从根本上证明本国政治制度与政治文化的合理性与有效性，即文化软实力确实促进了一个国家政治经济社会文化上的发展与繁荣，这既离不开政治制度与政治文化的说服力的支撑，反过来又需要证明这种说服力，也说明国家形象建构并不完全是一种国际行为，一个国家在国际社会中的形象更多的是

---

① [美]约瑟夫·奈：《美国霸权的困惑——为什么美国不能独断专行》，郑志国等译，世界知识出版社2002年版，第10页。

国内政治和国内事务的延伸。① 虽然奈将软实力定位于国际关系的维度，但他没有忽视软实力首先来源于并受制于一国内部的这个特点。奈说："由于我们的政治文化和政治制度中根深蒂固的原因，美国制定外交政策的过程十分混乱。我们的宪法是以世纪自由主义观点为基础的，它认为权利最好是由分散的部门和相互制衡的机制来控制。在外交政策方面，宪法经常挑动总统和国会争夺控制权。"② 因此，奈认为美国某些对外政策削弱了美国的软实力，而"我们的价值观是软实力来源之一。在这个意义上说，我们被看作是自由、人权和民主的灯塔，把其他国家指引过来以便追随我们的领导"③。因此，虽然文化软实力的外向性显而易见，但从根本上说它取决于软实力资源在一国内部产生的影响力、吸引力与说服力。一国"内部的衰败可以导致外部力量的丧失"④，而且政府的国内外政策会加强或削弱一国的软实力。⑤

在2007年"国家软实力构建与中国公共关系发展高层论坛"上，国内外学者达成共识认为文化软实力包括一国的文化、价值观念、社会制度、发展模式的国际影响力与感召力，以及对于国际事务的参与程度。文化软实力对内表现为一个国家、一个民族的生命力、创造力和凝聚力，对外表现为一个国家在意识形态、发展模式、民族文化、外交方针等方面被国际社会认可的程度。⑥ 因此，我们总结文化软实力外延中的基本要素可以包括形成内部文化软实力的价值观念、民族精神、政府能力与公民素质等和形成外部文化软实力的国家形象、国际事务参与能力、发展模式、对外政策等基本要素。⑦

---

① [美]约瑟夫·奈：《美国定能领导世界吗》，何小东、盖玉云译，军事译文出版社1992年版，第11页。

② [美]约瑟夫·奈：《美国霸权的困惑——为什么美国不能独断专行》，郑志国等译，世界知识出版社2002年版，第119页。

③ 同上书，第15页。

④ 同上书，第153页。

⑤ 同上书，第77页。

⑥ 乃风、孔琳：《"国家软实力构建与中国公共关系发展高层论坛"报道》，《国际公关》2007年第2期。

⑦ 蒋英州、叶娟丽：《国家软实力研究述评》，《武汉大学学报》（哲学社会科学版）2009年第2期。

文化软实力内外向度的统一性深刻影响着当代俄罗斯文艺战略的利益诉求和战略构想。普京在文化软实力提升战略中，以"新俄罗斯思想"为核心价值将战略着力点集中于意识形态及主流价值观建构和文化大国形象塑造这国内与国际的两个向度上，以恢复俄罗斯帝国爱国主义和宗教团结意识传统为魂，以现代化强国精神为魄，努力实现文化软实力在国内与国外所产生的影响力、吸引力与说服力的统一。因为，文化软实力毕竟不完全是单向度地把本国优秀文化、发展模式和外交理念带到世界上的问题，还有一个自己如何做、如何在国内塑造自己、构建自己新的身份的问题。①

二 普京关于文化软实力的战略思考

普京是当今世界大国领导人中特别重视国家文化软实力建设的代表之一，在第一个任期内他不但为保护和恢复俄罗斯文化传统、扩大国家文化形象影响力推行了包括《"俄罗斯文化"国家发展规划纲要》等一系列文化政策，同时借助国内传统节日、文艺国家奖项和申办世界杯、奥运会、国际领导人峰会等多种契机和平台大力宣传俄罗斯国家文化形象，扩大俄罗斯的国际影响。这充分体现了他对于国家文化软实力提升战略重要性和必要性的理性乃至理论自觉，考察普京总统及总理任内关于文化软实力的一系列言论或文章，我们发现他对于文化之于国家兴衰作用的清醒认识和对于意识形态、核心价值领域的社会建构功能的高度重视。其中也包含着他刷新"俄罗斯思想"、恢复帝国文化荣耀、增强文化软实力的系列思考。

首先，普京高度肯定文化软实力在实现国家认同、民族凝聚和对外形象塑造中的重要作用，将文化软实力上升为作为"新俄罗斯思想"中"强国意识"的重要组成内容和实践途径。2004年时任总统普京在两年一度的驻外使节与代表大会上再次指出："驻外使节和机构代表需积极参与塑造俄罗斯在国外的良好形象，特别是在后苏联空间地区，以维护俄的

---

① 方长平：《中美软实力比较》，载门洪华主编《中国软实力方略》，浙江人民出版社2007年版，第165页。

立场。"① 此后，"软实力"一词便频繁出现在俄罗斯官方的一系列对外政策文件中。到梅德韦杰夫执政前，俄罗斯国内对于"增强俄罗斯的软实力有助于维护国家安全和国家利益，提高对外政策的有效性"②已经达成了重要共识，这为普京执政时期增强文化软实力战略奠定了扎实基础。同时也促成了2009—2010年反篡改历史和损害俄罗斯利益委员会、国际形象委员会和卡尔恰科夫公共外交基金会等国家层面对外公关和软实力建设专门机构的相继成立。普京在担任俄罗斯总理期间和重返总统职位后，对文化软实力重要性的认识进一步深化。他曾多次在其总统竞选纲领性文章中强调软实力的作用，认为软实力对实现国家利益有着重要的战略意义。普京曾指出："俄罗斯能够也应该发挥应有的作用，这种作用是由其文明模式、伟大的历史、地理及文化基因所决定的。"③ 从而表现出他通过俄罗斯独一无二的地缘政治优势，挖掘东方文明的思想和文化价值，将欧洲文明与东方文明结合起来，建设和增强俄罗斯的文化软实力的强烈渴望。

其次，在文化外交和国家形象推广方面，普京将俄语、文化、艺术以及文化名人巨匠等视为俄罗斯文化软实力的宝贵资源。俄罗斯拥有璀璨的文化，帝国时代和苏联时期都曾通过输出俄语和俄罗斯文化，深刻影响东欧中亚地区乃至全球范围。普京在其竞选纲领《俄罗斯和变化中的世界》一文中指出："俄罗斯继承了伟大的文化，在东方和西方都被认可。但是，现在我们在文化领域、国际市场上推动文化发展的投资还很薄弱。全世界对思想意识、文化领域的兴趣复苏了，这一点表现在社会和经济联入全球信息网络。这给俄罗斯在创造文化价值方面提供了新的机会，实践证明俄罗斯在这方面还是有潜能的。对于俄罗斯来说，不只是保护自己文化，而且可以把它当作走向全球市场的强大因素。俄语空间几乎包括原苏联的所有国家和东欧的大部分国家。这不是要建立帝国，

---

① "Выступление на пленарном заседании совещания послов и постоянных представителей России", 12 июля, 2004 г（http：//archive. kremlin. ru/text/appears/2004/07/74399. shtml.）

② Казанцев А. А.，Меркушев В. Н.，"Россия и постсоветское пространство：перспективы использования《мягкой силы》"，Полис，2008，No. 2.

③ Путин В.，"Россия сосредотачивается-вызовы, на которые мы должны ответить"，Известия，16 Января 2012.

而是文化传播；不是大炮，不是政治制度输入，而是教育和文化的输出，这些都将为俄罗斯的产品、服务、思想创造有利的条件……我们应该加倍提高俄罗斯教育和文化在世界上的地位，特别是针对讲俄语和懂俄语的国家的民众。"①

最后，普京强调硬实力与软实力相结合提升俄罗斯国际地位和国家形象的现实策略。普京曾指出："目前不得不承认，俄罗斯的国际形象并不是我们自己打造的，因此它经常被歪曲，既不能反映我国的真实情况，也不能反映我国对世界文明、对科学和文化所做出的贡献，目前我国在国际事务中的地位也与实际情况不符。那些动辄主张用导弹说话的人广受赞扬，而那些一直坚持必须进行克制对话的人却似乎是有过错的。我们的错在于我们不太会解释自己的立场，这才是我们的错误所在。"②为此普京在重返总统职位后不久便再一次在两年一度的驻外使节和代表大会上强调，"应加强俄罗斯的软实力建设，以免让俄罗斯的形象和在国际事务中的立场都受到歪曲，利用软实力实现自己的利益"。③ 至此，俄罗斯政府将增强文化软实力作为俄罗斯内政特别是外交政策的重要内容放入2013年新版的《俄罗斯对外政策构想》文件中，并上升为"俄罗斯外交政策的主要手段之一"④，成为俄罗斯国家战略的组成部分。

三 当代俄罗斯文化软实力提升战略

正是在上述关于文化软实力的战略思考下，自2000年普京执政后俄罗斯陆续出台的《俄罗斯文化国家发展规划纲要》（2001—2005）（2006—2010）（2011—2015）、《俄语专项国家发展规范纲要》、《俄罗斯联邦公民爱国主义教育国家纲要》（2001—2005）（2006—2010）（2011—2015）、《俄罗斯联邦国家安全构想》、《俄罗斯联邦外交战略构想》以及

---

① 普京：《变革中的世界与俄罗斯：挑战与选择》（下），彭晓宇、韩云凤译，《当代世界与社会主义》2012年第4期。

② "Выступление Президента РФ В. В. Путина на совещании в МИД России послов и постоянных представителей РФ за рубежом", 9 июля 2012 г (http://kremlin.ru/transcripts/15902).

③ Ibid. .

④ Новая концепция внешней политики: Россия намерена быть "островком стабильности" // Независимая Газета 2012. 14 Декабря.

《俄罗斯国家文化政策基础》等文艺战略，其中都将充分体现"新俄罗斯思想"的关于"爱国主义""国家观念""强国意识""社会团结"等基本理念作为提升文化软实力的重要资源和核心价值。一是着力发挥"新俄罗斯思想"推动作用，即提高公民素养、更新道德观念、凝聚国民人心、振奋民族精神，从而推动现代化发展；二是突出"新俄罗斯思想"组成作用，将文化产业作为帝国重建和国民经济的支柱性产业，将文化软实力作为国家综合国力的重要组成部分；三是彰显"新俄罗斯思想"的引导作用，即引领时代潮流、引导社会思想观念、引导经济社会发展。

综观普京的文化软实力提升战略，其原则和目标主要包括：在文化安全层面上，通过"新俄罗斯思想"再造俄罗斯社会的意识形态和道德价值观，维护多民族国家的文化统一和完整，增进公民的国家认同感；在文化推广层面上，始终将俄罗斯文化视为世界文化重要组成部分，通过塑造国家形象向世界推广俄语和俄罗斯文化，增强俄罗斯文化软实力；在文化发展方面，推动文化现代化、数字化和信息化进程，推动文化和艺术领域的科研工作深入发展，推动文化产业作为国民经济支柱的迅速发展。在文化教育层面，注重培养公民俄罗斯传统的道德价值观、责任感和爱国主义精神，通过掌握俄罗斯的历史和文化遗产、世界文化，通过发展个体的创造能力、从美学的观点理解世界的能力，通过参加各种不同形式的文化活动来创建并发展公民的培育和启蒙系统；在文化保护层面，将国家剧院、博物馆、图书馆和档案馆等文化遗产视为是体现全俄罗斯民族独特性和生命力的综合价值加以保护；在文化权利保障方面，切实保障公民平等获得文化价值、自由创作、从事文化活动、使用文化设施和文化财富的权利，保障文化事业机构的投入和运行，推动文学艺术作为文化产业的繁荣发展。以此来保障俄罗斯文化的延续统一，保证公民文化权利，促进独立、强大俄罗斯的复兴和发展。

为了实现上述的文化强国目标，当代俄罗斯政府在"新俄罗斯思想"指导下主要在国内外两个向度上分别实施了意识形态重建和文化大国形象塑造这两大文化软实力提升战略，并推行了一系列相关文艺战略。以下我们就将从国内和国际两大向度来分别论述。

第二节 东正教复兴背景下的意识形态重建
——文化软实力提升战略的国内向度

"意识形态的理论与价值是有序社会生活的基础。一个主权国家不能没有自己独特的意识形态，任何追随他国的政策、简单机械模仿别国社会的意识形态模式都是行不通的，只有强大的意识形态才能缔造出俄罗斯的光明前景、发挥俄罗斯在世界上的重要作用，摆脱国家的混乱状态。"[1] 显然，如何填补苏联解体后特别是叶利钦时代留下的意识形态真空是普京执政以来的巨大考验，也是其提升文化软实力的重要课题。因此，为整合社会思想、提振民族精神、遏制道德滑坡和增强国家认同，借助东正教复兴的深厚积淀、社会背景和民意基础提出了以"新俄罗斯思想"为核心的意识形态重建战略。在这一战略实施中，俄罗斯政府借助东正教复兴的社会趋势，通过立法规划、教育宣传、文化推广等方式实施了一系列相关文艺战略，经过文化市场资本运作和文艺界参与的推动，将东正教中蕴含的帝国崇拜、聚议共同、道德主义等核心文艺精神与意识形态重建诉求相融合，成为当代俄罗斯精神重建、道德净化和审美重构的重要力量之一，从而成为其国内增强文化软实力的重要成果。

一 普京执政前的意识形态真空与东正教复兴潮流

如第一章所述，叶利钦时期政治格局、社会体制和经济制度的激烈震荡造成了俄罗斯民众思想意识和文化心理的深刻矛盾、困惑和危机。"广泛存在的滥用职权、官僚主义、权贵垄断、寻租腐败等'国家机会主义'行为和'政府病'现象，造成国家形象和政府信任的双重危机。俄罗斯的社会意识领域呈现出一种精神迷惘的状态，以至于俄罗斯在长达近 10 年的时间里一直徘徊在社会改革基本道路抉择的问题上，陷入精神与意识形态的全面危机。"[2] 这种意识形态真空造成的危机在大众意识中

---

[1] Тенекчиян Артур Арутович: Социально-философский анализ Развития Идеологии В России (http://teoria-practica.ru/ru/2-2005.html).

[2] 李景阳:《俄罗斯改革的文化困境》,《东欧中亚研究》2000 年第 6 期。

表现为一种"对核心价值的民族认同的丧失",暴露出爱国主义淡漠、理想信念丧失、道德滑坡严重、主流文化式微等社会问题和病症。据 2001 年俄罗斯联邦政府制定的《俄罗斯联邦 2001—2005 年公民爱国主义教育纲要》显示:传统精神价值贬值对国内居民大多数社会集团和年龄层次的人都产生了消极影响,形成爱国主义最重要因素的俄罗斯文学、艺术和教育在对人的培养方面的意义急剧下降。社会正在失去传统的俄罗斯爱国主义意识,冷漠无情、利己主义、不知羞耻、无端的攻击性行为、对国家和各种社会机构的不尊重,正在社会意识中广为扩散。[1] 意识形态的空洞在文艺领域集中体现为弘扬民族精神、爱国主义和传统价值观的严肃文学陷入低潮,以美国文化为代表的西方商业文化潮流严重冲击本土文化,高雅、严肃的影视、音乐等艺术作品鲜有人问津,"艺术作品中非政治化、非意识形态化、讽刺性模拟、享乐主义、娱乐因素明显增强,轻松的题材和体裁、风格'秀'、色情表演和恐怖大行其道。原先被禁的得到解禁,恐怖和暴力变成游戏、情欲编入引人入胜的场景之中,戏剧'秀'则与博彩业捆绑在一起"[2]。严肃文学和经典文学的刊物数量骤减,相关的出版机构及文化事业单位惨淡经营;因工资待遇不高,文艺工作者艰苦度日。乌兰诺娃的境遇可以作为一个例子。这位曾享誉世界的俄罗斯芭蕾艺术的象征和骄傲,在转型时期只能靠变卖家产来维持生活及支付医疗费用。[3]

面对俄罗斯精神的整体萎缩和困顿,在俄国具有近千年精神统治传统的东正教悄然复兴,它不仅以国家统一、国家集权和帝国信仰的历史感召重新登临了政治殿堂,更以末日救赎、道德至上和聚议共同的精神力量告慰着陷入迷惘的俄罗斯人。1997 年 9 月国家杜马通过的《俄联邦关于信仰自由和宗教组织法》特别确认:"俄联邦为世俗国家,承认东正教在俄国历史上、俄国精神和文化形成与发展中的特殊作用。"2002 年 2

---

[1] ГОСУДАРСТВЕННАЯ ПРОГРАММА "ПАТРИОТИЧЕСКОЕ ВОСПИТАНИЕ ГРАЖДАН РОССИЙСКОЙ ФЕДЕРАЦИИ НА 2001 – 2005 ГОДЫ"(http://www.rg.ru/oficial/doc/postan_rf/122_1.shtm).

[2] 贝文力:《转型时期的俄罗斯文化艺术》,上海人民出版社 2012 年版,第 34 页。

[3] 参见严功军《当代俄罗斯文化转型探析》,《四川外语学院学报》2005 年第 3 期;安启念、姚颖:《苏联解体后俄罗斯的道德混乱与道德真空》,《国外理论动态》2006 年第 12 期。

月又通过《俄联邦传统宗教组织法》,进一步肯定东正教之于社会发展各方面的作用,保障东正教组织展开正常活动等,东正教已经成为后苏联时期参与俄罗斯重建进程的重要力量。普京执政前,无论是教众规模上还是社会影响上东正教都堪称全国第一大宗教。俄罗斯列瓦达民意调查研究中心对全国45个地区的1624名18岁以上公民进行了民意调查,公布结果的同时还与此前的同类调查做了比较。结果显示,东正教是俄罗斯人的第一大信仰,1991、1994、2001、2004年和2007年的调查表明,分别有31%、38%、50%、57%、56%的俄罗斯人表示自己是东正教徒,2010年和2011年的比例更是分别高达70%和69%。相应地,表示自己没有任何宗教信仰的人却在逐年下降,与上面提到的年份对应,比例分别为61%、58%、37%、32%、33%,而2010年和2011年分别是21%和22%。① 这为东正教文化促成当代国家意识形态重建提供了社会基础和环境前提。

  普京总结叶利钦改革的经验教训,执政伊始便以"新俄罗斯思想"作为意识形态和文化战略的理论基石建构新的国家主导价值体系,以填补苏联解体后延续多年的意识形态真空。2002年普京在接受美国《华尔街日报》记者采访时明确表示:"我的感觉是,每一个人都应该有某种道德的、精神支柱。这里,它属于什么教派并不重要。所有的教派都是人们想出来的。如果有上帝的话,他应该是在人的心里。对于俄罗斯这样的国家,宗教的哲学是非常重要的,因为在我们这里,当占统治地位的意识形态——共产主义的意识形态(它实质上代替了宗教)作为国家的宗教不再存在的时候,任何东西也不可能像宗教那样在人的心灵中有效地代替一般人性的价值观。除此之外,宗教使得人在精神上变得更加丰富。"② 可见,普京视东正教为俄罗斯文化传统中的最重要内涵之一,在填补意识形态真空过程中将其作为"新俄罗斯思想"的建构者和实施者。这充分体现了普京回归俄罗斯传统文化寻求思想资源和价值支撑的政治诉求,其意图就是在大厦将倾时提振民族精神、统一社会思想、团结国

---

① 俄罗斯列瓦达民意调查研究中心2011年9月数据,http://www.levada.ru/26-09-2011/religioznaya-vera-v-rossii。

② 《普京文集(2000—2002)》,中国社会科学出版社2002年版,第579页。

家力量、重建意识形态。而东正教"之所以能够扮演如此重要的角色，不仅是因为苏联解体以及包括无神论在内的苏联式意识形态的退场而由东正教填补信仰真空，而是因为俄国文化的独特性，以及俄国社会的历史进程一向和东正教相关联"①。

二 帝国崇拜、国家认同和道德净化——俄罗斯东正教之文化规定

俄罗斯由文化立族，东正教精神是俄罗斯文艺的根本，是俄罗斯的民族意识、思想观念、文化理解和生活经验的重要支点。尼·别尔加耶夫在《俄罗斯思想》中曾指出："俄罗斯民族——就其类型和精神结构而言是一个信仰宗教的民族，……出身于平民和劳动阶层的俄罗斯人甚至在他们脱离东正教的时候也在继续寻找上帝和上帝的真理，探索生命的意义。在俄罗斯人那里，连那些不仅没有东正教信仰，而且甚至开始迫害东正教会的人，在内心也保留着东正教形成的痕迹。"② 从公元988年罗斯受洗起到1917年十月革命结束，在近千年的时间里东正教一直是俄罗斯帝国的国教，是俄罗斯的精神支柱，其影响深入俄罗斯人的灵魂。作为民族精神代表的东正教绝不仅是一种宗教，而是一种不可阻挡的渗透进斯拉夫—俄罗斯民族的思想观念和日常生活里的弥散性存在。东正教所蕴含的帝国崇拜心理、聚议共同思想和博爱道德主义是经由俄罗斯"黄金一代"经典作品缔造传扬的民族文艺精神之魂，是当下普京"新俄罗斯思想"的核心内涵，是其制定文艺政策实现重树强国梦想、凝聚民族精神和道德净化等意识形态诉求的深层动因。

（一）"第三罗马"的帝国崇拜心理——文化强国的梦想之基

1453年君士坦丁堡陷落，东罗马帝国的覆灭使得俄罗斯成为东正教唯一的继承者，俄罗斯民族深感自己有能力担当上帝特选民族这一重任。这种重任或使命被16世纪普斯科夫修道院院长菲洛费伊称为"莫斯科是第三罗马"。自15世纪以来"俄罗斯的使命是成为真正的基督教、东正

---

① 林精华：《无处不在的身影——东正教介入俄罗斯社会政治生活试析》，《俄罗斯研究》2010年第5期。
② ［俄］尼·别尔加耶夫：《俄罗斯思想》，雷永生、邱守娟译，生活·读书·新知三联书店1995年版，第245—246页。

教的体现者与捍卫者……俄罗斯是唯一的东正教王国，同时在这个意义上也是全天下的王国，正如同第一罗马和第二罗马一样，在此基础上形成了东正教王国的强烈的民族性"①。于是，"第三罗马"学说成为莫斯科统一的中央集权国家建立的思想基础，其核心内涵是俄罗斯是基督教世界的中心，是基督教的希望所在，俄罗斯民族是被上帝选定的优秀民族，定要历史性地完成上帝交给的捍卫俄罗斯和弘扬基督教的历史使命。18世纪彼得一世将这一思想演绎成"大俄罗斯主义"，其思想主旨就是俄罗斯本身就应该是一个强大的民族和国家，而且俄罗斯必然要成为一个强大的帝国，从而确立了俄罗斯的"强国之梦"。19世纪后，泛斯拉夫主义基于"上帝选民"的民族优秀论而持有的强势国家心理将克服恶劣的自然环境和外部侵扰的顽强承受力作为生命本质、将促进富强和扩张的发展战略作为政治诉求、将唯我独尊和傲视一切的宗教自信作为精神优势，提出了独具俄罗斯特色的帝国崇拜式的"强国精神"。每当俄罗斯民族的存亡时刻，"俄罗斯思想"中的"莫斯科是第三罗马"话语总能发挥难以想象的作用。1812年卫国战争打响之前，东正教会通过遍布俄罗斯各地的教区组织（приход）宣扬体现教会和沙皇意志的"神圣宣言"中的爱国精神，但这个祖国不是抽象的，而是与基督之爱一体的俄罗斯帝国。② 东正教这种在意识形态领域所起的作用在军队中更为巨大，因为"这场战争将给俄罗斯带来无尽的苦难，俄罗斯东正教会有理由宣布对欧洲的圣战，并让那些走上战场的人相信，为俄罗斯祖国和基督而战死沙场勇士的灵魂将直接升入天堂"。③

　　这一精神在俄罗斯现代文学思想领域得到了充分弘扬和彰显，恰达耶夫、霍米亚科夫、果戈理、马雅可夫斯基、阿赫玛托娃、肖洛霍夫等都在其作品中表达过对于俄罗斯所肩负的救世使命的高度认同和对于国家历经苦难终将强盛的坚定信心，其中陀思妥耶夫斯基的长篇小说《少年》颇具代表性，小说中主人公维尔希洛夫以俄罗斯精英自居，他带着

---

① [俄]尼·别尔加耶夫：《俄罗斯思想》，雷永生、邱守娟译，生活·读书·新知三联书店1995年版，第8页。

② 郑永旺：《俄罗斯民族性格与1812年卫国战争的胜利》，《俄罗斯文艺》2012年第4期。

③ Мельникова Л. В, "Отечественная война 1812 годаи русская православная церковь", *Отечественная история*, 2002, No. 6.

铁链在欧洲漫游布道，将传播基督精神视为自己的使命，以神圣俄罗斯的宗教感和弥赛亚观念承担起全人类的救赎事业。"我在法国是法国人，和德国人在一起，我便是德国人；和古希腊人在一起，我便是希腊人，所以我是地道的俄罗斯人。我所以是真正的俄罗斯人，并且尽了最大的努力为俄罗斯效劳，是因为我体现了它的主要思想。我是这种思想的先锋。"① 维尔希洛夫的这番充满民族自豪感和救世精神的陈述，揭示了俄罗斯民族作为上帝选民的世界公民意识和优等强国心理。可见，"第三罗马""救世主说"和"大俄罗斯主义"的帝国崇拜心理一直是俄罗斯挥之不去的情结，并逐渐被岁月锤炼为俄罗斯人整体的强国信仰。因此，在国家面临整体衰落危机之时，帝国崇拜的强国梦想这一俄罗斯民族深层稳定的民族心理成为重振雄风的最佳文化基因。正如普京在阐释"新俄罗斯思想"时才会强调"俄罗斯过去是，将来也还会是一个强大的国家。……在俄罗斯整个历史进程中，它们还决定着俄罗斯人的思想倾向和国家的政策。即使在今天它们依然起着决定性的作用"。②

（二）"聚议性"的民族认同力量——爱国精神的历史之维

法国社会学家涂尔干在《宗教生活的基本形式》一书中提出："宗教可以通过自身信仰所表现出来的特有凝聚力，将社会的不同人、群体、社会势力等社会存在和社会发展的各要素联系起来，并在共同信仰、共同价值、共同组织形式、共同教义和共同利益规范的基础上实现社会整合。"③ 东正教的这种社会整合特性被19世纪的斯拉夫主义者霍米亚科夫称为"聚议性"（соборность）。"聚议性"是教徒们在共同理解真理和共同探索拯救之路的事业中以教会为基础的自由统一，是以对基督和神规的共同之爱为基础的统一。④ 其原则就是统一性和自由的结合，这种结合建立于爱上帝和爱上帝者之互爱的基础之上，意味着许多人的自由和统一结合在一起。哲学家洛基斯进而将这一理论生发，认为"聚议性"发挥作用的条件是"只有在个别个人自愿服从绝对价值的条件下才有可能，

---

① ［俄］陀思妥耶夫斯基：《少年》，岳麟译，上海译文出版社1985年版，第607页。
② 《普京文集（2000—2002）》，中国社会科学出版社2002年版，第8页。
③ ［法］爱弥尔·涂尔干：《宗教生活的基本形式》，渠东、汲喆，上海人民出版社1999年版，第579—583页。
④ 张百春：《当代东正教神学思想》，上海三联书店2000年版，第55页。

只有个人拥有建立在对整体、对教会、对自己人民和国家的爱的基础上才有可能"①。如此则形成了俄罗斯东正教独特的个人统一逻辑：主教以对上帝的爱的名义将俄罗斯个体统一到教会整体中，地主以对沙皇的爱的名义将俄罗斯个体统一到村社整体中，政府以对祖国的爱的名义将俄罗斯个体统一到国家整体中。于是，教会—村社—国家作为绝对价值与主教—地主—政府作为通达路径均以三位一体的对应关系构成了对俄罗斯人个体的控制和整合，实现了从膜拜上帝到尊崇沙皇再到热爱国家的社会的三维重合，于是对宗教的坚定信仰演化为对沙皇的绝对服从、对村社集体生活的依赖和对于国家的热爱忠诚，宗教的"聚议性"转化为国家的"聚议性"，在实现政教合一的基础上国家成为现实中的宗教，生成了俄罗斯"大国小我"的民族集体意识和"爱国主义"。

果戈理的长篇小说《塔拉斯·布尔巴》生动展现了这种"聚议性"爱国精神所产生的强大民族号召力和自豪感。布尔巴在波兰边境的战斗中激励将士们道："我们面临的是需要我们流血流汗、发扬哥萨克崇高的献身精神的伟大事业！那么，让我们来喝上一杯，伙伴们，让我们先为神圣的正教的信仰干杯，愿这一信仰最终有一天会传遍全世界，到处都只有这一种神圣的信仰，所有的异教徒都将变成基督徒。"布尔巴正是通过强化俄罗斯东正教思维方式和主体精神的一致性，召唤起将士们捍卫"神圣罗斯"的力量和献身东正教的决心，从而激发起将士强烈爱国精神和献身精神。自998年罗斯受洗以来，无论是蒙古鞑靼人入侵时期东正教教会领导教众的集体反抗举动，还是1812年卫国战争时期斯摩棱斯克圣母像作为整个国家圣物在征战中所起到的精神鼓舞力量，以及1941年全苏联反抗德国法西斯侵略者时谢尔盖大牧首向全国教徒发出的23份号召书，都印证了东正教文化在意识形态领域所起到的重要凝聚作用。②

因此，当俄罗斯在全球化时代再次遭遇民族国家认同危机时，普京强调："我们需要共同找到能团结整个多民族的俄罗斯的因素。除了爱国

---

① ［俄］H. O. 洛斯基：《俄罗斯哲学史》，贾泽林译，浙江人民出版社1999年版，第23页。

② 乐峰：《东正教史》，中国社会科学出版社2005年版，第202—237页。

主义之外，没有任何东西能够做到。"[1] 可见在普京看来，面对意识形态混乱、文化实力差距拉大、民族凝聚力弱化的现实困境，只有重启俄罗斯的爱国主义优良传统，才能重燃民众心中的爱国火焰，焕发出民族整体力量，而这"团结整个多民族的俄罗斯的因素"无疑与始终握于俄罗斯精神掌心千年的东正教文化相关。

（三）博爱怜悯的道德主义——心灵净化的伦理之泉

东正教较多保留了早期基督教的上帝之爱和道德主义传统，强调弃恶行善的伦理准则、公道诚恳的处世态度、爱心宽容的道德传统等，特别体现于上帝"道成肉身"拯救人类和"爱上帝、爱邻人"的教义、"上帝是父亲，人人是兄弟"的精神以及对社会不公的抗议、对弱者和受欺凌受侮辱者甚至罪人的同情和怜悯之中。[2] 这种传统与俄罗斯社会的特殊情况相结合，经由世俗宗教思想家和文学家共同完成，深深扎根于俄罗斯的文化深层焕发着持久的精神力量。正是果戈理、托尔斯泰、陀思妥耶夫斯基以及白银时代的现代主义作家诗人如维·伊万诺夫、梅列日科夫斯基、索洛维约夫等巨擘，通过《安娜·卡列尼娜》《上尉的女儿》《复活》《罪与罚》《被侮辱和被损坏的人》等名著生动描述了对于贫苦和弱小无助者的怜悯感和通过忍受苦难而赎罪获得复活的精神过程，以独特的宗教道德理想焕发出东正教长久的心灵震撼和精神反思力量，不仅形成了俄罗斯文学所特有的启示录式的思维方式和宗教虔敬感等鲜明特色，同时以其艺术创作为东正教提供了更具深度和广度的命题，深化和拓展了东正教道德净化的精神价值。因此，在面对理想信念丧失、道德急剧滑坡、主流文化衰落、极端个人主义泛滥等种种社会文化病症时，东正教文艺精神所提倡的博爱、宽容、良心、正义、责任、虔诚、纯洁、谦卑、希望和爱等道德核心价值观成了净化心灵的良药，被教徒视为宗教生活和世俗生活的伦理准则。

正如普京在《千年之交的俄罗斯》中强调的："东正教在俄国历史上

---

[1] 普京："只有爱国主义思想能够团结俄罗斯"，参见（http://rusnews.cn/eguoxinwen/eluosi_ neizheng/20120229/43353862. html），2012年2月29日。

[2] 雷永生：《宗教沃土上的民族精神——东正教与俄罗斯精神之关系探略》，《中国青年政治学院学报》1998年第1期。

一直起着特殊作用，不仅是每位信徒的道德准则，也是全体国民不屈不挠的精神核心。以博爱思想、良好戒律、宽恕和正义为本。东正教在很大程度上确定了俄国文明的特性。千百年来，它那永恒的真理无时无刻不在支撑着人民，给他们以希望，帮他们获得信念。……我坚信，在我们进入第三个千年的今天，在我们社会中加强互谅和达成一致意见的基督教理想是可能达到的，也为祖国的精神和道德复活做出了贡献。"[1] 无疑，在一时无法为民众提供更具信服力的道德资源，民众也无法安置因社会转型形成的迷茫心灵的状况下，东正教文化精神是填补道德真空的最佳选择，在制定文艺政策重建意识形态的过程中它自然居于重要位置。

三 东正教复兴背景下意识形态重建与当代俄罗斯文艺战略

伴随国家体制的根本转型，俄罗斯当代文艺战略对国家意识形态的建构方式由苏联时期文化专制主义式的刚性灌输相应地向市场经济条件下柔性引导转变。作为普京"新俄罗斯思想"在文艺和文化领域的重要体现，俄罗斯借助东正教影响实施的文艺政策主要以重塑国家形象、凝聚民族精神、遏制道德滑坡、增强国家认同和文化软实力为核心，运用法律手段、经济手段，辅之以行政手段等将市场经济的商业行为与国家政治导向巧妙结合，通过政策和资本运作调节积极鼓励东正教成为主流文艺的精神内涵并间接作用于大众文化，从而以潜移默化方式实现重建国家意识形态的政治诉求。

（一）国家立法和规划为东正教重建意识形态提供法律保障和政策支持

俄罗斯政府高度注重东正教的社会整合与精神召唤力量对国家意识形态安全和重建的作用，颁布了一系列法律、法规和规划纲要在政策和资金方面保证东正教题材文艺作品在国家政治文化生活中的地位。《俄罗斯文化》（Культура России）（2000—2005）（2006—2010）（2012—2018）是俄罗斯联邦政府自 2000 年起开始制定的国家文化发展战略规划纲要，是俄罗斯文化事业发展的指导性长期国策，集中体现了国家主体

---

[1] В·Бутин，"Россия На пороге нового тысячелетия"，*Российская Независимая Газета*，1999 – 12 – 30.

的文化意志。《俄罗斯文化》以国家计划项目的形式通过招标竞标、财政拨款、社会融资和项目审核验收等环节落实国家文化政策优先支持内容：国家支持和保障文化创作、教育发展，有效保护和利用俄罗斯文化遗产，加强文化机构和文化活动对解决重要社会问题的作用，加强全俄统一文化空间基础建设等。① 其中东正教文化保护和文艺事业发展被作为主要项目予以重点支持，主要包括：加强对具有东正教教会功能的历史和文化保护建筑的修复和重建提供资金支持；② 全国文化和艺术机构为教堂、教学机构、启蒙和慈善基金、主日学在召开会议、诵读和各种见面会方面提供帮助；向东正教教会移交属于教会的建筑物供其无偿使用；③ 由国家组织举办国家教会节、复活节和斯拉夫文字和文化日等系列活动，每年节日活动会持续多日，举行包括以"东正教的俄罗斯"为主题的文学日、研讨会、电影展映、戏剧音乐演出等系列宗教文艺活动，在全国具有广泛影响；文化部组织资助国家大型的博物馆和图书馆、大学和科研机构编纂《东正教百科辞典》（25 卷本）等俄罗斯文化经典典籍；文化部出资支持拍摄《普斯科夫任务》《12》等强调作为俄罗斯民族精神内核的东正教情感，唤起民族良知和国家团结精神的历史题材电影。④ 据 2009 年签署的《俄罗斯东正教（莫斯科东正教）和俄罗斯文化部、教育部、财政部实施联邦目标计划"俄罗斯文化"（2006—2011）的合作安排》显示，东正教教会获得了国家通过公共和私营部门伙伴关系提供的预算资金近 13 亿卢布，主要用于保护东正教历史及文化遗产保存和发展，支持艺术教育、学术交流和青年人才培养，确保国际上东正教文化交流，发展宗教文化现代信息技术产品生产等。⑤ 国家奖项最能表征政策主体和主

---

① Описание ФЦП，"Культура России（2006 – 2011 годы）"（http：//fcpkultura.ru//old.php？id = 3）．

② 据俄罗斯文化部网站统计2006—2011 年政府共投资重建和修复了圣尼古拉海军大教堂、神升天大教堂、圣彼得堡喀琅施塔得大教堂等东正教教堂近百座。

③ 主要包括梁赞克里姆林宫建筑群中的国家博物馆、雅罗斯拉夫尔州托尔克修道院和莫斯科新处女修道院等。

④ Глава I Государственное управление культурным строительством，1917 г. - 1935 г.（http：//mkrf.ru/ministerstvo/museum/detail.php？ID = 273311）．

⑤ Архив документов ФЦП，"Культура России（2006 – 2011 годы）"（http：//fcpkultura.ru/docs.php？id = 12）．

流意识形态对于文学发展的价值导向。在 2013 年 6 月 12 日于克里姆林宫举行的俄罗斯国家奖颁奖仪式上，普京亲自为俄罗斯当代文坛"传统派"主将瓦连京·拉斯普京颁发国家人道主义杰出成就奖，表彰他在文学创作中表现出的对俄罗斯民族的前途命运的忧虑、对俄罗斯文学宗教传统的继承和对东正教道德观念及救世精神的阐扬。①

（二）文艺教育为东正教重建国家意识形态灌注价值内涵和道德支援

当代，俄罗斯政府积极在国民教育特别是文艺教育中推行东正教文化理论，力图用爱国、正义、责任、虔诚、纯洁、谦卑、希望和爱等东正教深层价值观和道德观影响教育广大公民特别是青少年，以实现团结民族精神、强化道德培养、净化社会空气的作用。一是大量建立世俗宗教教育机构。全俄罗斯在幼儿园、普通中小学、东正教大学、世俗高校中建立大量宗教学部系和教研室，利用东正教和教会历史中的核心教义培养学生对祖国历史传统的情感和对东正教核心道德精神的敬畏，其资金来源独立于教会组织，包括教师培训、教学大纲的规划和教材编写在内的教学组织一般依托国家和政府，经费主要来自国家财政拨款。② 2011 年 1 月 18 日，俄罗斯第一所由东正教会创办的教会高校——俄罗斯东正教大学在莫斯科成立，其中设立文学院和艺术学院，莫斯科和全俄罗斯新任大牧首基里尔亲自进行注册登记，这标志着俄罗斯东正教正式进入高等教育系统。③ 二是强力推行《东正教文化基础》课程。20 世纪 90 年代，斯摩棱斯克州最早在中学开设了东正教文化相关课程内容，2000 年该课程引入莫斯科国立中学，2006 年已经推广至俄联邦 15 个州，其中在 4 个州被确定为中学教学大纲中的必修课，在其他 11 个州是作为选修课。此间，叶·阿列克桑德洛夫和日·阿尔费洛甫等 10 名俄罗斯科学院院士联名上书普京总统对此举提出强烈质疑，认为此举违背宪法，容易造成东正教沙文主义。普京则公开回应支持开设《东正教文化基础》课，他表示："作为人文教育，在学校应以选修课或必修课的形式开设《宗教

---

① Opening remarks at a ceremony presenting Russian Federation National Awards（http：//eng.kremlin.ru/transcripts/5574）.

② 刘超：《当代俄罗斯东正教文化教育发展状况论析》，《世界宗教文化》2012 年第 6 期。

③ 汪宁：《重回后苏联空间——俄罗斯文化战略评析》，《俄罗斯东欧中亚研究》2012 年第 3 期。

史》课程，可以使孩子们更多地了解其他民族及其传统，有利于发展本国儿童对待民族和宗教的宽容态度。"① 目前，俄联邦35个地区的万余所中小学都开设了这门课程，并在教学大纲、教师培养、教学方法和形式、教育内容、配套教材等方面初步形成了一套体系。② 三是开展多种多样的东正教实践教育活动。20世纪90年代中期，莫斯科和圣彼得堡启动了高校间宗教启蒙规划，决定每年举办东正教文艺竞赛，竞赛内容涉及音乐、绘画、文学、应用艺术等多方面，竞赛结果会在达吉亚娜日公布。在中小学举办以"我的东正教祖国""我们为俄罗斯保存了神圣"为主题的参观朝圣地修道院、东正教艺术作品展览、音乐巡演、文学艺术节等课外活动，有效地提高了师生对东正教文艺的兴趣，培养了青年学生的文艺修养和道德情操。③

（三）文化外交为东正教重树俄罗斯大国形象扩大影响

面对叶利钦时期整体国家形象和国际影响力迅速衰退的艰困局面，当代俄罗斯当局提出以东正教同源文化为武器，借助和发挥自身传统文化的巨大影响力，积极拉近与周边国家，特别是与独联体和中东欧原社会主义大家庭国家的关系，在收复东正教文化失地、重夺主导世界宗教话语权的基础上，实施全方位回归欧洲战略，并逐步实现与西方基督教文化抗衡、建立欧亚联盟的战略目标。在2005年度的国情咨文中普京明确提出："俄罗斯与昔日的苏联加盟共和国，今日的独立国家，被共同的命运、俄语和伟大的文化联系在一起，不可能置身于追求自由的主潮流之外。"④ 为此，2005年4月，俄罗斯专门成立了一个对外地区和文化合作局，由总统办公厅直接领导，其目的就是要发展与独联体国家以及周

---

① Диалог президента с народом，*Народное Образование*，2007，（2）：7-17.

② История религиозной культуры：Основы православной культуры：Учебное пособие для основной и старшей школы. Бородина А. В. （http：//borodina. mrezha. ru/ekspertitsyi-i-harakteristika/osnovyi-pravoslavnoy-kulturyi. html）.

③ Епископ Зарайский Меркурий，Довгий Т. П. Государственно-церковное сотрудничество на федеральном и региональномуровнях в реализации эксперимента по преподаванию учебного курса《Основы православной культуры》//Педагогика. 2011，No. 1. С. 37.

④《普京文集（2002—2008）》，张树华、李俊升、许华等译，中国社会科学出版社2008年版，第189页。

边国家的文化合作，恢复、巩固和扩大俄罗斯文化的影响力。① 在这一背景下，俄罗斯东正教会主动介入国际事务，积极参与恢复和扩展俄罗斯文化影响力的各项活动。2003年大牧首阿列克谢二世出席俄联邦外交部的外交委员会议等重要场合时从东正教教义和历史地位出发指出，"在俄国对外政治的诸多传统中，好几个世纪以来，是在至圣东正教会的切实影响下延续的。致力于和平、坚持遵循崇高的道德理想、关怀不幸"，"按东正教会的意见，俄罗斯应该成为世界大国、决定世界事务的中心之一"。② 讲话集中阐述了俄罗斯东正教会参与俄外交战略任务的愿景，以及将通过教会引领国家重新跃居国际舞台中央的希望。时任外交部部长的伊凡诺夫当场表示完全赞同，并特别强调与东正教会紧密合作能更有效地凸显国家利益。此外，阿列克谢二世还曾在电视上号召教徒们支持政府对外政策，维护国家的和平与稳定，为实现俄罗斯的伟大复兴而努力。2006年7月在莫斯科举行的第一届世界宗教领袖峰会上，俄罗斯东正教会扮演主导国家角色，通过设置各种全球性的话题，主动争取在这一非正式的宗教大联盟中获得话语权，树立和彰显俄罗斯大国形象。③

此外，普京还通过个人的政治影响积极表态支持东正教文化，为重建国家意识形态赢得更广泛的社会认同。普京个人曾声称母亲背着父亲为他受洗，他特别珍惜母亲送给他的小十字架，任职总统后他每年新年总会去一所教堂和信徒共度新年。1999年岁末叶利钦辞职和普京担任代总统，大牧首成为政权交接仪式的见证者，并且时任大牧首阿列克谢二世负责保管叶利钦和普京签署权力交接的秘密协定。此后作为传统，历次总统就职典礼，东正教大牧首均以重要见证人身份出现，特别是2007年议会大选前，普京把17世纪波斯国王阿巴斯送给俄罗斯大公米哈伊的沾有耶稣殉难时所流鲜血的耶稣血衣转送给俄罗斯东正教会，更凸显出东正教在俄国的政治地位。④ 除就职典礼外，普京还经常出席具有浓郁东正教色彩的圣诞节、复活节等节日的系列庆祝活动并讲话，推崇东正教

---

① 许华：《当今俄罗斯的国家形象问题》，《俄罗斯东欧中亚研究》2008年第2期。
② 林精华：《无处不在的身影——东正教介入俄罗斯社会政治生活试析》，《俄罗斯研究》2010年第5期。
③ 第一届世界宗教领袖峰会在莫斯科召开（http：//www.chinare-viewnews.com）。
④ http：//www.riza.su/index.php? option = com_ content&task = view&id = 12&Itemid = 45.

在聚合国家力量和民族精神方面的重要作用。2013年普京就亲自出席了以"弘扬俄罗斯文化艺术传统、保存历史记忆和青少年爱国主义教育"为主题的莫斯科复活节艺术节并致开幕词，他向全体俄罗斯公民及东正教徒致以复活节节日祝贺，指出"复活节给予数百万人喜悦和希望，鼓舞为善和有良好的志向。提醒大家关注在俄罗斯历史上发挥着特殊作用并滋养着民族文化的传统精神价值观"，[①] 同时，普京还强调了俄罗斯东正教会在支持国内和平与和谐、发展宗教间及民族间对话方面的特殊作用，其中标志性事件为2004年普京亲自将俄罗斯文学艺术国家奖中的首个人文奖项颁发给东正教大牧首阿列克谢二世。

当代，虽然由于宪法对去意识形态的规定使政府不能以专制话语和新闻审查形式使东正教文化强行干预文艺进程，但是在文化市场的运行规则下国家却可通过文化事业和文化产业的政策调节同样实现对文艺形态的间接引导和控制；另外，部分文艺创作主体作为知识精英，出于自身对俄罗斯民族振兴的愿望、国家崛起的希冀和对斯拉夫价值观的忠诚，也主动探寻东正教文化的民族根性，通过文艺作品复兴东正教文化为社会出示净化道德世界、建筑民族认同和解决民族危机的治疗方案；同时，在被迫进入文化市场后文艺创作者出于生存需要，为增加公众对自己产品的兴趣也迫切希望借助政府的项目引导和政策支持而赢得声誉、获取利益。因此在这样独特的政策环境与自由话语之间，在创作欲望、社会效益和经济利益的纠缠和合谋中，文学、哲学、艺术、教育、大众传媒等自觉和不自觉地融入了当代俄罗斯意识形态重建的大潮中，在主流文化、精英文化和大众文化的顺应和对抗中构成了当代俄罗斯文艺一道奇特的东正教文化景观，其主要形态和表现我们将在第五章集中论述。

在肯定东正教建构意识形态的政策成果的同时，我们也考察到在俄罗斯社会激烈动荡、思潮纷乱复杂、利益多元分化、文化政策整体转轨的大背景下，涉及东正教的文艺战略在持续推动国家意志统一方面面临的困境。其一，政策先天不足。由于俄罗斯新文化政策体系还显年轻，承担健全社会文化重任的能力有限，存在诸如资金投入不足、大量政策

[①] 普京："复活节提请关注精神价值观"，http://rusnews.cn/eguoxinwen/eluosi_shehui/20130505/43759556.html。

规划配套实施细则缺乏、政策实施的必要条件缺失等棘手问题，从而造成执行不力。其二，执行环境复杂。俄罗斯作为多宗教的国家，宗教矛盾自古有之。目前除东正教外，新教、天主教、伊斯兰教及苏联解体后出现的各种宗教在社会上也具有一定的影响，都希望在参与国家重建过程中为相关利益群体赢得机遇，因此对国家侧重支持东正教而"违宪"产生了强烈不满，对其文化推广也造成了一定阻碍，甚至构成了社会稳定的破坏性因素，也不能不引起政策制定者的警惕和关注。① 其三，东正教自身局限。东正教教义中重精神轻物质的价值取向、聚合性中肯定集体主义倾向和苦修传统虽然在爱国主义、道德净化等方面具有建设意义，但其贬斥商业行为、个人竞争价值和推崇唯我独尊的选民意识与务实、开放、民主的现代市场经济价值观格格不入，容易造成文化保守主义和极端民族主义，从而阻滞俄罗斯现代化进程，对帝国建构的另一精神维度造成严重龃龉。② 此外，宗教民族主义势力干扰、东正教组织从事不法经营活动、相关邪教组织活动猖獗等问题也成为阻碍东正教文化政策实施中不得不面对的棘手问题。因此，有的学者指出："在普京总统努力下，俄罗斯的经济和社会发展已逐渐步入正轨，政府正在建构更符合统治需要、更具实效的意识形态，羽翼日渐丰满的政府必然降低对东正教的倚重。东正教至今仍然是标识俄罗斯民族特有风貌的精神符号，在俄罗斯民族的精神生活中占据举足轻重的地位，但是其对国家意识形态的影响，对民众价值取向的导引已经由社会转型初期的巅峰状态恢复至正常国家秩序中宗教生活的一种常态，进入平稳发展时期。"③

第三节 双头鹰民族性格与文化大国形象塑造
——文化软实力提升战略的国际向度

民族性格是指各民族在形成和发展过程中凝结起来的表现在民族文化特点上的心理状态，是一个民族的共同特征。一个民族性格的形成是

---

① 李雅君：《东正教文化与俄罗斯教育》，《外国教育研究》2009 年第 2 期。
② 陈树林：《俄国现代化文化阻力的文化哲学反思》，《俄罗斯学刊》2011 年第 1 期。
③ 王春英：《建构中的俄罗斯新意识形态》，《俄罗斯东欧中亚研究》2010 年第 5 期。

一个长期的历史发展过程,受到许多因素的影响,其中最重要的因素就是该民族的文化。[①]"民族性"作为"俄罗斯思想"文化谱系中的重要维度,其显著的兼具东西方特征的双头鹰式民族性格以内在的、潜移默化的方式在社会成员中建立起一套行为定势和评价体系,引导俄罗斯民族约束和规范自己的内心与行为,并将认识、情感、意志过程保留在全体俄罗斯人的心理结构之中,逐渐形成一定的文化价值体系,从而深刻影响甚至决定了俄罗斯的历史命运,更在潜移默化中规定和指引着俄罗斯国家治理的思维模式和行为方式,成为包括文艺战略在内的整个国家发展的深层动因。本节我们将从俄罗斯民族横跨东西方的"双头鹰"性格入手,探究民族性格对文化软实力战略的国际向度——文化大国形象塑造方面的影响及其在文艺战略上的表征。

一 俄罗斯民族东西方双重性格
——从双头鹰谈起

双头鹰,也叫罗马鹰,起初是罗马军团的标记。公元395年罗马帝国分裂为东西罗马帝国后,双头鹰由东罗马帝国继承,成为拜占庭皇帝君士坦丁一世的徽记。1453年东罗马帝国灭亡,君士坦丁十一世的弟弟带着女儿索菲娅逃到罗马。1472年在罗马教廷的主持下,索菲娅嫁给了莫斯科大公伊凡三世。双头鹰徽记作为公主的嫁妆来到了俄罗斯。双头鹰胸前有一骑白马披银甲的屠龙骑士名叫圣·乔治,他是罗马骑兵军官,骁勇善战,因为试图阻止罗马帝国对基督教徒的迫害被杀害,公元494年被教皇格拉修一世封为圣徒。此后,圣·乔治成为拯救弱者、反抗强权的正义力量代表。在15世纪的时候,圣·乔治成为莫斯科公国的守护神,出现在俄罗斯的国玺上,与双头鹰一起成为俄罗斯国家的象征。伊凡雷帝统治时期,圣·乔治刺龙的形象被雕刻在双头鹰的胸前,与双头鹰融为一体,到了17世纪双头鹰正式成为俄罗斯的国徽,也成为俄罗斯国家形象和民族精神的象征。1993年11月30日,俄罗斯颁布法律决定恢复双头鹰作为国徽。今日俄罗斯国徽的红色盾面上装饰着一只金色的

[①] 靳会新:《俄罗斯民族性格形成中的宗教信仰因素》,《俄罗斯学刊》2014年第1期。

双头鹰，鹰头上装饰着彼得大帝的三顶皇冠，鹰爪上装饰着权杖和金球，鹰的胸部有一个小红盾，盾面上是圣·乔治刺龙的图案。三顶皇冠象征着新时期整个俄罗斯联邦及其主体的主权，金球与权杖代表统一国家和国家权力，圣·乔治象征善良战胜邪恶、光明战胜黑暗，表明全体人民捍卫自由与独立的决心和勇气。双头鹰望着东西两个不同的方向意味着俄罗斯民族对东方和西方文化的兼容，是俄罗斯精神内部欧亚两种独特品质既分庭抗礼又合而为一的矛盾统一的象征。

一般而言，许多学者均从地缘政治学角度分析俄罗斯民族的双重性问题，认为俄罗斯地处欧亚大陆，介于东西方文化的结合部，这种结合部的"边缘文化"特性构成了俄罗斯文化的潜意识，即不是牢牢地固定在东方或西方的轴上，而往往在每个转折或危机时刻，它或顺轴左移或顺轴右移，在两个吸力中心间摇摆，始终不能固定自己的轨道，反而潜藏着产生割断和分裂其地理政治空间的强大潜能。[①] 而笔者认为深入考察俄罗斯文化和民族性，其东西方双重性民族性格应理解为欧洲大陆基督教意义上的东方与西方，应追溯于1054年基督教的分裂。在基督教形成初期，即分为东西两派，前者分布于罗马帝国东部希腊语地区，后者分布于帝国西部拉丁语地区。395年罗马皇帝狄奥多西一世将帝国分给两子，罗马帝国于是分为东西两部分；东罗马帝国以君士坦丁堡为首都，西罗马帝国以罗马为首都。君士坦丁堡教会逐渐成为东派教会的中心，与罗马教会日益分离。在1054年基督教分裂为天主教和东正教后，俄罗斯作为第三罗马和东正教的中心实际上承继了以希腊语为宗教语言的东罗马之传统，并与拉丁语言区的天主教派即西方形成了抗衡态势，同时在相互影响下形成了东西方双重性格。

俄罗斯民族这种性格的双重性和矛盾性一方面根源于基督教两大教派文化的分裂性，而另一方面也促使了其自身发展，激化了文化本身内部的冲突性。正如恰达耶夫所言："我们从未与其他的民族携手并进；我们不属于人类的任何一个大家庭；我们不属于西方，也不属于东方，我们既无西方的传统，也无东方的传统。我们置身于时间之外，我们没有

---

① 张骥、张爱丽：《试析文化因素对俄罗斯外交政策的影响》，《当代世界与社会主义》2004年第3期。

被人类的全球性教育所触及。"① 别尔加耶夫也曾对这种边缘矛盾性有过经典论述:"俄罗斯精神所具有的矛盾性和复杂性可能与下列情况有关,即东方与西方两股世界历史之流在俄罗斯发生碰撞,俄罗斯处在二者的相互作用之中。俄罗斯民族不是纯粹的欧洲民族,也不是纯粹的亚洲民族。俄罗斯是世界的完整部分,巨大的东方—西方,它将两个世界结合在一起。在俄罗斯精神中,东方与西方两种因素永远在相互角力。"②

19世纪30—40年代,东西方文化的交织、碰撞和冲突引起了俄罗斯知识分子对民族发展道路的大讨论,在俄罗斯文化思想史上产生深远影响的西方派和斯拉夫派应运而生。其中,西方派从宗教传统和种族血缘等角度论证俄罗斯与欧洲的亲缘关系,借肯定彼得大帝改革大力崇拜西方的文明和价值观,肯定西方文化对俄国发展的指导意义,强调只有向西方学习、融入西方才是唯一正确的选择;斯拉夫派则认为俄罗斯地理特性和文化传统决定了其有别于西方,西欧的风格制度并不适合俄国的国情,俄罗斯应该走一条具有民族特色的不同于欧洲文明的发展道路。20世纪20年代的欧亚主义者则认为俄罗斯是一种不同于却兼容于大西洋文明和太平洋文明的第三类文明,即欧亚文明,这种文明承担着聚合两种文明的地缘使命和文化天职。"我们置身于东方和西方这世界的两个主要部分之间,我们一侧倚着中国,另一侧倚着德国,我们本该在自身之中结合起精神世界的两大品质:想象和理智,让整个地球的历史融进我们的文明。"③ 俄罗斯民族既不是欧洲人,也不是亚洲人,而是"欧亚人"。"我们就像雅努斯或双头鹰,望着不同的方向,与此同时,却又像有颗共同的心脏在跳动。"④ 于是,俄罗斯文化以欧洲和亚洲、定居和游牧、基督教和多神教、世俗和精神、官方和反对派、集体和个人等双重信仰、双重思维、双重面孔示人,在东方和西方两个相互吸引、相互排

---

① [俄] 彼·雅·恰达耶夫:《俄罗斯思想文库·箴言集》,云南人民出版社1999年版,第6页。
② [俄] 尼·别尔加耶夫:《俄罗斯思想》,雷永生、邱守娟译,生活·读书·新知三联书店1995年版,第2页。
③ [俄] 彼·雅·恰达耶夫:《俄罗斯思想文库·箴言集》,云南人民出版社1999年版,第13页。
④ 穆重怀:《俄罗斯文化中的双头鹰》,《俄语学习》2009年第5期。

斥的双焦点中绘制出了俄罗斯国民的椭圆性格特征："专制主义、国家至上和无政府主义、自由放纵；残忍、倾向暴力和善良、人道、柔顺；信守宗教仪式和追求真理；个人主义、强烈的个人意识和无个性的集体主义；民族主义、自吹自擂和普济主义、全人类性；世界末日——弥赛亚说的宗教信仰和表面的虔诚；追随上帝和战斗的无神论；谦逊恭顺和放肆无理；奴隶主义和造反行动。"①

民族性格和文化模式是特定民族或特定时代人们普遍认同的，由内在的民族精神或时代精神、习俗和伦理规范等构成的相对稳定的行为方式，一旦稳固下来就会成为一个民族共同拥有的思维定式和价值取向，从而深刻影响国家对外战略和政策的走向。"欧亚人"的双重文化价值观作为俄罗斯文化中居核心地位和起主导作用的思想和观念，既深刻地影响俄罗斯民众和社会精英政治文化态度，更是国家的外交战略和外交政策的选择及实行的深层动因。当代欧亚联盟的文化外交战略选择就是双头鹰民族性格或欧亚主义政治价值观念的明显体现。

二 双头鹰民族性格与普京欧亚联盟的文化外交战略

面对苏联解体后俄罗斯国际地位急剧衰落的形势，叶利钦首先采用了亲西方的外交政策来挽救颓势。在实际运作过程中，特别是在科济列夫任外长期间，俄罗斯竭力争取西方经济援助和政治支持，但这种向西方"一边倒"的外交并没有改善俄罗斯低迷的经济境况，反而使俄罗斯在世界外交舞台上的处境变得更加窘迫。② 在这种形势下，俄罗斯学术界和政界欧亚主义思潮日益高涨。他们秉承"双头鹰"意识，认为俄罗斯具有特殊的发展特点和空间，坚持反对完全走西方道路，强调应兼收并蓄东西方文明中的积极因素，应当"培植居住在俄罗斯的全体人民，所有民族之间互相深深尊重，实行平等互利的合作，并联合起他们的力量以实现并达到代表共同利益的目标"，③ 使欧亚主义思想成为俄罗斯全国

---

① [俄] 尼·别尔加耶夫：《俄罗斯思想》，雷永生、邱守娟译，生活·读书·新知三联书店1995年版，第3页。
② 肖贵纯：《俄罗斯外交中的欧亚主义文化特征》，《西伯利亚研究》2008年第5期。
③ 李英男、戴桂菊：《俄罗斯历史之路——千年回眸》，外语教学与研究出版社2002年版，第409页。

团结一致的思想意识，以便解决国家的经济增长及恢复俄罗斯的世界大国地位问题。很快欧亚主义的影响波及包括俄罗斯政要的各个阶层，加快了确保欧亚"双向"平衡及提倡兼收并蓄东西方文明中积极因素的欧亚主义俄罗斯外交政策的转变进程。1996年具有欧亚主义思想倾向的普里马科夫出任外长后，改变了过去"一边倒"亲西方外交政策，采用全方位外交战略，均衡西方国家及亚太地区和独联体的外交，为俄罗斯开展双边和多边合作创造了机会，基本完成了外交政策由西方化到欧亚主义的转变。

　　普京正式出任俄罗斯总统后，基本继承了普里马科夫所推行的东西平衡的全方位外交政策，奉行全方位、独立自主的外交路线。从具体行动上看，他以实现国富民强为目标，强调俄罗斯是一个欧亚国家，提出了"欧洲方向"和"亚洲方向"的思想，强调外交的务实性，灵活调整当前的外交政策，以实现俄罗斯国家利益的最大化并最终达成其强国目标。2001年，普京提出与欧洲一体化的方针是其对外政策的关键方向之一。2003年，普京再次表示要把与欧洲的合作放在优先地位，希望能与欧洲建立统一的经济空间，但却受到了欧盟的冷遇甚至敲诈，双边的政治关系始终处于较为冷淡甚至相互指责的状态。为此，目睹亚太主要国家经济的迅速发展，普京开始转向欧亚并重的"双头鹰"国际战略，他指出："如今亚洲是一个发展迅速、充满活力和高效的市场，这里各种技术汇集，而不仅是廉价日用品的生产地。因此，我们要发展与亚洲的关系是自然而然的事情。但是我们不会忽略与欧洲的关系。"[1] 2012年俄罗斯总统大选前夕，普京在其竞选的纲领性文献《新的欧亚一体化方案——未来在今天诞生》中明确提出了"欧亚联盟"设想：未来的"欧亚联盟"将是"一个能够成为当代世界一极的强大的超国家集团"与"连接欧洲与亚太地区的有效纽带"[2]。从中，我们发现普京对俄罗斯的国际合作战略进行了重大调整，"欧亚并重"已成为其基本政策原则，即以

---

[1] [俄]普京：《普京文集（2002—2008）》，张树华、李俊升、许华等译，中国社会科学出版社2008年版，第264页。

[2] Сергей Строкань. Страна восходящего Востока// Газета "Коммерсантъ", №. 179 (4964), 2012, 25 Сентября.

俄白哈三国关税同盟为轴心，推动独联体国家参与合作，最终形成区域经济一体化组织——欧亚联盟。从普京对外经贸合作的总体战略设计看最优先的方向是与独联体国家的经济一体化，即建立欧亚联盟；其次是两个平行的重点合作方向——欧盟和亚太，而亚太的重点是中国、美国和日本；最后是与其他地区国家的经贸合作。① 这种以国家利益为取向的多边实用主义外交，与欧亚主义所主张的双头鹰欧亚并重的思想不谋而合。② 概言之，普京在外交上的调整和发展主要表现为，明确意识到俄罗斯文化的独特性，它既不是斯拉夫的，也不是纯亚洲的，既反对民族和文化的孤立主义、保守主义，也反对盲目地照搬西方经验和道路，而是要确定一种实现东西文化融合的"欧亚联盟"方向，将对外政策紧紧扣住保障国家安全和服务国家经济发展这两个主题，强调"务实、经济效益和国家利益至上"，突出外交的经济内涵，在维护国家核心利益的基础上，积极推进灵活务实的全方位平衡外交。

"俄罗斯对外政策的突出特征是保持平衡"③，双头鹰式欧亚联盟文化外交反映了普京东西方平衡、兼顾的外交思想。而在欧亚联盟的外交战略中，普京将国家形象塑造特别是文化大国形象作为"在国际政治中运用文化影响的一种特殊政策工具"，努力通过发挥国家软实力潜力和确保国家文化安全，促进俄罗斯与其他国家间了解与合作、塑造积极正面的国际形象以及提升本国的文化竞争力及综合国力，为俄罗斯和他国开展文化交流与合作开拓了新的更为广阔的发展前景。早在 2000 年普京就在所签署的《俄罗斯对外政策构想》中规定：通过在境外推广俄语及俄罗斯文化树立俄罗斯积极正面的国际形象。2001 年俄罗斯外交部部长伊万诺夫批准《外交部关于发展俄罗斯与外国文化联系的基本方针》，其中系统阐述了知识文化因素对加强俄罗斯国际威望和改善俄罗斯国际形象的作用，将对外文化政策概念在外交实践中明确确定下来，并详细介绍了其目标和任务、重点工作方向、运作机制等。其中，详细规定了根据已

---

① 赵传君：《普京经济学》，《求是学刊》2014 年第 1 期。

② C. Rice, Campaogn 2000, Promoting the National Interese, *Foreign Affairs*, 2000, (1 – 2).

③ Концепциявнешней политики Российской Федерации, *Российскаягазета*, 2000, 11. июля.

在世界范围内形成的国际文化活动的协调和组织机制及俄罗斯整体外交战略的需求,俄罗斯开展文化外交主要面临的任务和目标如下:促进他国民众和舆论了解俄罗斯文化;通过文化交流和其他文化项目提高俄罗斯的国际权威,为经济、政治等其他领域的合作创造条件;促使俄罗斯人民了解他国文化遗产;促进科学领域的交流与合作,支持符合国际标准的高科技的发展;巩固俄语的境外地位;满足境外同胞的文化需求。虽然俄罗斯文化是面向全世界的,俄罗斯希望与世界各个国家和地区开展文化交流与合作,但是由于历史传统、地缘政治等因素,与独联体国家的文化交流与合作是俄罗斯文化外交的重要战略方向,旨在建立统一的文化、信息和教育领域,维系与这些国家历时百年的精神纽带,促进民主水平的新发展,寻找更为有效的合作方式并巩固俄语地位。在全新俄罗斯的形成和发展时期,对外推广本国文化无疑已成为俄罗斯对外政策的重要战略方向。[1] 2013年新版《俄罗斯对外政策构想》第一次将"软实力"概念引入俄罗斯外交文件中:"'软实力',是指'基于信息、人文与通信技术的非军事与非经济影响力,它将成为俄罗斯外交政策的主要手段之一',俄罗斯应当通过'软实力',其中包括利用'成百上千万'俄罗斯侨胞的潜力,改善自己在其他国家中的形象。"[2]

综上可见,当代俄罗斯文化外交政策的战略目标充分体现了"在西方受到挫折向东方寻求安慰;在东方得到同情再返回西方求爱"[3]的双头鹰思维下的平衡外交倾向,而其中通过树立良好的国际形象增强文化软实力、巩固俄罗斯的国际权威、证明俄罗斯社会民主开放和最终实现俄罗斯强国复兴的梦想成为重要的战略意图和外交手段。

三 双头鹰民族性格在俄罗斯文化大国形象塑造中的功能与表征

"国家形象是一个综合体,是国家外部公众和内部公众对国家本身、

---

[1] [俄]伊万诺夫:《俄罗斯新外交:对外政策十年》,陈风翔等译,当代世界出版社2002年版,第258页。

[2] Новая концепция внешней политики; Россия намерена быть "островком стабильности",*Независимая Газета* 2012, 14 Декабря.

[3] 林军:《俄罗斯外交史稿》,世界知识出版社2002年版,第456页。

国家行为、国家的各项活动及其成果所给予的总的评价和认定。"① 国家形象作为国家软实力的重要组成部分包含国家的政治形象、文化形象、外交形象等。良好的国家形象对内能增强民族自尊心和自信心，对外能扩大国际影响力和话语权。"国家形象既奠定了国家在国际事务中被接受的程度和国家信誉，同时它还影响其他国家对这个国家的外交政策"，②因此，塑造和提升国家形象已成为各国政府提升国家软实力的重要途径。

　　文化形象作为国家形象的重要内容，反映一个国家的国民素质和精神风貌。一个鲜明、独特和良好的文化形象有助于形成民众对国家的向心力和社会的凝聚力，激发人们的文化理解力和创造力，增强国家在国际舞台上的吸引力，是一国软实力的核心资源。③ 俄罗斯民族独特文化内质孕育和诞生了诸如普希金、契诃夫、陀思妥耶夫斯基、屠格涅夫、马雅可夫斯基、康定斯基、拉赫玛尼诺夫、柴可夫斯基等世界文化巨匠。他们以无与伦比的艺术和文化的独特性和开创性为欧洲乃至世界文化提供了具有经典和范式价值的宝贵财富，同时俄罗斯拥有重视文化事业发展的优良传统，出版了大量图书和报刊，建立了大量图书馆、博物馆、文化馆、俱乐部等群众性文化设施，从而使俄罗斯保持着深厚的文化底蕴和良好的文化形象。然而，由于"冷战"期间美苏两国在意识形态、文化领域进行的软实力较量展开国家形象对抗，西方将苏联宣传为阴冷、僵化、霸道的"邪恶帝国"，"专制、恐怖的极权主义国家"。20 世纪 80 年代中期，伴随着戈尔巴乔夫的"新思维""公开性""民主化"的口号，苏联社会内部充斥着"怀疑历史、自我否定和对西方世界的盲目崇拜"，正中西方诋毁和丑化苏联国家形象的下怀。苏联解体后，俄罗斯接连遭到原东欧和波罗的海国家的背离，国家政治腐败、经济衰弱、精神涣散、道德滑坡，民族自信心降至最低，俄罗斯国家形象更是跌落到谷底。普京执政后，其在俄罗斯自由和民主问题、车臣战争和科索沃冲突等中表现出来的高调的外交风格和强硬态度等都成为西方传媒关注和批评的焦点，加之对俄罗斯复兴的恐惧和敌视，西方主流媒体对俄罗斯国

---

① 管文虎：《国家形象论》，电子科技大学出版社 1999 年版，第 31 页。
② 张昆：《国家形象传播》，复旦大学出版社 2005 年版，第 125 页。
③ 许华：《俄罗斯国家形象与软实力》，《俄罗斯东欧中亚研究》2013 年第 3 期。

家形象普遍采取"妖魔化"和"威胁论"等论调,影响了俄罗斯的外部舆论环境,例如将俄罗斯调整外交优先方向、加强中央政治权力等措施称为"压制民主、破坏法制",是企图"倒退回到苏联";普京被描述成"普京沙皇",被比喻成"独裁、专制、阴险、恶毒"的克格勃分子等;俄罗斯被塑造为一个漠视法律、肆意妄为、强权干涉经济自由的国度。①

普京对于苏联末期和叶利钦时期国家形象和国际地位的衰落有着切肤之痛,对于当下俄罗斯的文化境遇特别是对西方媒体强烈的反俄政治宣传攻势也有清醒认识。执政之初,普京就将摆脱苏联时期超级大国不良形象、重新构建俄罗斯的国家形象作为重要的战略目标之一。"我国在国际舞台上的威望以及俄罗斯国内的政治与经济形势,都取决于我们能在多大程度上文明而有效地利用自己的外交资源。"② 在普京看来,地缘上具有欧亚特性的俄罗斯,与欧洲文明有着天然的血缘关系,但又具有与东方同质的地方。刚刚接任俄罗斯总统的 2000 年,普京就表达过对欧亚主义的认同:"俄罗斯一直以来都把自己看作一个欧亚国家。我们从来没有忘记我们大部分的领土位于亚洲。"③ 普京在其 2012 年竞选施政纲领《俄罗斯和变化中的世界》一文中提出:"俄罗斯继承了伟大的文化遗产,这在西方和东方都是公认的。但我们目前在文化产业化方面以及走向国际市场的投资非常有限。世界再次对思想、文化感兴趣,给俄罗斯及其杰出人士在文化价值生产领域带来额外的机遇。俄罗斯不仅拥有保存自己文化的机会,也有机会利用文化作为进军国际市场的强大因素。俄语空间包含了几乎所有前苏联国家和东欧大部分国家。不是帝国,而是文化促进,不是大炮,也不是进口政治制度,而是出口教育和文化帮助建立经营俄罗斯商品、服务和思想的良好条件。"④ 可见,在国家形象塑造方面,普京采取了欧亚主义的文化形象塑造策略,即利用俄罗斯文化领域特别是文化重要事件、文化巨匠的传统优势和国际影响,在东西方思想资源中价值支撑,重建民族国家认同,建构团结、开放、自强和充满

---

① 许华:《当今俄罗斯的国家形象问题》,《俄罗斯东欧中亚研究》2008 年第 2 期。
② 《普京文集(2000—2002)》,中国社会科学出版社 2002 年版,第 736 页。
③ 同上书,第 255 页。
④ [俄]普京:《俄罗斯和变化中的世界》(摘要),参见(http://rusnews.cn/xinwentoushi/20120228/43351591.html),2012 年 2 月 28 日。

第三章 "新俄罗斯思想"与文化软实力提升战略 / 115

人文情怀和艺术魅力的国家文化形象推广战略。于是，"为俄罗斯塑造正面有利的形象，应成为俄罗斯优先的外交任务"被写入 2000 年版的《俄联邦对外政策构想》；《俄罗斯文化》（2006—2010）（2012—2018）联邦计划纲要在"纲要目标和任务"中连续提出"强化俄罗斯文化在国外的地位，形成俄罗斯作为文化大国的形象，这是国家融入国际关系系统战略的重要组成部分"① 和"在国际社会建立俄罗斯文化的积极形象"② 等内容；2008 年颁布的新版《俄罗斯联邦对外政策构想》进一步强调："积极塑造俄罗斯与其文化、教育、科学、体育影响力以及公民社会发展水平相适应的国际形象，完善'软实力'运用体系并探寻最优的活动方式。"③ 普京在 2013 年 2 月 11 日接见俄罗斯外交部荣获国家勋章的工作人员以及新任命的高级外交官时强调指出，世界在发生变化，保护国家利益的手段也在变化，"古典式外交正在过去，需要更加积极地利用'软实力'和以超前的视野开展外交工作，加强俄罗斯的地位，积极提升俄罗斯的国际形象，并善于和谐地融入全球信息潮流中去"④。这再次强调指出了以软实力提升战略为引领创新国家形象塑造工程。具体而言，普京执政期间主要采用了以下几种方式来塑造国家文化形象和提升软实力。

（一）国家层面成立专业从事对外公关的国家公司，专门制定国家对外文化形象塑造的规划和政策

为了在国家战略高度上充分利用文化形象力量，传播对本国有利的信息，当代俄罗斯启动了一系列包装国家形象、对外正面宣传俄罗斯文化的国家计划。2001 年俄罗斯通过由总统办公厅牵头，通信和新闻出版部门负责实施的国家形象塑造专项计划，该计划要求文化、艺术、科技等方面的专家参与通过借助广告、世界巡回演出和展览等形式在国际上展开广泛的公关和宣传活动，财政部拨上亿美元进行专款支持。⑤ 2009 年

---

① http：//pravo. roskultura. ru/documents/118048/page15/.
② http：//mon. gov. ru/dok/prav/obr/8717.
③ Концепция Внешней Политики Российской Федераци. 12 июля 2008 г. （http：//base. consultant. ru/cons/cgi/online. cgi? req = doc；base = LAW；n = 142236）.
④ Латухина К，"Впередсмотрящие-Владимир Путин напомнил дипломатам о мягкой силе"，*Российская Газета*，2013，12 Февраля.
⑤ 许华：《当今俄罗斯的国家形象问题》，《俄罗斯东欧中亚研究》2008 年第 2 期。

5月，俄罗斯成立了"国际形象委员会"，其主要职能是负责改善本国的国家形象。该委员会由时任俄罗斯联邦政府办公厅主任的前副总理谢尔盖·纳雷什金领导，总统办公厅副主任格罗莫夫、外交部部长谢尔盖·拉夫罗夫等政要为该委员会成员。这个专门委员会以内部的形式召开会议，其主要目的就是要改善被西方国家视为不受欢迎举动的负面影响。[①] 2010年2月，俄罗斯两大国家公共外交机构——戈尔恰科夫公共外交基金会和国际事务理事会成立。其中，戈尔恰科夫公共外交基金会的成立者是俄罗斯外交部，从事公共外交活动的资金的来源主要是财政拨款，另外还包括一些自愿捐款。该基金会的目标是支持公共外交，为俄罗斯非政府组织在国际上的合作做出贡献。国际事务理事会的成立者包括外交部、教育和科学部，许多大学和机构包括俄罗斯科学院、莫斯科大学、圣彼得堡大学、莫斯科国际关系学院和俄罗斯和平基金会都参与其中。两大公共外交机构成立的重要目的，就是在包括文化领域的各个国家形象塑造层面为俄罗斯的国际研究做出"革命性举措，改善俄罗斯在西方的形象"[②]。

（二）设立专门机构和大型活动在全球范围内实施俄语振兴战略

英国语言学家柏默（L. R. Palmer）曾指出："语言的历史和文化的历史是相辅而行的，他们可以互相协助和启发。"[③] 语言与文化相生相伴，反映一个民族的民族性格、价值观念、生活方式、传统习惯和精神气质等。语言境外推广和传播是开展文化外交的重要工作内容和战略方向。俄语是全球第四大通用语言，有1.7亿人将其作为母语，约3.5亿人能熟练运用这种语言。俄语是俄罗斯文化艺术的精华和载体，蕴含着大量的历史文化信息，俄语的命运与俄罗斯国运紧密关联。在全球范围内大力振兴和推广俄语是俄罗斯文化强国战略特别是文化外交战略的主要内容，对外推广俄语在俄罗斯文化外交战略中发挥着独特的作用，是其最终实现俄罗斯文化外交战略既定目标的重要手段。

冷战时期，俄语是苏联官方语言，其影响力辐射到波兰、捷克斯洛

---

① 王薇：《俄罗斯成立专门委员会负责改善国家形象》，《京华时报》2009年6月19日。
② 许华：《俄罗斯：应对国家形象困境》，《对外传播》2011年第3期。
③ 王松年：*An Introduction to Modern Linguistics*，上海交通大学出版社2004年版，第307页。

伐克、南斯拉夫等中东欧国家及中国、朝鲜、越南等东亚国家。苏联解体后，俄语失去了在后苏联空间的垄断地位。面对俄语国际地位衰落、俄语人口锐减、俄语写作困境和拉丁语外来侵袭严重等种种危机，普京及俄罗斯政治高层逐渐认识到对外语言推广的重要性和必要性。普京于2000年6月28日批准的《俄罗斯联邦对外政策构想》中提到：俄罗斯应致力于全面维护境外同胞的权利和利益，树立俄罗斯积极正面的国际形象，促进俄语和俄罗斯文化在境外的传播和推广。[①] 梅德韦杰夫于2008年批准《俄罗斯联邦对外政策构想》。在该构想中，境外支持和推广俄语以及对当今世界文化文明多元化和不同文明的和平共进做出独特贡献的俄罗斯民族文化被纳入国家对外政策的主要目的，提出了"支持俄语和俄罗斯族文化以及俄罗斯其他各民族的语言和文化是促进各民族和谐共处、发挥其精神潜力和维持俄罗斯社会统一的关键因素，必须充分发挥俄罗斯文化在帮助俄罗斯树立积极国际形象潜力，支持旨在境外推广俄语和俄罗斯价值观的活动，增加对境外同胞的支持使其保持语言和文化认同"的战略构想。[②]

自2002年起，俄罗斯分三期连续制定实施了《俄罗斯联邦"俄语"专项纲要》（2002—2005）（2006—2010）（2011—2015），在国家战略高度全面推动俄语的对外推广工作，并将其视为国家开展文化外交的重要内容和工作方向。《俄罗斯联邦"俄语"专项纲要》是针对俄语在境内和境外的维护和发展的专门的政府文件，其中明确提出了在境外推广俄语和俄罗斯文化，是俄罗斯对外语言推广政策发展历程中一座重要的里程碑。该纲要的主要任务如下：首先发展和推广作为俄联邦国语的俄语；巩固俄语作为俄罗斯、独联体和波罗的海国家的族际交语的地位；增加俄语在国际交往中的影响力；更新俄语教学内容和方法；增强俄语在教育领域的作用；制定借助大众传媒传播俄语和俄罗斯文化的一系列措施等。另外，该纲要中还包含加强俄语外语教学的研究、培养俄语师资及

---

① Концепция Внешней Политики Российской Федерации（http://base.garant.ru/2560651/）.

② Концепция Внешней Политики Российской Федераци. 12 июля 2008 г.（http://base.consultant.ru/cons/cgi/online.cgi? req = doc；base = LAW；n = 142236）.

提高其职业水平等内容。据统计，2013年来俄罗斯对《俄罗斯联邦"俄语"专项纲要》的联邦预算累计拨款为43亿卢布。① 其次，俄罗斯还专门设立了包括俄罗斯世界基金会、俄罗斯国际科学文化合作中心、国际俄罗斯语言文学教师协会和国立俄罗斯普希金学院等在内的针对各层次需求的俄语推广专门机构。最后，俄罗斯政府积极支持俄语的学习和研究，组织了大量专题活动，主要有俄语年、国际会议、圆桌讨论、研讨会、知识竞赛、文化节、颁发奖章、设立奖学金等。上述在境外推广俄语和俄罗斯文化的系列政策在树立俄罗斯良好的国际形象、争取国际话语权和实现俄罗斯强国复兴等方面取得了显著成效。

（三）挖掘俄罗斯经典文化名人资源，扩大俄罗斯文艺大国的世界影响

作为普希金、列夫·托尔斯泰、屠格涅夫、莱蒙托夫、契诃夫、柴可夫斯基和拉赫玛尼诺夫等世界级文化巨匠的祖国，俄罗斯拥有丰富的传统和现代文化资源，它的文学、绘画、音乐、舞蹈和电影在世界上产生了重大影响，也是其通过文化外交的方式向其他国家公众展示其优秀的民族文化和塑造良好的国家形象的重要资源。值得强调的是，与美国以知名品牌为标志和特征的大众文化形态不同，俄罗斯文化最显著的特征和呈现形态就是其灿若星河的世界级文化艺术名人，托尔斯泰、普希金、肖洛霍夫等的名字连同他们的作品所散发的永恒魅力本身就是俄罗斯文化的象征，换言之，古典文艺和经典文化是俄罗斯在当今世界文化软实力抗衡中角力以流行文化和大众文化为代表的美国文化最具竞争力的利器。因此，当代俄罗斯在全球特别是在调整国际战略后，十分注重通过全球特别是亚洲举办各类纪念俄罗斯文化名人的文化交流活动以展示国家形象和传播俄罗斯文化。当代，俄罗斯在全球特别是在调整国际战略后注重在东方举办各类文化交流活动以展示国家形象。例如，2006年规模庞大的俄罗斯文化年、文化节等文化交流活动在中国举办，丰富多彩的文化交流向中国公众描绘了俄罗斯的社会文化，成为俄罗斯传播文化、树立其国家形象的重要手段。俄罗斯在中国举办的"俄罗斯年"

---

① 张宏莉、张玉艳：《俄罗斯对外语言推广政策及其启示》，《甘肃社会科学》2011年第6期。

第三章 "新俄罗斯思想"与文化软实力提升战略 / 119

中的一系列活动得到了广大群众的广泛支持和积极参与。"据统计，直接参与俄罗斯年活动的人数仅中方就超过了 50 万人，还不包括听众和观众。如果加上这两项，人数会过亿。"① 2007 年普京总统在访问印度期间同印度总理辛格共同签署了《双边文化交流计划》和《关于 2008 年在印度举办俄罗斯年以及 2009 年在俄罗斯举办印度年》的协议书。2008 年在北海道函馆市设立日本首个"俄罗斯中心"，以此作为俄罗斯信息发布和俄日文化交流基地，"中心将提供约 1500 本俄罗斯相关书籍以及电影、芭蕾舞等影像资料向外界出售。普及俄罗斯文化相当重要，希望能通过中心的活动，进一步加深俄日两国的相互理解"②。普希金以其"俄罗斯现代文学之父"的美誉作为俄罗斯文化形象的重要代表，更成为国外文化推广的经典内容之一。1998 年俄罗斯签署总统令将 6 月 6 日作为俄罗斯的国家性节日普希金日。2008 年俄罗斯开始计划在世界各国树立普希金半身铜像。国际俄语作家协会新闻秘书亚历山大·格拉西莫夫向俄新社记者表示："在国际俄语作家协会旨在境外宣传俄罗斯文化的专项计划框架内，俄罗斯诗人普希金半身铜像铸造完毕之后将树立在全世界。"③ 2013 年 11 月 13 日普京在首尔出席普希金纪念碑揭幕仪式。普京在纪念碑揭碑仪式上发言表示："我希望，纪念碑将促进首尔市民及所有游客研究俄语、俄罗斯文化和文学。"④

（四）通过承办和举办具有世界影响的重大文化体育活动来提升国家的国际声望，塑造良好的国家形象

"文化交流要以促进建立和支持国家之间、社会组织之间和人民之间稳定和长期的关系为使命。这样的交流应当为修复文化领域，乃至包含

---

① "俄罗斯年"系列活动获得广泛支持和积极参与（http：//www.china.com.cn/culture/txt/2006-11-03/content 7315165）。
② 日本国内首个俄罗斯中心落户函馆（http：//rusnews.cn/eguoxinwen/eluosi_duiwai/20081031/42319182.html）。
③ 俄罗斯开始铸造将在世界各地树立的普希金半身铜像（http：//rusnews.cn/eguoxinwen/eluosi_wenhua/20080411/42104921.html）。
④ 普京在首尔出席俄伟大诗人普希金纪念碑揭幕仪式（http：//rusnews.cn/eguoxinwen/eluosi_duiwai/20131113/43910652.html）。

经济领域在内的国家间关系做出贡献。"①为充分利用在俄国举办大型活动的机会展现俄罗斯"美好"的国家形象，俄罗斯成功申办和举办了2013年喀山世界大学生运动会、2014年索契冬季奥运会、2016年世界冰球锦标赛和2018年世界杯足球赛。这些国际顶级赛事全方位展现了俄罗斯实现文化强国梦想的雄心壮志和国际形象，也有力推动了俄罗斯经济社会发展，改造升级体育场馆、机场、饭店和道路等基础设施，吸引了国外投资，带动了文化产业发展，提升了整体的国家形象。2003年5月27日，普京邀请45位国家元首和政府首脑来俄参加俄罗斯圣彼得堡建成300周年盛大的纪念庆典，实现了一次俄罗斯文化复兴的彰显，涅瓦河上的成功庆典成为具有世界意义的俄罗斯节日。普京向世界表明，俄罗斯将以开放的姿态和博大的胸怀融入世界，普京向世人昭示他将使俄罗斯强国富民，圣彼得堡庆典的辉煌昭示着俄罗斯复兴强国的梦想一定会实现。②

2014年的索契冬奥会开幕式作为俄罗斯精心筹备多年并具有标志性意义的国家形象塑造工程，以强国复兴梦想为核心主题，以提振民族精神为基本诉求，以民族经典艺术为美学形态，借助现代奥运会这一价值蕴含极高的传播平台向世界宣示了一个昔日大国在经历20余年的转型阵痛、精神困顿和自信衰落后的高调回归，堪称普京执政以来俄罗斯实施国家形象塑造和文化大国重建战略的经典案例。

首先，普京将此次俄罗斯索契冬奥会视为重塑国家形象的难得契机。从申办时亲自助阵演讲到斥资500亿美元筹办的大手笔足见其对于现代奥运会传播力和影响力的高度重视，而开幕式作为整个冬奥会文化传播效能最高的世界舞台，自然成为本次国家形象对外宣传工程的重中之重。综观这场以俄罗斯梦想为主题的演出，主创人员将追忆俄罗斯发展历史和主要成就作为叙事主线，以崇高美学的宏大叙事再现了俄罗斯帝国及超级大国时代的强大繁盛，鲜明彰显出俄罗斯实现国家再次复兴的勃勃雄心。具体而言，在舞台造型方面，开幕式采用马列维奇的至上主义风

---

① См. Основные наравлгния политики Российской Федерации в сфере международного культурно-гуманитарногосотрудничеств（http://www.pandia.ru/855258/）.

② 张平：《普京的俄罗斯文化观》，《学术探索》2014年第2期。

格，以朴实而抽象的几何形体艺术展现了彼得大帝壮观的航海舰队、圣彼得堡城市宏伟规划、莫斯科"七姐妹"庞大建筑群、苏维埃标志雕像《工人与集体农庄女庄员》以及蒸汽机车、钢炉钢梁、巨型齿轮、航天火箭等颇具帝国象征意味的标志景观，以单纯亮丽的舞台色调表现了俄罗斯人开拓奋进、坚忍不拔的精神风貌和对国家、对生活的无限热爱，这一现代主义的抽象艺术处理方式既简约勾勒出俄罗斯帝国上升期的雄伟气象，又有效地规避了西方世界自美苏冷战起对苏联所形成的冷酷、专制、僵化的政治成见；在配乐方面，选用鲍罗丁歌剧《伊戈尔王》、斯特拉文斯基的《火鸟》、施尼特凯的《第五大协奏曲》和哈恰图良的《马刀舞曲》等民族特色浓郁的史诗交响乐烘托宏大庄严气氛；而在叙事策略方面，编导精心选取了伊凡四世推翻鞑靼蒙古人统治、实现国家统一和民族独立，彼得大帝知耻而后勇、学习西方开启俄罗斯现代化历程和第二次世界大战后苏联迅速恢复生产、实现工业化和城市化高速发展、跻身世界强国行列三个国家发展过程中由衰到盛、实现复兴的典型阶段，以借古喻今的隐喻方式，映射出当今俄罗斯国家复兴的强烈诉求和和历史必然。"俄罗斯唯一的现实选择就是强国，做强大而自信的国家……俄罗斯过去是，将来也还会是一个伟大的国家"，搭载象征民族希望"太阳"的三驾马车和充盈着帝国复兴激情的整场开幕式无疑正是普京这一政治宣言的最好诠释。

其次，此次冬奥会开幕式俄罗斯也成功完成了一次对于地理、政治、文化、科技等传统优势和历史成就的自我梳理和认知强化，重新唤醒和有力提升了整个民族的自豪感、使命感、认同感和优越感。一是在开篇短片中以民族共同语言和文化载体的俄语33个字母为序历数俄罗斯的世界贡献。33个词汇中托尔斯泰、柴可夫斯基、康定斯基、爱森斯坦等人文领域世界大师及其经典作品占14席，门捷列夫、西科尔斯基、茹科夫斯基、切尔科夫斯基等科学领域巨擘及其创造发明占11席，着重礼赞了俄罗斯在对人类自身精神开掘深度和对自然科学探索高度方面的卓越成就和深远影响，以此彰显俄罗斯整个民族的智慧和力量。二是以爱的化身——小姑娘柳波芙梦境飞翔的方式艺术展现了俄罗斯横跨东西9个时区的典型地理和人文景观，高声赞颂了俄罗斯人最引以为傲的广阔国土。从黑海之滨到东欧平原、从堪察加半岛到乌拉尔山、从北冰洋沿岸到南部草原，国土面积世界之最的俄罗斯辽阔幅员一览无余，汲取东西方优势的各自民族文化的丰富性和独特性跃然纸上，爱国主义的强烈自豪感也得到了充分释放。三是具有 600 年历史的斯瑞坦斯基修道院唱诗班以无伴奏人声方式高唱的俄罗斯国歌，将全场乃至俄罗斯全国观众的民族自豪感推向顶点。在世界各国的国歌中，俄罗斯国歌堪称体现民族精神的典范，通篇跃动着俄罗斯人对光荣、神圣、强国、财富、沃土等国家形象的至上赞美，其感情之炽热和自豪之强烈首屈一指。此次国歌人声无伴奏的技术处理与闪耀"蓝白红"国旗三色 LED 模拟灯光效果相得益彰，将宗教神圣感、国家崇高感、民族自豪感融为一体，有力激发起国民优越感和使命感的强大共鸣。正如《莫斯科日报》在开幕式次日头版盛赞的那样："这是一场让俄罗斯找回骄傲的盛典。我们缺失多年的为我们国家团结、伟大而自豪的感觉，昨天，感受到了。"

（五）积极借助国际传媒平台传播俄罗斯声音和文化形象

普京政府明确认识到在全球信息化时代掌握媒体话语主动权的重要作用。为了主动应对以美国为代表的西方媒体对俄罗斯的负面报道，俄罗斯有意识对国外媒体施加影响，通过与国外媒体的交流和合作方式来引导世界其他媒体对其的报道倾向和报道重点，从而影响其他国家的社会舆论甚至政府决策。2005 年，"今日俄罗斯"英语频道开播。"今日俄罗斯"是一个不间断播出的英语新闻卫星电视频道，主要针对包括欧盟、亚洲和美国在内的国外观众，其主要任务是向世界介绍俄罗斯的现代社会生活以及俄罗斯在国际事务中的各种立场，加强克里姆林宫内外政策的对外宣传，使俄罗斯能够在国外，特别是在西方树立一个良好的形象。2007 年 8 月，《俄罗斯报》、俄新社、《今日俄罗斯》频道等俄罗斯数家具有政府背景的媒体，和英文杂志《俄罗斯概况》等联合在《华盛顿邮报》《每日电讯报》《印度时报》等媒体上推出了宣传俄罗斯的广告。广告中的俄罗斯景色优美，以网球明星莎拉波娃为代表的俄罗斯人民笑容友好。俄罗斯方面解释说，登广告的目的是打消人们对俄罗斯的成见和误解，帮助他们理解俄罗斯这个历史复杂的国家在经历变革的同时，如何尽量保持传统和民族性。[①] 俄罗斯高度重视每年一度的 5 月 9 日卫国战

---

① 许华：《当今俄罗斯的国家形象问题》，《俄罗斯东欧中亚研究》2008 年第 2 期。

争胜利日的红场阅兵仪式，将其作为向世界展示俄罗斯国家政治团结、军事实力强盛、民族精神凝聚等形象的重要舞台，作为向国内宣扬强国精神和强化爱国主义的盛大节日。每年的胜利日阅兵，普京都亲自出席并讲话。例如，2013年5月9日普京在红场演讲强调，1945年5月的胜利，意味着俄罗斯人民的生活中不再有战争。他还说："这场战争的胜利是民族自信的标志，是多民族的俄罗斯统一的象征，更意味着俄罗斯对于自身根基与历史的无限忠诚。……这种神圣的民族自豪感主要来源于人民对于俄罗斯的爱，对于故土、对于亲人、对于家庭的热爱。这种价值观在今天将我们团结在一起，我们整个民族为其战斗在一起。战争中有胜利和失败，但是他们的伟大都将永存于历史之中。"① 其焦点仍体现"新俄罗斯思想"中社会团结和民族精神要素，并将第二次世界大战中对德作战的胜利上升为俄罗斯民族精神凝聚、民族自信心和向心力伟力的经典范例和历史高度，从而发挥国家重大历史事件的民族凝聚和感召力，向世界展示一个曾经历经磨难而高傲屹立的俄罗斯强国的雄心壮志及政治抱负。

当代俄罗斯"双头鹰"式的文化大国形象塑造战略具有深厚的民族文化背景和国家现实利益考量，是"俄罗斯思想"中"民族性"的当代回响，也是普京欧亚联盟整体战略的政策实践。应该说，近年来俄罗斯采取的一系列文艺战略效果是比较显著的。特别是新版《俄罗斯联邦外交政策构想》中明确提出借用"软实力"手段塑造"客观的国家形象"的战略目标，将"软实力"理论应用于整个文化外交体系中，"依靠公民社会力量解决外交政策问题的一整套手段以及可替代传统外交手段的信息、通信、人文及其他方法和技术"来不断收复和稳固"后苏联文化空间"，在东西两方面传播俄罗斯思想和塑造国家形象。在2010年的调查中，参与调查的国家对俄罗斯的正面评价从2008年的30%上升至34%，负面评价从42%下降到38%。从调查结果中可以看出，俄罗斯的对外形象已经有所改善。总体而言，俄罗斯在国家形象面临困境的时候，通过开展文化外交改变外国公众的印象取得了一定的效果。但是，尽管俄罗

---

① 普京红场阅兵发表讲话：民族自豪感让俄罗斯人精诚团结（http://news.163.com/13/0509/16/8UERSHMV00014JB6.html）。

斯的文化形象有着出色表现，但俄罗斯国家的整体形象在国家品牌（NBI）排行榜上仅处于中游水平，一直在第 21 名和第 22 名之间徘徊。而在另一份国家品牌（The Country Brand Index，CBI）榜单上，俄罗斯就只能算是国家品牌影响力较弱的国家。[①] 可见文化的传统优势和魅力在对俄罗斯国家形象总体评价上的拉动不够有力，俄罗斯文化的影响仍停留在产生吸引力的初步阶段，没有上升到对人们的心理和行为产生影响的影响力阶段，在思维方式、价值观念、道德规范、世界观、精神信仰、民族身份等影响力方面仍有待提升。究其原因，应该与俄罗斯的宣传载体也不能充分反映当代俄罗斯文化的特征和核心价值取向，"新俄罗斯思想"未达到影响世界公认的价值观念、思想、理念或精神有关。

本章小结

"新俄罗斯思想"作为普京治国的理念奠定了新世纪俄罗斯文化政策的思想基础，其主要内容是："建立强大的国家政权"；"国家的实力与其说表现在军事方面，不如说表现在能够成为研究和运用先进技术的领先国家，能够保障人民高水平的生活"；"能够可靠地保障自己的安全和在国际舞台上捍卫国家的利益"。俄罗斯应走一条以"强大的国家""民主的社会"和"高效率的社会市场经济"为特征的"第三条道路"。[②] "新俄罗斯思想"是当代的文化软实力提升战略的指导思想。普京对"俄罗斯思想"的全新诠释实际是在全球化语境下对俄罗斯传统精神价值的重塑，是在还原俄罗斯作为斯拉夫民族的本质文化特征基础上的文化软实力提升战略，强烈凸显出普京眼中俄罗斯问题的全球性意义和俄罗斯价值的现实意义。"新俄罗斯思想"的核心就是，通过弘扬俄罗斯历史传统，强化爱国主义思想，唤醒俄罗斯强国意识、民族精神和道德力量，以意识形态重建和文化复兴为推动俄罗斯现代化进程、重新成为世界强国提供强大的精神动力，而"新俄罗斯思想"中的宗教性和民族性因素也正是影响普京文化软实力战略的内在动因。在普京"欧亚联盟"战略、

[①] 参见许华《俄罗斯国家形象与软实力》，《俄罗斯东欧中亚研究》2013 年第 3 期。
[②] 《普京文集（2000—2002）》，中国社会科学出版社 2002 年版，第 64 页。

"俄罗斯文化发展规划纲要"和"俄罗斯联邦对外政策构想"等总体布局下,俄罗斯政府采取了一系列顺应宗教复兴的意识形态重建举措和兼顾东西方平衡的"双头鹰"文化外交政策措施,有效地凝聚了民族精神、促进了社会团结并塑造出充满魅力的文化大国形象方面,在一定程度上巩固了俄罗斯的国际权威,增强了俄罗斯官方意识形态和政治价值的文化吸引力、影响力和说服力,但同时,我们也意识到"俄罗斯思想"乃至普京"新俄罗斯思想"内部所固有的宗教性和民族性的内在矛盾以及与现代社会精神的龃龉隔阂也始终是当代俄罗斯政府进一步推进文化软实力建设、实现社会转型与国家复兴必须解决甚至超越的急迫问题。

第四章

当代俄罗斯文艺战略的主要形态

俄罗斯联邦在叶利钦时代基础上完善形成了以宪法为立法依据、以文化立法基础等法律法规为基础保障、以若干纲领性文件为发展规划和导向、以文艺奖项和文艺教育为辅助的文艺战略体系。这一体系为实现和推进国家文艺和文化发展的整体战略意图搭建了总体框架,为市场经济条件下的国家意识形态和文化发展诉求的传达、贯彻和执行提供了保证,并在一定程度上有效实现了国家文化发展的预期目标。按照现行的俄罗斯国家决策机制和行政管理体制,当代的文艺战略形态主要包括以下几个方面。

第一,俄罗斯联邦总统批准签发和颁布的国家法律、决议和总统令等基础性、保障性法律,如《俄罗斯联邦宪法》《俄罗斯联邦文化立法基础法》《关于2012—2018年俄罗斯文化发展纲要决议》《关于颁发2013年度俄罗斯国家艺术与文化最高奖总统令》等。

第二,由俄罗斯总统批准和颁布的总体发展纲要、构想、条例和政府决议等国家文化发展整体规划,如《关于实施俄罗斯文化年的规划纲要》《俄罗斯联邦国民教育要义》《俄罗斯联邦2020年前戏剧事业长期发展构想》《俄罗斯文化(2001—2005)联邦目标计划》等。

第三,由俄罗斯文化部、教育部等行政主管部门颁布的涉及具体行政执行的部门令、决议、方案、计划等涉及具体文艺门类的行政措施,如《关于组建保护联邦所有权的文化遗产(历史文物)主体分配专家委员会的决定》《关于提供服务以满足国家在电影事业发展的需要举办电影节及其他相关措施》《国家文物局建立专家委员会为国家文化发展纲要挑选方案》等。

第四，俄罗斯联邦总统、总理、杜马主席及文化部部长等领导人在重要会议和活动上关于文艺发展的讲话等，如《普京在2013年总统文化与艺术委员会主席团会议上的讲话》《普京在2007年与青年作家、剧作家和诗人会见上的讲话》《普京在首尔出席俄诗人普希金纪念碑揭幕仪式上的讲话》等。

第五，除了上述法律、法规、规划、讲话等正式文件形式的显性文艺战略外，还有国家文学奖评选、国民文艺教育政策和教材编选、文艺资助出版计划等间接隐性体现国家文化意志的政策形态等。

本章我们主要选取当代颁布的文艺和文化的立法法律基础、《"俄罗斯文化"国家文化发展规划纲要》、俄罗斯国家最高奖文化和艺术评选及国民文艺教育等四种典型文艺战略作以分析和评述，以勾勒和展现当代俄罗斯文艺战略的基本形态。

第一节 当代俄罗斯文艺战略的法律基础
——《俄罗斯联邦宪法》和《俄罗斯联邦文化立法基础法》

强有力和完善的法律制度是文艺战略基本形态和贯彻实施的主要保障，也是市场配置机制下文化资源的运行条件。当代，俄罗斯比较重视文艺和文化领域的政策研究和法律规范制定，已经形成了以联邦宪法规定为立法依据，俄罗斯联邦法和各联邦法律为主要内容并涉及各文艺门类和文化活动的法律体系。[①]

一 《俄罗斯联邦宪法》中关于文艺和文化事业的规定和表述

1993年12月12日通过的《俄罗斯联邦宪法》作为俄罗斯联邦基本法对于文化权利作为基本人权的问题做了明确而又原则性的规定。俄罗

[①] 据俄罗斯文化部法律政策信息库数据统计，截止到2013年俄罗斯联邦共出台文化类法律法规文件7949部，其中基础艺术类151部、造型艺术类3部、电影艺术类136部、音乐艺术类141部、舞蹈艺术类9部、马戏杂技类132部、戏剧艺术类170部、图书馆管理75部、博物馆管理1183部、民间文艺创作类15部、历史文化遗产保护类248部、国际文化交流类8部、科技信息交流类16部等（http://pravo.roskultura.ru/）。

斯联邦宪法中第44条规定：保障每个人均享有文学、艺术、科学、技术和其他类型的创作与教学自由。知识产权受法律保护；每个人均享有参与文化生活和使用文化设施的权利，均享有接触文化珍品的权利；每个人均应当关心和爱护历史和文化遗产，珍惜历史文物。第71、72条确定了联邦机构和俄罗斯联邦各主体的权利范围：联邦文化机构的权利包括确定俄罗斯联邦文化发展领域的政策法规及纲领；而保护文化历史文物、发展文化的全部问题由俄罗斯联邦和各个联邦主体共同管理。第114条规定由俄罗斯联邦政府保证在俄罗斯联邦文化、科学、教育、卫生、社会保障和生态领域实行统一的国家政策。① 可见，《俄罗斯联邦宪法》是俄联邦文化立法和文化活动的根本依据。

二 《俄罗斯联邦文化立法基础法》的基本内容和遵循原则

1992年10月9日俄罗斯总统签署颁布的《俄罗斯联邦文化立法基础法》依据《俄罗斯联邦宪法》制定，进一步确立了国家文化政策准则、文化活动主体关系的准则和法律标准、国家支持文化以及保证国家不干涉创造过程的法律标准等基本文化政策制定、执行的向度，为国家公民、各民族和其他共同体的自由文化活动提供了法律保障，是当代俄罗斯文化保留和发展的法律基础。普京执政后从2000年至2013年几乎每年都对《俄罗斯联邦文化立法基础法》进行完善和修改，足见其地位之重要和国家对于这部法律指导意义的重视。② 这部法律充分体现出与西方自由主义民主不同的"主权民主"思想原则，强调在尊重民主制度一般原则和标准的条件下，符合俄罗斯本国历史、地缘政治、国情和法律的民主形式，即自由性与权威性、继承性与发展性、一般性与特殊性的统一。

《俄罗斯联邦文化立法基础法》共分10章、62条，分别为"概述"（对文化立法的任务、价值立场和基本概念进行界定）、"文化领域中人的权利和自由"（规定公民文化权利范围）、"文化领域中各民族和其他民族

---

① 《俄罗斯联邦宪法》，于洪君译，http://www.Chinaruslaw.com/CN/InvestRu/Law/2005531140842_6715509.htm。
② 《俄罗斯联邦文化立法基础》（ОСНОВЫ ЗАКОНОДАТЕЛЬСТВА РОССИЙСКОЙ ФЕДЕРАЦИИ О КУЛЬТУРЕ），http://www.consultant.ru/document/cons_doc_LAW_148902/。

团体的权利与自由"（规定各民族保持文化特性和文化自治的范围）、"俄罗斯联邦各民族的民族文化财富和文化遗产"（规定各民族文化财富和文化遗产所有权问题）、"文化创作生产者的地位"（规定文化创作生产者在文化活动中的特殊作用，承认其自由、道德、经济和社会的权利）、"国家文化职责"（规定了俄联邦政府保存和发展文化的责任和权利）、"联邦机构、联邦州和地方当局的文化领域权利"（划分联邦主体国家权力机关和地方自治机构之间在文化事业管理方面的权限）、"文化经济管理"（规定各级各类文化机构和文化产业法人从事经营活动的基本规范）、"俄罗斯联邦国际文化交流"（规定了国际文化交流内容和重点、流失国外文化遗产的所有权、参加国际性文化组织和基金会的权利、建立海外文化交流和推广机构的权利等）、"违法罚则"等。《俄罗斯联邦文化立法基础法》集中阐释了国家文化政策的概念，确定了人在文化领域的权利和自由性，各民族及其他民族共同体在文化领域的权利和自由，国家在文化领域的义务与责任，划分了文化领域中国家文化机构及各个共和国、边疆区、州、自治区、当地机构的管辖范围以及文化中的经济调节作用。

《俄罗斯联邦文化立法基础法》紧密围绕保障公民文化活动权利、保护民族文化遗产、保持民族文化特色、发挥人道主义和爱国主义的文化价值、发展国家文化事业和文化产业及促进文化海外交流推广等核心国家利益诉求，对文化活动、文化遗产保护、文化价值、文化福利、国家文化政策、创造工作者、俄罗斯联邦民族文化遗产、文化的发展规划等基本概念进行了限定，提出了该法案的使用领域包括：历史文化古迹的探查、研究、保护、修复和使用；艺术文学、电影艺术、舞台艺术、造型艺术、音乐艺术、建筑设计艺术、摄影艺术以及其他种类的艺术门类；民间艺术工艺品，展现在语言、方言、土语，民间口头创作、习俗、规矩和历史地名的民族文化；艺术创作；出版书籍和博物馆业，还有另一种与作品出版及其传播使用相关的文化活动，归档的案卷；电视、广播以及其他在创建和传播文化价值方面的视听手段；美学培养，艺术教育，该领域的师范活动；文化的科学研究；国际文化交流；其他生产资料和设备，并生产为了保留、创建、传播和开发文化价值的其他必要手段等。

分析可见，《俄罗斯联邦文化立法基础法》所遵循的原则包括如下几点。（1）承认文化在发展个人自我实现、发展社会人道主义、保留各民族的民族特色以及确立其优势的基础作用，即文化价值认同原则；（2）承认所有生活在其土地上的各民族和其他民族共同体在文化领域的权利和自由平等，促进为保留和发展这些文化而建立平等条件，通过调整联邦国家文化政策和调整联邦国家文化保留和发展规划的立法手段来保障和巩固俄罗斯文化的价值，即文化平等尊严原则；（3）强调文化价值的建立和保留以及全民参与性与社会经济进步、民主制发展和巩固俄罗斯联邦完整主权之间的不可分割的联系，表达出对各民族文化合作以及将本国文化与世界文化接轨的追求，即文化合作发展原则；（4）俄罗斯联邦各民族文化财富由俄罗斯联邦政府根据俄罗斯联邦各主体的报告而确定，俄罗斯联邦各民族文化财富根据俄罗斯联邦的立法采取一种特殊的保护和使用制度，即文化权利归属原则；（5）俄罗斯联邦的各民族和其他民族团体拥有保留和发展自己民族文化的特质，有权捍卫、重建和保留自古以来就有的文化历史环境，即民族文化自治原则；（6）促进能够提高人民生活质量、能够保留和发展文化的创作工作者的活动，即文化生产保障原则。以上六大立法原则，确立了公民在文化领域的权利与自由，为俄罗斯公民、团体自由的文化活动提供法律保障，划分了联邦国家权力机关，明确了国家文化政策制定的基本原则及国家在文化领域的责任、国家财政支持文化事业和调整文化领域经济活动以及参与国际文化交流的行为准则，为国家意志在文化领域的贯彻和执行奠定了基础。

要之，资本主义民主社会、市场经济和文化多元化条件下的俄罗斯文化立法基础彻底告别了苏联时期高度集中和统一的文化专制主义政策模式与制度，遵照意识形态导向原则、文化发展适应原则、文化效益最大化原则，充分体现出捍卫公民个体文化权利、保持各民族文化独特性、保护历史文化遗产、推进社会人文道德构建进程、增进国家文化认同和增强国家文化软实力的文化强国立场。

第二节　文化强国复兴梦的总体规划

——《"俄罗斯文化"联邦目标纲要》

如前章所述，2000年普京执政初期所面对的俄罗斯时局，可谓矛盾丛生、危机四伏、百废待兴，这不仅表现在社会转型过程中的政局动荡、经济疲敝和国际地位衰落等方面，更体现为文化软实力衰弱、国家认同感低落、意识形态真空和文化事业发展的迟滞上。可以说，整个 20 世纪 90 年代的俄罗斯文化发展几乎处于停滞状态，政府疲于应付政治经济危机而无暇顾及文化建设，在盖达尔长达 450 页的社会经济改革计划中，几乎找不到与"文化"相关的词语。① 特别是 1995 年金融危机影响更使整个国家文化事业遭受严重打击。1995 年国家对于文化部门的预算拨款同比上一年减少了 18%，1996 年拨款额更减少了 56%，政府不得不削减对文化组织及文化艺术界活动家的所有税收优惠。② 自 1995 年开始，除了工资、补助的费用，国家几乎停止了对文化领域的其他拨款，文化事业从业人员的工资仅为俄罗斯平均工资水平的 62%，大量图书馆、博物馆和俱乐部工作人员按最低标准发放工资，生活窘迫难以维系。据俄罗斯文化部统计，1995—2000 年全俄音乐厅听众减少了大约 60%，博物馆参观者减少了 27%，戏院观众减少了 38%。由于资金短缺，大量珍贵文化遗产得不到修缮和保护，大约 11000 座建筑受到不同程度的毁坏，许多具有代表性的俄罗斯文化珍品文物流失国外。③ 面对如此严重的文化危机，在普京直接领导下，俄罗斯政府作为国家文化事业管理的行政执行部门采取了合并文化部和新闻大众传媒部、成立文化与艺术总统专门委员会和出台一系列强化爱国主义、保护文化遗产等政策等挽救措施，其中最重要的则是制定、颁布和执行了《"俄罗斯文化"联邦目标纲要（2001—2005）（2006—2011）（2012—2018）》［федеральной целевой программы "Культура России" （2001 – 2005 годы）（2006 – 2011 годы）（2012 – 2018 годы）］（以下简称《俄罗斯文化》）。这一俄罗斯联邦政府自 2000 年起开始制定的国家文化发展战略规划纲要，是俄罗斯文化事业发展的指导性长期国策，堪称俄罗斯文化大国重建和实现文化强国梦的总体规划，集中体现了国家政策主体的文化意志。《俄罗斯文化》是在《1993—1995 年国家支持和发展文化纲领》和《发展和维护俄罗斯文化和艺术

---

① История России 1945 – 2008 гг. под редакцией А. В. Филиппова. – М.:《Просвещение》，2008.

② Архивы России，1996.

③ Государственное управление культурным строительством. 1992 – 2010 гг（http://www.mkrf.ru/ministerstvo/museum/detail.php? ID = 274142）.

(1997—1999)》基础上深化制定而成的，其重点针对社会价值观惶惑迷惘，爱国主义和道德至上精神失落，文化事业发展投资严重不足，优秀文学、电影和其他艺术门类创作发行的低迷，文化遗产流失和破坏严重等文艺和文化领域存在的一系列问题，采用国家主体立项订购形式，通过招标竞标、财政拨款、社会融资和项目审核验收等环节实现国家对文化公共事业和文化产业的政策性投资，主要优先支持和保障体现国家意志的主流文艺创作、文艺教育发展、保护和利用俄罗斯文化遗产，加强文化机构和文化活动等，以此重点解决社会文化领域的突出问题，从而加强全俄统一文化空间基础建设，促进俄罗斯文化保护和发展。[①]《俄罗斯文化》由俄罗斯文化部、通信与大众传媒部、出版局、档案局、"艾尔米塔什国立博物馆""俄罗斯联邦电影基金会"等部门联合制定，由文化部总体协调，预算纳入经济发展和贸易部及财政部制定的联邦年度预算草案中。《俄罗斯文化》基本遵循"新公共管理运动"所提出的文化行政规划原则，根据国情对新世纪俄罗斯文化发展中的各要素进行权衡、取舍和排列，形成了整体优化的战略部署，对计划的目标制定、具体任务、实施机制和效果评估等分别进行了规划说明。

一 《俄罗斯文化》的基本内容和总体目标

《俄罗斯文化》是俄罗斯联邦政府批准的在五年左右的时间内实现国家和社会总体目标而做出的有关文化发展的目标、重点、机制、投资方向、力量部署和对策措施的谋划和抉择，是国家调控和支持文化发展的整体计划。在目标制定方面，《俄罗斯文化》遵循"新俄罗斯思想"核心意涵提出了"保护俄罗斯文化的独特性，为公民平等获得文化价值创造条件，发展和实现每一个个体的文化和精神潜能；保障历史文化遗产的完整；保护和发展艺术教育系统，支持青年人才；专项支持专业艺术、文学创作；保障艺术创作和创新活动的条件；保证文化交流；在文化领域开发和应用信息技术；支持民族文化艺术创造者，推动其进入世界市场；更新文化和大众传播组织的专业设备；更新俄联邦的无线广播网"

[①] Федеральная целевая программа ，"Культура России (2006 – 2011годы)" （http：//fcp-kultura. ru//old. php? id = 3）.

的总目标。①

在具体任务方面，《俄罗斯文化》从"文化统一性""文化教育传承""文化遗产保护和开发""文化现代化""文化信息化""国家形象推广"等方向进行了任务分解和分项投资支持，主要包括七大战略任务。

第一，保护国家文化遗产。包括在集中资源用于具有特殊意义的物质和非物质文化遗产的基础上，针对性解决保障历史文化遗产完整性的问题。保护和修复古代教堂、博物馆、档案馆和图书馆等文化遗产设施；对具有国家意义的博物馆、图书孤本、档案文件和影片拷贝进行保护；对特别珍贵的档案、图书和电影资源进行预防性复制；确保联邦文物保管安全；维护和发展可以保障上述设施完整性以及可以保证公民享受上述设施的永久性基础设施。

第二，促进俄罗斯文化整体统一性。包括在扩大各联邦主体权利的条件下，保护统一的文化信息空间、提升人民享受文化艺术的通达性以及通过文化产品缩减人民文化生活方面的地区差异。

第三，保障民众享受文化信息资源的权利。包括扩大可向公众开放的博物馆数量；扩大戏剧、音乐会、展览的群众参与度；扩大图书馆平均馆藏图书数量和读者数量；提升民族电影业在俄罗斯和世界市场的地位；为生活在不同地区、不同社会群体的公民都能享受到文化和大众传播领域内的国家基础服务创造条件，形成统一的文化空间。

第四，培养和保护文化优秀人才。包括确保创作潜能的连续性、保护和发展世界知名的艺术教育的国家系统以及支持青年人才。关注艺术节、竞赛、展览以及儿童和青少年"大师班"等活动举办的数量；促进文化和大众传播领域优秀青年人才脱颖而出，并支持其文化领域内的先锋创作和项目；防止优秀文化艺术人才流失；支持开展竞赛、举办节日庆典及其他文化活动。

第五，保障文化信息化建设。包括在广泛应用信息传播技术、装备现代设备和程序软件的基础上，采取措施改变文化领域的结构。鼓励在文化和大众传播领域研制、应用和传播新的信息产品和技术；发展基础

---

① Федеральная целевая программа, "Культура России (2012 – 2018 годы)" (http://archives.ru/sites/default/files/186 – prill. doc).

设施，巩固其物质技术基础；建立包含历史和文化古迹信息的电子数据库、建立俄罗斯图书馆和国家电子图书馆名录。

第六，专项支持专业艺术、文学创作并促进增强其国际竞争力。包括专项支持专业艺术、文学创作，为激活文化交流创造新的机会，提高人民享受艺术和文学生活的可参与度。通过财政支持举办全俄不同民族和国际化的节日、竞赛和展览，支持拥有新思想和新方法的创作个体，支持文化首演；支持民族文化艺术创造者，推动其进入世界市场；支持俄罗斯国产电影发展；推动俄罗斯文化、艺术和文学产品进入世界市场过程中采取相应保护措施。

第七，塑造俄罗斯国际形象。包括加快俄罗斯文化与世界文化融合进程，提高俄罗斯参与世界文化进程参与度，拉近俄罗斯与世界文化的目标和任务的距离，借用国外解决本国文化面临的任务时的可行性经验。支持本国艺术家赴海外巡演和展览，在主要的国际书展和洽谈会上展示当代俄罗斯文学出版物，支持将俄罗斯作家的作品翻译成外文，积极开展宣传俄罗斯专业艺术、文化成就和各民族文化的工作。

二 《俄罗斯文化》的实施机制和效果评估

在实施机制方面，为确保《俄罗斯文化》稳定推进，俄罗斯文化部成立了专门委员会负责实施计划制订、融资投资、监督执行、效果评估、反馈修正等相关事宜。专门委员会通过制定程序确保有关纲要的实施，以及各项目标指标、监察结果、执行者参与条件及确定竞标胜出者选拔标准相关信息的公开性。为保证上述具体任务的有效实施，政府给予了强大的财力支持，《俄罗斯文化》投资总额为3061.533亿卢布，其中第三期即2012—2018年的具体经费来源包括联邦预算1865.1357亿卢布、各联邦主体预算38.5898亿卢布、预算外资金24.9048亿卢布。经费支出情况为资本投资1154.9158亿卢布、科研经费9.1565亿卢布、其他需求764.558亿卢布。《俄罗斯文化》强调多渠道持筹文化发展资金，提出文化发展进程必须吸引预算外资金，利用现行的市场机制依赖国家、个人合作协同的方式予以实质支持。在实施旨在保护和利用文化遗产、扩大区域文化吸引力和提高文化服务的质量的各项目时，所有权力机关、商业、科学和社会组织要有效互动。

为切实增强对于文化政策的执行结果和信息反馈的监管力度,在2012年制定的《俄罗斯文化》第三期中特别增加了效果评估环节,形成了详尽的《"俄罗斯文化"(2012—2018)联邦目标纲要年度成果验收及分析报告》,充分体现了俄罗斯对文化政策促进国家文化软实力增强等各方面作用的研判和调控力度。这份评估报告围绕"提升国家文化竞争力""促进国家形象建构""实现多民族文化统一""激发国家文化发展活力"和"增进国际文化交流和推广"等核心指标,提出要重点评估纲要实施对于提升俄罗斯公民生活中的社会经济效益、提升民众的生活质量、巩固俄罗斯作为文化大国形象、建立实现国家现代化的良好社会氛围等目标的达成度和契合度。具体评估内容包括:巩固国家统一的文化空间,同时在保障各民族自身独特性的同时对保护国家文化完整性起到促进作用;为创造活动、文化艺术服务和信息的多样性和可通达性创造良好条件;为俄罗斯文化与世界文化进程的融合、发展文化交流的新形式和方向创造良好条件;激活文化经济发展,吸引非国家资源;在自由市场的条件下保障青年艺术家的竞争力,包括在国际市场的竞争力;在国民教育中促进青年学生的美育水平提升。[①]

三 《俄罗斯文化》所体现的当代俄罗斯文艺战略的主要特点

由分析可见,以《俄罗斯文化》为代表的文化政策充分体现了普京执政以来维护文化安全、构建统一空间、实现大国复兴的国家意志和战略诉求,彰显出以国家掌控文化领导权、维护俄罗斯文化语话权、保障公民文化活动权利、保护俄罗斯民族文化遗产与民族文化特色的国家文化意志和文化发展理念。通过对这一已经制定执行10余年并将在未来相当长时间内继续发挥引领作用的文化强国总纲领的考察,我们发现,当代俄罗斯对文艺和文化事业的干预和管理已经逐步由叶利钦时期的单纯社会调节型即弱调控型转向多元复合管理型即强调控型,突出体现为规划阶段性、目标协调性、战略综合性等特点。

---

① Федеральная целевая программа, "Культура России (2012–2018 годы)" (http://archives.ru/sites/default/files/186–prill.doc).

(一) 规划阶段性

规划阶段性性主要指在《俄罗斯文化》的规划制定过程中，俄罗斯政府结合文化发展实际采用分期规划，以现实急需为基本原则按照国家经济实力和文化现实制定目标、措施和投资额度，规划纲要具有预见性、长期性和可操作性。例如，2000年首次制定规划时，俄罗斯所面对的是大量文化遗产和珍品流失损坏，图书馆、博物馆等文化公共事业资金短缺衰颓，文学、电影、戏剧文化市场疲软等艰困现实，因而从挽救危机入手在纲要预期最终结果中制定了"巩固国家的统一的文化空间；高效保护和利用文化遗产，包括重建和发展瓦拉姆群岛、修复谢尔盖圣三一修道院建筑群；保护和发展民族电影业；保护俄罗斯联邦的档案资源库"等5项基本任务，主要都是从文化传承和保护出发制定纲要。而伴随国家经济状况好转和政治逐步稳定，2012年制定纲要时则主要围绕帝国重建和文化大国复兴总体发展战略展开，不仅预算投资额度从第一期（2001—2005）的491.539亿卢布到第二期（2006—2011）的641.364亿卢布再到第三期（2012—2018）的1928.6303亿卢布，增长了近4倍，而且支持项目数量也由最初的3个子项目发展到涵盖文化教育、图书文博、戏剧影视、大众文化等领域近20个子项目，充分体现了该规划在国家核心文化利益诉求基础上符合国情实际和文化发展客观规律的阶段性、总体性和科学性。

(二) 目标协调性

文艺和文化发展的战略规划作为一项系统工程实际上是国家主体总体治国方略的有机组成部分，其发展目标、具体措施、组织系统、预期结果必须与社会整体的经济发展、政治发展情况相适应、促进和协调。当代，通过总结"休克疗法"失败的教训，把"强有力的国家""有效的经济"和"俄罗斯思想"作为其执政的基本取向。普京说："每个国家，包括俄罗斯，都必须寻找自己的改革之路。俄罗斯只是在最近一两年才开始摸索自己的改革道路和寻找自己的发展模式。只有将市场经济和民主制的普遍原则与俄罗斯的现实有机地结合起来，才有光明的未来。"[①] 在这种情况下，一个适应俄罗斯国情的现代国家治理模式正在逐

---

① 《普京文集（2000—2002）》，中国社会科学出版社2002年版，第6页。

步形成。因而，连续三期近 15 年的《俄罗斯文化》发展规划纲要正是普京构建意识形态、强化国家作用、培育市场发展和稳定社会秩序基本国策在文化领域的具体展现。例如，在第一期中培育文化市场发育的措施正是其在 2002 年国情咨文"加强国有资产的管理；保护多种所有制形式和经济形式并存，公平竞争；加快经济结构改革；创造条件使俄罗斯融入世界经济一体化进程，同时致力于保护国内市场，建立一个以混合所有制为基础的、保持一定国家干预的、实行有序竞争的、效率优先兼顾公平的社会市场经济体制"[1]的展开。同样"在文化领域开发和应用信息技术，在广泛应用信息传播技术、装备现代设备和程序软件的基础上，必须采取措施改变文化领域的结构"的纲要构想也恰与国家现代化、信息化发展总体趋势相吻合。另外，纲要在效果评估环节中特别强调应注重文化发展与保护环境一致性和相关度，在保护文化风景和名胜古迹方面，应形成保护名胜古迹和历史文化区域与解决生态问题和保护自然遗产相结合的原则，也体现出文化生态主义的协调性和前沿性。这其实与中国十八大报告提出的"推进中国特色社会主义经济建设、政治建设、文化建设、社会建设、生态文明建设，着眼于全面建成小康社会、实现社会主义现代化和中华民族伟大复兴"的"五位一体"协调发展总体布局有异曲同工之处。

（三）战略综合性

《俄罗斯文化》在制定过程中紧密围绕当代俄罗斯国家文化核心利益，突出文化安全、文化传承、文化发展和文化推广四个重要战略目标，将保持文化统一性作为国家安全重要保障，将增强文化实力和竞争力作为推动国家富强的重要动力，将俄罗斯传统文化精神以及道德主义、人道主义作为凝聚国家认同感和向心力的重要资源，将推动文化事业全面繁荣、文化产业快速发展，提高文化产业规模化、集约化、专业化水平作为实现构建和发展现代文化产业体系的重要向度，从而形成了关于俄罗斯文化复兴强国梦的整体构想。2006 年在纲要制定中将"保障历史文化遗产的完整；保护和发展艺术教育系统，支持青年人才；专项支持专业艺术、文学和创作；保障艺术创作和创新活动的条件；保证文化交流；

---

[1] 《普京文集（2000—2002）》，中国社会科学出版社 2002 年版，第 78 页。

在文化领域开发和应用信息技术；支持民族文化艺术创造者，推动其进入世界市场；更新文化和大众传播组织的专业设备；更新俄联邦的无线广播网"①等作为整体目标说明俄罗斯对于文化软实力各要素的高度关注。同时，2011年颁布的《俄罗斯外交战略构想》和2013年国家文化活动方案中也都将意识形态和价值观、文化的吸引力和感染力、外交政策和国际形象、发展道路和制度模式等文化软实力四个层面列为重要内容，更充分体现了俄罗斯政府对文艺和文化在实现国家综合实力增强方面认识的不断深化、相关战略思维和构想的不断成熟。目前由俄罗斯总统办公厅牵头，总统文化与艺术委员会联合各部门正在紧张制定的《俄罗斯文化政策原则》（Основ государственной культурной политики）新型国家计划将是这一综合战略构想的重要成果。②

第三节　国家引导文艺活动的重要方式
——当代俄罗斯国家文艺奖述评

由国家颁发的文艺奖是文艺评价的独特形式，它以国家为设奖单位和评价主体，通过确立评价标准、评价对象和评价方式等基本元素遴选并褒奖所认可的优秀文艺家及其作品，郑重宣示官方意识形态的文艺态度和价值立场，实现确立时代经典、规范创作方向、提倡主流文化、引导社会风尚、营造人文环境等政治意图，是国家实施文化治理和推行文艺政策的重要途径之一。换言之，由一定的国家文化价值观所决定的这种评价标准，既关涉最终将评选出什么样的获奖作品，更昭示着国家对于文艺和文化发展的价值导向。如果说给予某些作家作品荣誉和奖励只是文学评奖活动的表层意义，那么，由这种文学评价方式所昭示的文学价值导向，才是它的深层意义。③普京执政以来，俄罗斯政府在反思和调整苏联时期文化专制主义和俄联邦建立初期的文化自由主义的基础上，

---

① Федеральная целевая программа, "Культура России（2006－2011годы）"（http：//fcp-kultura.ru//old.php?id=3）.

② 普京称俄罗斯开始筹备《国家文化政策原理》（http：//rusnews.cn/eguoxinwen/eluosi_wenhua/20140203/43972659.htm）.

③ 赖大仁：《文学价值观问题探析》，《贵州社会科学》2013年第5期。

制定形成了市场经济条件下以"新俄罗斯思想"为核心理念，以确保文化领域安全、掌控文艺话语权、重塑文艺大国形象和提升文化软实力为战略诉求，以宪法为立法依据，以文艺类法律法规为基础保障，以若干文艺纲领性政策文件为发展规划，以促进文化产业和协调文艺市场良性发展为主要手段的国家文艺政策体系，呈现出鲜明的国家本位观念和保守主义基本特征。其中俄罗斯联邦文学艺术领域国家奖金（以下简称"俄罗斯国家文艺奖"）作为俄官方文艺类最高奖是这一政策体系的重要组成部分。[①] 本节拟通过研究梳理当代俄罗斯国家文艺奖的历史沿革、评选机制、价值导向，同时结合具体获奖者案例，透视当代文艺战略的制定背景与核心理念，具体分析当代的国家文艺和文化奖项的各元素评价对于在当代俄罗斯多元化时代把握官方意识形态的文艺价值取向和政策态度具有重要的标志意义。

一　当代俄罗斯国家文艺奖的历史沿革

当代俄罗斯国家文艺奖承袭苏联时期发展而来，是帝国政治文化基因、苏共一元化意识形态统治模式和解体后社会体制转型变革三者构型的共同产物，兼具俄罗斯民族文化精神的延续性和社会政治制度更替的断裂性特点，作为文艺政策典型表征之一，其历史沿革本身就是当代俄罗斯国家文化意志变迁史的缩影。

（一）斯大林文学奖——苏共一元化文艺意志的象征物

俄罗斯国家文艺奖的前身是创建于1939年的斯大林奖金。斯大林时期，苏联创立并形成了一整套覆盖全社会的完整的意识形态管理体系。这一体系以苏共政党甚至领导人意志为文艺评价标准，以中央宣传鼓动部和教育人民委员会为党政牵头管理部门，以苏联作协等学术交往、艺术创作的学术团体和群众性艺术协会为主要社会机构，以行政指令、书

[①] 俄罗斯联邦国家奖金（Государственных премий Российской Федерации，Russian Federation National Awards）于1992年设立，主要表彰为俄罗斯国家科学和技术、文学和艺术的发展做出贡献和杰出生产成就的优秀人士。俄罗斯联邦国家奖金根据获得者成就分为"俄罗斯联邦科技领域国家奖金""俄罗斯联邦文学艺术领域国家奖金"和"俄罗斯联邦人文活动领域杰出成就国家奖金"，本节主要以当代俄罗斯联邦文学艺术领域国家奖金获得者为考察对象，同时兼顾部分获得人文活动领域杰出成就国家奖金的文艺家，以研究当前俄罗斯文艺政策的价值态度。

报检查和荣誉奖励等为基本监督管理手段,而斯大林奖金就是这一体系的重要产物和标志。斯大林奖金是根据苏联人民委员会 1939 年 12 月 20 日的决定设立的一项国家奖励制度,在苏联时期众多文艺类官方奖项中级别最高、影响最大。① 斯大林奖金从 1941 年至 1952 年,每年在伟大十月社会主义革命纪念日颁发,以奖励在科学、技术和文学艺术方面取得的成就,其中奖励文艺领域的奖项也被称为斯大林文学奖。② 在斯大林文学奖存续的 12 年中,未对获奖名额作限定,但奖金数始终保持一等奖 10 万卢布、二等奖 5 万卢布、三等奖 2.5 万卢布的高额度,同时获奖者一般也会获得较高的政治待遇。斯大林文学奖的设立和评选均与斯大林本人有密切关系,他曾多次亲自设定评选标准、确定获奖作品,堪称斯大林文艺思想及苏共文艺政策的象征徽章。这一奖项设立意在通过物质奖掖、声望推崇、示范高举等手段激励和引导文艺家遵从苏维埃政权的文化意志,贯彻"社会主义现实主义""无冲突论"等联共(布)中央确定的文艺标准,强化意识形态工作,推动社会主义文艺发展。纵观斯大林文学奖历届获奖作品,基本上客观地反映出了 20 世纪上半期苏联文学所取得的主要成就:肖洛霍夫的《静静的顿河》(1941 年获奖),阿·托尔斯泰的《彼得大帝》(1941 年获奖)、《苦难的历程》三部曲(1943 年获奖)和历史剧《伊凡雷帝》(1946 年获奖),法捷耶夫的《青年近卫军》(1946 年获奖),西蒙诺夫的《日日夜夜》(1946 年获奖)以及伊萨科夫斯基(1943 年获奖)、吉洪诺夫(1949 年、1952 年获奖)、马尔夏克(1951 年获奖)等著名诗人作品纷纷入选,这些优秀的文学作品以卓越的思想内容、高超的经典意识和恒久的艺术魅力铸就起苏联文学的不朽丰碑,同时也为扶植文艺事业、团结作家队伍、推行无产阶级文艺的创作原则和坚定社会主义文学发展方向起到了重要作用。另一方面,毋庸讳言,由于受当时以政治标准为先、以行政直接干预为主要手段的高度意

---

① 苏联时期,除最具影响力的斯大林奖金外,较重要的文艺官方奖项还有列宁奖金、苏联列宁共青团奖金、法捷耶夫奖章、苏联国防部奖金以及高尔基国家奖、克鲁普斯卡娅国家奖、斯坦尼斯拉夫斯基国家奖金、乌克兰的奥斯特洛夫斯基列宁共青团奖金等各加盟共和国设立的文艺奖。此外,各中央级大型文学刊物也每年评奖,形成了苏联时期独具特色的文艺评奖景观。

② [苏]米·罗·布特林等编:《苏联文学奖金和获奖作家》,张家霖、张道庆、关文学、杨岱勤译,周爱琦校,新华出版社 1985 年版,第 1—2 页。

识形态化的整体文化体制的影响制约,斯大林文学奖也存在唯政治论而忽视文学自身创作规律及多样性;极"左"错误思想高度垄断,部分获奖作品内容脱离生活真实,公式化、概念化、庸俗社会学倾向严重;领导人个人好恶影响评选结果,未能做到评选标准一视同仁等问题。诸如普里什文、布尔加科夫、左琴科、普拉东诺夫等苏联20世纪伟大作家因创作思想与官方政治标准不符被排斥在获奖者之外,甚至受到批判和迫害,这些也是斯大林文学奖不容回避的缺陷和不足。

(二) 苏联国家文艺奖金——"解冻"与"封冻"交替中文艺政策的风向标

1953年伴随着斯大林的逝世,斯大林奖金的评选也随之停止。这期间,苏联社会发生了一系列激烈动荡的重大事件,苏联文艺在迷惘和混乱、论争与反思中曲折前行。1956年在苏共第二十次代表大会上赫鲁晓夫的"秘密报告"点名批评斯大林并且号召全党清除斯大林个人迷信造成的严重后果。此后,在全党和全国展开针对斯大林时期的问题和隐患的重大变革运动,其中文化领域也进行了一系列改革,使文艺界在继承与发扬优秀传统和成功经验的基础上重新走上了健康发展的道路,出现了各种不同风格流派和艺术手法百花齐放的局面,史称"解冻"时期。[①] 然而好景不长,由于高层内部力量角逐,官方文艺态度波谲云诡、斗争此伏彼起。保守派对赫鲁晓夫的社会变革和"解冻"政策持怀疑甚至反对的态度。1957年以后,苏联作家协会理事会和苏联作家协会书记处召开会议,提出要捍卫"党性""人民性"和社会主义现实主义,要求强化文化审查制度,坚决回击削弱社会主义现实主义的思想。[②] 这迫使赫鲁晓夫收紧意识形态,出现了以"帕斯捷尔纳克事件"和"布罗茨基案件"为代表的"封冻"典型事件,导致了文艺政策的寒流回潮,意识形态一元化统治状况并未改变反而加强。

1964年10月赫鲁晓夫下台。以勃列日涅夫为首的苏联新领导人对包括文艺政策在内的整个意识形态工作做出了较大调整,在文学领域提出反对"两个极端"和"加强对资产阶级思想的不调和的进攻性斗争"的

---

① 马龙闪:《苏联文化体制沿革史》,中国社会科学出版社1996年版,第222页。
② 任光宣:《俄罗斯文化十五讲》,北京大学出版社2007年版,第271页。

基本政策，出台了《关于文艺批评》（1972）、《关于培养青年作家》（1976）、《关于进一步改进意识形态和政治思想工作》（1979）等文件决议，①任命保守派代表人物苏斯洛夫主管意识形态工作，把文学纳入冷战框架，以苏式的社会主义文学体制对抗和抵制以美国为代表的资本主义文化形态，争夺意识形态话语权，增强社会主义文化的国际竞争力。在这一政治背景下，1966年9月9日，苏共中央和部长会议做出决定恢复斯大林奖金并改名为"苏联国家奖金"，表彰"最为杰出的"科技成果、文学艺术作品和建筑设计，其中每届文学艺术奖项的额度限10名，每名奖金5000卢布，此外还授予获奖者"苏联国家奖金获得者"荣誉称号、证书和奖章，并特别说明原斯大林奖金获得者相应地享有苏联国家奖金获得者的荣誉。从1967年起，苏联国家奖金每年评选一次，由"苏联列宁奖金和国家奖金评选委员会"评定，于11月7日十月革命节的前一日在苏联中央报刊公布名单，在十月革命节期间颁奖。这一时期的国家文艺奖从体裁来看获奖最多的是长篇小说，诗歌次之，中篇小说再次之，短篇小说集和剧本则最少，显现出勃列日涅夫时期"全景性""史诗性"长篇小说繁荣的基本面貌；从内容上分析战争题材占据较大比例，拉斯普京的《活着，可要记住》、格拉宁的《克拉夫基娅·维洛尔》、巴克拉诺夫的《永远十九岁》、斯塔德纽克的《战争》、恰科夫斯基的《胜利》、普里斯塔夫金的《一朵金色的云在这里宿夜》等战争主题作品纷纷获奖，有力推崇伟大卫国战争的爱国主义精神，塑造社会主义时代英雄人物和伟大社会主义国家形象。但同时，由于评价标准的高度意识形态性，如特里丰诺夫、田德里亚科夫等苏联著名作家也被排斥在国家奖之外，表明这一时期仍延续以政治为纲的斯大林文艺评价基本模式。

勃列日涅夫执政后期，政治体制的僵化、经济发展的迟滞以及来自冷战遏制的国际氛围使苏联内外交困。1985年戈尔巴乔夫被推选为苏共中央总书记，开始启动政治改革进程，倡导以"民主化"和"公开性"为核心内容的"改革新思维"，否定了马克思主义的指导思想地位，苏共价值取向发生了彻底转变。文艺也被纳入新思维改革框架，废除了自沙

---

① 张捷：《热点追踪：20世纪俄罗斯文学研究》，人民文学出版社2003年版，第104—105页。

皇时代开始直至苏联时期的严格的书刊检查制度，以普拉东诺夫的《切文古尔镇》、布尔加科夫的《大师与玛格丽特》、扎米亚金的《我们》为代表的一大批白银时代文学、地下文学作品解禁并逐步获得了全方位合法化，文学"私有化"主张甚嚣尘上，迅速弱化继而彻底取消了社会主义现实主义体系，致使自由主义逐渐成为俄罗斯文艺的主流价值。戈尔巴乔夫时期苏共对文艺领域管控的废弛使苏联国家文艺奖的评选标准也出现重大转向：不仅鼓励作家投身于揭露苏联历史罪恶，而且按所谓西方普世价值观来评审，被封杀十余年的杜金采夫的长篇小说《白衣》、伊斯坎德尔的长篇小说《切格姆村的桑德罗》、莫扎耶夫的长篇小说《农夫们和农妇们》等"异端"与许多借用西方现代主义、后现代主义的严重背离社会主义文艺思想的作品纷纷获奖。文艺领域的新思维改革由于举措过激和控制失调导致文艺界阵营分化加剧，充斥西方资本主义自由观念和俄罗斯民族主义分裂思想的作品大行其道，严重动摇了苏共的政治文化根基，最终上演了苏维埃文化急剧衰落并伴随苏联解体而沦亡的历史悲剧。

（三）俄罗斯联邦国家文艺奖——后苏联初期国家政治评价的再延续

1991年，世界上第一个社会主义国家苏联退出历史舞台，代之以实行资本主义政治经济制度的俄罗斯联邦成立。叶利钦时期，俄罗斯在政治上彻底摒弃苏联宪法，在经济上实行以自由化、私有化和宏观稳定为核心的"休克疗法"，在管理体制上基本放弃国家干预，而在思想文化上，苏共意识形态模式彻底崩塌，社会主义主流价值分崩离析。在激进制度变革中整个俄罗斯社会陷入严重的文化危机之中：意识形态缺失真空、政治精英各自为政、社会思潮多元碰撞、民族经典严重衰落、商业文化大行其道、道德力量孱弱不堪。

在文艺领域，中央宣传鼓动部和教育人民委员会等意识形态管理部门撤销，国家的直接领导和干预消失，自由主义的管理方式刺激了文化市场的日益形成和文艺创作的活跃，工艺美术企业、印刷出版行业、文化娱乐业快速市场化，以文化产业组成部分和独立商业机构的新姿态面世。① 流行歌曲、肥皂剧、脱口秀以及各种以名人隐私、情色、暴力犯罪为主要内容的新闻报道或电视剧，通俗小说与侦探小说，以及铺天盖地的美国大众文化产品如潮水般涌入社会，改变着俄罗斯人的生活方式和时尚观念。严肃文学空间受到严重挤压并呈现多元发展趋势。苏联作协的瓦解意味着俄罗斯文学统一空间的消失，原有的作家群体分裂为以叶夫图申科、格拉宁、杜金采夫、伊斯坎德尔、奥库扎瓦等作家为首的"自由派"，以阿列克谢耶夫、别洛夫、拉斯普京、阿斯塔菲耶夫、邦达列夫等作家为首的"传统派"以及俄罗斯文学基金会、莫斯科作家协会、各州作家协会等众多团体，各派势力拥有各自的组织机构、创作队伍、评论队伍、报刊阵地，表达各自的政治立场，争夺苏联作协遗产，分歧巨大、各据一方。

叶利钦时期文艺多元混杂的发展状况也造成了评价标准和评奖类别的多样性：其中有以英国布克兄弟公司设立的布克奖和德国汉堡托普费尔基金会设立的普希金奖为代表的海外机构出资的商业性文学奖；有以凯旋文艺奖为代表的国内商业财团资助的社会性文艺奖；有以列夫·托尔斯泰奖、肖洛霍夫奖、布宁短篇小说奖等为代表的各派作家协会同某些经济实体和地方行政当局合作的文学奖；有以圣徒基里尔和梅福季命名的东正教大牧首文学奖等宗教类奖项；另外还有各出版社、报纸、杂志等出版机构和学术机构根据各自文艺立场设立的鼓励性奖项以及如索尔仁尼琴等名人出资设立的个人命名的文艺奖等，林林总总，不一而足。在国家层面，俄罗斯政府则延续了苏联时期的文艺荣誉奖励制度，继承了大部分苏联时期的国家奖项，保留了部分称号及获得者的相关待遇，同时又重新设置或恢复了部分帝俄时期的勋章和奖章。1992年，俄罗斯联邦颁布总统令将原"苏联国家奖金"更名为"俄罗斯联邦国家奖"，规定由俄罗斯联邦总统于每年6月12日——俄罗斯联邦国庆日在莫斯科克里姆林宫格奥尔基大厅举行颁发仪式，以表彰科学和技术、文学和艺术发展中的杰出成就。1994年3月2日，俄罗斯颁布了第442号《俄罗斯联邦国家奖励条例》的总统令，对功勋荣誉的颁授事宜作了详细的法律

---

① Л. В. Кошман и др, *История русской культуры IX – XX веков* Издательство, Москва: КДУ, 2011, С. 454.

规定。1995年6月1日又对该法令的部分内容进行了修改。由于"自由派"在政治态度上拥护叶利钦政权，对苏联时期的制度采取激烈批评和否定态度，因而在这一时期的国家文艺奖评选中，格拉宁、拉津斯基等"自由派"领军人物被任命为评委，致使20世纪90年代的历届文艺奖获奖者几乎都是该派作家，形成了"自由派"实际掌控国家文艺奖的局面；同时，因为评奖标准模糊、评奖名额不限，也造成叶利钦时期获奖者鱼龙混杂，作品质量良莠不齐，获奖人员曾一度多达百人，每人奖金不过两万卢布。这些都使得国家文艺奖的公正性、权威性和典范性遭受质疑，社会影响力明显减弱，亟待革故鼎新。[1]

纵览普京执政前俄罗斯国家文艺奖的历史沿革，我们发现作为伴随苏联及新俄罗斯60余年政治风雨变迁发展形成的国家最高级别文艺奖，虽然在评价标准、运行方式等方面几经更迭，但其帝国荣誉意识和文艺管控意图从未改变，并已积淀成为俄罗斯国家主体表达文艺态度、推行文艺政策和管理文化事业的重要形式和独特传统，也客观反映出在国家意志、市场资本、文坛潮流、大众文化的相互渗透和影响诉求下俄罗斯文艺发展的历史成就和现实危机。其中俄罗斯民族文化的基因延续和社会转型的思想震裂共同构成了当代文艺政策以及俄联邦国家文艺奖改革调整的总体背景。

二 当代俄罗斯国家文艺奖的评选机制

2000年普京入主克里姆林宫，将俄罗斯从叶利钦时期对西方自由主义的追逐崇拜拉回到国情实际，开始理性务实地探索适合自身的体制模式，并通过加强国家权力体系重组、建立国家主导的国家与社会关系和政府主导的政治与经济关系，构建形成了以强大国家、混合经济、公民社会和主权民主为主要特征的新型国家主义发展模式，使俄罗斯初步摆脱了依附型国家形态走向自主型。面对俄罗斯爱国主义低落、社会思想混乱、民族精神委靡、文化安全威胁和国家形象式微等文化领域多重困

---

[1] 参见张捷《当代俄罗斯文学纪事（1992—2001）》，人民文学出版社2007年版，第25—27、61—63、126—128、192页；刘文飞《文学魔方：二十世纪的俄罗斯文学》，中国社会科学出版社2004年版，第74—77页。

境，普京"立足于俄罗斯人民在千余年的历史中创造的基本道德——精神价值观也就是坚持传统的价值观"①，选择了强调国家干预的温和文化保守主义立场，主张俄罗斯精神同世界文明相结合，民主与法制同强大的国家政权相结合，大国思想与富民思想相统一，自由与社会秩序相统一，提出了俄罗斯民族历史传统价值观与全人类价值观有机融合的、集"爱国主义""强国意识""国家观念""社会团结"于一体的"新俄罗斯思想"（Новая Российская Идея），以及包含团结、统一、爱国、家庭、真善美、责任感和良知等在内的俄罗斯核心价值观。② 基于此，普京规划实施了一系列国家意识与保守主义相结合的文化强国战略举措，力图加快推进俄罗斯文化治理和文化发展步伐，全面致力于增进国家认同、凝聚民族精神、塑造国际形象和增强文化软实力。其中，普京特别注重发挥国家文艺奖在意识形态构建、民族精神凝聚、社会价值引导和文艺大国复兴中的重要功能，针对严格性、公正性和典范性不足等问题，对俄罗斯国家文艺奖的评选机制进行了全面改革，使其成为文化强国战略中的重要一环。

（一）当代俄罗斯国家文艺奖的改革宗旨

普京敏锐感觉到"伴随西方文化的发展和进步，我们越来越多地面临着文化弱势和文化输入的境地，各种伪造的流行文化'快餐'给俄罗斯造成非常严重的风险。这使我们面临着失去自己的文化认同、道德核心和民族符码的可能性，所有这一切将会以极端、激进和破坏性的方式削弱和破坏社会团结，造成俄罗斯文化的溶解、失控以及免疫力丧失。今天，我们要着力解决这个问题，还要去回答我们最喜欢的经典问题'谁之罪'和'怎么办'"③。因此，在反思苏联时期文化专制主义和叶利钦时期西方自由主义的正反两方面文艺政策得失的基础上，普京提出以

---

① 《普京文集（2002—2008）》，张树华、李俊升、许华等译，中国社会科学出版社2008年版，第465页。

② 参见董晓阳《俄罗斯三种社会思想谁主沉浮》，《俄罗斯研究》2002年第4期；杨光斌：《国家形态与国家治理——苏联—俄罗斯转型经验研究》，《中国社会科学》2007年第4期；张钦文：《普京时代俄罗斯国家意识形态的重塑》，《江苏社会科学》2015年第2期；戴桂菊：《当代俄罗斯核心价值观的构建及成因探究》，《俄罗斯学刊》2017年第6期。

③ Заседание Совета по культуре и искусству - Владимир Путин провёл заседание Совета по культуре и искусству（http://www.kremlin.ru/catalog/keywords/81/events/16530）.

"新俄罗斯思想"为核心理念，以总统文化艺术委员会为决策核心，以《"俄罗斯文化"联邦目标纲要》《俄罗斯国家文化政策基础》为施政纲领，以联邦文化部、教科部、大众传媒和出版部等部门为制定和执行具体文艺事业发展规划机构，以"全俄语文协会"等公共团体为整合空间，以颁发国家级文艺奖、举办文化年和文学年、召开全俄文学大会和各类文艺节为活动载体的综合性文艺政策体系。针对俄罗斯国家文艺奖的种种弊端，2004年8月30日普京签署了《关于完善俄罗斯联邦国家科技工艺奖和文化艺术奖制度条例》（以下简称《条例》）的总统令，对国家奖的指导思想、评选范围、评选标准、评选机构、评奖程序和评奖经费等基本内容进行了全面改革。

首先，面对文化安全威胁和日益大众化、市场化的俄罗斯文艺发展现实以及伴随而来的自由化、民主化、多元化的文艺评价潮流，普京意识到弱化国家干预将对整体社会文化产生的影响，在2000年俄罗斯国家文艺奖颁奖典礼上他强调，"如果没有伟大的文化，就不会有俄罗斯。文化确定了民族的特点和道德追求。……十年来，国家主权宣言的精神和原则已演化成生活现实。我们曾认为，文化工作可以从意识形态领域排除出去了——它自身就能发展，因而取代文化全面调控的是国家对文化领域的冷淡态度。但我们很快意识到这种漠然的态度会不可避免地导致文化的衰落，这意味着国家本身的衰弱。因此，我们懂得了国家不应该控制文化，但应该始终关心文化和支持文化"①，从而明确了恢复文艺大国的传统荣耀、凝聚民族精神的身份认同、提升文艺的道德净化功能、强化国家干预的管理机制的文艺政策指导思想。为此，修订后的《条例》一改此前评奖的放任态度，提出通过重组评奖机构和重订评价标准，解决目前存在的评价标准偏颇、奖项数量泛滥、经典价值不足、伦理道德失衡等问题，提高国家文艺评奖的权威性、严肃性和公信力。

其次，在评奖工作的具体操作中委托总统文化艺术委员会直接负责，从而强化总统对国家奖的垂直管理力度。为加强对国家文化艺术事业的咨询建议力度，自20世纪90年代初开始俄罗斯设立总统文化委员会，受

---

① Выступление на церемонии вручения государственных премий в области литературы и искусства за 1999 год (http://www.kremlin.ru/events/president/transcripts/242060).

总统管辖。2006年2月15日普京成立了新的总统文化艺术委员会。2008年3月17日总统文化和艺术委员会进行了改革,设立了专门的办公厅来保障委员会工作,委员会主席是普京本人,副主席是艾尔米塔什国家博物馆馆长彼奥特洛夫斯基,委员会秘书是总统顾问拉普捷夫,委员会由34名文艺领域杰出人才代表构成,包括知名导演、演员、作家、指挥家、音乐家、画家、建筑师和艺术理论家等。该委员会作为常设的咨询机关有权为总统提供文化和艺术领域的公共政策建议;有权向总统提出决定国家文化和艺术领域发展方向的政策建议,并排列实施措施的优先次序;有权向总统系统报告俄罗斯国内外的文化艺术情况;有权审查文化艺术领域的俄罗斯联邦法律草案和其他规范性法律文件并提出质询建议;有权向总统提名俄罗斯国家文艺奖人选;有权与总统就有关文化艺术和其他国家重要事宜进行讨论。[①] 2012年普京总统第三任期以来,委员会每年固定组织两次委员全体会议,其中一次会议的重要议程就是讨论并通过国家文艺奖获奖名单,足见俄罗斯当局高层对文艺工作及国家文艺奖的重视程度。

再次,虽然与"大书奖""布克奖"和"国家畅销书奖"等当今俄罗斯文坛专业类奖项崇尚市场认可度、思想多元化和创作探索性的评选标准不同,俄罗斯国家文艺奖继承苏联时期传统,仍以政治和道德标准居于首位,但必须注意的是,在法律替代书刊审查制度和文艺被强制纳入文化市场的前提下,国家文艺奖评选面对的是开放多元的文艺生态、派别林立的社会思潮、互动频繁的国际格局,因此在国家主体对文艺进行评价的具体过程中,不可能采用直接干预的刚性模式,而只能运用法律、经济和行政等柔性手段,通过青睐国家招标订购的文艺项目、资助文艺评价机构和民间文艺团体、建立具有政府背景的咨询机构和文化企业等方式在评奖过程中曲折表达意识形态诉求、贯彻国家的文化意志。因此,在总统文化艺术委员会的人员构成中就兼顾各文艺派别、各文艺类别、各社会团体,同时加强相关评选条例的立法和修订工作,对具有官方投资背景、广泛业内认可度和国际影响力的艺术家和作品较为关注,从而形成了垂直管理、协调各方、柔性管控的当代俄罗斯国家文艺奖的

---

① Совет по культуре и искусству(http://state.kremlin.ru/council/7/statute)。

评选机制。

(二) 当代俄罗斯国家文艺奖的评奖规定

按照《条例》规定，改革后的俄罗斯国家文艺奖评选呈现以下特点。

一是总统直接颁奖，仪式庄严隆重。评奖工作由总统文化艺术委员会组织开展并向总统直接负责。奖项授予在发展俄罗斯和世界文化、完成有特别意义的文艺作品和在创作上有杰出贡献的俄罗斯公民，每年6月12日即俄罗斯国庆日时由总统在克里姆林宫颁发。总统亲自出席颁奖仪式并致辞，为获奖者颁发奖章和证书，一般都进行全俄电视直播，彰显至高荣誉的尊贵和气度，塑造俄罗斯重视精神创造和文化事业的国际形象。

二是名额严格控制，奖金额度丰厚。《条例》为突出国家奖的权威性和典范性，规定联邦国家文艺奖的名额限定为每年度3项，每项奖金均为500万卢布，一般情况一项一人，如果多人对一项成就做出杰出贡献，则国家奖可以颁发给做出这项杰出贡献的集体，但该集体不得超过3人，奖金由集体平均分配。俄罗斯国家文艺奖奖金具有个人性质，奖状、荣誉奖章和证书会分别授予各位获奖者，奖章由黄金和白银制成，高20毫米、宽18毫米。国家文艺奖可以死后追授，死后被追授者或已经去世的获奖者的奖状和荣誉奖章转交或遗交给其家庭作为纪念，奖金转交其继承人。

三是提名条件严苛，评选程序规范。《条例》规定国家文艺奖提名范围包括：列宁奖获得者、苏联国家文艺奖获得者、俄罗斯国家文艺奖获得者；俄罗斯科学院、俄罗斯医科院、俄罗斯教育科学院、俄罗斯艺术科学院、俄罗斯农业科学院、俄罗斯建筑科学院的正式成员；"苏联国家演员""俄罗斯联邦国家演员""苏联国家艺术家""俄罗斯联邦国家艺术家"荣誉称号获得者。有资格提名的国家文艺奖申请者作为候选人在当年度只能获得一项提名。俄罗斯国家文艺奖金授予程序为：首先，申请人亲自或由他人代交或通过邮寄方式将所有文件和材料提交总统文化艺术委员会。其次，委员会对申请材料进行初选，由主席团提出推荐，并在主席团共同会议上形成由执行主席签字的备忘录，主席团再将该备忘录和推荐报告提交给委员会会议成员，以上资料均不得公布。在委员会会议上委员以自由交换意见的方式公开讨论关于授予文艺奖的问题。与会者不得少于委员会成员的2/3，每位委员会成员都有发言权。讨论结束后要进行无记名投票。如果赞成票达到2/3，由委员会副主席和委员会秘书签字后，候选人资格才获通过。如果没有确定出值得授予俄罗斯国家文艺奖的候选人资格，则在相应年度不授予俄罗斯国家文艺奖。最后，委员会要将选出的候选人的推荐材料和备忘录提交给总统，由总统确定国家文艺奖的最终授予。①

四是法律规定完备，奖项保障有力。《俄罗斯联邦宪法》第89条第2款规定了俄罗斯联邦总统授予俄罗斯联邦荣誉称号、军事及其他专业称号的权力。《俄罗斯联邦国家奖励条例》对以总统的名义进行国家最高奖励的评审和授予等活动做了明确规定，并经历了7次总统令修订，这些法规和条款对文艺奖的奖励范围，奖励对象，享受待遇，奖章的式样、规格、材质、佩戴场合和佩戴方式等都作了详细的规定，并明确了违反法律规定应承担的责任。俄罗斯联邦总统事务管理局根据相关规定提供荣誉奖章、奖状、证书的制造等与国家文艺奖授予有关的财政、物质、技术方面的全面保障。②

（三）当代俄罗斯国家文艺奖的获奖情况

笔者按照奖项类别统计自2004年俄罗斯国家文艺奖改革后至今的获奖情况发现，在39项俄罗斯国家文艺奖中古典音乐类10项、电影类8项、博物馆及文化遗产保护类7项、戏剧类4项、文学类3项、美术类2项、芭蕾舞类2项，以及电视类、建筑艺术类、艺术教育类各1项，几乎涵盖了2014年颁布的当代俄罗斯文化政策总体方向——《俄罗斯国家文化政策基础》（Основы государственной культурной политики）（以下简称《基础》）中所规定的物质文化遗产（материальное наследие）即图书馆和博物馆馆藏、档案馆资料、建筑遗迹、历史古迹、纪念碑、考古遗址等和精神文化遗产（духовное наследие）即俄罗斯文学、音乐、美术、

---

① Указ Президента РФ от 30.08.2004 г. N 1131；от 10.09.2005 г. N 1061；от 16.11.2006 г. N 1296；от 14.02.2007 г. N 165；от 19.07.2010 г. N 915；от 28.07.2012 г. N 1059；от 23.02.2013 г. N 173；28.09.2015 г. N 485〈О совершенствовании системы государственного премирования за достижения в области науки и техники, образования и культуры〉（http://kremlin.ru/acts/bank/21040）.

② 张树华、潘晨光等：《中外功勋荣誉制度》，中国社会科学出版社2011年版，第376—378页。

舞蹈、戏剧、电影以及俄罗斯独特的艺术人才培养体系等基本方面，充分体现出国家文艺奖评选与当代俄罗斯文艺政策的高度统一性，彰显了俄罗斯官方借国家文艺奖弘扬民族文艺经典形态、凝聚民族精神共识和增强文化软实力的文化战略目标。具体获奖情况如表 4—1 所示。

表 4—1　当代俄罗斯国家文艺奖获奖名单（2004—2016 年度）①

颁奖年度	姓名	出生日期	获奖理由
2016	阿尔捷米耶夫·爱德华·尼古拉耶维奇（Артемьев Эдуард Николаевич）	1937.11.30	作曲家，表彰其为俄罗斯和世界音乐艺术发展所做的贡献
	格里戈罗维奇·尤里·尼古拉耶维奇（Григорович Юрий Николаевич）	1927.1.2	舞蹈家，表彰其为俄罗斯和世界舞蹈艺术发展所做的杰出贡献
	皮奥特罗夫斯基·米哈伊尔·鲍里索维奇（Пиотровский Михаил Борисович）	1944.12.9	国立艾尔米塔什博物馆馆长，表彰其在保护俄罗斯和世界文化遗产方面所做的贡献
2015	列夫·朵金（Лев Додин）	1944.5.14	戏剧家，表彰其为俄罗斯和世界戏剧艺术发展所做的杰出贡献
	维克多·扎哈尔琴科（Виктор Захарченко）	1938.3.22	音乐家，表彰其在保护俄罗斯音乐艺术传统方面所做的贡献
	谢尔盖·乌苏里亚克（Сергей Урсуляк）	1958.6.10	制片人，表彰其为俄罗斯电影艺术发展所做的贡献
2014	塔玛拉·梅利尼科娃（Тамара Мельникова）	1940.11.15	文物学家，表彰其为完全复原"塔尔哈内"文物保护区博物馆、振兴庄园文化传统、推广莱蒙托夫的创作遗产所做的贡献
	亚历山大·索科洛夫（Александр Сокуров）	1951.6.14	导演，表彰其为俄罗斯和世界电影业发展所做的贡献
	楚潘·哈玛托娃（Чулпан Хаматова）	1975.10.1	戏剧家，表彰其为俄罗斯戏剧艺术和电影艺术发展所做的贡献

---

①　该表由笔者根据俄罗斯总统官方网站（http://www.kremlin.ru）、俄罗斯文化部官方网站（http://www.mkrf.ru）等收集翻译整理。

续表

颁奖年度	姓名	出生日期	获奖理由
2013	尤里·巴什梅特（Юрий Башмет）	1953.1.24	音乐家和指挥家，表彰其为俄罗斯和世界文化发展所做的贡献
	法济利·伊斯坎德尔（Фазиль Искандер）	1929.3.6	作家，表彰其为俄罗斯文学发展所做的贡献
	利奥尼多·埃米尔耶维奇（Леонид Фёдорович）	1909	制作人，表彰其创作了爱国主义题材故事影片《传奇17号》
	安东·兹拉多波尔斯基（Антон Златопольский）	1966	
	尼古拉·列别捷夫（Николай Лебедев）	1966	
2012	谢尔盖·米罗什尼琴科（Сергей Мирошниченко）	1955.6.24	导演，表彰其为俄罗斯纪录片发展所做的贡献
	泰尔·萨拉霍夫（Таир Салахов）	1928.11.29	画家，表彰其为美术发展所做的贡献
	卡连·沙赫纳扎罗夫（Карен Шахназаров）	1952.7.8	制片人，表彰其在发展俄罗斯电影业，以及重振和发展"莫斯科电影制片厂"中的贡献
2011	奥列格·多布罗杰耶夫（Олег Добродеев）	1959.10.28	电视人，表彰其创办俄罗斯"文化"频道，在推广文艺科教和开展卓越的教育活动中所做贡献
	谢尔盖·苏马科夫（Сергей Шумаков）	1951.2.3	
	斯维亚托斯拉夫·贝尔萨（Святослав Бэлза）	1942.4.26	
	奥列格·雅罗夫（Олег Жаров）	1960.12.29	历史学家，因其在复兴和发展传统文化珍品与历史珍品方面的贡献
	埃琳娜·安库季诺娃（Елена Анкудинова）	1953.6.29	历史学家，表彰其在保护俄罗斯文化遗产方面的贡献
	尼古拉·穆欣（Николай Мухин）	1955.6.13	
	戈林娜·马兰妮契娃（Галина Маланичева）	1947.6.27	

续表

颁奖年度	姓名	出生日期	获奖理由
2010	叶夫根尼·米罗诺夫（Евгений Миронов）	1966.10.29	演员，表彰其为俄罗斯戏剧和电影发展所做的贡献
	弗拉基米尔·马雷舍夫（Владимир Малышев）	1949.11.11	全俄国立电影学院院长，表彰其在保存和推广文化遗产、发展传统以及推进俄罗斯电影教育现代化方面的贡献
	米哈伊尔·古里耶夫（Михаил Гурьев）	1954.5.31	老钟表修复者，表彰其为保存和修复独特的博物馆时钟与音乐机械以及复兴俄罗斯大师工匠传统所做的杰出贡献
	瓦连京·莫洛特科夫（Валентин Молотков）	1935.6.8	
	奥列格·济纳图林（Олег Зинатуллин）	1951.4.8	
2009	谢尔盖·德泽瓦诺夫斯基（Сергей Дзевановский）	1947.12.30	音乐家，圣彼得堡格林卡合唱学院院长，表彰其在发展俄罗斯教育和培训天才音乐家方面的贡献
	丹尼斯·马祖耶夫（Денис Мацуев）	1975.6.11	钢琴家，表彰其在发展俄罗斯音乐中的贡献
	叶甫盖尼·叶夫图申科（Евгений Евтушенко）	1932.7.18	诗人，因其发展俄罗斯文学方面的杰出贡献
2008	玛丽娜·弗利特（Марине Флит）	1937.5.29	文化学者，表彰其保护"巴甫洛夫斯克"文物保护区博物馆和巴甫洛夫斯克公园的贡献
	阿纳托利·普罗霍罗夫（Анатолий Прохоров）	1948.7.17	电视人，表彰其开创电视节目《开心球》
	萨拉瓦特·沙伊希努罗夫（Салават Шайхинуров）	1970.4.20	
	伊利亚·波波夫（Илья Попов）	1978.2.8	
	亚历山大·克罗图尔斯基（Александр Колотурский）	1946.12.11	音乐家，表彰其为斯维尔德洛夫斯克州国立音乐厅所做贡献
	德米特里·里斯（Дмитрий Лисс）	1960.10.28	指挥家，表彰其为乌拉尔模范爱乐乐团发展所做贡献

续表

颁奖年度	姓名	出生日期	获奖理由
2007	安德烈·科瓦利丘克（Андрей Ковальчук）	1959.9.7	雕塑家，表彰其在古典雕塑方面的杰出成就
	阿丽萨·弗雷因德利赫（Алиса Фрейндлих）	1934.9.8	演员，表彰其经历苏联和新俄罗斯时期所塑造的不朽角色
	国立"库利科沃原野"军事历史与自然文物保护区博物馆的全体员工		
2006	尼古拉·博罗达乔夫（Николай Бородачев）	1948	俄罗斯联邦国家电影基金会工作人员，表彰其在保护和发展俄罗斯与世界电影艺术方面的贡献
	伊莉娜·瓦西娜（Ирина Васина）	1971	
	弗拉基米尔·德米特里耶夫（Владимир Дмитриев）	1940	
	奥尔嘉·博罗金娜（Ольга Бородина）	1963.7.29	歌唱家，表彰其对俄罗斯和世界音乐艺术的贡献，主要体现在她出色的演奏技巧以及所创造的史诗般场景
	斯维特拉娜·扎哈罗娃（Светлана Захарова）	1979.6.10	芭蕾舞演员，表彰其专业的舞台表演艺术以及在发展俄罗斯芭蕾舞优秀传统方面的贡献
2005	阿列克谢·弗拉基米罗维奇·巴塔洛夫（Алексей Владимирович Баталов）	1928.11.20	演员、电影导演，表彰其为俄罗斯电影艺术经典的作品和演出所做贡献
	努尔兰·卡涅托夫（Нурлан Канетов），芭蕾舞演员	1970.1.1	表彰其在现代文化交流的背景下，发展了俄罗斯民族史诗的传统
	列奥尼德·柳博夫斯基（Леонид Любовский），作曲家	1937.2.24	
	列纳特·哈里索夫（Ренат Харисов），诗人	1941.5.6	
	米哈伊尔·瓦西里耶维奇·普雷特涅夫（Михаил Васильевич Плетнев）	1957.4.14	钢琴家、指挥、作曲家，表彰其在音乐艺术领域内的创新开启了俄罗斯和世界文化的新篇章

续表

颁奖年度	姓名	出生日期	获奖理由
2004	伊莎贝拉·阿赫托夫娜·阿赫玛杜琳娜（Изабелла Ахатовна Ахмадулина）	1937.4.10	诗人，表彰其继续和发展了俄罗斯诗歌的崇高传统
	安娜·尤利耶芙娜·奈瑞贝科（Анна Юрьевна Нетребко）	1971.9.18	女高音歌唱家，表彰其对俄罗斯和世界音乐界的贡献
	列奥尼德·叶戈罗维奇·克拉斯诺列奇耶夫（Леонид Егорович Красноречьев）	1932.10.25	建筑家，表彰其对传统东正教建筑艺术的保护与修复
	尼涅里·尼古拉耶夫娜·库济米娜（Нинель Николаевна Кузьмина）	1937.9.19	

除俄罗斯国家文艺奖外，在普京的直接授意下国家奖金在 2006 年又增设了"人文活动领域杰出成就奖"，授予在形成永恒精神价值、社会团结和在俄罗斯联邦获得广泛社会认可的、富有成效的、具有启蒙意义和慰藉人心的杰出人士。该奖项增设目的除了表彰外国政要、实现文化外交之外，主要是为了塑造人文精神领域举国敬仰、世界瞩目、堪称大师的文化典范，呼应自黄金时代以来的俄罗斯文化大师辈出的优良传统，提升俄罗斯文艺大国的文化自信和国际形象。在迄今为止的 12 位人文活动领域杰出成就奖获奖者中一半为当代俄罗斯乃至世界的文艺巨擘，其中包括 1970 年诺贝尔文学奖得主亚历山大·伊萨耶维奇·索尔仁尼琴（Александр Исаевич Солженицын）（2006 年度获奖者），世界小提琴大师弗拉基米尔·斯皮瓦科夫（Владимир Спиваков）（2011 年度获奖者），俄罗斯著名作家、"传统派"领军人物瓦连京·拉斯普京（Валентин Распутин）（2012 年度获奖者），俄罗斯著名女作曲家亚历山德拉·帕赫姆托娃（Александра Пахмутова）（2014 年度获奖者），享有"指挥沙皇"之称的瓦列里·捷杰耶夫（Валерий Гергиев）（2015 年度获奖者）以及俄罗斯著名作家、"自由派"旗手之一丹尼尔·亚历山德罗维奇·格拉宁（Гранин Даниил Александрович）（2016 年度获奖者）。这些获奖者

几乎均是年事已高并多次获得国家级奖励的文艺界翘楚，为其颁发具有"终身成就奖"性质的人文活动领域杰出成就奖更体现了当代俄罗斯国家奖树立"顶级大师"的权威示范意义。

三　当代俄罗斯国家文艺奖的价值导向

当前俄罗斯文艺界多重评价主体、评价路径和评价元素之间在不同维度内所形成的一系列张力及多种多样的文艺奖样态凸显了官方意识形态、文化精英立场和市场效益驱动在文艺话语领导权方面的争夺状况。但毋庸置疑，实现俄罗斯文艺复兴、帝国重建和现代化建设等基本国家意志和民族利益取向仍是主流，事实上以国家、精英、市场与民间意志的"合力"作为参照的文艺奖，不管是批判还是认同，都展示着自身的话语权力，都绕不开上述当代俄罗斯国家发展的主旋律。而这一主旋律正是当代国家文艺奖项的价值标准和引导取向，表征着当代俄罗斯国家文艺战略的基本态度和立场。《基础》中明确规定，通过加强爱国主义教育提升公民道德素养；通过强化"俄罗斯人"文化身份认同巩固大国文化复兴的思想基础；通过构建统一文化空间保障多民族国家文化独特性和完整性；通过推广俄罗斯文艺经典塑造良好国际形象，从而形成了以"新俄罗斯思想"为指导当代俄罗斯文艺和文化发展的基本目标，[1] 也为我们揭示了包括国家文艺奖在内的当前俄罗斯官方文艺意志的三个基本价值导向。

（一）弘扬爱国主义精神，凝聚文化自信力量

弘扬爱国主义是历代俄罗斯统治者凝聚民族精神和国家力量的必然选择，更是俄罗斯国家文艺奖自帝俄时代开始经历苏联时期至今设立的首要价值取向。进入 21 世纪，面对文化帝国主义侵蚀、传统精神价值贬值、公民社会道德滑坡等文化危机，普京强烈意识到"我们需要共同找到某个能团结整个多民族的俄罗斯的因素。除了爱国主义之外，没有任

---

[1] Указ Президента РФ от 24.12.2014 N 808 "Об утверждении Основ государственной культурной политики"（24 декабря 2014 г.）（http://www.consultant.ru/document/cons_doc_LAW_172706/）.

何东西能够做到"。① 为此，俄罗斯近年来采取了制定和实施连续三期的《俄罗斯联邦公民爱国主义教育国家纲要》、提高俄罗斯文学语言在教育中的优先地位、颁布统一标准的新版历史教科书、加强公民军事和体育爱国主义教育、举办庆祝卫国战争等大型活动以及保护历史文化遗产等一系列举措，延续民族传统、正视国家历史、净化公民道德、维护国家团结统一。在俄罗斯国庆日颁发授奖的国家文艺奖自然也在这些重要政策之列。正如普京在2005年俄罗斯国家奖颁奖典礼上所言："俄罗斯国庆日对我们来说就是统一的价值，是一种民主、公民意识和爱国主义精神。在任何时期，俄罗斯国家发展的主要支柱都是劳动、天赋和她的儿女们的自我牺牲精神。毋庸置疑，俄罗斯文艺创作精力愈加广阔，我们全民族的成就愈有分量，我们的祖国威望就愈高。"② 可见，作为纪念国家独立的重大活动之一，国家文艺奖颁奖典礼本身就发挥着重要的爱国主义教育作用，而"国家伟大历史中最宝贵的文明财富，能够激励我国人民取得新成就，也能够创造性地认识国家历史，真正服务于人民"③，也正是国家文艺奖评选的首要条件。

结合《俄罗斯联邦公民爱国主义教育国家纲要》对爱国主义教育的基本分类，可以发现当代俄罗斯国家文艺奖主要青睐以下几个领域：一是关注历史文化遗产保护工作，旨在唤醒民众历史意识、塑造俄罗斯人共同的历史记忆、增强民族自豪感和责任感，确保国家文化安全。例如2016年度获奖者国立艾尔米塔什博物馆馆长鲍里索维奇、2011年度获奖者俄罗斯历史文化古迹保护协会负责人马兰妮契娃、2010年度全俄国立电影学院院长马雷舍夫和2008年度获奖者"巴甫洛夫斯克"文物保护区博物馆负责人玛丽娜·弗利特的获奖理由均是为保存俄罗斯人文艺术圣地和履行民族文明使命所做出的重要贡献，展现了国家奖对保护俄罗斯文化遗产及其社会功能的尊崇；再如2004年度获奖者克拉斯诺列奇耶夫、库济米娜因在保护和修复东正教大诺夫哥罗德乌斯佩尼耶教堂过程中付

---

① 《普京文集（2000—2002）》，中国社会科学出版社2002年版，第9页。
② Стенографический отчёт о церемонии вручения Государственных премий Российской Федерации（http://www.kremlin.ru/events/president/news/49697）.
③ Стенограмма церемонии вручения Государственных премий Российской Федерации за 2004 год（http://www.kremlin.ru/events/president/transcripts/23020）.

出巨大努力，而获得普京"真正勇于献身的爱国者"的褒奖。二是强调精神道德爱国主义教育，致力于通过国家表彰在焕发民族文化潜力的基础上培养富有道德感、责任感、创造力的公民个体。例如2011年度授予电视制作人谢尔盖·苏马科夫、杰出主持人斯维亚托斯拉夫·贝尔萨和全俄国家广播电视公司总经理奥列格·多布罗杰耶夫，奖励他们开创了"文化"频道，宣传俄罗斯文化历史和传统艺术，发挥了独一无二的公民教育启蒙作用。三是鼓励历史地方志爱国主义教育，回顾民族苦难历史，加强公民军事教育，利用媒体宣传俄罗斯军事历史，延续伟大的卫国战争的精神和传统。① 为纪念公元1380年季米特里大公领导人民反抗金帐汗国马麦汗的库利科沃战役——俄罗斯摆脱蒙古统治的历史转折点，俄罗斯政府建立了"库利科沃"军事历史与自然文物保护区，并将其视为"俄罗斯民族精神的伟大胜利之地"，连续多年定期举办公民爱国主义历史教育的相关纪念活动。为此，2007年度国家文艺奖颁发给了保护区的全体员工以表彰他们对俄罗斯圣地的纯正之爱。② 格拉宁也因亲身参加且多年创作的伟大卫国战争题材作品而备受推崇，其作品都是以亲身经历和深邃思考着力书写出历经苦难的俄罗斯人民在爱国主义鼓舞下不屈不挠的顽强抗争精神，无论是宏大叙事的旨趣还是高屋建瓴的历史把握都符合当代俄罗斯帝国复兴和重振强国雄风的国家政治诉求，而获得2016年度人文活动领域杰出成就。四是重视军事和体育题材文艺作品创作，激发民众特别是青少年的爱国主义热情。"体育毫无疑问是一个有助于进行爱国主义教育的重要因素。"③ 为此，当代俄政府重点资助了主旋律电影拍摄发行，仅2013年就拨款66亿多卢布投资拍摄完成了三部爱国主义题材影片——《传奇17号》《斯大林格勒》和《圣诞树3》。其中，2013年度的国家文艺奖得主《传奇17号》根据真人真事改编，讲述了20世

---

① Распоряжение Правительства РФ от 29.02.2016 N 326 – р《Об утверждении Стратегии государственной культурной политики на период до 2030 года》（http：//www.consultant.ru/law/hotdocs/45830.html）.

② Выступление на церемонии вручения Государственных премий России 2007 года（http：//www.kremlin.ru/events/president/transcripts/408）.

③ 《普京文集（2012—2014）》，华东师范大学国际关系与地区发展研究院、华东师范大学俄罗斯研究中心编译，世界知识出版社、华东师范大学出版社2014年版，第154页。

纪 70 年代苏联冰球明星、17 号球员瓦列里·哈拉莫夫为国争光、拼搏赛场的传奇人生，艺术展现了冷战时期苏联国家队与加拿大职业球员的冰场对决。这部具有浓郁意识形态色彩的影片一经上映便点燃了全俄上下的爱国热情，观众在追忆往昔体育强国的荣耀辉煌的同时，实现了民族精神力量的再次凝聚，取得了超越同期好莱坞影片的票房收入和社会影响。

（二）整合统一文化空间，增强国家身份认同

身份认同是一个国家与民族文化安全的核心与基石，而文艺作为国民集体记忆、情感态度和精神品格的审美凝结，是维系民族内部成员集体记忆的情感纽带和身份认同的重要符码。伴随苏联解体后特别是叶利钦时期政治格局、社会体制和经济制度的激烈震荡，俄罗斯民众思想意识和文化心理陷入深刻矛盾和困惑中，以美国文化为代表的西方资本主义文化裹挟着意识形态诉求剧烈冲击并瓦解着俄罗斯人的文化身份认同，加之经济能力自主性衰落致使整个俄罗斯文化安全陷入严重危机之中。对此，普京曾充满忧虑地表示："探寻和巩固国家的身份认同是俄罗斯的根本问题，现今，俄罗斯不仅经受着全球化对国家身份认同的客观压力，还要承担 20 世纪我国两次国家体制的瓦解所遗留的灾难后果。传统和历史的断裂、社会道德的败坏、相互信任和责任感的不足，是对国家文化和精神的毁灭性打击。这正是我们现今所面临的许多问题的根源。"[①] 为应对西方颜色革命、意识形态真空、民族分裂主义、宗教极端主义等所造成的文化身份认同危机，《基础》提出了"统一文化空间"（Единое Культурное Пространство）的核心概念，目标是"在俄罗斯形成无社会地位差别、无民族属性差别、无宗教信仰差别、无居住地域差别，覆盖所有俄罗斯公民的高质量的、社会性的、免费化的国家文化服务体系，营造以共同语言、文学艺术和历史传统为基础的国家文化共存感，构建统一的文化空间"[②]。因此，通过融合宏观国家记忆和微观个人体验书写

---

① 《普京文集（2012—2014）》，世界知识出版社、华东师范大学出版社 2014 年版，第 521 页。

② Рабочая встреча с советником Президента Владимиром Толстым-В. Толстой представил Президенту проект 《Основ государственной культурнойпо литики》（http：//www.kremlin.ru/events/president/news/208550）.

俄罗斯文艺的"记忆之场",重构俄国人作为民族文化共同体的价值认同也成为当代俄罗斯国家文艺奖的另一价值导向。

首先,通过表彰秉持俄罗斯民族传统观念的著名作家,宣誓官方的文化保守主义立场,确立意识形态认同。索尔仁尼琴获得2006年度人文活动领域杰出成就奖无疑是俄罗斯国家奖历史上乃至当代俄罗斯文化史上的重要事件。这位1970年诺贝尔文学奖得主因关注民族命运并具有强烈批判精神和悲悯意识而享誉世界,也因揭露苏联时期专制制度对人性的摧残而被剥夺国籍、开除作协、遭到长期迫害和流放,赢得俄罗斯社会"先知""民族的良心""俄罗斯文化主教"等称谓,在俄罗斯民众中产生了深远的超越政治的文化影响力。[①] 因此,普京执政后高度重视以索尔仁尼琴为代表的文化名流的社会号召力和影响力,力求获得他们对自己执政理念和举措的响应支持。2000年9月20日,普京亲自去索尔仁尼琴家中拜访并阐述个人执政理念,而索尔仁尼琴当日便在各大媒体上公开发表支持普京的主张,并称普京是当代俄罗斯最伟大的改革家之一。因此,为表彰这位"俄罗斯良心"的卓越成就,也在某种程度上作为报答,普京将国家奖授予索尔仁尼琴,而在次年即2008年11月召开的"统一俄罗斯"党的第十次代表大会上更将索尔仁尼琴所秉持的保守主义明确为执政党的意识形态。[②] 这一保守主义立场的"常量是文化、精神、爱国主义和国家力量,其变量是指科学的发展、新技术的运用和民众生活水平的提高"[③]。具体而言,就是建立在俄国的精神传统、伟大历史、大多数公民的利益基础上,以民族传统价值和东正教为精神归依和道德规范的非西方式的国家主义文化思想。因此,有专家指出国家奖颁发给索尔仁尼琴具有强烈的政治意图和战略意义,"普京始终在寻找一位有名望的人来宣传自己的新俄罗斯思想,这个人就是索尔仁尼琴"。[④] 其次,通过授予文坛各阵营代表人物国家奖,整合文艺思想,凝聚精神共识。

---

① 刘文飞:《索尔仁尼琴与俄罗斯的悲欢离合》,《世界知识》2008年第16期。

② Консервативный уклон, "Единороссы" обсудили новости-все хорошо (http://www.isaev.info/pubs/616/)。

③ 《普京文集(2002—2008)》,张树华、李俊升、许华等译,中国社会科学出版社2008年版,第639页。

④ 张捷:《索尔仁尼琴获俄罗斯联邦国家奖》,《外国文学动态》2007年第4期。

面对多元性文学潮流、多样化题材体裁和多声部文学批评所构成的文坛局面，普京通过国家订购文艺作品、召开全俄文学大会、建立"全俄语文协会"等多种柔性调节手段，推动"新俄罗斯思想"在文学界达成共识，使各派文学力量主动融入新型国家意识形态建构之中。① 2004 年以来，评委会以"高度关注内心、良知、同情心和爱国主义的真谛，忠于民族之根，彰显内在凝聚力之美"② 等相近理由将国家文艺奖分别授予"自由派"干将格拉宁和"传统派"领军人物拉斯普京以及"60 年代人"旗帜阿赫玛杜林娜，表达了在爱国主义和道德主义的这一恒定主题下整合文坛各派力量的政治诉求；而佩列文、马卡宁、叶罗菲耶夫等著名后现代主义作家在国家文艺奖中的缺席，则从另一侧面显示了当前俄罗斯文艺政策的保守主义态度。再次，通过授予不同民族文艺家国家奖，巩固"俄罗斯人"的文化身份认同。面对长期困扰俄罗斯的民族问题，普京采取强化文化身份而弱化民族身份的策略，强调"我们可以依靠我们的文化、历史和身份认同保证政治文化共同体的和谐发展，……将俄罗斯亚美尼亚人、俄罗斯阿塞拜疆人、俄罗斯日耳曼人、俄罗斯鞑靼人聚在一起，聚到这样一个国家文明中：没有哪个族的人区分自己人和其他人的原则不是共同文化和共同价值观。这种文化认同以保持俄罗斯文化主导地位为基础，俄罗斯文化的载体不仅是俄罗斯族人，还有不分民族出身都认同这一文化的所有人"③，强调将"俄罗斯国人"（Россияне）而非"俄罗斯族人"（Русские）的文化作为国家共同体情感依附与归属认知的基础，搭建多民族、多宗教、多地区的统一文化空间。例如 2003 年度国家奖授予车臣格罗兹尼市的俄语作家坎塔·易卜拉欣莫夫、2005 年度授予鞑靼诗人列纳特·哈里索夫、2013 年度授予阿布哈兹族著名诗人法济利·伊斯坎德尔和 2015 年度授予出生于远东地区的犹太族著名电影导演谢尔盖·乌苏里亚克等非俄罗斯族裔艺术家都体现了这一评选意图。

---

① 张政文：《当代俄罗斯文化政策的历史视角》，《俄罗斯东欧中亚研究》2017 年第 1 期。
② Стенографический отчёт о церемонии вручения Государственных премий Российской（Федерацииhttp：//www. kremlin. ru/events/president/transcripts/18323）.
③ ［俄］普京：《普京文集（2012—2014）》，世界知识出版社、华东师范大学出版社 2014 年版，第 17 页。

（三）传承民族文艺经典，塑造文化大国形象

国家形象是一个国家在发展过程中形成的自我认知和国际社会对其的整体评价，塑造良好的国家形象是全球化时代各国实施文化强国战略、提升国家软实力的基本共识。以文学、电影、戏剧、美术、马戏、芭蕾舞、古典音乐以及宗教建筑艺术等为代表的俄罗斯经典文艺形态作为俄罗斯民族精神现代化进程的内蕴承载和生命律动，与普希金、托尔斯泰、爱森斯坦、斯坦尼斯拉夫、柴可夫斯基、列宾、乌兰诺娃等享誉世界的文艺大师一道成为国际文化传播中最易辨识的精神徽章和独特符号，也成为冷战期间苏联在文化领域与美国对峙的主要武器。进入当代，面对汹涌而至的以好莱坞电影和流行音乐为代表的欧美大众文化全球浪潮，俄罗斯依然延续了保持民族文艺传统型、民族性、经典化的抵抗策略，彰显文艺巨匠及其经典作品的传统优势和国际影响，同时多角度、全方位向世界展示和推广当代俄罗斯文艺名家的成就，塑造历史积淀深厚、气质优雅高贵、充满古典精神和艺术魅力的国家形象，而与西方消费主义语境下的流行娱乐文化形态形成鲜明对比，从而抵抗文化帝国主义"去俄罗斯化"的安全威胁。为此，俄政府在《"俄罗斯文化"联邦目标纲要》（2012—2018）中提出"在国际社会建立俄罗斯文化的积极形象"[1]，并在《基础》中将"珍视俄罗斯文化在世界文化中的宝贵地位和价值，塑造良好的国家形象，确保俄罗斯在当今世界的文化大国地位"[2]确立为国家文艺战略规划的基本准则，通过与中国、印度、韩国等国家共办文化年、每年举办圣彼得堡国际文化艺术论坛、"白夜之星"国际艺术节、国际现代艺术节、国际青年艺术双年展等文化推广活动，向世界传递具有感染力和亲和力的国家名片。

俄罗斯国家奖颁奖典礼也被纳入国家形象工程之列。每年"俄罗斯日"通过电视和互联网向全球直播在金碧辉煌的奥尔吉大厅举行的隆重颁奖仪式，本身就是一次当代俄罗斯文艺成就和文化形象的集中展示，

---

[1] Федеральная целевая программа "Культура России（2012 – 2018 годы）"（http：//archives. ru/sites/default/files/186 – prill）.

[2] Указ Президента РФ от 24. 12. 2014 N 808 "Об утверждении Основ государственной культурной политики"（24 декабря 2014 г.）（http：//www. consultant. ru/document/cons_ doc_ LAW_ 172706/）.

第四章　当代俄罗斯文艺战略的主要形态　/　163

体现了以下特点：一是突出俄罗斯文艺的经典性和优越感，获奖类别重点向民族特色文学、俄罗斯风格油画、古典音乐、艺术电影、芭蕾舞及戏剧等传统优势领域倾斜。例如2006年度获奖者扎哈罗娃被公认为"乌兰诺娃的当代传人"，堪称世界芭蕾舞界的中青年领军者，彰显了俄罗斯始终保持该领域的国际领先地位；2012年度获奖者卡连·沙赫纳扎罗夫在新世纪担任莫斯科电影制片厂负责人后，注重挖掘俄罗斯文学传统资源，策划或编导了《安娜·卡列尼娜》《第六病室》《白痴》《卡拉马佐夫兄弟》《日瓦戈医生》《大师与玛格丽特》等多部根据俄罗斯文学经典改编的影视剧，有力响应了官方延续文脉传统、塑造国家形象的文艺政策导向。二是推崇文艺大师，借助文艺界名家的国际影响力和名人效应，提升俄罗斯文艺大国的文化自信和国际形象。俄罗斯文艺历来以名家荟萃、群星璀璨而著称于世，当代也积极利用国家奖来确认和彰显当代俄罗斯文艺大师，发挥其国际影响力塑造文化大国形象。索契冬奥会开幕式上，2016年度"人文活动领域杰出成就奖"获奖者"指挥沙皇"瓦莱里·捷杰耶夫、2013年度获奖者中提琴家尤里·巴什梅特、2009年度获奖者钢琴家丹尼斯·马祖耶夫、2004年度获奖者女高音歌唱家安娜·奈瑞贝科等当今世界顶尖艺术家悉数登场，着力展现俄罗斯民族艺术优良传统和当代水平。三是注重挖掘俄罗斯文艺中人文关怀、自由精神、生态主义、生命价值等跨文化要素的世界价值，在更高层实现国家意识和人类意识、民族传统和世界文化的融洽和谐，提升国家形象在跨文化交往中的影响力和吸引力。普京在国家奖颁奖典礼上多次强调：在全球化的条件下，应该竭尽所能让我们的科技和文艺领域的新成果成为世界文明发展不可分割的一部分；让现代俄罗斯成为对世界开放的俄罗斯，在思想交流自由和文化空间融合成为看得见的优势。① 2016年度获奖者圣彼得堡马林斯基剧院艺术总监捷杰耶夫利用个人影响力每年举办的世界级音乐巨星参加的"白夜之星"艺术节、2015年度获奖者列夫·朵金定期举办的俄罗斯经典话剧全球巡演都体现了俄罗斯悠久的世界文化使命意识在当代的回响。

---

① Стенограмма церемонии вручения Государственных премий Российской Федерации（http：//www.kremlin.ru/events/president/transcripts/24334）.

总之，当代的俄罗斯文艺和文化类的国家奖项及荣誉称号授予等国家文化政策行为，在官方国家意志、大众文化取向、民族精神传统、文化精英诉求和领导人现实考量等多重评价元素的博弈和张力中，实现着重构帝国进程中的整体国家文化利益，建构起当代俄罗斯文艺政策的独特形态之一。

第四节　知识分子传统与文化安全维护
——当代俄罗斯艺术教育政策评述

知识分子（интеллигенция）作为"完全特殊的、只存在于俄罗斯的精神和社会中的构成物"[①]，在俄罗斯独特的"亚细亚生产关系"和"东方社会"的结构中、在民族精神塑造和现代化进程中始终扮演着极为重要的角色。以拉吉舍夫、赫尔岑、别林斯基、车尔尼雪夫斯基、杜勃罗留波夫、皮萨列夫、利哈乔夫等为代表的历代俄罗斯知识分子以济世救民的忧患意识、上下求索的启蒙精神、自我牺牲的圣徒使命和崇高伟岸的爱国主义形成了独具特色的知识分子话语传统，被公认为俄罗斯的良心。特别是其中的艺术教育思想以鲜明的现实性、民族性和人文性特征深刻影响甚至引导着历代俄统治者相关文艺政策的制定和实施。普京执政以来，面对以美国为首的西方国家"文化帝国主义"的全面侵袭、意识形态真空的持续影响、艺术人才培养质量下滑、民族经典艺术价值失落和国际影响力下降等文化安全危机，特别重视知识分子的文化引导功能、借鉴知识分子关于艺术教育与国家治理关系的相关思想，将强化艺术教育作为维护国家安全的重要战略之一，从扩大国民艺术教育普及程度和提高专业艺术教育质量入手，保护俄罗斯独特的艺术人才培育体系，颁布实施了一系列旨在弘扬俄罗斯民族精神、增强文化认同和保持艺术特色的相关政策，呈现出当前俄罗斯国家文化治理机制与知识分子话语传统的相向而行的互动关系。

[①] ［俄］别尔嘉耶夫：《俄罗斯思想》，雷永生，邱守娟译，生活·读书·新知三联书店2004年版，第25页。

一 知识分子话语传统与俄罗斯艺术教育政策的历史因缘

作为文化民族的重要支点，文艺对于俄罗斯而言具有民族本质规定性的巨大意义，它不仅仅意味着一种审美形态和文化理解，更是渗透于斯拉夫人精神血脉中的弥散性的人生存在方式。特别自彼得大帝全面推行西化、开启俄罗斯现代进程伊始，由于俄罗斯国民一方面缺乏自由主义的价值观启蒙，而另一方面又不得不接受自上而下的社会转型变迁造成的强烈冲击，因而帝国思维首先诉诸感性世界，通过文艺浓烈深郁的审美形象塑造传达出俄罗斯人面对困惑不断的现代化进程时的经验认识、哲学思考、生存体悟，以及关于现代性、民族性和全球化等核心话题的独特感受，从而使文艺替代哲学成为建构和承担现代俄罗斯民族精神和国家形象的主要形态。[①] 因此，具有强烈的爱国情怀、社会责任和道德意识的历代俄罗斯知识分子始终高度关注艺术教育的国家功能和现实意义，将其视为塑造包含帝国思想、村社伦理、哲学深思以及弥赛亚意识的"俄罗斯思想"（Русская идея）的典型表达及实现公民人文素养和民族文化认同的重要途径，形成了独具特色的艺术教育思想。

白银时代思想家梅列日科夫斯基等认为俄罗斯知识分子产生于彼得改革时期，彼得大帝就是俄国第一位知识分子，彼得大帝、叶卡捷琳娜二世开启了贵族阶层的自由教育、创造性活动，才有了贵族知识分子问世和后来平民知识分子的大量涌现。[②] 18世纪初期，深受欧洲启蒙主义思想影响的彼得大帝在推进俄罗斯现代化进程中，将欧洲古典艺术的引入视为俄罗斯帝国文艺振兴和民族富强的重要标志，将艺术教育作为整个社会形成崇尚公平正义、道德至上的理性能力的主要途径。他从德国、荷兰、法国、意大利等国家聘请了大量的艺术家来到俄罗斯进行文化艺术的交流与传授，并派俄罗斯本土艺术家出国深造，18世纪60年代成立了圣彼得堡皇家美术学院和斯摩尔女校，重点培养来自国家政治精英——贵族家庭后代的文艺素养和气质，从而开创了俄罗斯艺术教育的新纪元。以戏剧教育为例，彼得大帝时代穿插音乐剧和芭蕾舞剧等片段

[①] 参见林精华《民族主义的意义与悖论》，人民出版社2002年版，第132—134页。
[②] 张政文：《当代俄罗斯文化政策的历史视角》，《俄罗斯东欧中亚研究》2017年第1期。

的"教学戏剧"就充分发挥了政治宣教的独特作用,通过演出"俄罗斯观众对欧洲文学作品有了概括性了解,尤其是那些直接反映现实生活、人民的欢乐、英雄事迹和崇高情感的戏剧对俄罗斯人民的作用和影响都是很大的"[1]。

尼古拉一世统治时期,俄罗斯科学院主席、教育部部长乌瓦洛夫（Сергéй Семёнович Увáров）明确将东正教、集权制度和国民性（Правослáвие、самодержáвие、нарóдность）概括为教育立国的基本要旨,[2] 同时伴随1812年的卫国战争和酝酿中的贵族革命,国家主义的情绪高涨使这一时期的艺术教育彰显出鲜明的民族性和对国家历史的浓厚兴趣。格林卡、扎哈罗夫、普济连斯基、乌申斯基等许多艺术教育家在其音乐、美术、建筑等教育实践中均揭示了俄罗斯民族艺术创造能力的特性,以及艺术在精神人文教养中的作用。19世纪50年代,大公依莲娜夫人亲自在米哈依诺夫皇宫成立艺术沙龙和专门的音乐教育班,柴可夫斯基就毕业于该校。1856年,莫斯科工业资本家特列季亚科夫创建了日后闻名世界的俄罗斯民族画廊——特列季亚科夫画廊,画廊作为艺术教育的重要场所为收藏艺术珍品和开展艺术教育做出了巨大的贡献。1898年,尼古拉二世亲自在米哈依诺夫皇宫建立了俄罗斯博物馆,成为俄罗斯第一座以收藏本国艺术家作品为主的造型艺术博物馆。[3]

19世纪五六十年代以别林斯基、车尔尼雪夫斯基、杜勃罗留波夫、皮萨列夫等为代表的平民知识分子登上俄罗斯历史舞台,他们以民粹主义的社会改革纲领和激进主义的文化变革思想为统领,高擎起批判现实主义的旗帜。[4] 他们秉承赫尔岑、十二月党人等贵族知识分子的启蒙意识,又放下身段倾听人民的呼声,自觉担当"劳苦大众代言人",以极强的社会改造精神和实践品质,彻底批判了沙皇专制制度的反人民性,力

---

[1] [俄] Т. С. 格奥尔吉耶娃:《俄罗斯文化史:历史与现代》,焦东建、董茉莉译,商务印书馆2006年版,第176页。

[2] [俄] 尼古拉·梁赞诺夫斯基、马克·斯坦伯格:《俄罗斯史》,杨烨、卿文辉译,上海人民出版社2007年版,第300页。

[3] [俄] М. Р. 泽齐娜、Л. В. 科什曼、В. С. 舒利金:《俄罗斯文化史》,刘文飞、苏玲译,上海译文出版社2005年版,第155—157页。

[4] [俄] 尼古拉·梁赞诺夫斯基、马克·斯坦伯格:《俄罗斯史》,杨烨、卿文辉译,上海人民出版社2007年版,第350页。

图通过自身的斗争与牺牲换取民众的解放。基于此，平民知识分子高度重视艺术教育的现实主义功能，主张通过艺术教育实现对人民精神生活的改造，车尔尼雪夫斯基的艺术教育观便是其中代表。在《艺术与现实的审美关系》一书中他在批判黑格尔美学形而上学本质的前提下，"试图把现实对象和现象的审美属性同人对现实的关系联系起来"[①]，将艺术回归于人与实践的现实关系，认为"艺术的第一目的是再现现实生活"，"艺术的另一作用是说明生活"，提出"让艺术满足于当现实不在时，在某种程度上来代替现实，并且成为人的生活教科书这个高尚而美丽的使命"[②]，将艺术理解为来源于生活且又不能超越现实的美学法则，从而形成了与现实审美判断能力相联系的自我体悟和社会关照式艺术观，为苏联时期现实主义艺术教育观念奠定了理论基础。列宁特别推崇平民知识分子的思想，称别林斯基、杜勃罗留波夫、车尔尼雪夫斯基为"知识分子"的领袖，[③] 特别称赞以车尔尼雪夫斯基和普列汉诺夫为代表形成的具有先进社会思想的大俄罗斯文化。[④] 在列宁倡导下，车尔尼雪夫斯基等知识分子的现实主义艺术教育观经由波格丹诺夫、卢那察尔斯基、日丹诺夫等文艺思想界领导的吸收改造，成为苏联成立后一个时期内艺术教育政策制定实施的依据。在苏维埃政权建立初期，艺术教育政策具有相当强烈的革命色彩、政治色彩和现实功用，开展了大量向广大群众宣传教育革命信仰、铲除旧有沙皇专制文化体制的工作。在艺术教育领域提出了"使艺术靠近人民，并使人民靠近艺术"的艺术教育名言，着重于扩大艺术人民性主体的内涵，特别主张提高广大民众的审美情趣，提高劳动人民的艺术鉴赏力。苏联各时期的党纲、党中央决议、部长会议决定、宪法、教育法、教育方案以及一系列方针政策法规性文件，都对艺术教育在国民教育总体布局中的重要地位予以确认，形成了以学者、教育家和各类艺术代表在艺术教育领域协同作用的体系，促进了整个俄罗斯当

---

① [苏] 斯托洛维奇：《现实中艺术中的审美》，凌继尧、金亚娜译，生活·读书·新知三联书店1985年版，第22页。
② [俄] 车尔尼雪夫斯基：《艺术与现实的审美关系》，周扬译，人民文学出版社2009年版，第98页。
③ 列宁：《列宁全集》（第19卷），人民出版社1989年版，第169页。
④ 同上书，第134页。

代艺术教育的发展。① 这一期间，为吸引劳动大众对戏剧、造型艺术、古典音乐的兴趣，国家专门组织了戏剧、音乐会的免费定向演出、讲座，以及可以免费参观美术馆；成立无产阶级文化协会的讲习班成为培养无产阶级作家、艺术家、演员的群众性学校，尤其是在国内战争时期，培养了爱森斯坦、佩里耶夫、亚历山德罗夫、阿菲诺格诺夫等一批苏联艺术家。

进入斯大林时期，艺术教育与文化高压政策的领导体制相适应，确立了所谓"艺术真理"的垄断地位，艺术教育成了为政治服务的教条主义工具，其帝国意识的文化特性和教育宗旨达到了历史顶峰。赫鲁晓夫实施的"解冻"政策以及戈尔巴乔夫上台后对苏联社会高度集权的一元化统治进行的全面改革，将文艺政策和文化思潮全面放开，知识分子艺术教育观的现实性、民族性和人文性传统也得以延续，涌现出鲍列夫、波斯彼洛夫、洛谢夫、韦谢洛夫斯基等一批学院派文艺理论家和教育家，他们秉承现实主义和社会主义艺术教育思想，形成了包含艺术鉴赏、艺术批评、艺术创作、艺术传承等一系列艺术教育体系，为苏联乃至俄罗斯的国家艺术教育体制、教育思想、教育方法乃至教育大纲和教材的优良传统形成做出了基础性贡献。其中，以列宁格勒大学语文系教授卡冈、苏联科学院院士利哈乔夫等知识分子的艺术教育思想最具代表性。卡冈在《车尔尼雪夫斯基的美学学说》《论实用艺术》《艺术形态学》等著作中反复强调艺术教育与公民人文素养之间的密切关联，将艺术视为培育爱国主义、民族主义和人文精神情感，培育高尚完整人格的重要手段，视为达成总体教育目标的必要步骤和"个人吸收人类所积累的各式各样艺术价值的全部丰富性"② 的基本途径，从而彰显出艺术教育的理想境界和人文情怀。利哈乔夫院士继承知识分子艺术教育观的现实性传统，将现实主义与人道主义相提并论，认为"人道主义和现实主义本性是艺术的永恒本质。在任何重大的艺术流派中，艺术的某些根深蒂固的方面都获得了发展。艺术中所有伟大流派不是重新创造一切，而是发展属于艺

---

① 董毅：《俄罗斯当代音乐教育管窥》，《比较教育研究》2005 年第 10 期。
② ［苏］卡冈：《卡冈美学教程》，凌继尧、洪天富、李实译，北京大学出版社 1990 年版，第 196 页。

术本身个别的或者许多的特点。而这首先就涉及现实主义。现实主义是开始于 19 世纪的流派，但是，现实主义是艺术固有的一个永恒的特点"①。

正如白银时代著名思想家维切·伊万诺夫所言："任何'新词语'和新思想的提出者——作家和艺术家——在对自己狂妄地背叛祖国传统的做法感到后悔时，据说都会回到俄国文学自古就有的传统上来，因为俄国文艺老早就被用于社会教育，用于宣扬善和教导人们建功立业，难道不是吗？"② 虽然，国家意志而非知识分子观念是俄罗斯历代统治者制定艺术教育政策的直接动因，但由于俄罗斯知识分子在国家患难和崛起过程中所形成的强烈的社会担当意识和政治参与热情，特别是对文艺的现实主义和人文主义的价值倾向，恰与国家期待的爱国主义宣传、国民精神塑造和民族文化发展的政治诉求产生了密切关联，因此，官方意识形态和知识分子思想虽常有龃龉甚至对抗，但其中有利于国家统治、社会治理和公共教育事业的部分常常被俄统治阶层吸取并纳入文艺政策体系内部，成为建构国家意识形态、改造国民精神和凝聚民族文化认同的重要内容，在互动、互融中实现了知识分子艺术教育观的政治文化转型，从而为俄罗斯艺术人才和艺术普及的国家培养体系的形成奠定了思想基础，也客观上形成了直至今日俄罗斯兼具现实性、人文性和民族性的艺术教育政策的基本特征。

二 利哈乔夫文艺思想与普京时期艺术教育政策理念的内在关联

伴随苏联解体前后特别是叶利钦时期政治格局、社会体制和经济制度的激烈震荡，俄罗斯民众思想意识和文化心理陷入深刻矛盾和困惑中，以美国文化为代表的西方资本主义文化裹挟着意识形态诉求剧烈冲击并瓦解着俄罗斯人的政治文化认同，加之经济能力自主性衰落致使包括艺术教育在内的整个俄罗斯文化安全陷入空前混乱与危机之中。据 2001 年俄罗斯联邦政府制定的《俄罗斯联邦 2001—2005 年公民爱国主义教育纲

---

① ［俄］利哈乔夫：《解读俄罗斯》，吴晓都等译，北京大学出版社 2003 年版，第 278 页。
② ［俄］索洛维约夫等：《俄罗斯思想》，贾泽林、李树柏译，浙江人民出版社 2000 年版，第 218 页。

要》显示：传统精神价值贬值对国内居民大多数社会集团和年龄层次的人都产生了消极影响，形成爱国主义最重要因素的俄罗斯文学、艺术和教育在对人的培养方面的意义急剧下降。社会正在失去传统的俄罗斯爱国主义意识，冷漠无情、利己主义、不知羞耻、无端的攻击性行为、对国家和各种社会机构的不尊重，正在社会意识中广为扩散。① 而电影院、电视台中则大量播映美国好莱坞商业类型影片。俄语中出现大量的外来词，不少读物词汇斑杂、风格浮躁、言之无物、晦涩难懂。意识形态的空洞在文艺领域集中体现为弘扬民族精神、爱国主义和传统价值观的严肃文学陷入低潮，以美国文化为代表的西方商业文化潮流严重冲击本土文化，高雅、严肃的影视、音乐等艺术作品鲜有人问津，"艺术作品中非政治化、非意识形态化、讽刺性模拟、享乐主义、娱乐因素明显增强，轻松的题材和体裁、风格'秀'、色情表演和恐怖大行其道，原先被禁的得到解禁，恐怖和暴力变成游戏、情欲编入引人入胜的场景之中，戏剧'秀'则与博彩业捆绑在一起"②，严肃文学和经典文学的刊物数量骤减，相关的出版机构及文化事业单位惨淡经营；因工资待遇不高，艺术教育工作者艰苦度日。在艺术教育领域，儿童艺术学校财政拨款严重不足，教师缺少应有的社会地位，造成师资大量流失，艺术人才培养受到严重影响。据俄罗斯文化部与教育科学部的联合会议纪要记载：儿童艺术学校人均最低培养标准约16000卢布，而俄政府人均拨款只有11000卢布，差5000卢布。全国儿童艺术学校财政经费缺口达70亿卢布。以莫斯科为例，艺术教师月平均收入只有6000卢布，而莫斯科的最低生活费标准高于5800卢布。教师额定课时量远远高出普通教育机构和补充教育机构的工作量，半数教师为中等教育水平，师资队伍老化，教师中达到退休年龄的人数占22%，半数教师已接近退休年龄，足见当前俄罗斯艺术教育状况堪忧。③ 《俄罗斯文化（2001—2005 年）联邦目标规划》［О федеральной целевой программме "Культура России（2001－2005

---

① Государственное управление культурным строительством. 1992－2010 гг.（http://www.mkrf.ru/ministerstvo/museum/detail.php?ID=274142）.
② 贝文力：《转型时期的俄罗斯文化艺术》，上海人民出版社2012年版，第34页。
③ 李迎迎、宁怀颖：《21世纪初俄罗斯艺术教育改革发展战略》，《西伯利亚研究》2012年第5期。

годы)"］总结了普京执政前俄罗斯艺术教育的窘境和危机："俄罗斯理应为自己的音乐、戏剧艺术、合唱艺术、芭蕾艺术等感到骄傲。但是目前表演艺术的总体发展水平下降了，专业艺术团体对于艺术人才的需求无法得到满足，培养质量下滑。当前国家文化政策一个任务便是解决艺术发展的问题，这需要采取一系列措施和消耗相当久的时间。"①

普京对于上述民族文艺精神衰落所造成的文化安全危机有着清楚认识。他曾借用车尔尼雪夫斯基和赫尔岑的名言指出："伴随西方文化的发展和进步，我们越来越多地面临着文化弱势和文化输入的境地，各种伪造的流行文化'快餐'给俄罗斯造成非常严重的风险。这使我们面临着失去自己的文化认同、道德核心和民族符码的可能性，所有这一切将会以极端、激进和破坏性的方式削弱和破坏社会团结，造成俄罗斯文化的溶解、失控以及免疫力丧失。今天，我们要着力解决这个问题，还要去回答我们最喜欢的经典问题'谁之罪'和'怎么办'。"② 为此，他特别重视俄罗斯知识分子话语传统在国家精神塑造和社会治理中的独特作用，通过吸取知识分子传统艺术教育观中国家主义和现实主义的成分来实现文艺类法律法规与艺术教育政策的合法性与合理性，将艺术教育作为增进文化认同、保持民族特性和保证文化安全的重要手段。

普京高度肯定利哈乔夫关于文化艺术与国家认同、民族凝聚等具有密切现实关系的论述，倾向信赖利哈乔夫关于"俄罗斯思想"现实主义的理解方式，并将其作为俄罗斯复兴及国家治理理念的历史和文化基础。③ 普京在保留弥赛亚意识和哲学意蕴的基础上，特别突出"俄罗斯思想"的实用性和生活性，将其改造为凝聚俄罗斯民族灵魂的国家主义意识形态建构和社会治理思想，提出了"新俄罗斯思想"（Новая Российская Идея），其核心要旨就是通过弘扬俄罗斯历史传统，强化爱国主义思想，唤醒俄罗斯强国意识、民族精神和道德力量，为推动俄罗斯

---

① Государственная программа，"Патриотическое воспитание граждан Российской Федерации на 2001 – 2005 годы"（http：//www.rg.ru/oficial/doc/postan_rf/122_1.shtm）.

② Заседание Совета по культуре и искусству-Владимир Путин провёл заседание Совета по культуре и искусству（http：//www.kremlin.ru/catalog/keywords/81/events/16530）.

③ ［俄］德·谢·利哈乔夫：《俄罗斯思考》（下卷），杨晖等译，军事谊文出版社2002年版，第121—122页。

现代化进程、意识形态和文化复兴提供强大的精神动力,是一种鲜明的以国家主权为立场、国家权威为本位、国家利益为中心的国家主义文化思想。他在国家文化与艺术总统委员会全体会议上曾引述自己的思想和文化导师利哈乔夫的名言指出,"文化是一个巨大的整体存在,不仅关乎国家也关乎个人。文化在俄罗斯发展过程中在加强其世界权威和影响力上、在维护我们的国家和民族主权完整方面具有巨大作用。……文化政策应涵盖生活的方方面面,这有助于传统价值观的保存,加强祖国与个人的精神纽带,建立人与人之间的信任和责任感,对于号召公民参与国家发展具有重要意义"①,从而将文艺政策上升为"新俄罗斯思想"中"强国意识"的重要组成内容和实践途径。

在"新俄罗斯思想"指导下,在知识分子爱国主义、现实主义和人文主义的艺术教育观念的影响下,针对国家艺术教育的重大问题,俄罗斯政府分别于 2005 年和 2008 年出台了《俄罗斯艺术教育系统发展前景》(О перспективах развития системы художественного образования в Российской Федерации) 和《俄罗斯 (2008—2015) 文化艺术领域教育发展构想》(Концепция Развития Образования В Сфере Културы и Искусства в Российской Федерации на 2008—2015 Годы) 两部指导性文件,并在三期的《"俄罗斯文化"联邦专项计划》(2001—2005)(2006—2010)(2012—2018) 这一俄罗斯文化事业发展国家规划中连续提出"保护俄罗斯文化的独特性,保障每一个公民的文化和精神潜能得到发挥"②和"实现既保留俄罗斯传统又符合当代需求的艺术教育系统和文化艺术人才培养系统的现代化"③的基本战略目标。进入总统新任期以来,普京在"新俄罗斯思想"的基础上加快了国家层面规划与实施文化安全战略的步伐,并于 2014 年 12 月 24 日正式批准了由他亲自授意、总统办公厅和总统文化艺术委员会负责起草的《俄罗斯国家文化政策基础》(以下

---

① Заседание президиума Совета по культуре и искусству (http://state.kremlin.ru/council/7/news/20138).

② Федеральная целевая программа, "Культура России (2006 – 2010 годы)" (http://pravo.roskultura.ru/documents/118048/page15/).

③ Федеральная целевая программа, "Культура России (2012 – 2018 годы)" (http://archives.ru/sites/default/files/186 – prill).

简称《基础》）（Основы государственной культурной политики）。这一新阶段俄罗斯维护国家文化安全的纲领性文件将实现国家认同、促进社会团结和保障教育安全确立为战略重点，特别从"保持俄罗斯文化艺术特性是决定国家未来正确走向的基础"和"为青少年一代传承道德和美学价值观是坚守历史传统和民族精神的重要使命"两个方面强调了艺术教育在文化安全战略中的重要地位，提出"在焕发民族文化所有潜力的基础上培养富有道德感、责任感、创造力的公民个体，增强国民凝聚力和民族自豪感，促进公民对俄罗斯精神、文化、民族的自我认同，团结俄罗斯社会"的文艺政策总目标。[①] 为此，《基础》分别从"提高国民艺术教育普及程度增强俄罗斯文化认同"和"提升专业艺术教育水平确保民族文化特色"的角度确立了今后一个阶段俄罗斯国家艺术教育战略的核心理念。

在扩展国民艺术教育普及程度、增进文化认同方面，普京提出了"统一文化空间"（Единое Культурное Пространство）的概念，指出"在多民族的俄罗斯营造以共同语言、文学艺术和历史传统为基础的国家文化共存感，构建统一的文化空间"[②]。其目的就是要让各族人民对俄罗斯传统文化价值精髓一致体认，其主要手段就是通过国民艺术教育在公民人格养成过程中强化爱国主义精神、增进文化认同、构建统一文化空间。正如普京所言："如果不能保持俄罗斯文化艺术的生命力与独特性以及国民对此的自豪感和认同感，必将影响社会团结的公平社会的培育，必将影响富有道德感、责任感、创造性及独立思维的公民人格的养成，从而无法确立全民族遵从的意识形态体系，也无法达成'俄罗斯复兴'的共同目标。"[③] 为此，《基础》明确提出："在全国中小学教学大纲中应当包含对儿童培养理解和创作艺术作品的技能，这是必需的，而不是作为附加部分。这些艺术包括造型艺术、音乐艺术、口头艺术、戏剧艺术

---

① Указ Президента РФ от 24.12.2014 N 808 "Об утверждении Основ государственной культурной политики"（24 декабря 2014 г.）（http://www.consultant.ru/document/cons_doc_LAW_172706/）.

② Рабочая встреча с советником Президента Владимиром Толстым-В. Толстой представил Президенту проект《Основ государственной культурнойпо литики》（http://www.kremlin.ru/events/president/news/20855）.

③ Российское литературное собрание（http://www.kremlin.ru/events/president/transcripts/1966）.

等。掌握艺术的语言,目的是要能够理解俄罗斯伟大的音乐、绘画和戏剧向我们传递的文化信息,其重要性不亚于全面掌握俄语阅读并理解复杂的文本。"① 这一要求超越公民个体人格养成的局限,将艺术启蒙上升到延续承传俄罗斯民族精神和构建核心价值观念的高度上,维护俄罗斯的文化艺术主权。

面对投入锐减、人才流失和西方文化侵略造成的"专业创作人才作品的缩减,专业艺术水准的整体下降"的问题,《基础》提出了以下两项基本任务:一是在艺术人才选拔培养方面,继承并建设一个能够不断培育具有创作潜力的天才艺术家的系统和机制,确保国家文化创作潜能的连续性。预期目标包括为培养具有特殊天赋的儿童提供优厚的学习条件和物质支持;增加艺术节、竞赛、展览以及儿童和青少年"天才班""大师班"等活动举办的数量;促进文化和大众传播领域优秀青年人才脱颖而出,并支持其先锋创作和项目;防止优秀文化艺术人才流失;增设青年文化艺术领域的国家奖,加强青少年创意文化产业的支持力度等。建立一个能够不断发现、培育并始终支持具有民族创作潜力的新天才艺术家的系统和机制。二是在专业艺术人才基础扩展方面,建立包括儿童艺术学校在内的文艺教育领域扩展系统,在这个系统中不仅培养未来艺术专业人才,同时培养所有有志于艺术学习的普通国民。即"国家文化政策要为保护艺术教育的高品质以及为那些不打算成为专业人士的孩子创造条件。对于年轻人来说能够自由选择古典或是现代的绘画、音乐及其他艺术形式应当成为其生活标准和生活方式。公民文化储备的高水平是专业艺术顺利发展的必要条件,也是国民创新能力的保障"②,从而使专业艺术教育与国民艺术教育形成了相互促进的紧密关联。

---

① Указ Президента РФ от 24. 12. 2014 N 808 "Об утверждении Основ государственной культурной политики"(24 декабря 2014 г.)(http://www.consultant.ru/document/cons_doc_LAW_172706/).

② Ibid..

三 现实性、人文性、民族性、国际性——知识分子话语传统影响下的普京时期艺术教育政策的实践特性

基于上述在知识分子话语传统影响下形成的艺术教育政策理念，普京执政特别是 2012 年总统新任期以来，俄罗斯政府突出国家文化安全意识，将艺术教育视为建构意识形态、抵御文化侵略和涵养民族精神的重要手段，制定形成了以《俄罗斯联邦宪法》《俄罗斯联邦文化立法基础》为立法依据，以《基础》等为法规政策的基础导向，以《俄罗斯（2008—2015）文化艺术领域教育发展构想》《"俄罗斯文化"联邦专项计划》等政府文件为发展规划，以艺术人才培养体系发展、艺术类课程设置和教材编写、全国性艺术活动推广为重要载体的艺术教育政策体系，呈现出与俄罗斯知识分子艺术教育思想传统相向相合的现实性、人文性和民族性的实践特征。

（一）对抗文化帝国主义、延续民族文艺血脉、保持和发挥俄罗斯艺术人才培养体系的独特优势，凸显艺术教育政策的现实性

俄罗斯政府意识到，应对文化帝国主义威胁、维护文化主权的根本策略在于通过创造独立的概念系统和艺术感觉系统去增强自我文化的更新能力，提升本民族文化的优良传统、独特个性和创新能力。一直以来，拥有世界领先的专业艺术始终是俄罗斯引以为傲的精神财富和绚丽耀眼的国家名片，也是俄罗斯国民强大文化自信力和精神创造力的重要源泉。而这与俄罗斯具有 250 年历史的完整成熟的艺术人才培养体系密切相关，这一"儿童艺术学校—中等职业教育机构—高等职业教育"三层次一体化的艺术人才培养体系不仅在国民教育中持续培养了青少年的文化认同，更直接实现了整个俄罗斯民族艺术感觉系统的创新与艺术创造能力的提高，有效保证了具有潜质的艺术人才从儿童阶段起被发现并系统培养，使古典音乐、芭蕾舞、戏剧艺术、马戏等最具俄罗斯特色的经典艺术门类的生命力、创造力和感染力得以传承，使俄罗斯文化的民族特色和创造活力得以延续。为此《基础》指出："恢复已证实为有效的早期专业艺术创作人才的培养体系，在此基础上建立一个能够不断培育具有创作潜力的天才艺术家的系统和机制，确保国家文化创作潜能的连续性是当前

文化政策的重要任务。"① 据俄罗斯文化部统计，截止到 2010 年在俄联邦境内共有 74 所文化和艺术大学，278 所中等专业教育机构和 5500 多所儿童艺术学校。在所有教育机构中有将近 150 万学生，其中高校 95000 人，中等专业教育机构 7500 人，儿童艺术学校 130 万人。艺术类教师 148000 人，其中高校专任教师有 8500 人，中等专业教育机构 16500 人，儿童艺术学校 118000 人。② 近年来为巩固这一教育模式，解决新时期面临的机构减少、师资短缺和教学质量下降等问题，俄政府在《俄罗斯（2008—2015）文化艺术领域教育发展构想》中提出"继承和完善俄独特的文化艺术教育体制，保持艺术创作的生命力"③ 的目标，并以提高艺术教育体系的创新能力和现代化适应程度为核心采取了以下主要举措。

一是完善从最初级、中级到高级阶段、逐层发掘和选拔艺术人才的培养机制。以扩展塔基（儿童艺术学校）、增量主体（中等专业教育机构）和锤炼顶尖（高等艺术教育机构）为方针，深化对儿童和青少年的艺术教育方案，保存发展已形成的文化和艺术教育理念，以及利用优秀的民族经验和世界上的新成就，不断更新艺术教育的内容、形式、方法以及程序，设立天才儿童国家奖学金和创意学校项目，运用当代信息和技术手段着重培养艺术精英人才。俄政府预计到 2018 年学习艺术儿童的总人数达到 2011 年儿童学生总数的 12%。④ 二是提高艺术教师基本待遇。2011 年普京亲自要求俄文化部副部长阿捷耶夫就儿童艺术教师社会地位低的问题尽快出台相关政策。随后俄联邦文化部和财政部联合制定了儿童艺术教师工资新标准，将艺术类教师工资大幅提升至 24000 卢布，超过了普通教育机构小学教师的平均工资水平。三是加强师资队伍培训力度。2008 年文化部为保护儿童课余文艺教育召开了《21 世纪俄罗斯儿童艺术

---

① Указ Президента РФ от 24. 12. 2014 N 808 "Об утверждении Основ государственной культурной политики" (24 декабря 2014 г.) (http：//www. consultant. ru/document/cons_ doc_ LAW_ 172706/).

② Государственное управление культурным строительством. 1992 – 2010 гг (http：// www. mkrf. ru/ministerstvo/museum/detail. php? ID = 274142).

③ Концепция Развития Образования В Сфере Кулътуры и Искусства в Российской Федерации на 2008 – 2015 Годы (http：// edu53. ru/np-includes/upload/2014/03/27/5068).

④ Федеральная целевая программа，"Культура России (2012 – 2018 годы)" (http：//archives. ru/sites/default/files/186 – prill).

教育和培养、现状和未来》的全国研讨会，参会者包括来自俄罗斯72个地区的教育机构和社会组织的领导者。2010年教育科学部组织298名艺术教师参加创新计划的培养，600名教师参加业务进修。同年，文化部组织400名文化艺术类中等职业学校校长进修学习。此外，俄罗斯目前正在改革教师的培养和继续教育体系，将中等教育机构教师培训专业目录由5个增加到13个；高等院校学士专业教师培训方向由12个增加到20个，硕士专业由12个增加到19个。[1] 四是设立艺术教育类专项国家奖，表彰艺术教育领域杰出人才。在普京的提议下，俄罗斯自2013年开始在原有文化艺术总统奖基础上增设了儿童和青年文艺总统奖，专项奖励在青少年文化艺术教育领域具有特殊贡献的专业人士。2014年3月25日，普京亲自在克里姆林宫为获得儿童和青年文艺总统奖的获奖者授予勋章并颁发给每人250万卢布奖金，其中包括动画制作艺术家埃都阿尔特·纳扎洛夫、儿童画家亚历山大·特拉乌果特和儿童作家弗拉基斯拉夫·克拉比温。[2] 除此之外，文化部、教育部还联合设立了"儿童艺术学校优秀教师"奖、"中学生与大学生艺术"奖等，以激励和推动儿童和青少年艺术教育发展。

（二）以爱国主义和文艺启蒙为核心，明确俄罗斯艺术教育作为公民教育重要组成，彰显艺术教育政策的人文性

除了采取积极措施延续民族文脉、整合文化空间之外，普京执政以来，俄罗斯特别注重将"新俄罗斯思想"的核心价值理念潜移默化地融入国民教育，实现国民艺术教育与爱国主义教育、公民审美道德教育的深度融合。《基础》明确提出，"将一系列具有民族特质的道德和美学价值观传递给新一代，在中小学教学中增设培养儿童理解和创作艺术作品技能的课程，发展他们的形象思维、情感理解力，帮助学生培养品位、美学标准和价值取向，巩固学校、博物馆、图书馆、艺术馆、音乐厅、

---

[1] 李迎迎、宁怀颖：《21世纪初俄罗斯艺术教育改革发展战略》，《西伯利亚研究》2012年第5期。

[2] В Кремле вручены премии деятелям культуры и премии за произведения для детей (http://www.kremlin.ru/news/20638).

文化宫在国民教育和文化启蒙中的核心地位，保证公民个体的和谐发展"①。从而在国家层面强化了艺术教育的意识形态塑造功能，促进社会团结稳定和道德建设，捍卫国家文化安全。

  这种国家层面的艺术教育的全民性首先体现在中小学课程设置方面。现行的《俄罗斯国家艺术教育大纲》规定艺术教育课程为中小学校必修课程，要求丰富艺术课程的设置，鼓励学校和社会开办各种艺术教育形式的组织，并给予地方学校因地制宜开设艺术课程的自主权。②《俄罗斯普通教育国家教育标准联邦部分》规定在初级（小学）、基础（初中）和完全（高中）教育中文学和艺术课程分别占总课时的24%、13%和10%，在课时上保证艺术教育贯穿国民教育的全过程。③ 其次，在公民教育方面开展全国范围的"俄罗斯文化启蒙运动"，强调"文化确定了俄罗斯民族的特点和道德追求，将公民的精神从普通的民众锻造成最伟大的领导者，如果没有伟大的文化，就不会有俄罗斯"④ 的国家主义文化艺术理念。"俄罗斯文化启蒙运动"的艺术教育活动主要包括在克里姆林宫举行民族传统文化展览会或艺术节活动；定期举行俄罗斯青年艺术学者竞赛、青年画家作品展览、摄影艺术展览等。⑤ 例如在《俄罗斯联邦公民爱国主义教育国家纲要》（2011—2015）中就特别提出，由俄罗斯教育部、文化部、体育部等多部门联合举办青年艺术家研究和创作爱国主义题材的专题艺术节和建立"俄罗斯爱国者"现代创意青年联盟的规划项目，以此来促进青年一代的爱国主义教育。⑥ 2013年普京亲自出席了以"弘扬俄罗斯文化艺术传统、保存历史记忆和青少年爱国主义教育"为主题

---

 ① Указ Президента РФ от 24.12.2014 N 808 "Об утверждении Основ государственной культурной политики" (24 декабря 2014 г.) (http://www.consultant.ru/document/cons_doc_LAW_172706/).

 ② 刘月兰、周玉梅：《培养具有艺术精神和艺术诗性的人——俄罗斯艺术教育及其启示》，《人民教育》2014年第10期。

 ③ 张男星：《权力·理念·文化——俄罗斯现行课程政策研究》，教育科学出版社2006年版，第81页。

 ④ Выступление на церемонии вручения государственных премий в области литературы и искусства за 1999 год (http://www.kremlin.ru/events/president/transcripts/24206).

 ⑤ 戴慧：《普京加快国家文化建设的构想、定位及实践》，《学术交流》2015年第1期。

 ⑥ Государственная программа 《Патриотическое воспитание граждан Российской Федерации на 2011–2015 годы》 (http://archives.ru/programs/patriot_2015.shtml).

的莫斯科复活节艺术节并致开幕词。① 最后，在日常艺术教育实践中，俄政府充分利用全俄丰富的博物馆、音乐厅、歌剧院、美术馆和画廊等文化资源作为艺术教育场所，并以此为依托举办大量全国性艺术教育活动。2011 年以来，俄罗斯政府共组织安排了"贝加尔湖假日舞台"俄罗斯青少年业余戏剧艺术节、"21 世纪的歌声"全俄歌曲大赛、俄罗斯儿童民歌大会、"青年俄罗斯"工艺美术与创意美术大赛等全国性艺术节、文艺比赛和艺术展览 78 场。② 今日俄罗斯随时随处都会看见教师带着学生在实地讲解与考察、欣赏与研究艺术作品。

（三）以传承经典优秀作品为重点，加大艺术教材编写和教法改革力度，张扬艺术教育政策的民族性

教材和教法是当代俄罗斯艺术教育的主要途径和价值载体，当前俄罗斯政府建立常设国家机构统一负责安排统一艺术教育领域的教学计划和方案，加强以民族传统和经典作品为主要内容的国家统一艺术教材建设，将大量俄罗斯民族经典性的文化艺术遗产融入教材和课堂教学，弘扬俄罗斯传统文化和民族精神，确保国家文化安全。一是增加国民教育中艺术类课程的课时，贯彻普通学校"一贯制"和"小班额"的艺术教育宏观模式。在已通过的俄联邦教育标准中，小学教育的课程减少了 20.1%，中学教育的课程减少了 18.2%，但在普通学校的小学阶段却增加了包括音乐、造型艺术和世界艺术文化赏析在内的为时一年的艺术教育课程：1—7 年级每周开设 2 学时的音乐课、2 学时的造型艺术课，8—9 年级每周开设两学时的艺术综合课，10—11 年级每周开设 2 学时的世界艺术文化课，从而充分保障了学生接受艺术教育、培养艺术特长、发展艺术个性的基本权利。③ 二是在各类艺术教材中包含丰富的艺术知识和民族传统文化，不断深化已形成的儿童和青少年的文化和艺术教育理念，

---

① ［俄］普京：《复活节提请关注精神价值观》，参见（http://rusnews.cn/eguoxinwen/eluosi_ shehui/20130505/43759556.html），2013 年 5 月 5 日。

② осударственная программа ，"Патриотическое воспитание граждан Российской Федерации на 2006 – 2010годы"（http://www.businesspravo.ru/Docum/DocumShow_ DocumID_ 101999.html）.

③ 黄作林：《俄罗斯当代艺术教育探微》，《重庆师范大学学报》（哲学社会科学版）2004 年第 5 期。

利用优秀的民族经验和世界上的新成就,不断更新文艺教育的内容、形式、方法以及程序,重点培养学生的爱国主义情怀和民族艺术精神。以最新的俄罗斯音乐文化教材《音乐》为例,这套适用于俄罗斯普通学校1—9年级的音乐课堂教学的综合教材,在低年级阶段就通过寓教于乐的方式,将俄罗斯勇士赞歌、柴可夫斯基的《睡美人》、普洛科夫耶夫的《灰姑娘》等民族经典音乐与民族文化紧密结合,让学生通过音乐了解俄罗斯民间传说和传统节日。在高年级单独开辟了《俄罗斯——我的故乡》篇章,让学生认识俄罗斯经典作曲家,礼赞和歌唱祖国的土地。《丰富的一天》用音乐的方式让孩子们认识普希金的诗歌、博物馆雕塑、参观修道院等具有浓郁民族文化特点的典型内容。① 此外,俄罗斯古典音乐和戏剧是中小学音乐戏剧艺术教材的主要内容。大量俄罗斯杰出艺术家的作品被编入教材中,如肖斯塔科维奇的弦乐四重奏和协奏曲、柴可夫斯基的芭蕾舞剧《天鹅湖》《胡桃夹子》和歌剧《黑桃皇后》、格林卡的《为沙皇献身》、达尔戈梅斯基的歌剧《爱斯梅拉尔达》和《水仙女》等俄罗斯经久不衰的保留曲目,因为其中蕴含的鲜明民族特色和高超的艺术造诣,历来为俄罗斯音乐艺术教材所极力推崇,虽然经历多次改革其经典地位依旧岿然不动。② 三是在教学方法上采用对比、激励等案例法,注重培养学生关心和尊重本民族的文化观念。例如在学前教育中,通过大量充满情趣的个人或集体的创作、表演、欣赏、交流、评价等课堂活动,为学生提供丰富的感性材料和信息,使学生体验俄罗斯古典艺术课程的魅力所在,更增强孩子对本民族的文化理解,获得民族主义和爱国主义的教育熏陶。③

(四)以实施文化年和艺术节为载体,通过全球化和网络化的国际传播平台和教育机构,提升艺术教育政策的国际性

普京执政以来将艺术教育国际化作为俄罗斯文化外交战略的重要组成部分,以民族经典艺术为主要内容推广俄罗斯文化、铸就国家品牌、

---

① 白雪:《在感悟音乐艺术中走向世界——新一代俄罗斯音乐文化教材〈音乐〉简介》,《基础教育课程》2007年第8期。
② 刘月兰、周玉梅:《培养具有艺术精神和艺术诗性的人——俄罗斯艺术教育及其启示》,《人民教育》2014年第10期。
③ 张立新、曾菲、耿艳艳:《俄罗斯学前艺术教育的目标及其功能分析》,《外国教育研究》2012年第3期。

提升国际声誉,特别强调在继承和发扬民族特色的基础上放眼世界,在促进国家间文明对话和艺术交流的同时,着力宣传自身文化价值,激活民族精神资源,加快重建文化大国进程,拓展俄罗斯的国家影响力和文化软实力。《俄罗斯(2008—2015)文化艺术领域教育发展构想》提出"教育系统积极参与国际合作,参与国际相关科学研究,支持多元文化艺术流派,借鉴国外文化艺术领域先进经验,学习国外文化艺术杰出典范,扩大文化艺术教育系统的学术交流、人才流动,定期举办国际文化艺术巡演等活动,增加文化艺术教育服务出口比例"[1] 等国际化发展战略。一方面,俄罗斯政府加快推进艺术教育领域加入博洛尼亚进程步伐,在改进制定教学方法、开展国际版权问题研讨、探索授予国际一体化联合学位途径、科学组织法律合作等方面整合全俄资源,为俄罗斯艺术教育融入世界开辟道路;[2] 另一方面,通过与中国、法国、德国、印度、韩国、日本等国家共办大量国际性美术、戏剧、音乐、造型艺术等演出活动,宣传和推介俄罗斯传统及当代的优秀艺术作品,挖掘俄罗斯民族经典艺术资源,扩大俄罗斯艺术大国的世界影响。例如,在 2013 年年末颁布的俄罗斯国家文化年活动计划中,涉及与青年教育相关的俄罗斯民族经典艺术的推广项目共有 15 项,占总项目的 12%,专项经费拨款达 6.68 亿卢布。主要活动项目包括"绿色理念"国际青少年音乐节、"俄罗斯套娃"传统民俗文化国际艺术节、"斯坦尼斯拉夫"国际戏剧节、"白夜之星"国际音乐节、"克里姆林宫的学生"年轻艺术家优秀作品全俄巡展等。[3] 这些活动由俄罗斯政府牵头,外交部、教育部、文化部、联邦通信与大众传媒部、联邦出版与大众传媒署、独联体事务——境外同胞及国际人文合作署等多部门组织实施,体现出俄罗斯在民族艺术国际推广方面的战略举措和重视程度。

---

[1] Концепция Развития Образования В Сфере Кулътуры и Искусства в Российской Федерации на 2008 – 2015 Годы (http://edu53.ru/np-includes/upload/2014/03/27/5068)。

[2] Основные направления государственной политики по развитию сферы культуры и массовых коммуникаций в Российской Федерации до 2015 года и план действий по их реализации (http://www.mkrf.ru/dokumenty/581/detail.php?ID=61208)。

[3] Об утверждении плана основных мероприятий по проведению в 2014 году в Российской Федерации Года культуры (http://government.ru/dep_news/9379)。

历史证明，依靠知识分子的文化引导功能、发挥知识分子的文艺建设作用、通过知识分子的话语实现文艺政策的合理性和合法性是俄罗斯文化治理机制的显著特征。特别是当前面对来自西方"文化帝国主义"的意识形态同化、文艺话语权争夺和文化渗透遏制的危机境遇时，"俄罗斯向何处去""俄罗斯文艺何以独立自处"等重大命题的再次显现，更决定了饱含国家意识、民族精神和使命情怀的知识分子话语传统与俄罗斯国家艺术教育政策之间虽不断博弈但又彼此依靠的互动关系以及目前相向而行的现实选择。正如普京所言："没有俄罗斯文化，维护俄罗斯主权无从谈起！对于当前俄罗斯而言，文艺和教育发展是延续历史基因和形成国家人力资本的重要因素。"当前俄罗斯维护文化安全、重建文化大国的战略利益诉求是普京时期国家艺术教育政策深受知识分子文艺思想传统影响的根本原因。

本章小结

本章在普京治国理政的总体思想及俄罗斯政治经济全面复苏和振兴的大背景下，在具体分析当代俄罗斯文艺和文化法律法规、政策纲要、文艺奖项和文艺教育等基础上，比较全面地考察了当代俄罗斯国家文艺战略主要形态。可以认定的是，当代俄罗斯文化大国地位、凝聚民族精神和推动文化产业繁荣等文化复苏和重振的成就与国家文化政策的制定和实施有密切关联，同时也是俄罗斯经济政治整体向好的密不可分。普京在2007年的国情咨文中宣布，俄罗斯已经走出生产长期下滑的困境，跻身世界十大经济强国的行列，已将俄罗斯从一个富饶的穷国，建成了一个强国。这样的自我宣言虽然有些为时过早，但客观而言俄罗斯基本摆脱困境和重回强国行列还是比较公允的评价。

首先，当代文艺战略的有效制定与实施是国家综合实力整体增强的产物。普京上台后实行国家宏观调控和保障居民社会的市场经济，这种由国家干预的有序的市场经济基本使俄罗斯逐渐摆脱了叶利钦时期的严重经济危机，实现了经济的持续稳定增长，居民生活水平明显改善，养老保险、医疗保险等社会保障制度得到完善。1999年以来俄罗斯经济连续9年的恢复性增长，以年均6.4%的增长速度成为世界上经济增长最快的国家之一。2005年与2000年相比，失业人数减少了26%，人均GDP增加了2倍；居民个人存款从2000年的463万亿卢布增加到2005年的2755万亿卢布；恩格尔系数从1995年的近70%下降到2005年的46.6%。① 正是在政治稳定、经济发展的背景下，文化艺术的发展问题再度受到国家和社会的高度重视。作为国家文化战略重要文本的《俄罗斯文化》国家目标纲要自2000年至2012年连续三年不断提高国家对文化事业和文化产业的支持扶助力度，在很大程度上保护了民族文化遗产、恢复发展了文化公共事业、刺激了本土文化产业，有效抑制了文化艺术的"衰退"。2005—2010年，文化、艺术、电影、媒体支出预算占俄罗斯联邦总预算的比重历年依次为1.2852%、1.2002%、1.2411%、1.3344%、1.2621%、1.1369%，文化、艺术、电影、媒体支出占当年GDP的比重历年依次是0.1813%、0.1904%、0.2039%、0.2270%、0.2937%、0.2546%。显然，文化大国复兴战略已经成为整个俄罗斯强国梦想的重要精神力量和经济增长支柱。

其次，在提升国家文化软实力和重塑俄罗斯文化大国形象的战略实施过程中，普京提倡的"新俄罗斯思想""主权民主""新国家主义"和"新文化保守主义"等文化理念得到了社会的广泛认同，民族精神得到重新焕发、社会力量得到凝聚、社会秩序构建稳定，对于实现社会复兴与发展起到了重要作用。社会转型初期经济改革的失败，不仅没有压垮俄罗斯民众的精神，反而由于当代文化政策的现代化、民族化和市场化的同步转轨，与现代文化信仰及其道德精神原则相融合，有效重构了社会文化的现代价值体系，有力推进了俄罗斯社会的现代化进程。

再次，应当认识到社会转型期整体背景下，当代文化政策还显年轻，承担健全社会文化重任的能力有限，存在诸如政策先天不足、执行环境复杂、资金投入不足、大量政策规划配套实施细则缺乏、政策实施的必要条件缺失等棘手问题，造成俄罗斯文化的新困境。据《俄罗斯文化》(2012—2018)国家发展规划纲要统计，俄罗斯目前拥有2500座博物馆和600家国家级和市政级剧院。与20世纪90年代初相比，博物馆的数量

---

① [俄] B. 梁别夫：《当代俄罗斯的公民社会：问题和前景》，《社会科学报》2007年5月24日。

已经增加了 1.9 倍，剧院则增加近 40%。但所有这些数字仍然没有满足人口的需求，80% 的人口一年内没有去电影院。在旅游业方面，俄罗斯地区的游客为 1995 年的一半，而且几乎没有增加过。与此同时，与 90 年代初相比文化和休闲文化活动相对减少。① 文化遗产保护方面的问题同样严重：目前在俄罗斯联邦境内受国家保护的文化遗产超过 80 万项，其中包括 23 万对于国家有重要意义的对象。根据不同的估计，受国家保护的古迹，50%—70% 不能令人满意，而且在大多数情况下，它们需要采取紧急行动以不受破坏和损害。据世界经济论坛指出，俄罗斯文化遗址的数量在世界上 133 个国家排名第 9。然而，俄罗斯的自然、历史和文化的潜力，据专家估计不超过 20%。因此，解决以上问题实际上也成为俄罗斯制定 2012—2018 年国家文化发展纲要的主要依据，政府投资增加和行政效率提升也成为发展俄罗斯文化的重中之重，值得我们进一步观察。

---

① Федеральная целевая программа，"Культура России（2012 – 2018 годы）"（http：//archives. ru/sites/default/files/186 – prill）.

第五章

当代俄罗斯文艺战略的运行模式

当代俄罗斯国家文艺战略的基本模式虽然源于苏联和叶利钦时期，但是在国家体制整体转型和文化多元化的大背景下，特别是在普京"新俄罗斯思想"价值理念的主导下，当代俄罗斯文艺和文化活动都被纳入法律框架中，通过市场经济的资源配置方式国家实现对于文化事业和文化产业的指导和调控。在实现意识形态重建、文化强国复兴和文化发展等国家利益的背景下，围绕"新俄罗斯思想"针对文化软实力提升战略进行了政策调整，形成了当代俄罗斯以法律法规为保障、以政策纲要为导向、以文艺奖项和文艺教育为辅助的基本文艺战略体系，为实现和推进国家文化发展的整体战略意图搭建了体系框架，并在一定程度上有效实现了相应的文化发展预期目标。本章我们将系统考察当代在国家治理结构整体改造形势下的文艺战略的决策权力分配、管理基本原则和运行主要模式，从政策学角度勾画当代俄罗斯文艺政策从提议启动到立场协调到起草规划再到实施反馈的决策过程，在多学科视野中论述当代俄罗斯文艺战略的政治机理。

第一节 当代俄罗斯国家治理结构的整体改造

当代俄罗斯文化管理体制自身发生了重要转型和变迁，即实现了由叶利钦时期以新自由主义主导的弱调控型治理结构向以新国家主义为主导的强调控型社会治理结构的转型，从而全面强化了国家的文化宏观管理力度和强度，为实现普京提出的以"新俄罗斯思想"为主导的意识形态重建和文化软实力提升战略提供了体制机制保障。① 文化管理体制和模式的改革是普京执政后对国家治理结构和权力体系整体改造的重要组成部分。叶利钦时期，国家杜马的杯葛、经济寡头的干预和自身政策的不稳定性等因素造成国家机构运转效率低下，甚至出现国家权力解构与效能耗散等国家治理的突出矛盾，引发出"炮轰白宫"等一系列严重政治危机。为此，普京执政后从俄罗斯的历史与现实出发，重新探索切实有效的制度转型与国家治理模式重构的道路，采取了加强国家政权和国家能力建设的政治、经济与社会改革政策，对俄罗斯的制度转型与国家决策运行模式进行有力的调整。

一 强化总统权力，构建强力国家中央政权体系

普京上台伊始，就提出必须建立强有力的国家政权体系以强化国家权威。普京以权力机关系统的现代化来为市场经济服务，为目标进行行政改革，使国家机关成为落实经济政策的有效工具。② 首先，针对近乎邦联制的联邦制加强国家权力体系的调整。普京改变地方行政长官的产生方式，由联邦总统提名、地方议会批准，废除了由选民直接选举产生地方行政长官的制度，如果地方议会两次否定总统提交的候选人，总统可以解散地方议会。其次，通过理顺国家杜马和执行权力机关之间关系和打造亲总统的联邦委员会，保证立法支持。2000年普京颁布《俄罗斯联邦政党法》，促进政党联合，减少政党和政治组织的数量。随后，普京促成议会中几个中派的联合成立"统一俄罗斯"党。2004年修改《政府法》，允许政府官员参加政党活动；2004年签署《政党法修正案》再次提高建党门槛，禁止建立地方性政党；2005年签署《国家杜马代表选举法》，规定取消混合选举制，国家杜马议员全部由政党选出。这样，保障"统一俄罗斯"党可以采取单边行动，而其他能够影响决策的政治势力越来越少了。除了"统一俄罗斯"党，其他政党和议会党团几乎都失去了

---

① 参见许志新主编《重新崛起之路》，江苏人民出版社2004年版，第24—25页；李兴耕：《普京的"主权民主"》，《当代世界》2006年第7期。
② 景维民、许源丰：《俄罗斯国家治理模式的演进及其对中国的启示》，《俄罗斯东欧中亚研究》2009年第1期。

对决策的影响力。再次，普京采取了打击经济寡头、治理腐败和改革政府体制等措施集中国家权力，打造超级总统。① 通过上述举措，俄罗斯政府的执行能力显著增强，治理效果得到改善，逐步摆脱了叶利钦时代政府的软弱状态，一个总统垂直领导下的行政效能得到提升的俄罗斯联邦政府逐渐成形，为包括文艺和文化领域在内的国家制度改革奠定了坚实的政治基础。

二 重视市场调控，着力培育和保护市场经济秩序

针对叶利钦时期过度的经济自由化所造成的市场秩序失控和市场经济体制严重扭曲问题，普京强调在强化国家对经济的调控和干预的前提下，构建可控而高效的市场经济体制。普京认为在新时期俄罗斯既不能重新实行指令性计划体制，也不能继续推行激进主义的经济方针，而是"需要国家调控的地方，就要有国家调控；需要自由的地方，就要有自由"。② 这就使市场经济和民主原则与俄罗斯的现实有机地结合起来，走"第三条道路"或者称为"普京的新资本主义道路"。这种市场经济的主要内容包括：以强国富民为总目标；决定制定切实可行的经济发展纲领；加强国家对经济的宏观调控。具体措施包括：不断完善和改革金融体系；加强国有资产的管理；保护多种所有制形式和经济形式并存，公平竞争；加快经济结构改革；创造条件使俄罗斯融入世界经济一体化进程，同时致力于保护国内市场；等等。普京试图建立一个"以混合所有制为基础的、保持一定国家干预的、实行有序竞争的、效率优先兼顾公平的社会市场经济体制"③。如此，普京通过不断增强政府自身治理能力对俄罗斯畸形的市场体制进行改造，对支持市场经济有效运转和经济持续发展的制度安排进行更加细致的培育，从而"将催生现代市场经济的两种力

---

① 参见许志新主编《重新崛起之路——俄罗斯发展的机遇与挑战》，世界知识出版社2005年版，第1—15、69—73页；冯绍雷、相蓝欣主编：《转型理论与俄罗斯政治改革》，上海人民出版社2005年版，第1—24页。
② 《普京文集（2000—2002）》，中国社会科学出版社2002年版，第6页。
③ 许新：《重塑超级大国——俄罗斯经济改革和发展道路》，江苏人民出版社2004年版，第45页。

量——政府的理性构建与个体的自发演化——有机结合起来,"① 为重塑国家强大的制度能力和秩序治理能力、保持国家对社会经济转型的有效指导和调控构建了整体市场经济运行的制度环境和法治环境。

三 促进社会整合,实现国家秩序的稳定和有序

正如普京在《千年之交的俄罗斯》一文中所说的那样,俄罗斯"迫切需要富有成效的建设性的工作,但是在一个四分五裂、一盘散沙的社会里是不可能进行的。在一个基本阶层和主要政治力量信奉不同的价值观和不同的思想倾向的社会里也是不可能进行的"②,因此,避免国家与社会因制度变革陷入无政府状态,整合俄罗斯社会陷入分裂的意识形态和价值观念,使俄罗斯社会从加速分化趋势回归国家秩序和稳定是摆在普京面前的一项重要任务。为此,普京从经济、政治、社会与思想等各个层面采取综合措施,以减缓社会中普遍存在的社会分化问题,实现社会整合与国家秩序的和谐治理。这些措施主要包括:综合俄罗斯传统和现代化诉求提出了以"爱国主义""强国意识""国家主义""社会团结精神"为核心的新俄罗斯思想,促进价值观念整合与社会团结;采取超前增长居民实际货币收入、提高居民最低生活费标准、加快社会保障制度改革等积极的社会政策,以降低激进变革带来的社会成本;协调国家与公民社会的关系,构建有效的社会控制体系,特别是对公民社会的发展进行规范和引导,培育一个符合俄罗斯"强国家—弱社会"传统的,并且在法律和政策约束下与政府互动协商、对国家发挥建设性作用的公民社会。③

以上普京对于国家治理结构的改造对国家文化治理和运行模式的转变产生了重要影响,强调国家调控与市场自主相结合的文化政策基本原

---

① 景维民、张慧君:《国家权力与国家能力:俄罗斯转型期的国家治理模式演进文学价值观问题探析》,《俄罗斯研究》2008 年第 3 期。
② [俄] 普京:《普京文集(2000—2002)》,中国社会科学出版社 2002 年版,第 7 页。
③ 参见许志新主编《重新崛起之路——俄罗斯发展的机遇与挑战》,世界知识出版社 2005 年版,第 156—166 页;张驰:《俄罗斯转轨绩效透视》,经济日报出版社 2003 年版,第 154—187 页;胡键:《转型经济新论——兼论中国、俄罗斯的经济转型》,中共中央党校出版社 2006 年版,第 172—193 页。

则和机制应运而生,强大的国家权力体系成为俄罗斯文化强国复兴可以依赖的重要资源。

第二节 当代俄罗斯文艺和文化国家管理的主要原则

伴随国家治理结构的整体转型,俄罗斯对文艺和文化的管理也基本实现了由苏联文化专制主义的直接行政干预到叶利钦时期的自由主义放任自流再到国家通过宏观政策向导和投资杠杆干预的一系列转向。具体表现为文化价值向重建国家意识形态转轨、文化内涵向重启文化现代化转轨、文化生态向文化保守主义转轨、文化发展道路向世界开放和推广转轨。在以上国家主义的治理结构转型、现代化强国诉求和文化软实力提升的整体背景下,当代的国家文艺和文化管理形成了以下基本原则。

一 国家利益最大化原则

俄罗斯文艺战略同其他公共政策一样,都有其特定的政策原则和出发点,但从宏观上来说,其根本出发点就是维护国家核心利益,就是如普京所言为"做强大而自信的国家"而服务[①],以文化复兴实现俄罗斯大国和强国地位重建。具体而言,文艺战略就是要在意识形态和价值观、文化的吸引力和感染力、外交政策和国际形象、发展道路和制度模式等四个层面实现国家文化软实力和国际竞争力的增强。普京执政后,将文艺和文化的繁荣发展视为俄罗斯强国复兴的重要精神力量和价值支撑,他认为,俄罗斯的精神道德和文化传统的丧失是整个国家最大的危机,一个民族如果缺乏精神追求和发展方向而丧失个性,必然会被外国文化价值奴役和统治,国家主权也必然面临重大威胁。因此,普京在2007年国情咨文中明确指出:"2020年前俄罗斯文化政策的目标是促进文化事业大发展,保障社会稳定、经济发展和国家安全。基本内容是繁荣文化事业作为统一的国家精神发展的基础;维护全俄统一文化和信息空间,保护各民族文化遗产;发扬优良文化传统,传播文化成就;完善文化艺术教育体系;保持精神、道德价值和传统的继承性;完善新社会经济环境

[①] 《普京文集(2000—2002)》,中国社会科学出版社2002年版,第78页。

下文化管理和财政制度；健全文化领域立法，为公民言论和创作自由参与文化生活、利用文化机构获取文化珍品创造条件；融入世界文化和信息大发展进程，树立良好的国际形象。"[1] 显然，重建国家意识形态、凝聚民族精神、繁荣文化事业和文化产业、增强国家认同和文化软实力就是当代俄罗斯文艺战略制定和国家管理的基本价值取向，是俄罗斯文化战略的指导性总体原则。

二 干预方式法制化原则

与苏联时期的文化专制主义的硬性行政干预和叶利钦时期放任自流的单纯市场调节不同，当代在文化产品进入市场经济整体环境下，注重以法律化、制度化的方式管理国家文化事务。国家通过加强制定法律、法规和发展规划，以此作为规范和导向加快推动新型文化市场发育、文化产业发展和俄罗斯民族文化遗产保护，从而实现在政治上重构国家意识形态、经济上构建文化产业体系、社会管理上塑造新型公民社会、外交上实行大国文化推广的政治意图。《宪法》和《俄罗斯文化立法基础法》为文化政策的制定实施提供了法律基础和保障。例如《俄罗斯联邦文化立法基础》规定："俄罗斯联邦最高苏维埃遵循俄罗斯联邦宪法、联邦条约、国际法准则，承认文化在发展个人自我实现、发展社会人道主义、保留各民族的民族特色以及确立其优点中的奠基作用，注意到文化价值的建立和保留以及全民参与性与社会经济进步、民主制发展、巩固俄罗斯联邦完整主权之间的不可分割的联系，表达出对各民族文化合作以及将本国文化与世界文化接轨的追求。"[2] 以上法律规定为当代俄罗斯文艺战略制定提供了保障和基本导向。国家立法机构（国家杜马和联邦委员会）、国家行政机构（俄联邦总统和政府）同样通过国家和地方法律法规、总统令、政府令、决议和国家发展纲要、规划等制度形式引导和规范国家文化行为和市场行为。如从《俄联邦关于文化珍品进出口法》

---

[1] ［俄］普京：《普京文集（2002—2008）》，张树华、李俊升、许华等译，中国社会科学出版社 2008 年版，第 443—446 页。

[2] ОСНОВЫ ЗАКОНОДАТЕЛЬСТВА РОССИЙСКОЙ ФЕДЕРАЦИИ О КУЛЬТУРЕ（http：//www.consultant.ru/document/cons_ doc_ LAW_ 148902/）。

2000年起开始制定《俄罗斯文化发展规划纲要》《关于商业形式制作完成的录音片的表演者、制作者的税收分配和酬劳支付的规章》《关于实行二战后引入苏联及产于俄罗斯联邦的文化价值保护的决议》《2011—2015年俄罗斯联邦公民爱国主义教育》《国家电影出版认证章程》等文化类法律法规。应该说，当代俄罗斯文化立法工作取得了相当的成绩，据不完全统计，自2000年俄出台的文化类法律法规近7949部，基本形成了文化事业管理与文化市场具体规范相结合的比较完备的文化法律体系，为市场经济条件下文化发展奠定了法制化基础。需要指出的是，当代俄罗斯所采用的是多元复合式的文化管理体制，而法制化建设绝不意味着排斥国家文化管理的行政手段、经济调节和教育舆论等其他措施，恰恰相反，法制化成为俄政府其他文化调控手段的基础，是其文化管理的基本原则。

三　政策导向现代化原则

推进现代化进程是普京执政后实现大国复兴和国富民强梦想的基本诉求，其中承继着自彼得大帝以来历代俄罗斯统治者实现由传统社会向现代社会转变，进而实现融入欧洲、成为强国的共同愿景，可以说俄罗斯近代以来的发展史几乎就是一部推动现代化进程的历史，同时与俄罗斯民族独特政治文化甚至民族性格都紧密相连、互相影响。值得注意的是，与西欧现代化进程一般由内部自下而上自发的渐变过程不同，俄罗斯的现代化进程一般是国家政权强力推动的结果，国家及其领导人起着决定性的作用，主要利用强有力的国家机构和行政手段实施。概言之，俄罗斯现代化过程是一个包括经济领域工业化、政治领域民主化和社会领域城市化以及价值观念领域理性化的多层面互动过程，是传统社会向现代社会的转变过程。① 在这一俄罗斯最为波澜壮阔的发展历程中，实现人的现代化或曰文化之现代化应是其中的核心。正如普京所言："如果没有文化，就不会理解何谓主权，不会理解为什么而奋斗。……国家文化政策应覆盖生活所有方面，应有助于保护传统价值观，巩固与国家的精

---

① 祖雪晴：《论俄罗斯现代化进程中的文化因素》，《俄罗斯东欧中亚研究》2011年第2期。

神纽带，增加人们之间互信、责任感和公民对国家发展的参与。"① 可见，普京敏锐地意识到文化对于促进国家安全、社会稳定和推进整体现代化进程的重要作用。

因此，促进当代俄罗斯人的现代化和文化机构发展的现代化成为普京执政以来的重要文化政策原则。在2006年制定颁布的《2015年前俄罗斯联邦文化和大众传媒发展行动计划及政策主要方向》中提出四项实现文化现代化的基本政策方向："保存和发展俄罗斯共同文化和信息空间，提高文化艺术领域内服务水平和多样性创造条件；保存和发展俄罗斯文化遗产，使文化机构的工作实现现代化；改善艺术教育和科学的国家制度；进一步融入全球文化进程和加强正面国际形象塑造。"② 其中，在俄罗斯人自身现代化方面重点提出提高国民的艺术教育体系现代化的主要策略，主要包括：建立一个常设的跨部委工作小组，协调在国民艺术教育领域的课程和计划；保持在文化和艺术领域的中等和高等教育的特色；保留俄罗斯传统的优秀流派又符合当代要求的艺术教育系统和文化艺术人才的培养系统实现现代化；采取一系列措施保护和发展俄罗斯独特的人才；要特别关注发展当代创新艺术门类的人才培养、对儿童艺术学校的设备进行现代化改造、使文化教育机构的物质基础得到发展和现代化。在文化公共事业和文化产业现代化方面提出：优先支持文化创新和投资项目；在文化机构运行中实现行政、信息和其他技术的现代化；俄罗斯文化遗产保护名录和研究项目的信息化；社会经济文化设计、文化产业发展、营销策略等文化领域服务方面的现代化；等等。③ 总之，以上的文化政策现代化管理原则均指向俄罗斯公民文化生活质量的提升、文化大国形象的巩固和社会经济效益的增进，即国家现代化进程的推进。

---

① 《普京称俄罗斯开始筹备〈国家文化政策原理〉》，参见（http：//rusnews. cn/eguoxinwen/eluosi_ wenhua/20140203/43972659. html/），2014年2月3日。

② Основные направления государственной политики по развитию сферы культуры и массовых коммуникаций в Российской Федерации до 2015 года и план действий по их реализации（http：//www. mkrf. ru/dokumenty/581/detail. php？ID＝61208）.

③ Федеральная целевая программа "Культура России（2012－2018 годы）"（http：//archives. ru/sites/default/files/186－prill）.

四 文化管理市场化原则

培育健康有序的文化市场，建立和维护文化经济的正常运行秩序，使市场竞争机制充分发挥作用是当代国家文化管理的重要原则之一。这既是国家治理方式由苏联时期的国家全能计划向市场运行调节转变的必然要求，也是普京总结斯大林时期指令性计划体制和叶利钦时期激进主义的经济方针后做出的审慎战略选择。普京执政以来，俄罗斯从经济发展的实际出发，逐步构建了政府主导、国企支撑、自由竞争三位一体的市场经济体制，形成了以政府为主导、以法制为基础、以国企为支撑、以自由平等竞争为基本原则的具有普京特色的市场经济发展道路。① 正如普京所言，"需要国家调控的地方，就要有国家调控；需要自由的地方，就要有自由"。② 这种市场经济和民主原则与俄罗斯的现实有机结合的"第三条道路"或曰"普京的新资本主义道路"策略在文化事业和文化产业的管理中得到充分运用。在俄罗斯联邦政府颁布的《俄罗斯联邦文化和大众传媒发展计划（2008—2015）》中特别强调：首先，国家有责任在文化投资、文化信贷、文化产业、文化税收、文化消费等各方面通过立法保护公平竞争和正当竞争，限制不正当的垄断，从而维护文化市场和文化经济正常秩序。③ 其次，国家也要运用文化行政管理中的行政方法，如通过制定文化事业发展计划与规划，确定各类文化项目的发展目标和实现这些目标的保证措施，引导文化资源合理流动、合理配置，在政府投资的同时积极吸引社会资本和民间资助等多种方式以达到国家调控文化发展总量、结构、布局和效益等目的。再次，进入市场的文化企业通过建立现代企业制度，规范文化市场的主体行为，激发企业活力，使市场竞争机制充分发挥作用，以保证国家文化事业的均衡发展和文化产业的蓬勃发展。④ 事实证明，"当代俄罗斯取得了政治和经济的稳定局面，

---

① 赵传军：《普京经济学》，《求是学刊》2014 年第 1 期。

② 《普京文集（2000—2002）》，中国社会科学出版社 2002 年版，第 13 页。

③ 例如《俄罗斯联邦文化立法基础》的 2004 年 8 月 22 日联邦法修正案中特别增加了"为了克服文化价值生产和传播领域中的垄断现象，国家权利管理机关有义务促进建立文化机构、企业、联合会、创作联盟、协会以及其他文化团体"。

④ Основные направления государственной политики по развитию сферы культуры и массовых коммуникаций в Российской Федерации до 2015 года и план действий по их реализации (http：//mkrf. ru/dokumenty/581/detail. php？ID = 61208&t = sb)。

实施了对预算和税法制度的改革，形成了经济增长的先决条件，并促进了文化自由市场的日益形成"[1]。文化产业整体进入市场后，工艺美术企业、印刷行业、文化娱乐业快速市场化。私营文化机构纷纷建立并开始接受赞助商在互惠互利原则下的资助，俄罗斯文化企业在市场经济条件下基本实现了在商业效益化、运行法制化和营销国际化经营发展模式。

第三节　当代俄罗斯文艺和文化管理的权力分配

俄罗斯是实行总统共和制的联邦国家，遵循三权分立的分权与制衡原则设置国家权力体系。自1993年俄罗斯联邦宪法颁布后，俄罗斯的国家权力便被法定划分为立法权、执行权和司法权三大体系。俄罗斯总统、俄罗斯联邦议会、俄罗斯联邦政府和俄罗斯法院共同行使俄罗斯联邦的国家权力。如前所述，普京执政以后通过理顺国家杜马与执行权力机关之间的关系以及打造亲总统的联邦委员会等一系列手段，实现了对叶利钦时代新自由主义国家治理机制的改造，奠定了实现平民主义诉求的国家主义的社会基础，整个俄罗斯基本形成政治单一制与经济联邦制的二元化国家结构，这一基本国家治理形式决定了当代俄罗斯以总统为决策核心、联邦会议为立法机构、联邦政府（文化部）为执行部门的文化管理权利分配格局。

一　总统——国家文化发展的决策核心

俄罗斯是实行总统共和制的国家，俄罗斯总统是国家元首，按照现行的俄罗斯宪法，总统位居立法、执行和司法三权之上，其权力包括组成国家机构、确定内外政策、保障国家安全与社会稳定、法律创设活动以及形成总统与总理共同领导政府的协作体制等。[2] 根据宪法，加之普京个人在执政过程中的强势姿态，俄罗斯总统基本凌驾于国家权力体系之上，是俄罗斯国家包括文化在内的各项事业发展的决策核心，其职权几

---

[1] 刘英：《俄罗斯文化政策的转轨与启示》，《探索与争鸣》2012年第2期。
[2] 刘清才：《俄罗斯总统与总理的宪法地位与权限划分》，《俄罗斯东欧中亚研究》2008年第2期。

乎涉及所有国家权力分支的活动。具体于文艺和文化事业而言，总统的权力主要包括以下几项。

第一，建立或组织国家文化机关和任免领导人方面的职权。虽然俄罗斯政府作为执行权力机关具有相对的独立性。但俄罗斯总统具有组成政府及相关部门的权力，总理在俄罗斯总统领导下工作，实际上是向俄罗斯总统负责。按照宪法，总统经杜马同意任命政府总理，根据政府总理的建议，任免政府副总理和联邦各部部长以及其他联邦执行权力机关的领导人。因此，普京实际上具有根据国家战略需要组建相关文化机构以及任免文化部、教育与科学部等部长的权力，普京也经常直接向政府文化部门负责人下达指示命令以贯彻执行国家文化政策战略。例如，2014年4月1日，普京直接召见文化部弗拉基米尔·梅金斯基部长就克里米亚地区并入俄罗斯后立即兴建博物馆、图书馆和档案馆等基础设施和开展俄罗斯语言文化教育等系列问题与梅迪纳部长交换意见、下达指示，进而为推动克里米亚实现文化回归、增强国家文化认同制定相关政策战略。①

第二，研究确定国家文化政策的基本方针。从 2000 年开始，普京每年都要向联邦议会两院发表国情咨文，评价国家形势和任务，阐述包括文化事业在内的国家政策的基本方针。一是主要通过协调制定《俄罗斯文化》联邦项目规划纲要、《俄联邦 2015 年前关于文化发展的国家政策的基本方向》（2006 年 6 月 1 日政府决议）、《俄联邦 2020 年前社会经济发展长期规划》（2008 年 11 月 17 日通过）等发展规划协调立场、统筹设计、贯彻落实各项文化方针。二是在具体实践上，普京通过国情咨文、总统令和重要讲话阐述文化政策的基本方针。三是通过签署联邦宪法法律和联邦法律以及书面否决联邦法律表达总统对国家文化政策问题上的原则立场。

第三，以颁发国家奖章、授予荣誉称号等方式奖掖在文化艺术领域的杰出人士。俄罗斯总统奖是对在文艺领域有卓越贡献和功绩的公民的最高奖励形式。总统每年亲自在克里姆林宫为国家文艺奖授予奖章和宣

---

① Встреча с Министром культуры Владимиром Мединским（http://www.kremlin.ru/news/20672）.

读国家奖励的命令。

第四，俄罗斯总统拥有法律创制和修改权力。按照宪法规定程序，总统有法律动议权，向国家杜马提出法律草案。俄罗斯国家杜马通过的联邦法律要提交总统签署和公布才能生效。总统有权签署或否决国家杜马通过的联邦法律。俄罗斯总统的命令和指示在俄罗斯全境必须执行。普京执政后多次就《俄罗斯联邦文化立法基础》等国家文化领域基本法律的相关条款向国家联邦会议提请修改。

此外，为加强对国家文化与艺术事业的咨询建议力度，自20世纪90年代初开始总统下设文化委员会，受总统管辖。2006年2月15日普京成立了新的总统文化艺术委员会。2008年3月17日总统文化和艺术委员会进行了改革。俄联邦总统办公厅中总统的文化顾问拉普捷夫负责与文化相关的问题。设有专门的办公厅来保障总统顾问和总统文化艺术委员的工作。该委员会的主席是总统普京，副主席是彼奥特洛夫斯基（艾尔米塔什国家博物馆馆长），委员会秘书是拉普捷夫（总统顾问），委员会由34名文艺领域杰出人才代表构成，包括知名导演、演员、作家、指挥家、音乐家、画家、建筑师和艺术理论家等。该委员会作为常设的咨询机关有权为总统提供文化和艺术领域的公共政策建议；有权向总统提出决定国家文化和艺术领域发展方向的政策建议，并排列实施措施的优先次序；有权向总统系统报告俄罗斯国内外的文化艺术情况；有权审查文化艺术领域的俄罗斯联邦法律草案和其他规范性法律文件并提出质询建议；有权向总统提名国家文艺奖人选；有权与总统就有关文化艺术和其他国家重要事宜进行讨论。[①] 由于该委员会由总统直接领导、理事成员由俄罗斯国内文艺领域名流构成，因此在当代俄罗斯文化艺术事业发展中具有相当的影响力和号召力，在向总统资政建议过程中具有举足轻重的力量。

二　联邦会议——国家文化事业管理的立法机构

俄罗斯现行宪法规定，联邦会议是俄罗斯的立法机构和代表机构，它由上院联邦委员会和下院国家杜马组成。虽然普京执政后为了防止出现叶利钦时期的总统与联邦会议严重杯葛情形，通过修宪和打造亲总统

---

① Совет по культуре и искусству（http://state.kremlin.ru/council/7/statute）.

上院等方式有意弱化联邦会议的权力,但其仍然是国家决策机制中的重要组成部分。联邦会议不但为国家文化发展提供法律保障,也在一定程度上对其他国家权力机关形成制衡。在联邦委员会中设有联邦委员会文化委员会,主席是德扎索霍夫,第一副主席是季娜伊达。国家杜马中设有国家杜马文化委员会。自2007年起委员会的主席是依夫利耶夫,第一副主席是特拉别克。委员会的第一任主席戈沃鲁辛(1995—1999),之后是古别恩科(1999—2003)以及科博左恩(2003—2007)。

国家杜马的文化方面议事原则有两方面。一是就俄罗斯联邦宪法规定管辖的文化方面问题通过决议;在俄罗斯联邦宪法未规定通过其他决议办法的情况下,国家杜马的决议以国家杜马代表总数的多数票通过。二是准备和预先审议文化方面的法律草案,组织议会听证会以及分析法案执行实践等。国家杜马的工作机构包括领导机构、国家杜马理事会和常设委员会。其中,领导机构由杜马主席、杜马第一副主席和杜马副主席组成。国家杜马在文化立法方面的流程如下:第一,立法倡议主体向国家杜马理事会提交立法倡议;第二,国家杜马理事会委托相关杜马委员会负责筹备法律草案,或者同意提交国家杜马一读审议,或者责成立法倡议主体进行修改;第三,二读的内容是对草案进行逐条审议;第四,三读对杜马责任委员会加工整理后的法案进行表决;第五,提交总统签字,颁布法律。①

联邦委员会与国家杜马共同拥有立法权、监督权和决定内部组织权。联邦委员会拥有参加立法的权力,没有通过法律的权力。但联邦委员会对国家杜马的立法活动有着一定的制衡作用。宪法明确了联邦委员会负责同总统活动有关的涉及国家战略特别是国家安全的重要问题,如批准俄罗斯联邦主体间边界的变更、批准俄罗斯联邦总统关于实行紧急状态的命令、决定在俄罗斯联邦境外运用俄罗斯联邦武装力量的问题、确定俄罗斯联邦总统选举、罢免俄罗斯联邦总统的职务。②

概之,联邦会议影响国家文化决策的主要途径:第一,与国家文化

---

① Р. Медведев, Владимир Путин-действующий президент. М., Время, 2002, С. 195.
② 《俄罗斯联邦宪法》,于洪君译,载中俄法律网(http://www.chinaruslaw.com/CN/InvestRu/Law/2005531140842 6715509. htm)。

决策有关的立法权。立法权是联邦会议影响国家决策的重要途径。第二，对总统的制约权。由于联邦法律是由国家杜马通过，而总统的行动不能与联邦法律相抵触，这样，国家杜马负责通过的联邦法律体系就对总统形成了一定的制约。第三，对联邦政府和联邦执行权力机关的监督权。主要包括财政监督权、听证权和质询权等。第四，文化部也必须向国家杜马提交年度工作总结，包括回答国家杜马提出的文化战略实施和具体文化政策的相关问题。[①] 联邦会议虽然与美国议会的作用不同，但它依然是俄罗斯重要的国家文化决策权力机构，拥有制衡总统、政府和其他国家权力机构的宪法权限，在国家文化决策中发挥一定作用。

三 总理及文化部——国家文化事业管理的执行机构

俄罗斯政府是俄罗斯联邦国家执行权力机关。总理领导俄罗斯政府，根据俄罗斯联邦宪法、联邦宪法性法律、联邦法律和总统法令确定俄罗斯政府活动的基本方针，组织政府工作。由于俄罗斯总统具有组成政府的权力，总理在俄罗斯总统领导下工作，因此实际上总理是向俄罗斯总统负责，由俄罗斯总统直接提名、经国家杜马同意后由总统任命。总统有权解除政府总理职务，有权解散俄罗斯政府。俄罗斯政府总理主要领导政府的经济、社会和财政部门。俄罗斯政府直接领导11个部和17个联邦局。政府总理领导的11个联邦部是卫生与发展部、文化部、教育与科学部、自然资源部、工业和能源部、地区发展部、农业部、运输部、信息技术与通信部、财政部和经济发展与贸易部；17个联邦局是国家青年事务委员会，国家渔业委员会，反垄断局，航空局，水文气象和环境监测局，大众传媒、通信、文化遗产保护监督局，国家统计局，海关总署，物价局，金融监测局，金融市场局，生态、技术工艺和原子能监督局，宇航局，军事、专门技术和物质资料供应局，俄罗斯国家边界建设局，旅游局和体育运动局。[②] 政府总理领导政府的活动，协调政府各部的工

---

① 《俄罗斯联邦宪法》，于洪君译，载中俄法律网（http://www.chinaruslaw.com/CN/InvestRu/Law/2005531140842 6715509. htm）。

② 《俄罗斯总统〈关于联邦执行权力机关体系与结构〉的命令》，参见（http://document.kremlin.ru/doc.asp? ID=021438）。

作，其中包括总统直接领导的一些部和联邦局。在文化、科技和教育领域，政府总理的主要职能是制定和实施国家支持文化发展的措施；对应用科学优先方向具有全国意义的基础科学提供国家支持；在教育方面保证实行统一的国家政策，确定发展和完善普通和职业教育的基本方针，发展义务教育体系；保证国家对文化的支持，保护具有全国意义的文化遗产以及俄罗斯各民族的文化遗产。

文化部是当今俄罗斯国家文化事业管理的主要执行机构。俄罗斯文化部、各司局以及其他分支部门的主要工作是按照俄罗斯总统和总理的指示，以及根据总统令、政府决议、联邦法律等法律法规、决策决议对文化、艺术、历史文化遗产、电影产业、档案事业和俄文化部规定的相关权利领域进行国家政策规范性和法律监管。文化部具有独立行使法律法规，制定并提交起草关于文化问题的规范行为，开展艺术、电影、版权、档案、历史文化遗产以及旅游活动等国际文化交流合作的权力，具体而言有33项相关职能，主要包括：①从多个不同角度深入分析文化进程的文化自身发展、国家管理、文化经济的发展状态；②对国家文化建设的过程进行监管、鉴定和跟踪，研究汇总积累的经验，在文化全球化、信息和交流技术发展的基础上科学定位文化发展战略；③制定文化发展的国家纲要、完善法律基础以及提高文化部组织工作的质量和效果；④制定以爱国主义为导向的文艺教育纲要，推动全面艺术素质教育开展；⑤保护与开发俄罗斯联邦文化遗产古迹；⑥在文化产业方面，支持在市场经济条件下私营文化企业发展，即所谓的"创意产业"，这包括音乐、表演艺术、设计和造型艺术、电影、私人画廊、艺术学校、剧院、艺术工艺品、公园、娱乐设施、节日组织中的企业行为；⑦创建信息资源，保障获取这些资源的途径畅通，通过新的信息手段来普及文化、完成国家信息化纲要；⑧对有关庆祝文化领域内重大历史日期的俄联邦总统令提出建议，包括独立组织和杰出的创作活动家的周年纪念日，提议设立俄总统资助奖金等。①

现在的文化部是2008年5月12日在原俄罗斯联邦文化与大众传媒部

---

① Полномочия госоргана Министерство культуры Российской Федерации осуществляет следующие（http：//mkrf.ru/ministerstvo/polnomochiya_gocorgana/）.

的基础上成立的,行政权力下属机构有联邦档案署和联邦旅游署。文化部下设4个司:国家支持电影业发展司、国家支持艺术及民间创作发展司、文化遗产保护司、经济司;6个局:科学教育局、区域政治局、事务局、对外文化政治局、审计监察局;5个处:国家注册登记处、博物馆处、保护历史文化古迹监察处、法律咨询部、专业部和财务部。文化部同俄罗斯总统办公厅、联邦会议(联邦委员会和国家杜马)以及联邦政府、财政部和其他部门、组织的各个负责文化工作的部门整体协调互动。

第四节 当代俄罗斯文艺与文化战略的决策运行机制

大体而言,影响当前俄罗斯国家文艺和文化战略决策的主要因素包括:俄罗斯宪法和法律规定的国家根本意志和利益、社会转型期国家总体文化系统、总统和总理等主要决策者的个人文化倾向、国家主要文化利益集团和社会文化舆论、国际关系的文化格局。[①] 在这五大因素的综合影响下,当代俄罗斯文化管理形成了以信息保障、目标确定、协调立场、贯彻落实、反馈修正为主要环节的运作过程,国家决策机制中相应的负责部门会在每个运作阶段根据决策者意图按照工作程序运作,在各流程的协同配合中完成文化决策的全过程。下面,我们就结合正在向俄罗斯全国征求意见的《国家文化政策基础》法律、总统令、政府令等具体案例分析当代俄罗斯决策运行机制。

一 决策信息的采集与保障

信息的采集保障是俄罗斯国家文化决策机制的重要运行阶段。信息保障系统就像一个机体的神经系统,把外部的需求传输给大脑。决策者掌握信息的质量高低决定国家决策的质量。当今世界各国在统一信息空间里的决策机制都追求信息来源的可靠性和多样化,以此保证信息的全面性和准确性。同时,信息空间中也必须存在有效的分析检测机制以抽选出关键信息,并实现信息在所有决策相关方之间的迅速交流和传递。这意味着信息不仅可以在国家权力机关内部通畅地传递,还可以在政权

---

① 胡惠林:《文化政策学》,山西人民出版社2006年版,第124—130页。

和社会之间通畅地传递，社会各界可以及时准确地将信息反馈给政权。俄罗斯国家决策机制也是如此。在当代俄罗斯国家决策机制中，国家领导人占有核心地位，因此国家领导人的信息保障机制在整个信息空间中处于核心地位。普京总统的信息分析机构是总统的信息保障基础。普京总统的信息来源可以称得上是多样化，其中包括国内文化领域专家的数据、普京自我判断、国内大众传媒和书籍、国外政治家的意见、文化部门的咨政信息、各类智库的研究报告、国家领导人交换意见、线人的信息等。普京喜欢接受第一手信息，他经常同各级别领导人进行会谈。"如果说叶利钦在执政的最后几年，每周同各级别领导人进行三四次会谈，那普京每周同各级别领导人的谈话次数是六七次。"[①] 例如与总理、文化部长、杜马文化委员会主席等每月的定期会晤和紧急召见等。普京还从广泛的传媒途径获取文化信息，"尽量阅读所有影响世界舆论的重要信息，阅览所有通信社的信息、评论、观点"[②]。同时他还注意通过与文化界名流定期交流会晤的方式获得信息，甚至以此为依据直接进行文化政策的筹划和决策。2009年10月7日在普京的57岁生日这天，他特地来到莫斯科的国立普希金博物馆，与文学界代表就俄罗斯文学的未来命运等问题进行了深入交流。交流中著名作家瓦连京·拉斯普京对他抱怨说，现在，俄罗斯年轻人更喜欢上网，而不愿意读书，电脑和互联网的出现破坏了俄罗斯文学的生存环境。对此，普京强调，互联网永远不会取代文学。他说："不只是俄罗斯存在这个问题，全世界的民众对读书的兴趣都在下降。但这并不是互联网的错，它只是一种新的通信工具，互联网本身永远不会代替文学。人类不能开倒车，我们应当从现实出发，正确应对这种现状。"接着，普京对在座的各位作家说："文学曾是俄罗斯的一张名片，但遗憾的是，俄罗斯正在失去'世界上最爱阅读的国家'的称号。目前，俄罗斯当代文学面临的最严重问题就是，人们对书籍的兴趣在减退。"正是怀着这份对俄罗斯文学现状的关心和忧虑，普京当场命令文化部和财政部设立专项国家奖金，帮助本国文学家的相关创作。10

---

① В. В. Путин, От первого лица: Разговоры с Владимиром Путиным. М.: ВАГРИУС, 2000, С. 128.

② А. А. Дегтярев. Принятие политических решений. М., 2004, С. 234-235.

月8日，普京当即在政府主席团会议上要求俄副总理兼政府办公厅主任索布亚宁，在一个月之内向他详细汇报俄罗斯作家关于组建创作联盟和保护知识产权等问题的建议。①

二 政策目标的确定与研判

目标确定阶段的任务是制定文化战略规划活动的日程表，确定解决相关问题的优先顺序。该阶段需要明确国家的进一步行动方向，阐明国家在某领域的利益，并研究某领域问题的解决方法。国家文化决策活动的日程表由政治家"认为有必要在一定时间里对其作出反应的某些要求构成"。一般政治学家认为，理想的民主目标确定过程应是：社会某个群体（倡议群体）发现了问题，他们通过诉诸法庭或借助传媒的手段表达这个问题，倡议群体提出的这个问题引起了社会的关注，该问题被列入日程表。② 日程表是指根据国家在某领域的行动战略而具体细化的行动方案的总和。俄罗斯政治现实表明，制定国家日程表是一个非常复杂的过程。具体而言，俄罗斯国家决策机制的目标确定分为战略目标确定和战术目标确定两种情况。战略目标确定主要由总统办公厅、安全会议等总统决策班子执行。各种文化立法基础法、文化发展总体原则和总统国情咨文由总统决策班子在总统授意下负责草拟，草案有时会提交社会讨论，最后经总统令签署生效或提交国家杜马审议通过。战术目标确定主要由相关国家权力机关根据相关工作程序执行，例如文化部负责制定文化战略发展纲要、具体文化事业和文化产业发展的年度计划和预算报告等。虽然各种社会机构可能对战略目标确定产生影响，但普京总统的意见在目标确定中仍居主要地位。以《俄罗斯国家文化政策基础》（Основы государственной культурной политики）为例，在总统第二任期时普京在综观国内外形势和广泛征求各方意见基础上，经过个人预判后形成了以构建俄罗斯统一文化空间和增强文化软实力为主旨、加快推进国家层面文化政策制定和指导的战略思考。他在2012年9月25日召开的新一届总

---

① 普京欲促俄罗斯文学重振雄风（http://money.163.com/09/1010/08/5L8GV76R00253B0H.html）。

② А. А. Дегтярев. Принятие политических решений. М., 2004, С. 232.

统文化和艺术委员会成立会议上指出:"我们必须承认,俄罗斯文化正在受到来自各方面的各种威胁。当代人常常忘记,文化是我们生活的重要组成部分,文化环境的质量直接关系到我们的当下生存状态和孩子们的未来。丰富多彩的俄罗斯历史和文化不仅是我们民族精神的主要依托,更是凝聚所有俄罗斯人的精神力量。我们必须注意到这一点,并应有效地利用其人道主义资源,在吸收和创新中提高我国文化传统、语言和文化价值观的国际影响力。"① 从而在国家战略层面指出了在全球化趋势下俄罗斯文化发展和国际传播的重要性及主要途径,为构建国家层面的文化政策基本原则奠定了思想基础。2013年10月2日普京再次主持总统文化与艺术委员会全体会议,专门讨论国家文化政策在加强国家统一、民族文化和增强俄罗斯公民身份认同方面的作用,研究文化领域公共政策的优先顺序和原则定义。② 2014年2月3日在普斯科夫举行的总统文化艺术委员会主席团扩大会议上,普京正式责成委员会在总统办公厅直接领导下起草俄罗斯《国家文化政策基础》③。会议上普京称:文化政策在巩固俄罗斯的威望和影响、捍卫国家领土完整和主权方面起着重要作用。如果没有文化,就不会理解何谓主权,不会理解为什么而奋斗。国家文化政策应覆盖生活所有方面,应有助于保护传统价值观,巩固与国家的精神纽带,增强人们之间的相互信任和公民对国家发展的责任感。文化艺术委员会主席团主席马特文科认为,这一框架草案同时也将是一个法律草案,俄罗斯联邦和地方的立法者都应重点关注有关俄罗斯文化政策方向的问题,改善立法程序、提供法律保障。至此,普京将文化政策提升到国家安全和民族精神延续的战略高度,正式确定了制定国家文化政策基础。

三 政策立场的协调与探讨

协调立场阶段的主要任务是促进相关部门协调有序的工作。苏联解体后,新独立的俄罗斯缺少协调机制。由于各部门之间关系松散,又没

---

① Meeting of Council for Culture and Art (http://eng.news.kremlin.ru/news/4443).
② Заседание Совета по культуре и искусству (http://www.kremlin.ru/news/19353).
③ 《俄罗斯筹建"国家文化政策基础"项目》,《中国文化报》2014年2月20日。

有苏共这样的执政党作为纽带，俄罗斯需要建立一个有威望的机制，以协调各部门的立场和工作。鉴于当代国家治理结构的变迁，为保障总统权力和垂直管理的行政效力，当代俄罗斯重大决策的立场协调基本由普京本人或总统办公厅完成，协调主要方面包括俄联邦总统、俄联邦政府、联邦政府部门、联邦主体法律机关、地方自治机关负责人、社会院团体、相关领域名流等。[1] 例如为协调各方立场订制《国家文化政策基础》，2013 年 4 月 23 日普京在会见总统文化顾问弗拉基米尔·托尔斯泰时表明制定文化政策整体纲要和原则的基本态度。他强调："文化是民族的主要联系纽带，至于'民族'一栏写的是什么并不那么重要。重要的是一个人对自己的身份认同：他认为自己是谁，从童年开始对他培养了哪些主要原则，他在什么环境下受教育，他在伦理道德层面侧重于什么。在这个意义上讲，营造统一的文化空间对我们来说很重要。"[2] 正是在这次会晤上，普京确定成立这项有关建立国家文化政策框架计划的专门工作组，聘请著名文化学者弗拉基米尔·托尔斯泰为《国家文化政策基础》的总顾问，提出除了文化艺术工作者、教育工作者和新闻工作者之外，各政党、社会组织和文化艺术的资助者们也应参与其中，并争取在各方协调和积极讨论下于 2014 年 4 月将草案提交给俄国家杜马审议。[3] 此后，总统办公厅主任谢尔盖·伊万诺夫分别于 2013 年 9 月和 2014 年 1 月主持工作组会议以协调各方对《国家文化政策基础》草案进行讨论审议。[4] 在协调会上，俄罗斯总统文化艺术委员会主席团主席马特文科认为，这一框架草案同时也将是一个法律草案，俄罗斯联邦和地方的立法者都应重点关注有关俄罗斯文化政策方向的问题，改善立法程序、提供法律保障。他同时提出要从法律层面保障慈善机构、彩票基金等其他融资手段参与文化发展的可能性。国家杜马主席谢尔盖·纳雷什金也认为国家急需改

---

[1] Федеральный Закон от 15 декабря 2010 года 《О безопасности Российской Федерации》. Статья 6.

[2] 普京：在俄造统一文化空间培养国家身份认同感（http://world.huanqiu.com/exclusive/2014-04/4979348.html）。

[3] 普京：正在起草国家文化政策项目框架计划（http://russia.ce.cn/cr2013/yw/201402/20/t20140220_2340534.shtml）。

[4] Заседание рабочей группы по разработке проекта Основ государственной культурной политики（http://state.kremlin.ru/face/20667）。

善法律和立法程序，建议让更多人参与到文化立法及培训工作中来。①

四 具体措施的贯彻与落实

贯彻落实是文化政策决策后将通过的相关决定运用到实际活动中并获得预期结果的阶段，也是决策运行过程中最重要的阶段，负责贯彻落实国家决策的机构主要是执行权力机关。贯彻落实过程包含了国家执行权力机关一系列连贯、有计划的具体措施和行动。为纠正俄罗斯长期以来行政效率低下的陈疴弊病，普京执政以来推行了包括精简机构、减员增效、强化监督等手段在内的大规模行政改革，力图建立系统的执行机制。根据最新功能分析方案，2004 年俄罗斯启动了重组国家执行权力机关的工作。首先是建立了三级执行权力体系，即联邦部，负责制定某个领域的政策（纲要、计划、联邦专项纲要、预算），通过标准法案，落实国际合作（谈判、国际条约和协议）；联邦局，履行落实和监督职能；联邦署，负责管理国家财产、落实国家纲要和提供国家服务。部和政府成员的数量减少（减少至 15 个部和 18 个内阁成员），联邦局规模扩大，联邦署的数量增加。② 其次是加大行政部门纪律执行力度。政府办公厅研制并运用新型电脑软件以显示各部门完成总统委托项目的工作进度情况。近年来，俄罗斯国家决策机制的执行能力有所提高。俄罗斯总统办公厅 2010 年的统计数据表明，当年俄罗斯执行权力机关的执行效率明显提高。俄罗斯政府 2010 年执行的总统指令 3762 项，比 2009 年多出 32%。再次是强化政策宣传，加大社会监督的参与力度。普京执政以来，政府执政的透明度不断加强，特别是实施文化年和文学年以来，俄罗斯政府网站每年都要向社会公布当年国家文化发展活动计划，其中包括决策原因、活动内容、具体落实部门、预算情况等，年终政府下设的国家文化发展董事会还要听取各执行部门的落实和决算情况并向社会公布。例如 2013 年 12 月 28 日，俄罗斯总理梅德韦杰夫签署法令，确定了俄罗斯文化年主要活动计划。计划包括 125 个 2014 年国家文化主要活动，其主要执行者

---

① 普京：正在起草国家文化政策项目框架计划（http://russia.ce.cn/cr2013/yw/201402/20/t20140220_2340534.shtml）。

② Указ Президента Российской Федерации от 9 марта 2004 г. №11. С. 2605 – 2620.

是文化部、俄罗斯联邦通信与大众传媒部、俄罗斯联邦独联体事务、国外同胞和国际人文合作署以及俄罗斯联邦出版与大众传媒署,还有俄罗斯各主体政府机关。《2014年俄罗斯文化年主要行动计划》公示了全年俄罗斯国家文化和教育活动,其中包括当代艺术开发、文化遗产保护、电影扶持项目、国家传统节日和民族文化项目、俄国人民传统文化保存和发展活动的音乐项目、青少年艺术潜力和创造力支持项目、展览活动和创意项目等,总预算达59.698亿卢布。[1]

五 实施效果的反馈与修正

反馈修正阶段在国家文化决策机制中的主要任务是保证决策执行效果的最优化,同时也是政策实行后的效果评估环节。该阶段的主要参与者是公民社会机构。普京在2000年国情咨文中提出,很多政策失败的根源是公民社会的不发达和政权没有学会同社会进行对话和合作。发展国家在很大程度上依靠负责任的公民、成熟的政党、成熟的社会组织和服务于民众的大众传媒。[2] 普京采取的具体措施是建立总统垂直权力体系内的"公民"机构,如总统文化和艺术委员会、直属经济委员会、国家安全委员会、国际关系委员会、教育科学委员会、宗教团体协调委员会、体育发展委员会等。从普京执政开始就大力扶持亲政权的利益集团、智库、大众传媒等公民社会机构,并将其纳入总统可控的垂直体系之中,加强国家对社会的控制。但是由于俄罗斯的政党没有稳定的社会基础,政党和议会不承担代表社会多元利益的职能,政权大力扶持的政权党统一俄罗斯党在国家杜马中占据2/3以上的席位,反对派的声音基本被埋没,加之公民社会机构尚不成熟,还无法影响和制约国家决策,因此当前俄罗斯也仍未形成机制化的有效反馈渠道。为此,普京本人也处于矛盾状态之中,一方面垂直国家治理体制使得决策效率得到提升,而另一方面,也造成信息反馈渠道的单一和修正规划的反应迟滞。因此,在第二总统执政期伊始他反思强调:"我相信政府机构的工作必须是开放的。

---

[1] Об утверждении плана основных мероприятий по проведению в 2014 году в Российской Федерации Года культуры(http://government.ru/dep_news/9379).

[2] В. В. Путин, Государство Россия:Путь к эффективному государству, 2000.

各公共组织应共同努力对包括我们总统文化艺术委员会和其他总统委员会管理的各种问题提供反馈,帮助协调各种专业和社会群体的利益。我们可以创建一个网站,一方面展示我们实施指令进展情况,另一方面加强信息委员会的工作力度。我建议总统文化艺术委员会应当成为这一领域的先驱,吸引更多公众和专家参与国家文化建设,对大众感兴趣和关心的问题提出建议和反馈。"①

本章小结

系统考察当代俄罗斯文化管理体制我们发现,虽然伴随国家治理体制的整体转型和变迁,当代文化管理运行机制实现了由叶利钦时期以新自由主义主导的弱调控型治理结构向以新国家主义为主导的强调控型社会治理结构的转变,从而在客观上强化了国家的文化宏观管理力度,但是从政治文化角度考察,在当代俄罗斯总统—总理权力二元结构的执行权力体制下,当代的文艺战略从构想到决策、从执行到反馈等各环节基本都是在"强总统,弱议会,小政府"的超级总统制执政环境下运行的。这种俄罗斯权威主义的政治构架和权力运作模式,虽然能够保证在整个政治决策中充分贯彻总统自己的文化战略思想,也具有实施力度和执行效率方面的某种优势,但将国家和民族的命运系于某一权威人物,也使得俄罗斯文艺和文化管理带有鲜明的个人色彩,形成了相对人格化特征,而这显然与典型的现代国家治理模式存在龃龉。总之,俄罗斯国家领袖的治国理念已经构成了国外对俄罗斯文化政策进行价值判定的重要依据,也成为观察和预测俄罗斯国内政局走向的风向标,而这对于俄罗斯文化乃至国家现代化进程究竟是福是祸还有待观察。

---

① Meeting of Council for Culture and Art (http://eng.news.kremlin.ru/news/4443).

第六章

当代文艺战略导向下的俄罗斯文艺生态

以新俄罗斯思想和主权民主等国家意识形态为主导的系列文艺战略的颁布和实施,对当代俄罗斯文艺生态产生了重要影响。一方面,由于新闻报刊审查制度和文化专制主义政策的终结,政治与文化的奴役和被奴役关系的消除,在"非意识形态化"的市场经济环境下文艺自由和生命力得到充分释放,多思潮、多流派、多主张和多元化的众声喧哗成为当代俄罗斯文艺的基本样态;另一方面,在俄罗斯现代化进程再次启动和强国复兴梦想的国家整体利益诉求下,文艺创作者作为时代先知也以独特姿态表达出对社会现实、民族未来和国家前途的希冀与忧虑,主动融入了俄罗斯帝国重建的历程中,诉说着内心中文艺形态的"俄罗斯强国梦想"。本章选取文学、电影和建筑三种俄罗斯典型文艺形态,研究分析在当代文艺战略运行下的俄罗斯文艺发展形态,透视其在俄罗斯帝国重建背景下,政府主导意志、知识分子选择和大众文化生活之间的冲突与顺应等互动关系及其困境和趋势。

第一节 文学

——帝国情怀下的市场行为

当代的文学生产所处环境发生空前剧变,苏联时期的文化专制主义完全破除,代之以法律保障下文化产业形态的文学生产的兴盛和作家队伍的回归壮大。新的文化空间产生并培养着新的文化理念,为文化和文学的话语转型提供了条件，集中表现为政治思想上的自由主义、市场经济的消费主义、审美标准的泛俗化和文化与文学价值观的多元化。新根基主义、新启蒙主义、新虚无主义和实用精神成为当代作家四种不同的文化价值理念。[①] 但是，意识形态之于文学的影响无法也从未消弭。以重塑国家形象、凝聚民族精神、遏制道德滑坡、增强国家认同和文化软实力为核心的普京政府的文艺战略运用法律手段、经济手段，辅之以行政手段等将市场经济的商业行为与国家政治导向巧妙结合，通过间接引导方式实现重建国家意识形态的政治诉求，建构着新帝国体制转型下的文化产业和文学政治功能。与此同时，由于意识形态已经不能成为文学生产的指导思想，导致某些作家即使在文学创作中指涉政治问题，也只是叙述内容，而不能从描写对象转换成直接的美学干预，造成了在没有政治压力的情形下，后现代主义文学继续广泛流行、大众文学在整个文化工业中占据更大份额的文学社会学，文学市场呈现出非意识形态性的表面多元化，然而正是在这一背景下，当代俄罗斯作家根据自己对后苏联俄罗斯生活现实的体验和思考，在无法摆脱的俄罗斯知识分子的身份确认中，以各自独特的文学思维和美学视角共同叙述着对于"怎么办""何处去"等俄罗斯民族"元问题"的见解和探索，从而在主流文化政策引导、文化产业运行与个性文学生产的多重影响、暗合和龃龉中形成了当今俄罗斯文坛的独特样态，完成着对于俄罗斯命运和帝国复兴这一社会主题话语的多重建构。

一　法律保障下作家群体的整体回归与文学生产繁荣

公民创作权利的自由解放和新闻大众传媒审查的消除无疑是苏联末期对俄罗斯文学产生重大影响的历史事件。1992年颁布的《俄罗斯联邦文化立法基础法》第10条"创作权"明确规定：每个人有权根据自己的兴趣和能力进行所有形式的创作活动。在版权法和相关法、知识产权法、保密法、劳动成果法和国家支持领域，保护专业和非专业创作人员权利

[①] 张建华：《论后苏联文化及文学的话语转型》，《解放军外国语学院学报》2008年第1期。

平等①，从而奠定了俄罗斯公民创作自由的法律基础。而1990年8月1日通过的《苏联出版和其他大众传媒法》更明确规定了"不再对大众传媒进行审查"（цензура массовой информации недопускается），从此书刊审查制度在苏联成为历史。随后，俄罗斯联邦成立伊始便在《苏联出版和其他大众传媒法》基础上迅速通过了《俄罗斯联邦大众传媒法》，此后俄罗斯联邦就一直持续修订和完善这部法律：1995年国家杜马就该法律先后于1月13日、6月6日、7月19日、12月27日进行了辩论修改并最终通过修订案，1998年3月2日又重新辩论并同意修正有关条款，经总统令发布实施。普京执政后，立即督促俄国家杜马讨论这一法律，并于2000年6月20日和8月5日通过相关条款的修正案。目前《俄罗斯联邦大众传媒法》包括了关于大众传媒基本概念和范围的总则、大众传媒活动、大众信息传播、记者的权利和义务、大众传媒领域的国际合作、违反《大众传媒法》应承担的法律责任等内容，以法律形式规范社会言论和出版自由。这一法律事实上肯定了大众信息自由的意义，即保证个人、社会和国家等各方面的信息安全。正是在这样的法律保障下，个人的文学活动无须再如苏联时代那样依靠作家协会进行，文学事业自然也就不再被视为文化专制主义的副产品和意识形态的简单延伸，任何作家组织也不可能对具体作家的文学创作产生具有法律意义的影响，文学生产和消费活动获得了相对独立性。正如叶尔莫林指出："新一代作家，实际上是俄国第一代充分自由的作家。不再遭受国家压力、书刊审查监督、社会政治指令，而且这种自由从其诞生之日始实际上就有了。"② 由此，意识形态主题先行和诠释演绎式的写作状态彻底转化为作家面对市场的个人文学生产活动，后苏联文学存在方式得到了彻底改变。

一是法律保证任何人独立地从事文学的生产和消费的权利，任何文学活动都不会遭遇政治风险，遇到问题也须按法律程序来解决。例如2002年7月11日，亲普京政府的青年组织"同舟共济社"（Идущие вместе）控告俄国著名的观念主义文学家和剧作家索罗金（Владимир

---

① ОСНОВЫ ЗАКОНОДАТЕЛЬСТВА РОССИЙСКОЙ ФЕДЕРАЦИИ О КУЛЬТУРЕ（http：//www.consultant.ru/document/cons_doc_LAW_148902/）.

② Евгений Ермолин，Проекты будущего// Зарубежные записки，2009. No. 3/19.

Сорокин）创作、莫斯科"广告—余地"出版社出版的小说《蔚蓝色奶油》（1999）充满着有伤风化的色情描写，检察院接受指控并提请公诉，但法院判决无罪。①

二是大量在苏联时期流亡海外的知名作家集体回归。新闻出版法替代了新闻报刊审查制度，完成了文学作为文化产业的身份确认；文学生产替代文学创作，凸显文学作品作为文化产品的属性，文学阅读被代之以文学消费，意识形态的整体松绑带来了海外作家的回归。这些对于文化专制主义持有强烈批判精神的作家带着对于社会转型和自由创作环境的憧憬及重建帝国的责任和希冀回到了祖国，出现了前所未有的动人景象：索尔仁尼琴、季诺维耶夫、西尼亚夫斯基等德高望重的老作家带着境外的作品回来了，带着对俄罗斯帝国的思念和追忆加入建设新型国家的文学进程中；阿克肖诺夫、利蒙诺夫、沃伊诺维奇等著名作家回来了，他们满怀创作激情和民族复兴的信念也加入重塑帝国形象的文学进程中；布罗茨基、根尼斯和瓦伊里等作家虽未回国，但其作品无论从题材还是思想方面都回归到俄罗斯文学重建进程中，他们的身份将永远不再是持不同政见者，而是俄罗斯作家的一部分；此外，苏联地下文学的作家、不同身份的青年作家、女性作家也回归了，他们逐渐成为俄罗斯当代最重要的文学生产者。从此，本土作家和侨民作家的文学生产活动几乎没有产品性质上的差别，存在一个半世纪之久的境内外之别、地上和地下之别的界限也自动消失，统一的俄罗斯文学再次形成。

三是当代每位作家的文学生产力都得到了充分释放。苏联时期，一些主流作家在成名后为适应政治要求，为保证自己的作协会员、理事、主席团成员等名誉和地位，有意识规避意识形态风险，压抑自己的创作个性，如邦达列夫、别洛夫、戈里巴乔夫、冈察儿等著名作家，或者在创作上与过去雷同并有契合主流话语的趋势；或者创作力锐减，作品产量和质量严重下降。② 而当代作家真正成了文学生产者，他们在俄罗斯帝国诉求的整体氛围中，在文学产业化大框架内，使自己的文学创作契合

---

① 林精华：《后苏联俄罗斯文学发展和俄联邦政治进程》，《外国文学》2012 年第 3 期。
② 林精华：《后苏联的文学生产：俄罗斯帝国情怀下的文化产业》，《广东社会科学》2013 年第 1 期。

于流通和消费各环节所需要的帝国情怀，文学生产力得到有效地施展，成就了规模庞大的俄罗斯当代文学风貌，使文学自动成为俄罗斯帝国重建的组成部分，形成新时代的文学标准，即越能充分表达民族认同及其复杂性的作家，也就越得到俄罗斯主流话语的认可。[1] 由此，包括索尔仁尼琴和西尼亚夫斯基等直接诉诸社会政治问题的民族主义作家——彼得鲁舍夫斯卡雅、托尔斯泰雅、乌利茨卡雅和瓦西连科、格尔兰诺娃、玛琳娜·帕列伊、剧作家科廖达等以新女性意识关注后苏联社会问题的女性文学，马卡宁、彼托夫和别列文、加尔科夫斯基等不同年龄段的后现代主义作家，众多世界知名的成功作家及其丰沛的文学创作力和生产力共同构成了当代俄罗斯文学繁荣的面貌。如侦探小说大师阿库宁11年间共出版凡多林系列（12部）、外省探案系列（3部）、通灵大师奇案系列（4部）、多体裁（4部）、交杯酒之死系列（4部）及其他文学作品（4部）等，还不包括翻译日本文学和当代文学批评方面的作品；阿克肖诺夫终其一生出版26部小说，其中进入21世纪有《剖腹产术》（2000）、《伏尔泰的男女信徒》（2004）、《莫斯科，科—科》（2006）、《稀有土地》（2007）、《神秘激情：关于六十年代人物的小说》（2009）等长篇小说5部。[2]

二 市场经济体制下的文化活力和文学生产

伴随国家政治体制的全面转轨和市场经济变革的强行推动，当代俄罗斯文学也在脱离意识形态后进入市场成为文化产业的组成部分：作家由作品创作者的单一身份变成了整个文学生产、流通和消费的环节之一，其与出版社、杂志、版权部门、试图改编文学作品为艺术产品的影视公司等，以及文学产业的流通环节图书市场、文学消费环节读者共同构成了当代俄罗斯新型文学生产主体，市场需求和读者好恶压过了国家意志成为左右文学市场走向的主要动力，图书排行榜成为衡量作家价值和出版社成功与否的重要标志，从此文学格局全面调整，作家境遇得到改善，受众群体重新划分，文学产业在具有创作才华、出版天赋和销售才能的

---

[1] 林精华：《苏联俄罗斯文学发展和俄联邦政治进程》，《外国文学》2012年第3期。
[2] 于正荣：《后苏联文学思潮》，《大众文学》2012年第2期。

文化市场人才的推动下在当代挽救了苏联解体初期的文学危机，完成了将文学从审美意识形态转变为文化产业的市场经济行为，推动了当代俄罗斯文学的新生和发展。

首先，在文化市场的生产和消费中作家通过文学产业化，而不是依赖官方奖励或慈善手段，实现了自身创作活力即文学生产力的空前释放激发，作家、出版社和杂志社随之获得了物质财富、业内的甚至社会的巨大声望。在19世纪的俄罗斯文坛、白银时代文坛主要人物大部分是地位显赫的贵族或者受到政府资助的名流，而那些并不拥有这种身份的文学家，如陀思妥耶夫斯基、别林斯基、车尔尼雪夫斯基、杜勃罗留波夫等，尽管富有文学才华，却穷困潦倒，甚至居无定所、英年早逝；而苏联时代作家只有得到不同级别作协的认可，才有政府保障其优厚的生活待遇，没有进入体制内的作家，尤其是那些不能正常从事文学活动、只能转入地下的作家，不仅创作道路艰辛、生活朝不保夕，更是面临各种政治风险甚至被捕威胁。而当代俄罗斯作家的文学生产情况完全不同了。有才华、有市场的文学工作者不必仰赖体制内的身份和地位、他者的庇护或其他非文学途径就能够充分展示文学才能，并通过文学生产创造巨大财富。例如著名作家鲍里斯·阿库宁的作品发行量超过了1100万册，据《俄罗斯福布斯》排行榜数据，2004年7月到2005年7月其收入达到200万美元，到2006年又超过320万美元，2010年已经涨到500万美元，成为俄国前50名最富有的文化人士之一。正因为文化市场的建立和逐渐有序发展，极大地激发了后苏联时期俄罗斯作家的创作活力，同时在更大空间内推广了俄罗斯文学、提升了作家声望。例如《白天报》和《明日报》主编、小说家亚历山大·普罗汉诺夫，先后创作了《研究非洲的人》（2002）、《第五帝国交响曲》（2006）、《标志》（2005）、《政治学家》（2005）、《武器的选择》（2007）、《第五帝国》（2007）、《自我与他者》（2007）、《小山》（2008）、《大师》（2009）等许多作品，2007年开始主持每天七点的《莫斯科之声》"特别意见"节目，2009年又主持俄罗斯新闻服务栏目《帝国士兵》（每周一）。借助媒体力量，作家的社会影响得到极大提升，通过审美途径去增强文学的社会性功能和教育作用也成为俄罗斯公共知识分子的共同追求。

其次，通过创办大批出版社使大量民间资本进入文化产业，使各种与主流文化并不完全契合的文学作品得以面世，极大丰富了俄罗斯文学市场。其中，对后苏联小说生产直接贡献最大的"瓦格里乌斯"（Вагриус）出版社，是1992年由奥尔加·瓦西里耶夫、弗拉基米尔·格里戈列耶夫和格列勃·乌斯宾斯基等创立的，专事出版文学艺术图书，包括当代俄罗斯小说、侦探小说、幻想小说、女性小说以及文学回忆录等多种文类，尤其是用黑色封皮装帧的当代小说系列，包括索尔仁尼琴、阿克肖诺夫、彼托夫、波波夫、别列文、利蒙诺夫、安德烈·拉扎尔楚克（Андрей Лазарчук）、尤里·科瓦利（Юрий Коваль）、获得2007年布克奖的奥莉加·斯拉夫尼科娃（Ольга Славникова）等人的作品，给文坛带来革命性的影响——让社会看到了俄联邦时代的俄罗斯文学业绩。[1] 而俄国出版量最大的"阿斯特"（ACT）出版集团，1990年创立以来一直致力于出版可以让读者充分挑选的文学艺术作品和百科全书、生活用书等，进入2000年以后，由每月出书500种逐渐上升到800种，其中相当份额是当代文学作品。图书销售量最大的当属1991年创立、1993年独立运作的"埃克斯莫"（ЭКСМО）出版社，该社先后推出"玛丽尼娜——侦探小说女王""智力畅销书""历史侦探小说""历史长篇小说""当代小说大师""幻想小说大师"等93个系列的图书，几乎无一不受读者欢迎。2007年出版近1.2万种图书，销售量近亿册，到2008年占据全俄图书销售总量15%，2010年依然保持这种状态。经过20年民间资本的注入和文化市场的磨合，俄罗斯形成了新的出版发行系统和出版社格局。私营出版社建立了一整套包括文学产品在内的图书生产和流通渠道，引导作家和文学读者成熟起来，彻底打破图书市场上由苏联时期通过政策手段形成的国有出版社垄断型结构。按《书评》报统计，2003年前50家著名出版社名单中没有一家是原苏联留下来的传统大社。[2]

最后，市场经济条件下大型文学杂志的转型和复苏。大型文学杂志的衰落曾经被视为俄罗斯文学危机的重要代表，苏联著名大型文学杂志发行量锐减，社会影响力严重下降，以至于许多作家放弃了作品优先由文学杂志发表的惯例，改为直接出版。例如弗拉基米尔·索罗金始终回

---

[1] 林精华：《后苏联俄国重建国家的文化行为》，《俄罗斯学刊》2011年第5期。
[2] Книжное обозрение, 1–3 марта 2004 г.

避大型杂志，他前期所有作品都是通过图书形式面世的。佩列文的声望虽然主要是得益于《旗》，他的《百事一代》却避开了杂志，也直接以图书形式推出。①为了继续生存，各种大型文学刊物除了要求政府增加财政预算之外，就是积极寻求与民间资本的合作，由原来的作协刊物变成与基金会合作编辑的独立刊物，在减少文学作品篇幅、增加文学批评和理论版面的同时，强化对俄罗斯问题思想性的探讨，成为不限于文学作品的杂志，以获得更大的资助空间而保持非营利性。如创刊于1922年、曾作为苏联作协机关刊物的《青年近卫军》，现在由《青年近卫军》杂志股份有限公司编辑出版发行；创刊于1925年、曾为苏联作协机关刊物的《新世界》，现在由《新世界》编辑部封闭式有限公司经营和出版；创刊于1931年、曾为苏联作协机关刊物的《旗》，现在归属《旗》杂志劳动合作社等。另外，为增加发行量，几乎所有大型文学类杂志都推出了网络版，绝大部分作品都能免费网上阅读，包括当期杂志的许多重要作品，从而利用互联网提高大型文学类刊物的影响、密切其同国内外读者和作者的关系。②例如创刊于1957年的文学月刊《莫斯科》《我们的同时代人》等在网络上的点击率始终名列前茅。

三 多元文学思潮中的国家认同和帝国召唤

总体而言，意识形态松绑为当代文学形成多元化格局奠定基础，同时书刊审查制度的废除也造成一种当代俄罗斯文学疏离政治的文化错觉。的确，当代苏联时期政治强行统率文学的局面被彻底扫除，在市场经济体系下，文学成为文化产业的组成部分，本土的俄罗斯文学与境外的俄罗斯侨民文学合流，"地下文学""异样文学"在社会中终获合法地位，社会主义现实主义独领风骚的时代已成历史，新现实主义、后现实主义、现代主义、后现代主义等新兴文学潮流不断涌现；在俄罗斯文学批评领域，社会历史批评方法不再一枝独秀，文本批评、审美批评、社会历史批评、伦理批评、社会批评、文化批评等百花争艳，这种多元化文学创

---

① Марк Липовецкий, Голубое сало поколения, или Два мифа ободном кризисе, *Знамя*, 1999, No. 11.

② 林精华：《后苏联俄国重建国家的文化行为》，《俄罗斯学刊》2011年第5期。

作风格、多样性题材和多声部文学批评潮流确实构成了新世纪俄罗斯文学如被解放的普罗米修斯般的自由和张扬。但是，文学事实远比表象复杂得多，正如著名后现代主义小说家佩列文所言："即使你不想触及政治，政治也要影响你。"① 俄国人观念中根深蒂固的帝国意识和永远无法抹去的俄罗斯作家的身份，使得当代的文学生产者绝不可能仅是文化产业的参与者。在面对追逐技术的市场化和商业的普遍化的俄后工业时代，面对国民逐步背离深度价值的崇高追求的现实时，传统文化的悲剧感、使命感、责任感等神圣元素不断催生出作家的"俄罗斯良心"——对于俄罗斯思想的痴迷、对俄罗斯终极价值的焦虑、对俄罗斯情感的眷恋，他们经由文学视野去透视历史或现实，与主流话语之间构成某种张力关系，影响着当代俄罗斯人的价值判断，参与社会意识形态建构的进程。

众多知名作家和知识分子经常借助大型文学杂志和流行报纸刊载表达俄罗斯帝国诉求，包括讨论不同时期的文学现象及其所显示出的民族主义问题，甚至开辟专栏直接讨论俄罗斯社会问题。如祖博夫的《俄国联邦制的未来》从俄罗斯帝国沿革史和世界联邦制国家的政治结构变化历程观察俄罗斯帝国的政治框架，格罗伊斯的《论俄罗斯文化认同的希望》立足于帝国意识和东正教信仰，莫斯科大学教授尼古拉耶夫的《文学是人们的意识……》开篇声言，"最近十多年来一些悲剧性事件，促使我们又严肃思考俄罗斯人的历史命运，以及文学在民族生活中扮演着怎样的角色——正面的、团结的，抑或相反，解构的、有伤风化的"，在这个基础上追诉苏联时期阶级论文学观的形成过程及其局限性，强调对文学，尤其是18世纪文学，进行俄罗斯民族国家意识的解读的重要性，并且切实研究了许多具体问题，包括彼得大帝时期费奥凡·普罗科波维奇等人所写的种种颂诗表达了俄罗斯民族国家意识、拉吉舍夫如何刻画了俄罗斯人形象、卡拉姆津的《来自一位俄国旅行者的信》怎样叙述俄国和俄罗斯民族等问题。②

---

① Laird, Voices of Russian literature: Inter—views with Ten Contemporary Writers, New York: OUP, 1999, p. 176.

② Д. Николаев（ред.）, Русская литература как форма национального самосознания. 18 Век. М. ИМЛИ РАН, 2005．с. 8.

更为突出的是，当代作家直接用作品书写对国家民族未来的理想希冀和对社会病症的治疗方案。这种讨论民族认同和帝国意识的话语，这种来自普希金、托尔斯泰、别林斯基、高尔基的关注社会现实的文学传统从未断裂，普里什文、索洛乌欣、舒克申等众多作家在对当代俄罗斯社会民族精神式微、理想价值混乱、伦理道德滑坡的忧虑和不安中，主动融入民族认同和帝国崛起的文艺复兴中，以历史主义精神积极挖掘，将基督精神和思想作为疗救社会邪恶和不义的灵丹妙药创作了大量具有东正教色彩，借用圣经人物、故事和理念的文学作品，对国家意识形态重建起到了重要思想启迪和反思作用。如小说家别楚赫在《国家的孩子》（1997）中将布尔什维克革命与基督教视为同等的理想追求，进而将布尔什维克革命在俄国成功的原因归结为实现古罗斯和东正教末世论建立公正王国的梦想，将乌托邦理想的最终堕落描述为因耶稣复活的日子尚未到来成而造成的后果，小说中充满了俄罗斯民族性、俄罗斯灵魂、拯救世界的俄罗斯能力等神话隐喻，将基督启示录演绎成末世论进而对整个民族灾难进行反思，对民族新生充满希冀。再如沙洛夫的小说《拉撒路的复活》（2002）以荒诞手法描写了信徒库里·巴尔索夫幻想通过努力使哲学家费多托夫的科学复活方案变为现实，从而实现苏维埃乌托邦理想团结全体人民创造人间天堂的神话。沙洛夫把费多托夫的科学幻想、苏联秘密警察制度草菅人命同东正教和俄国传统的"复活"关联起来，从东正教复活理念出发否定了人脱离自然规律接受上帝恩典的幻想，以反讽手法对俄罗斯帝国发展重要动力的弥赛亚意识进行了审美阐释。相同题材的还有瓦尔拉莫夫的《沉默的方舟》（1999）、科斯塔马洛夫的《大地的天空》（1999）、库兹涅佐夫的长篇叙事诗《基督之路》（2000）等，都是用宗教隐喻手法描写后苏联时期社会分裂、道德沉沦的状态，同时希冀依靠宗教救赎之路实现新生。[1]

即使是以消解主流意识形态话语为宗旨的后现代主义文学也不例外，这一在集权时代以互文、戏仿、荒诞、反讽以及拼贴等艺术手法完成对官方话语及其范式的讽刺性模拟和颠覆的文学样态，来到后苏联时代后，同样在"民主""市场经济""资本主义"等宏大话语中，继承和融入了

---

[1] 陈建华：《走过风雨——转型中的俄罗斯文化》，重庆出版社2007年版，第33—36页。

更多俄罗斯民族性和传统精神的思考和表达，一同汇聚到俄罗斯帝国重建的文化语境中，构筑起多元声音时代帝国问题的另类表达方式。例如，柳·彼特鲁舍夫斯卡娅的《黑暗的命运》描述了一个未婚女子被花心男人玩弄的"黑暗命运"、《孩子》讲述一位出身贫苦且屡遭抛弃的单身母亲在生下第三个孩子后将其抛弃的悲惨故事、《国度》写的是被抛弃的单身母亲与孩子相依为命的辛酸历程，其中所体现的对底层人民的深切关怀明显继承了普希金的《驿站长》、陀思妥耶夫斯基的《穷人》、契诃夫的《小公务员之死》的人道主义创作传统；维涅季克特·叶罗菲耶夫的《从莫斯科到彼图什基》的主人公维尼奇卡和佩列文的《百事一代》中的塔塔尔斯身上都有"圣愚"的影子，他们的不断自我作践和胡言乱语恰恰体现出东正教受苦、忍让精神的认同，在牺牲自我时完成精神苦旅，既涌动着主人公对社会抗拒的激情，又隐含着他对东正教承受苦难的坚定信仰。后现代主义作家以消解权力话语、去中心的创作理念表达出对世界的荒诞性的无奈、冷漠甚至末世的绝望，更彰显出他们内心涌动着由知识分子特有的弥塞亚精神所建构起的对终极理念的探寻。

四 文艺大国重建形势下的文学评论

文学评论是当代俄罗斯文艺形势的重要表征，是帝国重建的文艺形势下的风向标。当代的文学评论虽然众声喧哗、莫衷一是，但都紧紧围绕全球化背景下帝国文化形态和民族传统精神新生的核心诉求，针对当代俄罗斯文学景观，表达着关于文学创作、文学传播、文学接受和文学价值等诸多观念，也透视着纷繁多元的文学评论背后的关于"俄罗斯道路"和"俄罗斯理念"的思想冲突。具体而言，当代的文学评论主要体现为以下三个特点。

一是文学评论高度自觉，不同批评群体和评论流派的时代责任与社会担当明确。当代的文学评论群体众多，学派林立，著作成果丰硕。如尤·谢·里亚布采夫的《千年俄罗斯：10—20世纪的艺术生活与风情习俗》、M. P. 泽齐娜与 B. 科什曼合著的《俄罗斯文化史》、T. C. 格奥尔吉耶娃的《文化与信仰——俄罗斯文化与东正教》及《俄罗斯文化史：历史与现代》、B. M. 梅茹耶夫的《精神解放》等著作对当代俄罗斯的文艺与文化变迁进行了系统分析。由于立场不同，他们对俄罗斯文艺与文化转型的态度也各不相同,有宣扬俄罗斯文化全盘西化的,也有坚持民族主义道路的,还有在二者之间探寻第三条道路的,可谓众说纷纭,甚至激烈冲突。其中尤以邦达连科、库里岑与涅姆泽尔、阿格耶夫、阿尔汉格尔斯基等关于2002年度"民族畅销书奖"获得者《黑炸药先生》的激辩堪称当代文化保守主义、文化激进主义和文化自由主义等多元文学价值观争锋的典型案例,被称为"在意识形态国内战争的废墟上两种文学、两种文化的持久战中一场典型的、不同年代批评家群体之间及群体内部的鏖战"①。

二是当代俄罗斯文学评论呈现出对域外成果的多方吸纳和对本土文化的历史延续的双重性特征。对于当代欧美文论,无论是法、德、英、美等文化大国,还是波兰、捷克、荷兰、丹麦等文化小国,俄罗斯文论界都能保持一视同仁的姿态积极接受,此外,俄罗斯的东方学家与比较文学学者也仍以其独特的视角对东西方诗学进行比较性考察。2004年,系统整合俄罗斯学人对欧美文论多年研究成果的《20世纪西方文学学大百科》问世,它收入177个现代文论术语辞条、613位当代文论家辞条,囊括来自欧洲与美洲的19个国家,"对当代西方最有影响的文学学学人、学派与学说之精要作了一次系统的梳理,对其主要取向、基本范式、核心理念作了精到的评述"②。在对本土资源的深度开采上,今日俄罗斯文论坚持"解构"中"建构",对当代俄罗斯文论特别是文论教材进行着一种苏联解体以降的结构性调整。这种调整既包含对苏联文学理论一元化和教条主义的反拨反思,同时也包含对黄金时代以来的诸如符号学、形式主义、结构主义等俄罗斯文论的"兼容并蓄"。今日俄罗斯文论教学与研究前沿理论不断更新和改革,呈现出不偏执于某一流脉某一学派之取向的学术"开放"姿态,正在作为一种基本的学术立场而被学界认可。如瓦·哈利泽夫在阐述其《文学学导论》这部教科书编写的指导思想时就明确声言:"它定位于一种'兼容并蓄'的立场:种种不同的、有时彼

---

① 姚霞:《"批评,即批评家们"——俄罗斯后苏联文学批评的一种审视视角》,《当代外国文学》2007年第1期。

② 周启超:《开放与恪守并举解构与建构并行——今日俄罗斯文论前沿问题述评》,《探索与争鸣》2010年第2期。

此互不相容的学术理念与观念学说,在本书中将得到对比与分析。将系统性与逻辑上的井然有序同反教条性与对话式的开放性结合起来——这就是作者所竭力企及的目标。"①

三是在眼花缭乱、众说纷纭的文学评论中寻找俄罗斯民族文化之根、探究俄罗斯国家命运之本,始终如灵魂贯注血肉一样浸透在各种评论观念与话语中。虽然多重文化意识形态的"解译"、多重语言艺术形态的"解析"以及在语言艺术形态与文化意识形态之间穿行的"解读",作为当代文论的三大流脉,在今日俄罗斯文论界并行不悖,以互动互补、共存共生的方式共同参与文学理论建设,②但应该说,重塑俄罗斯大国形象始终是当代文学评论的内在主题,无论是素以捍卫经典著称的评论名家豪娜塔丽亚·鲍利索夫娜·伊凡诺娃对俄罗斯当代文学的阐释、对当代俄罗斯最有影响的作家马卡宁、伊斯坎德的评论,还是以库里岑、巴辛斯基为代表的新生代评论家信奉后现代主义、后现实主义、解构主义等文艺观念,秉承宽容精神与多元主义原则用后现代主义、非文学中心主义等的神话置换社会主义现实主义的神话,用怀疑主义立场审视以哈里托诺夫、加尔科夫斯基、叶·波波夫、安纳托利·金等为代表的俄罗斯作家与作品的评论,虽评论的观点、方法、结论大相径庭,但都揭示了当代俄罗斯社会文化本质,展现出当代俄罗斯文艺作品的魅力,成为后苏联文学批评多元空间中不可或缺的制衡力量,以各自的方式重塑着俄罗斯的大国形象。

总之,面对当代俄罗斯社会文化的复杂局面与理想诉求,多声部、多形态、多取向的文学理论基本格局,并没有由于苏联国家解体而顿然消失,也没有因苏联文化解构而被彻底颠覆,特定批评群体与评论流派对话、呼应、论战、笔伐,百家争鸣,当仁不让,构成了当代文艺评论的总体图景。

要之,当代的文学创作和文学评论在文化产业体制下无论是叙述当

---

① [俄] 瓦·哈利泽夫:《文学学导论》,周启超、王加兴、黄玫、夏忠宪译,北京大学出版社2006年版,第6页。

② 周启超:《开放与恪守并举解构与建构并行——今日俄罗斯文论前沿问题述评》,《探索与争鸣》2010年第2期。

代问题，还是描写历史，都面向民族国家认同强烈的大众读者，因而都以各自不同类型的文本方式体现着一致的俄罗斯帝国情怀。[①] 无论是正面叙述帝国的曾经伟大或反面探讨帝国的危机，在个人诉求与国家认同、文化审美和文学使命之间所形成的张力既显示出俄罗斯文学发展的非断裂性，同时也成就了当代俄罗斯题材丰富多样、体裁各异的文学生态。

第二节 电影

——民族光影工业的复苏新生

电影作为"具有最大影响力的现代艺术和我们世纪最富有群众性的艺术"[②]，以其时空综合性、数字传播性、资本营销性成为当今世界最具文化统治力和辐射性的艺术存在方式之一。当代电影既是一门与文学、音乐、美术、戏剧等并列的第七大艺术形态，它还超越艺术的领域而渗透覆盖了整个社会生活和文化，广泛而深刻地影响到人们的生活方式、语言方式、思维逻辑等。更为重要的是，"不论它的商业动机和美学要求是什么，电影的主要魅力和社会文化功能基本上是属于意识形态的，电影实际上在协助公众去界定那迅速演变的社会现实并找到它的意义"[③]。在全球化时代国家利益诉求、资本运行逻辑和现代数字科技的合谋催生下，电影更成为兼具政治价值、商业价值、传播价值和娱乐价值的视听奇观，直接表征出一个国家的精神高度、艺术品位、民族精神、国家形象等意识形态诉求及文化软实力程度，成为当代国家政治、经济利益、民族文化和社会思潮最为关注和有力争夺的关键所在。因此，扶持推动民族电影工业发展、增强民族文化国际推广力度自然成了每个国家都高度关注和倾力投入的文艺战略的重要内容之一。

众所周知，苏联是在国际上具有重要影响的电影大国，曾在世界电影发展历史中做出过重大贡献。十月革命胜利后，国家对于电影事业高

[①] 林精华：《后苏联的文学生产：俄罗斯帝国情怀下的文化产业》，《广东社会科学》2013年第1期。
[②] ［匈］贝拉·巴拉兹：《电影美学》，何力译，中国电影出版社1986年版，第7—8页。
[③] ［美］托马斯·沙兹：《旧好莱坞/新好莱坞：仪式、艺术与工业》，周传基、周欢译，中国广播电视出版社1993年版，第353页。

度重视，在注重培养专业技术人员的同时，建设了以莫斯科电影制片厂为代表的覆盖全国的电影生产基地，实现了国家电影繁荣发展，涌现出爱森斯坦、普多夫金、塔可夫斯基、卡拉托佐夫、米哈伊尔·罗姆、梁赞诺夫等一批世界电影巨匠，拍摄了《战舰波将金号》《雁南飞》《莫斯科不相信眼泪》《普通法西斯》《两个人的车站》等风格鲜明的优秀作品，创造性地发展出新浪潮、蒙太奇和诗电影等独具特色的电影领域之苏联学派，其电影技术和理论发展都在世界居于重要位置。然而，伴随着戈尔巴乔夫时代电影改革的彻底失败、苏联解体后价值观念混乱带来的创作困顿、体制转型期好莱坞大片无限制的侵袭等，俄罗斯电影业呈现出全面衰落态势，集中表现为国家电影制片厂萎缩破产、国产影片单纯追求利益造成暴力色情的市场泛滥、价值观念混乱错位后的质量下滑和电影院观众大量流失等系列问题，俄罗斯民族电影面临着整体失落的衰颓命运。为此，叶利钦时代为帮助民族电影走出危机，采取了一系列国家措施予以扶持，主要包括：国家重建了俄罗斯电影委员会、通过《国家电影法》，将国家支持电影的措施、对电影投资和对电影活动实行调节关税政策以法律形式加以确认；整顿重组国家电影厂，实行股份制；鼓励组建民营电影公司，兴建国家电影放映综合体，创新电影发行放映模式；加快电影、录像和电视的一体化进程等。上述措施的实施，在一定程度上扭转了俄罗斯民族电影下滑的势头，找到了社会体制转型下促进民族新生的正确发展方向。[①]

普京执政以后，特别注重俄罗斯民族电影发展，以强化爱国主义、强国精神和传统文化为核心，围绕"新俄罗斯思想"的意识形态重建工程，以提振民族精神、推广国家形象和打造新型电影工业为宗旨，采取了国家规划项目重点资助扶持、改革电影机构和运行模式、鼓励民营资本电影参与实行多元化的投资结构等系列举措，有力提升了俄罗斯民族电影的市场竞争力和艺术生命力，电影投资份额、制作技术、票房业绩和海内外影响虽然与苏联时期仍有差距，主要院线市场仍主要被好莱坞电影占据，但国家体系化电影扶持政策的成效已经显现，有效促进了俄罗斯电影业的新生复苏和国家文化软实力的提升。

[①] 参见李芝芳《当代俄罗斯电影》，文化艺术出版社2003年版，第32—40页。

一 电影产业发展的国家扶植机制

普京执政后，在2001年颁布的《"俄罗斯文化"（2001—2005）联邦目标纲要》中将扶持民族电影工业发展作为重要内容，对民族电影发展提出了三个具有显著国家意识形态诉求的意见："在创作方面，提倡表现公民爱国主义思想、肯定社会精神价值，具有人道主义理想、社会意义、能够真正丰富俄罗斯社会生活的作品；发扬俄罗斯文化和俄罗斯电影学派宝贵经验，创作观众喜闻乐见的作品、吸引观众兴趣的作品。在生产方面，在原有基础上，建立国家订购机制，创作符合国家利益和社会利益的作品，调整和修正俄罗斯电影生产的无序化倾向，规范生产和发行领域的商品流通，完成国家任务并达到一定的社会效益。在放映发行方面，提出建立国家电影发行放映公司，提高为观众服务的意识和质量。"[①]

（一）推动民族电影发展的主要国家政策

俄罗斯政府在2000—2008年实施了一系列推动电影发展的具体举措：一是2001年普京签署《国家电影制片厂实行股份化》和《创办俄罗斯电影发行公司》两个总统令，实现电影制片厂国有化，成立国家控股的股份制企业。2002年又通过了《关于国家支持发展民族电影生产的措施》，开始实施电影生产的国家订购制，成立商业化运作的专门发行机构，理顺电影生产、发行和放映之间的关系，保护民族电影的发展。二是加大投入对电影制片厂进行技术改造。三是提高国产电影的数量和质量，为此时任俄文化部部长什维特科伊指出，政府的确需要采取措施来保护本国电影业，但是这些措施必须符合市场经济要求，并且顺应全球化的潮流，实行配额制并不能给俄罗斯电影业带来好处；俄罗斯电影界的首要任务就是不断提高国产影片的质量。2008年12月普京亲自挂帅出任政府国家电影发展委员会主席，协调政府和私营企业等部门在有关民族电影发展方面的各种问题，足见俄罗斯对俄罗斯电影工业发展的高度支持和重视。2010年，俄罗斯发行的58部影片中只有11部电影的票房收入超过了其投资。2011年，俄罗斯电影发行情况稍好于2010年，但总体情况并不理想。该年俄罗斯共发行影片53部，其中有15部电影的票房收入超过了其投资，也就是说有近72%的电影并未收回成本。2012年上半年，

[①] 李芝芳：《当代俄罗斯电影》，文化艺术出版社2003年版，第54—55页。

俄罗斯电影发行的颓势并未得到真正的好转，在此期间共发行14部影片，其中只有4部影片获得较好的票房收入①，其总体情况与上一年度类似。因此，尽管部分俄罗斯电影制片企业取得一定的成就，但是大部分俄罗斯电影在发行中并未收回成本。俄罗斯电影发行的总体形势导致俄罗斯电影发行企业不敢贸然采购本国电影，从而形成一种恶性循环。在此情况下，俄罗斯电影生产业的命运主要取决于政府所给予的财政支持。随着俄罗斯国家财政拨款制度的发展，俄罗斯政府也扩大了其电影推广的财政支持力度。这主要体现在电影津贴和电影奖的设立及推广资助机制的建立。

在电影津贴和奖金方面，主要包括民族电影奖"胜利女神"（音译尼刻，即维克托利亚）、"金鹰奖"及影视记者和电影评论家奖"白色沙龙"等；每年在非艺术电影和电视领域颁发"月桂枝"民族奖；对俄罗斯电影工作者联盟的电影摄影师联合会颁发电影造型艺术奖"白色方块"；在俄罗斯电影发行领域对票房收入最高的电影颁发职业影像奖（电影和录像）"巨型炸弹"以及在电影广告领域颁发成就奖"金色发动机"等。这些津贴和奖项的设立在一定程度上促进了俄罗斯电影的推广与发行。

在资助机制方面，俄联邦财政预算资金设立专门用于俄罗斯电影发行及推广的资金，同时，对促进祖国（俄罗斯）电影艺术宣传的措施予以资助。俄罗斯对在其境内发行民族影片的国家资助主要划拨给制作电影拷贝、给电影配叠字幕、发行广告及其他支出的发行企业。与电影生产情况类似，为民族（俄罗斯）电影发行的国家财政拨款也不能超过其总发行资本的70%②。俄联邦政府对其电影发行的资助主要也是依靠两大组织——文化部及电影基金——运用多种手段对其境内外的电影发行进行资助。2011年，俄罗斯文化部对俄罗斯艺术影片发行进行资助的电影有17部。为实现民族电影宣传的目标，俄罗斯文化部曾拨款2390万卢布，但与2010年相比其拨款资金总量减少了一半多（2010年为5280万

---

① Киноиндустрия Российской федерации / Европейская аудиовизуальная обсерватория, ноябрь 2012，c. 55.
② Ibid.，c. 8 - 9.

第六章 当代文艺战略导向下的俄罗斯文艺生态 / 225

卢布）。除此之外，2011 年俄罗斯电影基金曾资助了主要电影生产商（依据其国内排名）的 15 部电影和 8 部具有重要社会意义题材电影的发行，分别为上一年度的 2.5 倍和 8 倍。

（二）民族电影工业的国家资助运行机制

俄罗斯电影国家资助主要借助两个组织予以实施，其一为文化部，其二为俄罗斯电影基金。1996 年第 126 号联邦法赋予俄联邦政府实施国家对电影业资助的特权，即由其委托联邦执行权力机关具体实施，该机关与各联邦主体的执行权力机关相互配合共同发挥作用。2011 年 7 月 20 日通过的第 590 号俄联邦政府决议确认俄联邦文化部制定并实施电影业领域国家政策及规范法律调整的职能。在俄联邦文化部组织机构中，由现代化规划及电影局负责上述职能，该局由 5 个处室构成。① 其主要职能的发挥不仅仅在于达到经济效果，更是为了解决电影界最重要的国家政治任务：保证儿童观众的需求，保护有创造性的部门专家，发展民族电影文化，提高民族的知识水平等。而俄罗斯电影基金则是由俄联邦电影工业委员会于 1995 年首创，并于 2009 年 12 月，由俄联邦政府第 1215 号决议《关于祖国电影工业社会及经济资助的联邦基金》确认基金章程的最新修订，即重新确定其地位。其主要任务为：在其祖国电影工业领域推进社会经济规划的实施；对进行民族电影生产、发行、采购及推进工作的组织进行财政支持；吸引俄罗斯及国外投资者对民族电影的生产、发行及采购进行投资；为祖国电影工业的发展积累财政资金，包括民族电影的生产、发行、采购及推进，甚至实施某些非商业的电影措施；对电影能手及在电影工业领域工作的专家和企业家进行资助。二者资助的对象有所差别，文化部主要针对的是电影产品，而电影基金主要针对的是生产组织。

除此之外，尚有其他组织参与俄罗斯电影的国家资助。首先是 2008 年 12 月成立的祖国电影工业发展政府委员会，这是制定电影工业领域国家政策建议的常设咨议机构。其主要任务是审议及草拟提案，主要有：保证祖国电影产品生产、发行及采购等的国家资助效率的提高以及提高

---

① Приказ Министерства культуры Российской Федерации от 16 августа 2012 г. № 892 *Об утверждении Положения о Департаменте кинематографии и модернизационных программ*

电影工业领域联邦财产的效率；在俄罗斯电影产品向国外推进及普及过程中予以资助；促进科学及教育的发展以及在电影工业领域引进创新技术；制定俄罗斯电影市场的关税保护措施。该委员会的主席是俄联邦总理，即赋予其最高执行权力机关的名义，这也在一定程度上证明俄罗斯政府对其电影业的重视程度。该委员会研究电影业发展的战略问题，在上级机关层次上促进协议决定的高效通过。其次为俄联邦影院影片国家基金（该基金归属俄联邦政府），其接受并保存民族（俄罗斯）故事片及动画片的原始资料，同时也保存在俄罗斯发行的国外电影的必要备份。最后还有立法权力机关中的文化委员会，该委员会属于俄联邦文化会议（机构）序列，负责制定和实施文化领域（包括电影业在内）的政策。

（三）当前俄罗斯电影国家生产资助制度

俄罗斯电影国家资助的制度包括宏观和微观两大方面。宏观方面主要为1996年第126号联邦法《关于俄联邦电影工业的国家资助》，其主要条款是规定国家对电影业进行宏观调控的主要方向及定义电影工业规范——法律文件中所使用的主要术语。俄联邦电影生产的国家资助主要针对的是其民族电影，关于民族电影的定义在该联邦法中有明确的规定。微观方面主要指的是指向具体拨款的规范性文件。俄罗斯电影业的国家拨款具体主要由两部分构成。第一，是根据联邦目标纲要《俄罗斯文化（2012—2018）》[①]予以支出；第二，《文化及电影业领域的措施》专项支出（非计划支出），其中包括"国家需要的服务及商品的其他采购""对生产上述产品的法人（除国家机关之外）和自然人的补贴"等独立支出项目。[②]民族电影生产的国家拨款通常不能超过其总生产成本的70%并且以与制片人签订明确协议的形式予以实施。对那些具有重大艺术价值和文化价值的电影方案，由专门（管理电影业）联邦执行权力机关决定资助额度，最高可达生产成本的100%。[③]

[①] Федеральная целевая программа "Культура России (2012 – 2018 годы)". УТВЕРЖДЕНА постановлением Правительства Российской Федерации от 3 марта 2012 г. No 186.

[②] См. приложение 9 к Федеральному закону от 30 ноября 2011 г. No 371 - ФЗ *О федеральном бюджете на 2012 г и на плановый период 2013 и 2014 гг*, код 054 Министерство культуры Российской Федерации.

[③] Федеральный закон 1996 г. *О государственной поддержке кинематографии*

俄罗斯电影业国家资助机制正在形成当中，主要体现在上述组织及制度的逐渐完善上，其主要任务在于：第一，完善国家对民族电影生产及发行的资助机制，意在形成电影规划财政拨款的更加明确的结构；第二，借助电影生产及采购领域的政府—私人合作机制实施部门基础设施的结构重组，包括在中小城市创建数字电影放映厅网络和多功能文化中心等；第三，创建关于电影采购的联邦统一、自动化的信息系统，运用这个系统可以进行关于上座率及票房收入的信息采集。[1] 除此之外，尚有国家资助的偿还机制及评估机制等正处于形成的过程之中。

国家资助的动态直接影响俄罗斯电影的生产。但最近十年，俄罗斯在电影业内进行国家调控的优先权经常变化，其主要原因在于俄罗斯行政改革的总趋势及电影业的集约化发展。自2002年起，俄罗斯政府对投资民族电影生产和发行组织的税收优惠发生了变化。同时，扩大了国家对民族电影生产及发行的直接资助的财政拨款（2002年达到10亿卢布）。2004年，在俄罗斯开始进行真正意义上的行政改革，此时，俄罗斯政府曾考虑缩减国家对经济的干预及参与，但在电影业并未导致实际情况的改变。2002年俄联邦政府为促进电影生产领域吸引预算外资金，授权俄罗斯文化部以联邦的名义，在国家支持之下进行电影生产，并根据国家拨款的份额分配收入——电影业组织根据民族电影发行所获得的收入及其他与电影相关的收入。[2] 但是这种机制实际上并未实现，国家资助一直也都在无偿还的基础上予以实施。

2002年，俄联邦政府曾通过扩大民族电影生产年度拨款的补充规定（决议），该拨款由联邦预算予以支出，其总额为5亿卢布。这些拨款用于保证如下任务的完成：在2006年实现电影年产量达到100部故事片、65部动画片及330部科教片和纪录片，同时使俄罗斯制造的电影在其影院上映比例达到所有影片的25%。[3] 2006年该项任务的生产方面基本完成，但完成上映的任务尚且存在一定的难度。国家资助总额在经过快速

---

[1] Киноиндустрия Российской федерации / Европейская аудиовизуальная обсерватория, ноябрь 2012. с. 17.

[2] Распоряжение Правительства РФ от 18 сентября 2002 г. （No 1299 – p）.

[3] Ibid.

增长（2002—2003）之后，在 2004—2007 年其财政拨款增长的速度保持相对稳定，同时通货膨胀在一定程度上削减了其增长。最近几年其国家支持的力度又开始增加。2010 年开始，俄罗斯由两个组织保障电影业国家资助的实施，即俄联邦文化部及祖国电影业社会和经济资助联邦基金（电影基金）。由联邦预算拨付给电影业的国家资金在 2011 年缩减了，这主要是俄联邦文化部的资助缩减造成的（缩减了 3.6%，总数为 47.59 亿卢布），而电影基金的拨款与 2010 年相比则略有增加。随后，在 2011 年的 12 月，根据俄联邦政府决议使动画电影的生产获得 3.35 亿卢布追加拨款，因此，俄罗斯电影基金在 2011 年构成国家电影拨款的 67%，而文化部仅占 33%。2012 年，俄罗斯电影业国家资助的主要部分也是由其电影基金予以完成的，总数为 59 亿，其中电影基金的拨款占其国家拨款总数的 66%。在进行资助的同时，俄罗斯对其所资助的企业也进行相应的评价，并于 2012 年 6 月确定了获得电影生产财政拨款的优先次序（前十名）。其评价标准建立在电影和观众总数、专业评价（电影节上所获奖项）、公司存在的时间及上映电影的数量等基础之上。[①] 自 2013 年开始，电影基金集中在商业规划——既包括提供无需偿还的补贴，又包括需返还的投资——及帮助电影制片人获得贷款和吸引私人投资等事务上。[②] 根据俄罗斯政府委员会的决定（祖国电影工业发展委员会），对大型故事片的投资应当进行偿还——其各种类型收入的一部分应该返还给电影基金。这个机制正在形成的过程之中。[③] 同时自 2013 年起，电影基金资金直接下发给具体的拍摄计划及摄制组。[④]

（四）国际电影节和国内电影奖金津贴资助

俄罗斯每年要举行超过 40 个全俄及国际电影节，所有的俄罗斯电影节都将获得国家资助。为了扩大俄罗斯电影的国际影响，政府把每两年举办一次的莫斯科国际电影节改为一年一次，并且提供资金支持。总体上，以 2007 年为例，俄联邦财政预算曾为推动各种电影节拨款 9650 万卢

[①] Киноиндустрия Российской федерации / Европейская аудиовизуальная обсерватория, ноябрь 2012, с. 18 – 19.

[②] Ibid., с. 8.

[③] Ibid., с. 9.

[④] 杨政：《普京：靠政府出资不能发展俄罗斯电影业》，《光明日报》2013 年 5 月 31 日。

布，为莫斯科国际电影节拨款 1.27 亿卢布，为国外电影政策性拨款 9260 万卢布。[1] 国家扶植机制取得明显效果，截至 2008 年俄罗斯电影的全年票房为 8.3 亿美元，其中本土影片票房达到了 2.1 亿美元，基本达到了 25%[2]，这不但为民族电影的生产、发行、采购及推进积累了资金，而且有力扩大了俄罗斯电影的国际声望，提升了俄罗斯国家的文化软实力，取得了明显的政治和经济效益。

二 摆脱困境的多元化经营模式

当代俄罗斯电影工业的复苏除了国家政策导向的扶持外，还在于形成了符合市场运作规律的商业化电影发行机制。电影工业作为整体系统工程，严格按照从生产到发行再到放映的综合流程，任何环节的运行障碍和机制失调都会影响电影工业的生存境遇和未来走向。因此，当代俄罗斯政府在加大对爱国主义、强国精神主题的民族电影生产扶植力度的基础上，也对俄罗斯国内的电影发行和院线建设进行了体制改革，引入了民营资本参与建设，最大限度地调动了市场资本、拓宽了发行渠道，实现了多元化运营模式，促进了电影工业整体发展。

（一）构筑多元投资的经营体制

除了俄罗斯政府通过文化发展规划纲要和每年文化扶持项目的方式对民族电影业投资外，当代俄罗斯电影的投资方还包括地方政府、金融业巨头、电视传媒以及规模较大的商业公司。在地方政府当中莫斯科市政府对电影业的投资最具代表性。应知名导演米哈尔科夫的请求莫斯科政府为其导演的《西伯利亚理发师》投资，这部具有强烈的意识形态色彩、弘扬传统道德价值的伦理劝诫片艺术性、思想性、商业性兼具，不仅实现了政府的政治目的也实现了发行方面高票房收回投资的目的。电视台加盟电影的制作也已经成为俄罗斯电影产业发展的新趋势。近两年走红的《守夜人》《土耳其开局》等都是电视台参与投资拍摄的，并且也都获得了不俗的票房成绩。此外，大型公司投资电影也是当代俄罗

---

[1] Киноиндустрия Российской федерации / Европейская аудиовизуальная обсерватория, ноябрь 2012. с. 22.

[2] Ibid., с. 20.

斯电影生产中的新现象，这种做法既可以促进投资多元化，也可以通过电影中商业广告的植入，营造出意想不到的广告效应，例如由医药工业公司注册的炼金术电影公司就拍出了不少既有艺术价值又有商业票房的影片。面对俄罗斯电影市场的日渐繁荣，美国好莱坞的世界知名的电影公司也纷纷提出合作意向，包括迪斯尼公司、20世纪福克斯公司、日本索尼公司都开始加入俄罗斯电影工业，以股份制模式带来了大量的资金，在其全球化资本融资体制下，实现对国际电影市场的战略推广，同时保障了新俄罗斯电影的资金来源，也带动了俄罗斯民族电影的国际发行。

（二）实现规范经营的发行方式

电影发行是电影生产商与观众之间的中介，其地位非常重要。现代俄罗斯电影发行主要是由独立于政府的部门来进行。在现代俄罗斯电影业中起重要作用的是定期电影市场——莫斯科（每年的3月及12月进行）、索契（每年6月份进行的"塔夫尔电影节"）和圣彼得堡（每年11月举行"电影博览会"）。[①] 此外，俄联邦文化部、俄罗斯电影基金等组织也对俄罗斯电影的国际、国内发行起积极作用。因为发行涉及众多环节，如涉及各种活动（电影节、电影展等）、各种组织（国家、发行商等）等，本节主要探讨俄罗斯电影发行的效果及其国家政策问题。

根据俄罗斯电影市场各相关部门的统计，每年在俄罗斯影院上映的影片保持在340部左右。虽然俄罗斯电影市场的发行数量受到经济危机的影响，但影响不大，在2008年经济危机之时仍可观察到上映影片数量呈现上升的趋势。近年来，俄罗斯电影市场引进了数字发行工具，这种新技术的应用已成为近年俄罗斯电影发行的主要趋势，2012年俄罗斯电影数字发行的比重已经达到88.5%。俄罗斯电影发行市场的总体情况参见表6—1。

---

① Киноиндустрия Российской федерации / Европейская аудиовизуальная обсерватория, ноябрь 2012. с. 106.

表 6—1　　　　　　俄罗斯电影发行市场的总体特征

年度	观众人数（万）	观众增长率（%）	票房收入（亿卢布）	发行数量（部）	电子发行百分比（%）
2007	10340		140.493	350	6.3
2008	11850	14.6	198.195	349	16.6
2009	13240	11.8	224.093	315	27.9
2010	15590	17.7	304.09	336	40.5
2011	15980	2.5	339.998	353	73.7
2012*	8660	13.6	198.718	218	88.5

* 截止到 2012 年 7 月 1 日。

数据来源：Кинобизнес сегодня（http://www.kinobusiness.com）；Бюллетень кинопрокатчика（http://kinometro.ru）；Киноиндустрия Российской федерации / Европейская аудиовизуальная обсерватория, ноябрь 2012. c, 110 - 111.

根据表 6—1 中数据，可以发现俄罗斯电影市场总体情况良好。自 2007 年始，无论是观众人数，还是票房收入，都呈现持续上升的趋势。2012 年俄罗斯电影市场的票房收入预计将超过 2007 年的 2.5 倍，远远超过其通货膨胀的增长速度。观众人数是最能体现电影对现代人产生影响的测量指标。自 2007 年以来，俄罗斯电影市场的观众人数基本保持两位数的增长（2011 年除外），在 2010 年之后，俄罗斯居民在影院观看电影的次数已经超过人均 1 次。也就是说，电影已经成为现代俄罗斯人文化休闲的一种主要方式。

总体上看，在俄罗斯电影市场占据主流的影片是"美国制造"，这不仅表现在数量上，同时也体现在票房收入等方面。美国电影在俄罗斯电影市场上所表现的特征为数量多、比重大，其占俄罗斯电影市场比重最低的 2007 年仍接近 38%。而俄罗斯本国电影占其市场份额最多的年份（2006）也只是刚刚超过 35%。2009—2011 年，美国电影在俄罗斯电影市场的比重呈下降趋势，其比重由 2009 年的 46.8% 降至 2011 年的 38.2%，虽然美国电影的比重下降速度较快，但其绝对数量变化并不是非常大。与此同时，俄罗斯本土电影占其本国市场的比重也呈现下降趋势，同期由 30.6% 下降至 28.4%。世界其他国家电影占俄罗斯市场的比重由 2009 年的 3.4% 上升至 2011 年的 18.8%。根据上映影片的数量，俄罗斯电影市场上映电影的生产国排名为美国、俄罗斯、法国、英国、德国、意大利。表6—2中数据表明俄罗斯电影在其本土并没有足够的影响力，或者说电影作为软实力主要工具在其本土并未发挥相应的作用。因此，根据俄罗斯国家统计局的数据，俄罗斯电影市场主要以外国影片为主。

表6—2　　　　　俄罗斯上映的大型故事片（按来源国分）

国别及年份	2000	2005	2006	2007	2008	2009	2010	2011
上映总数	193	308	297	378	350	327	347	356
俄罗斯	48	90	105	117	119	100	101	101
德国	4	10	11	8	4	10	12	7
意大利	2	2	3	1	4	—	4	3
西班牙	1	5	2	2	5	5	10	9
英国	4	10	11	19	14	15	19	8
法国	25	30	18	38	25	19	29	17
其他欧盟国家	5	10	4	15	5	9	8	7
其余欧洲国家	1	2	4	5	3	5	1	1
美国	94	126	123	143	148	153	143	136
世界其他国家	9	23	16	30	23	11	20	67

注：此处统计的是拥有发行注册证书的电影及录像影片，其中2011年其他国家的影片中包括联合生产的影片。

数据来源：Российский статистический ежегодник. 2012：Стат. сб. /Росстат. – М., 2012. с. 292.

根据欧洲视听观测站、今日电影商业及电影发行人通讯等非官方市场权威机构的统计，在俄罗斯电影发行市场上占据主流的依然为欧美电影。尤其是美国电影，其不仅占据了电影发行数量的优势，更带走了主要的票房收入，并且其票房收入呈逐年上升的趋势——其票房收入占俄罗斯市场的份额由2007年的46.4%上升至2012年上半年的72.6%。根据这些机构的统计，欧洲电影在俄罗斯市场的发行虽然在数量上与美国大体相当，但其票房收入则远逊于美国，欧洲电影的票房收入占俄罗斯电影市场的份额在2009年之后实际上处于下降的趋势，到2012年其票房收入仅占俄罗斯市场份额的 8.7%。而俄罗斯电影在其本土的发行情况更是令很多俄罗斯专家担忧，因为根据这些机构的统计，俄罗斯电影在其本土无论是发行数量还是票房收入都呈现明显的下降趋势，其发行数量由 2007 年的 83 部下降至 2011 年的 69 部①，所占市场份额由 2007 年的 23.7% 下降至 2012 年的 18.7%；其票房收入的份额由最高的近 26% 下降至 2011—2012 年的 17%—18%。② 总体上，在俄罗斯发行的欧洲影片中，法国电影排在发行量的第一位，英国、德国、西班牙及意大利分列第二至五位；英国电影排在票房收入的第一位。世界其他国家的电影对俄罗斯电影市场几乎不能形成明显的影响。

《俄罗斯电影工业》对独联体国家电影市场票房收入的统计与上述研究结果基本一致，该研究也表明美国电影在俄罗斯电影市场（俄罗斯电影市场是独联体国家电影市场的主要组成部分）也是独占鳌头，尤其是 2010—2012 年，其进入票房收入前十名的电影数分别为 6、7、10 部，③ 这其中还不包括有美国参与生产的影片。有美国参与投资拍摄的欧洲电影（其中包括俄罗斯）票房收入都相当高——在 2007 年至 2012 年上半年期间，有美国参与投资并投放俄罗斯电影市场的欧洲影片有 55 部，占此期间所有影片的 2.9%，而其票房收入占俄罗斯电影市场的比重却高达 5.8%。也就是说，美国电影已经在俄语电影市场上确立了绝对的霸主地位。因此，欧美电影，尤其是美国电影在掠走俄罗斯电影市场主要票房收入的同时也显著提高了其国家的软实力，这提醒俄罗斯政府应对此予以特别的关注。

（三）推动丰富多样的院线建设模式

院线建设是电影放映的重要环节，也是电影实现商业化的最终环节。苏联时期电影院均属国营体制，按照各行政地区建设和经营，作为国家

---

① 根据《今日电影商业》的统计，该年度发行的俄罗斯产电影（包括合作生产在内）仅为 63 部，具体参见 http://www.kinobusiness.com/index.php?option=com_wrapper&Itemid=88889085。

② 根据《今日电影商业》的统计，2011 年俄罗斯产电影在其本土的票房总收入为 1.664 亿美元，占其发行市场总额的 14.5%，具体参见 http://www.kinobusiness.com/index.php?option=com_wrapper&Itemid=88889085。

③ Киноиндустрия Российской федерации / Европейская аудиовизуальная обсерватория, ноябрь 2012. с. 113 – 115.

订购和营销的院线模式电影院提供多年的观影资源也养成了苏联人固定的观影习惯。苏联解体以后，电影工业的萧条造成观众的大量流失，设备改造无从谈起，院线经营步履维艰，大量影院破败不堪，形成了阻碍电影事业发展的主要障碍。美国公司投资兴建的现代化影院首先乘虚而入，这些电影院以杜比环绕立体声和宽幅银幕为代表的现代化、标准化的电影设备为营销优势，主要放映美国本土同期上映的大片，提供观众多元化的舒适休闲服务，获得了观众特别是青年群体的一致认可，据统计上座率基本达到70%，占据了俄罗斯电影市场的主要份额。为应对这种情况，由国家控股的俄罗斯电影发行公司于2003年后开始着手建设自己的院线，通过放映国产影片获得投资和分红。截止到2010年全国已有2000多家影院参与加盟，收到了良好效益，同时也培养形成了相对稳定的观众群，促进了本土电影的进一步发展。同时独立电影公司和民营机构联合建设的影院也层出不穷，进一步推动了本土院线的现代化改造过程，为民族电影的复兴奠定了良好基础。

三 民族经典与好莱坞模式的结合与反拨

当代的俄罗斯电影市场以其高额的商业利益和高度的意识形态价值，成为万众瞩目和各方争夺的文化产业高地。在政府政策导向、商业投资追逐、导演艺术探索和广大观众娱乐消费的众声喧哗中，在全球化时代好莱坞大潮侵袭和俄罗斯民族电影抵抗的互动、交锋、反拨和融合中，帝国认同、民族经典、艺术特色与类型叙事、技术至上、视觉奇观相融合，共同形成了当代俄罗斯影坛多题材和多元化的独特景观。在创作题材上，重点在社会转型的俄罗斯社会大背景下探索人性的传统价值回归，爱国主义和强国精神成为当代俄罗斯电影的主旋律；在创作手法上，俄罗斯电影将镜头对准当下俄罗斯社会生活，在坚持现实主义的创作原则下又借鉴了各种新的艺术主张，实现了创作风格的多样化，同时充分利用现代化的高科技手段满足技术时代观众的视听奇观化的审美需求。总之，经历体制转型的动荡之后，当代俄罗斯电影在全球化进程中依据民族电影多年经验改变了转型初期的莽撞和迷惘，在深化民族电影优良传统同时，吸收了以好莱坞为代表的美国电影的先进理念，努力与世界电影接轨，形成了具有俄罗斯风格的艺术观，再现了俄罗斯民族电影的独特魅力。

(一) 新现实主义的经典叙事

现实主义是以社会主义现实主义为理论基础的苏联电影美学的显著标志和经典样态。但是伴随20世纪60年代以米哈伊尔·罗姆为代表的一批电影艺术家和理论家向传统电影观念发起挑战，"现实主义是一个开放的体系"这一理论命题得到越来越多人的认可，电影制作者的目光越来越关注普通人的生存样态和喜乐悲欢，以日常化和生活化的审美态度揭示社会现实的矛盾，抛弃了所谓"社会主义现实主义"理想人物模式化的塑造方式，大量吸收表现主义美学的理论和方法使很多影片呈现出具有表现力的隐喻形象，将影片的主题升华为诗意哲理，形成了独特的诗电影特色。

在当代俄罗斯电影中新现实主义得到了弘扬，在对历史的深刻反思和对日常生活的精细观察下以象征和隐喻的手法揭示大众生活的苦恼和喜悦、真实和虚幻，在种种意象的营造中隐喻俄罗斯精神和民族性格，表现生活的悸动、波澜与理想的迷失、重建，从而通过个体的人生体验和际遇展现整个社会转型变迁的时代主题。著名导演索洛维约夫的《柔情年华》便是其中代表。这部影片是导演以自己儿子及其同学的成长经历为素材拍摄的。影片讲述了"在艰难困苦中存活下来的一代人"的经历，时间跨度大约有15年之久，包括戈尔巴乔夫改革、苏联解体、车臣战争等一系列重大事件都在影片的叙述之中。这是俄罗斯社会最为混乱的时期，同时也是一个孩子成为青年人个性形成的重要时期。在这种混乱无序的年代，学校教育也难以摆脱意识形态转型的影响，无论是祖父们还是父母们都无法为孩子们提供应有的道德准则和纪律性，自由的过度与滥用导致了价值观的崩溃和人性的危机。然而影片在表现现实的混乱与惶惑中，仍然以一种充满希望的笔触注视与关怀俄罗斯的年轻一代，以文学和艺术的手法关怀和观照这迷惘的一代人，以俄罗斯民族情怀注视和激励这些青年人，从而给予了当时的俄罗斯人极大的精神鼓励和慰藉。尼基塔·米哈尔科夫导演的著名影片《西伯利亚理发师》（1998）和《12怒汉》（2007）也表现出独特的俄罗斯经典文艺意识和政治文化立场。这位被誉为俄国的斯皮尔伯格的神奇导演似乎是俄罗斯光影形象的代言人，他极擅影像经营，在光影的律动中思考着民族、美、价值和人道关怀。其作品《西伯利亚理发师》即体现了对"大俄罗斯"主题的关注，用俄罗斯特有的文化符号——教堂、白雪、严寒、森林、"托尔斯泰"、国民的音乐文学素养、激情、苦难等，塑造了一部史诗般荡气回肠的浪漫、哀婉而悲怆的鸿篇巨制。影片用女主人公、美国女人珍的画外音形式讲述1885—1905年她和俄罗斯皇家士官生安德烈·托尔斯泰的偶遇、相恋、订下白首盟约、误解、男主人公被放逐、女主人公对爱情的坚守，以及安德烈在西伯利亚从一个激情浪漫的英俊少年成长为一个髯须蓬乱、满面风霜的男人的过程。这部影片在光影中显示着俄罗斯大国的恢宏壮丽，在节日的狂欢、严冬的冰雪、西伯利亚的深褐色木屋和大片的森林中展现着俄罗斯的民族文化传统，彰显着俄罗斯民族强韧的性格、激情豁达的情感和浓厚的诗人气质，这些不仅深深唤起了本国观众的民族情结和历史记忆，同时也由于这种特有的文化感召力使国外观众深浸其中，随之会心欢笑、随之欷歔不止，随之引发对俄罗斯文化的精神认同，同时也使观众对以"西伯利亚理发师"（一台如魔鬼一样的巨大伐木机）为象征的西方文化对俄罗斯文化和资源的破坏感到深深忧虑，从而生出了保护俄罗斯民族文化的责任感和迫切感。这种国家形象的塑造无疑是成功的。影片中的许多意义最终都是关于意识形态的。也就是说，它们都是从对世界的特定文化信仰中来。宗教信仰、政治立场以及关于种族、性别和社会阶层的观念，甚至我们未曾意识到的、深藏的人生观，这一切都构成了我们意识的参考。[①]

　　进入21世纪后，面对全球化、娱乐化和消费主义思潮泛滥的社会现实，俄罗斯电影仍然将塑造民族形象、体现文化特质和寻找民族根性作为电影的精神母题。作为一个横跨欧亚两个大陆的国家，其民族文化受到两种文化的影响。因此"在俄罗斯历史上，西方文明与东方文明两种因素一直在相互角力，俄罗斯则在这两股世界历史潮流的角力中不断选择着，摇摆着。在这种选择和动摇中，二者有时和谐、融会，有时又尖锐对立，反映着俄罗斯精神兼容东西方文明的实质和存在于其中的两种文明的悖论性、矛盾性"[②]。而这种矛盾性其实在之前的《西伯利亚理发师》中就有深刻体现。影片中俄罗斯文化和西方文化的复调交错和矛盾

[①] [美]大卫·波德维尔等：《电影艺术——形式与风格》，彭吉象等译，北京大学出版社2003年版，第66页。

[②] 宋瑞芝：《俄罗斯精神》，长江文艺出版社2000年版，第19—20页。

冲突，最后都集中于一点，即俄罗斯文化是优秀的，这体现在安德烈为挚爱所采取的行动、为选择而付出代价的无悔，这些人性之美远胜于西方的金钱至上的价值观。所有这些都实现了米哈尔科夫的拍摄目的，即"向全世界人讲述俄罗斯"。[①]

米哈尔科夫拍摄的另一部电影《12怒汉》（2007），讲述了一个车臣少年以弑父罪名被关押后，十二个陪审团成员对其罪名的指控和论证过程。这部与美国《12怒汉》（1957）同名的影片以民族矛盾为背景，以司法制度和人性情感冲突为推动力，展现了在僵硬的法律制度下，人之为人的可能性，揭示了在貌似公正的法律指称下，情感、心灵、生活经历、人类之爱，以及信仰事实是通向正义的唯一途径。影片在光影中穿梭——男孩单车车轮飞快转动的光影如同青春在阳光中晃动，监牢中粗糙墙壁上投下的光影似乎是等待救赎的羔羊一般安静，男性陪审团成员面部表情的光影交织着冷漠与激情、平淡与深沉、外表与内心、欢乐与苦痛的较量，这是人性与法律的较量。面对着心不在焉、各揣心事的陪审团成员们，其中一位物理研究员说的下面一段话颇有意义："也许那个孩子，应该死在监狱里，也许那是他的命，谁知道呢？我也应该穷困潦倒而死，但我没有，因为有一个人，就一个，更近地看着我，比其他所有人。没有让我继续留在孤独的痛苦里。"这段话唤起了其他人对生命的尊重，他们开始认真审视这个案件，通过讲述各自的人生际遇，重新透视自己的内心世界，在对小男孩的命运进行审判的同时，也进行了深刻的自我人性反省。从影片中，我们看到俄罗斯民族内蕴的宗教意识，这种宗教意识强调上帝是宇宙万物的主宰，但上帝面前人人平等。受这种宗教意识的影响，俄罗斯人同情和怜悯遭受痛苦和不幸的弱者，追崇和追求崇高的道德理想和英雄气节，提倡悲天悯人的人道主义情怀和民族自省精神。但当美国和欧洲等强势文化进入俄罗斯进行"文化扩张"之时，俄罗斯国民对本国文化的贬斥和无信心是可以想见的。这种以普世价值为名侵入的文化极易使人走向文化虚无主义，使得民众忽视自己的传统历史和文化、怀疑民族的价值。卡西尔认为，历史学并不以解释物

[①] 李芝芳：《当代俄罗斯电影》，文化艺术出版社2003年版，第294页。

理世界的以往状态为目的,而是要揭示人类生活和人类文化的以往阶段。① 任何国家、民族的今天,都是本国、本民族历史文化发展的结果,都打上了自身历史文化的烙印。磨灭这种烙印,就等于毁掉自己的历史。正如陀思妥耶夫斯基所说:"一个伟大的民族永远不甘心于它在人类事业中扮演次要的角色,甚至不甘心扮演一个重要角色,而是经常地和专门地扮演主要角色。如果它丧失这个信心,它就不再成为一个民族了。"②

(二) 道德主义的经典叙事

道德主义是俄罗斯文艺最重要的传统和美学特征之一,其中蕴含着东正教强调弃恶行善的伦理准则、公道诚恳的处世态度、爱心宽容的道德传统等,特别体现于上帝"道成肉身"拯救人类和"爱上帝、爱邻人"的教义、"上帝是父亲,人人是兄弟"的精神以及对社会不公的抗议、对弱者和受欺凌受侮辱者甚至罪人的同情和怜悯之中。③ 这一宗教精神的深沉内涵和优良传统没有因为社会体制的转型而断裂,反而成为灌注于俄罗斯精神的绵延文脉,在艰困年代焕发出疗治社会、凝聚力量和救世自省的巨大力量。当代的电影导演们正是以一种宽容的心去对待丑与恶,延续了民族文学的优良传统,特别在道德伦理影片中讨论了信仰丧失可能给一个民族带来的严重影响和恶劣,在新形势下对传统的人道主义思想进行深入探讨,在道德训诫中进一步扩展和加深了人道主义精神的思想内涵。例如,帕维尔·丘赫莱伊导演的《小偷》中7岁的萨尼亚跟着母亲漂泊,母子俩遇到了一位高大英俊、无所不能的军官托利亚叔叔。萨尼亚把他当偶像来对待。母亲还怀上了托利亚的孩子,而"军官"实际上是个惯偷。纯洁的萨尼亚亲眼看到他为了偷盗可以不择手段,甚至丧尽天良。母亲难产死了,托利亚被捕入狱。数年后,萨尼亚又遇到了托利亚,可冷漠的托利亚却什么也不记得了,还对被萨尼亚当作珍宝一样保存在记忆中的一切冷嘲热讽。晚上,托利亚爬上正在驶出车站的火车,跟踪他的萨尼亚朝他开了一枪——为了母亲、为了被托利亚偷去并糟蹋的童年。影片以儿童的视角揭露了追求物

---

① [德] 卡西尔:《人论》,甘阳译,上海译文出版社2003年版,第278页。
② [俄] 陀思妥耶夫斯基:《群魔》,南江译,人民文学出版社1983年版,第258页。
③ 雷永生:《宗教沃土上的民族精神——东正教与俄罗斯精神之关系探略》,《中国青年政治学院学报》1998年第1期。

质满足的空虚和冷酷，对被侮辱和被损害的俄罗斯女性报以极大的怜悯，并对孩子心灵中的爱和崇高致以珍视与赞美。该片以俄罗斯典型的人道主义精神获得了国内外的一致赞誉，影片曾获威尼斯国际电影节国际青年评委会大奖、奥斯卡奖和金球奖最佳外国语片奖提名。此外，同题材的《老马》《父与子》《狂潮》等影片也以深沉的人道主义传统获得了思想内涵、商业利益和艺术价值的多重认可。

（三）好莱坞模式对民族电影的影响和改造

毫无疑问，好莱坞电影的拍摄、发行和传播模式对于包括俄罗斯电影在内的世界电影发展产生了巨大影响。20世纪末，好莱坞电影给俄罗斯民族电影带来了强烈冲击，甚至直接威胁到其生存，但是在经过恐慌和拙劣模仿之后，俄罗斯电影人以其民族本位精神和独特艺术感知对好莱坞电影进行了扬弃改造，并在不断地修正和接纳建构起民族电影与好莱坞先进理念相结合的当代俄罗斯电影形态。

一是对好莱坞商业运作模式的接受。随着好莱坞大片的涌入以及高票房的回报，在美国好莱坞电影严重挤压下，俄罗斯新一代"新浪潮"导演在国家和财团的大力资助下开始民族电影工业的崛起和反击之旅，他们学习和效仿好莱坞商业运作模式拍摄了一批俄罗斯国产奇观电影。这些电影大多采用商业电影类型片的编导模式，同时突出俄罗斯民族特色、灌注俄罗斯思想，实现了商业性和艺术性的结合，如《黑色闪电》《人间兵器》《布列斯特要塞》等。这些大片从2004年开始重新夺回了俄罗斯市场的票房冠军，截止到2011俄罗斯本土影片已经占有了俄罗斯电影市场票房的30%。

二是使用好莱坞的高科技创作手法。电影光魔的奇特运用加之数字技术科技含量是好莱坞电影视听奇观的主要手段，在声光电影的现代技术运行下，当代俄罗斯电影的审美性和艺术性得到了进一步彰显。俄罗斯电影人开始借鉴好莱坞的高科技，积极利用数字技术等特效手段，在声、光、电等方面制造出现代化的蒙太奇场景，用技术来丰富影像，更加逼真地再现历史和现实，提高了当代俄罗斯电影的审美性和观赏性。2013年由俄罗斯著名导演费多尔·邦达尔丘克执导、汇集美俄顶级团队的采用最新 IMAX – 3D 格式拍摄的战争巨制《斯大林格勒》是近年来俄罗斯新技术大片的代表。这部改编自第二次世界大战真实战役的影片以气势宏大的战争场面还原了人类史上最惨烈的一场鏖战，堪称新世纪俄罗斯电影工业全面复兴的重要标志和国家资本、民间运营、高科技电影拍摄手段成功融合的典范。

四 俄罗斯电影的世界发行效果及动态

（一）俄罗斯电影海外发行的总体情况及其影响力

根据俄罗斯杂志《今日电影商业》的数据（该数据是由俄罗斯发行商处获得的），自2006年至2011年，共有48部祖国（俄罗斯）电影在世界市场上获得发行，其中有7部在美国影院上映。其中最成功的影片当属俄罗斯、德国及哈萨克斯坦合作拍摄的《蒙古人》（又译《蒙古王》），该部影片曾获得了奥斯卡提名奖，并且获得超过2000万美元的票房收入。2011年在国际电影市场上排名第一的俄罗斯影片为《维索茨基：生而无憾》，但其仅获得300万美元的票房，排名第二及第三的俄罗斯影片票房收入更低，分别为90万美元和60万美元。

表6—3中数据表明，俄罗斯电影在世界市场的发行量在2007年之后呈现摇摆的下降趋势，其票房总收入也呈现相近的趋势。2007年及2009年俄罗斯电影在美国获得较高票房收入得益于两部影片，即《蒙古人》（2007）和《最后的星期天》（2009），除此之外其他俄罗斯影片在美国市场并没有产生太大影响。当然，上述俄罗斯电影国际发行资料并不全面，因为其仅来源于电影发行人，而不是来源于电影生产商。但是这些资料也能够反映国际市场对俄罗斯电影的需求情况。

表6—3　　　俄罗斯影片在世界电影市场上的票房收入　　（单位：万美元）

年度	影片数（部）	美国票房收入	其他国家票房收入	总票房收入
2006	5	45	952	997
2007	12	597	2783	3380
2008	9	16	2210	2226
2009	8	662	1674	2336
2010	10	1	1429	1430
2011	4		481	481

数据来源：《今日电影商业》，转引自 Киноиндустрия Российской федерации / Европейская аудиовизуальная обсерватория，ноябрь 2012. c. 193.

2012年，欧洲视听观测站首次公布了欧洲电影在欧洲市场外的发行情况。[1] 这个研究是基于一家进行全球媒介测量研究的 Rentrak 公司在北美（美国、加拿大）、拉丁美洲（阿根廷、巴西、智利、哥伦比亚、墨西哥、委内瑞拉）、大洋洲（澳大利亚、新西兰）及韩国市场所获得资料。其研究结果表明，俄罗斯电影在这些市场上表现极差。2009—2010年只有4部俄罗斯电影在美国、2部在韩国获得发行，在墨西哥、巴西、阿根廷、新西兰等国分别有1部电影获得发行，其他国家则连一部电影也没有发行。俄罗斯电影在国际市场发行量低只反映了问题的一面，因为一国电影的影响力不仅仅表现在其发行数量及票房收入上，同时还反映在观众的数量上。但俄罗斯电影在上述国家的上座率并未使俄罗斯人获得更多希望，具体情况请参见表6—4。

表6—4　俄罗斯电影在欧洲外市场的发行量及上座率（2009—2010）

国家	美国	韩国	新西兰	墨西哥	阿根廷	巴西
影片数（部）	4	2	1	1	1	1
观众（人数）	28825	43018	3398	32292	68	3108

数据来源：Киноиндустрия Российской федерации / Европейская аудиовизуальная обсерватория，ноябрь 2012. с. 194.

表6—4数据表明俄罗斯电影在欧洲外市场的影响力极弱，无论是数量还是上座率都不容乐观。从影片发行的数量上看，排在第一位的美国市场仅有4部，并且很多国家一部都没有。从观众人数看，排在第一的韩国市场也未超过5万人，最少的市场（阿根廷）仅为68人。以上数据足以表明俄罗斯电影在国际市场上的影响力极其有限。

（二）俄罗斯电影在欧盟的发行效果及动态

俄罗斯电影海外发行的传统市场为欧洲市场，或其电影的海外发行主要指向欧洲国家，因此我们将对其进行单独分析。根据欧洲视听观测站的数据，俄罗斯在2007—2011年间共向27个欧盟国家发行了超过83

---

[1] KANZLER M. Theatrical export of the European films in 2010. Key statistics // European Audiovisual Observatory. Strasbourg，2012.

部俄产新电影——不包括合作生产的电影。尽管俄罗斯电影在欧洲市场的发行要好于欧洲外市场的发行情况,但是俄罗斯电影在欧盟市场仍然处于边缘化的地位,其上座率仅约占欧盟市场总额的0.05%[①],即不能产生有效的影响,具体见图6—1。

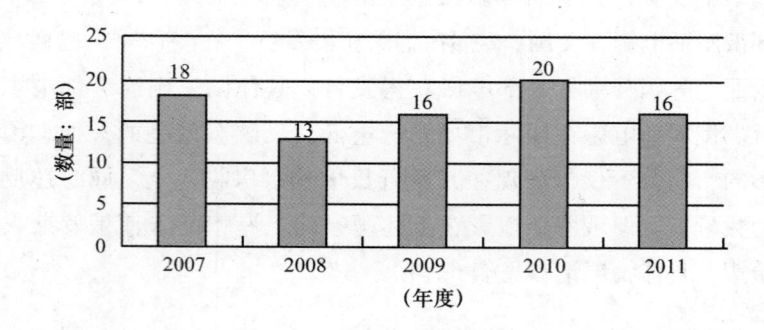

图6—1 俄罗斯电影在欧盟的发行数量变化(按生产年度)

数据来源:Киноиндустрия Российской федерации / Европейская аудиовизуальная обсерватория,ноябрь 2012. с, 194.

对于俄罗斯电影发行人而言,2007—2010年最成功的案例当属电影《白昼巡逻队》,该部电影曾在欧洲卖出43万张票。但这与2005年俄罗斯在欧洲的最经典案例《夜间巡逻队》的发行相比要逊色许多,或者说两者根本不在一个重量级,后者曾创下170万人观看的纪录。尽管有些影片在俄罗斯本土的发行取得巨大成就,但类似于《夜间巡逻队》在欧洲的成功发行,最近几年内没有一部俄罗斯影片能复制这种成功。当然,这只是相对于俄罗斯新近生产的纯俄罗斯制造的电影,如果考虑苏联制造及俄罗斯与他国联合生产的影片情况会好一些。

表6—5反映了新世纪俄罗斯及苏联电影在欧洲市场的发行情况。可以发现,俄罗斯电影在欧洲发行的数量于2005—2007年曾出现一个小高潮,其波峰出现在2006年(总数为76部),当然其主要贡献取决于俄罗斯与他国联合生产及苏联生产的电影的发行,尤其是后者的贡献。我们

---

① Киноиндустрия Российской федерации / Европейская аудиовизуальная обсерватория,ноябрь 2012. с. 194.

自然也不能否认，21世纪以来纯俄罗斯制造的电影在欧洲市场的发行量实际上处于上升的趋势，但总体上无法与欧洲电影在俄罗斯的发行相比美，同时其占欧洲市场的份额也极小。依据表6—6中数据我们可以发现，苏联电影在欧洲市场一直具有一定的市场，这可能与其内涵及拍摄技术具有一定的关联。如前所述，仅凭发行数量我们还无法准确判断俄罗斯电影在欧洲的整体影响力，为此还需结合观众人数等予以确定。

表6—5　新世纪俄罗斯及苏联电影在欧盟发行的总数（2000—2011）

年度	2000	2001	2002	2003	2004	2005	2006	2007	2008	2009	2010	2011
俄罗斯电影	8	6	6	11	12	19	23	26	27	23	32	32
联合生产	7	10	10	14	13	12	19	12	10	14	6	8
苏联电影	14	11	11	13	34	32	34	32	20	21	17	24

数据来源：Киноиндустрия Российской федерации / Европейская аудиовизуальная обсерватория，ноябрь 2012. c. 195.

表6—6　俄罗斯及苏联电影在欧盟出售的票数（2006—2011）

年度	2006	2007	2008	2009	2010	2011
俄罗斯电影（票数）	402579	631540	520133	190398	610110	480707
苏联电影（票数）	19430	7167	1837	8409	3981	7270

数据来源：Киноиндустрия Российской федерации / Европейская аудиовизуальная обсерватория，ноябрь 2012. c. 195.

2006—2011年俄罗斯及苏联电影在欧盟的观众数量（票数）足以证明俄罗斯电影在欧洲的影响力极其有限，平均每年的观众数量仅为48.1万人（如果仅考虑纯俄罗斯电影则为47.3万人），区区不足50万的观众数量在偌大的欧洲无法产生根本性的影响。结合表6—6数据分析，苏联电影在欧盟实际上也并未保留巨大的影响，最好的年份（2006）平均每部影片的观众也才刚刚超过570人。同时，在此期间俄罗斯电影在欧盟的票房数主要贡献来自个别影片，例如《白昼巡逻队》（《守日人》）等。

总体上，俄罗斯电影出口具有一个明显的特征，即明确指向艺术电影院方向。如果说在俄罗斯本土市场其电影需求主要是依靠联邦电视台的广告宣传所获得的轰动效应而产生的，那么在欧洲则主要是依靠电影节的电影规划（方案）获得观众数量，但这些电影在俄罗斯要么被限量发行（出版），要么立即被出售给录像市场。最显著的例子便是亚历山大·索科洛夫所导演的《浮士德》，这是2011年欧洲市场发行的最好的俄罗斯电影，其在欧盟所获得的观众数量占该影片总观众人数的80.5%，但该部影片在欧盟地区仅获得80644名观众。发行最好的影片尚且如此，其他影片则更可想而知了。

2007—2011年期间，俄罗斯电影（包括苏联电影）在欧洲共赢得246.2万观众，平均每年不足50万观众，约占欧洲人口总数的0.07%，因此，从数量上看俄罗斯电影在欧洲的影响力微乎其微。从其影响的范围看，产生较大影响的国家仅有9个，约占欧洲国家的20%，这些国家主要有法国、拉脱维亚、立陶宛、波兰、意大利、爱沙尼亚及西班牙等国，也就是说在这些国家俄罗斯电影具有一定的普及性，或者说具有一定的影响力，尤其是波罗的海三国，而在德国及英国等国的影响力则有待提高（见图6—2）。

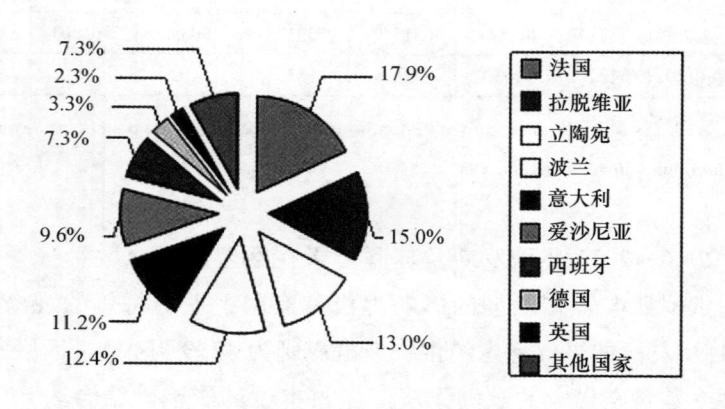

图6—2　按国别分俄罗斯电影在欧盟发行上座率分割（2007—2011）

数据来源：Киноиндустрия Российской федерации / Европейская аудиовизуальная обсерватория, ноябрь 2012. c. 196.

第三节 建筑
——国家形象传播的符号系统

俄罗斯建筑艺术曾创造了举世瞩目的辉煌，无论是以教堂为代表的古典主义建筑，还是以构成主义为代表的苏俄前卫建筑运动，都在世界建筑史上创立了不凡的业绩，俄罗斯建筑以文艺的方式向世界传达了俄罗斯不同时期的政治价值观及其意识形态构成，同时也向世人展示了其在不同历史维度内迥异的对外形象。俄罗斯进入转型期以来，政治体制、经济制度、文化艺术发展的激烈动荡和深刻变化引发了整个国家思想意识、社会心理的强烈震撼和深刻矛盾、困惑和冲突。建筑作为承载社会生活的典型实用艺术形态，在政府意志、市场机制和社会因素共同作用下同样呈现出多元化的发展趋向，特别是在国家形象塑造工程的政策导引下，当代俄罗斯在古建筑修复与保护、生态建筑改建和新建筑类型拓展等方面取得了相当的发展成就。总体而言，当代俄罗斯建筑以其特有的空间语言向外传达着强国复兴的政治观及民族审美观，展现了俄罗斯转型时期建筑艺术的主要成就和未来趋势。

一 当代俄罗斯建筑艺术多元化的基本形态

从历史维度来看，俄罗斯建筑艺术经历了从教堂风格到宫殿巴洛克风格再到构成主义风格乃至勃列日涅夫时代千篇一律的大量建筑风格的历史变迁。发端于10世纪的俄罗斯建筑艺术，曾在基辅与诺夫哥罗德产生了诸如索非亚教堂等一批世界建筑杰作；伊凡雷帝统一俄罗斯后，莫斯科建筑艺术风格进一步繁荣并修建了莫斯科克里姆林宫；16世纪出现了新的圆锥形石造教堂建筑样式——红场上的瓦西里·勃拉仁教堂；彼得一世时期世俗建筑逐渐取代教堂艺术风格，以圣彼得堡的冬宫、皇村的叶卡捷琳娜宫为代表的巴洛克式风格风靡一时，同时以莫斯科的帕什科夫楼、圣彼得堡的斯莫尔尼学院为代表的古典主义和以圣彼得堡的喀山教堂、海军总部大厦为代表的后古典主义也争先绽放。苏联时期特别是斯大林时期在英雄主义与工业至上的设计理念指导下，修建了七座均采用高耸、对称、重视立面线脚同一设计手法但功能各异的摩天大楼，号称莫斯科"七姐妹"①，成就了苏联时期超级大国的经典建筑形象。

当代，重塑"俄罗斯精神"、增进民族认同和帝国重建成为俄罗斯大国再次复兴的主流旋律和各民族、各阶层的共同心声，这种渗透着强烈个体精神的自由主义、表达强国意识的爱国主义以及宗教信仰的重新崛起的社会基本价值形态成为社会转型后俄罗斯社会心理和艺术多元化转向的基本表达。这一国际意识形态反映在当代俄罗斯建筑上体现为了一种多元化的发展趋向。具体而言，这一趋向包括以下几个方面：一是以米哈伊尔·菲力波和伊利亚·乌特金为代表的新古典主义风格，他们坚信古典主义的永恒价值内涵，继续发展 25 年前就开始的概念作品，致力于处理现代主义之后的教堂建筑革新，其作品表现出强烈的本土和民族特色；二是以亚历山大·布罗德金为代表的超现实主义风格，他从俄罗斯北部传统的木制建筑中发现其特质，展现了无拘无束的自由个性追求；三是以亚历山大·叶尔莫拉耶夫为代表的以"体积和空间构成"为主的后现代主义风格建筑；此外还有以奥利格·杜波夫斯基为代表的采用圆锥、球体、圆柱、角锥等几何体混搭突出新奇创新理念的新自由主义风格；等等。这些建筑理念很大程度上是知识分子在自由主义精神、强国共同愿景和宗教复兴潮流之下利用和通过建筑的改造和发展来表达自我观点和改变社会现状的途径，集中提出了建筑艺术中的国家形象和文化表达、现代社会的空间伦理和分配正义、未来建筑与自然环境协调共生等社会现实与前沿问题。当然，这些理念和创意包括了相当强烈的乌托邦想象色彩或称为浪漫主义特征，可能无法经受持续性的历史考验，但其所展现出的追求民族性特色和个性化自由追求的建筑风格，则呈现了当下俄罗斯国家、建筑家和国民之间思想形态的互动形态，同时表征了当下俄罗斯国家对内凝聚力量和对外树立大国形象的基本姿态。

二 俄罗斯经典古建筑的重建和保护

宗教既是俄罗斯文化的重要组成部分，同时又深深影响俄罗斯民族性格的形成。苏联解体之初由于意识形态真空造成了爱国主义淡漠、理

---

① 秦浩、张兴国：《当代俄罗斯建筑新现象评析室内设计》，《中国青年政治学院学报》2012 年第 4 期。

想信念丧失、道德滑坡严重、主流文化式微等严重的社会问题和危机。为拯救核心价值和民族认同丧失的病症，无论政府还是民众都将目光集中于具有千年积淀的东正教上，宗教复兴潮流悄然兴起。

在这一背景下，基于强化社会团结、重建认同和保护文化遗产的综合考量，当代俄罗斯政府重建和修缮了一批宗教建筑用以满足民众重返宗教的社会心理、安放俄罗斯的国家灵魂，从而成为俄罗斯转型时期建筑创作浓墨重彩的篇章。这些宗教建筑对于当代俄罗斯建筑创作的发展而言具有重要的意义。首先，教堂建筑的重建与新建加强了俄罗斯建筑界对古建筑的研究与保护。"1999年，在世界文物基金会公布的2000年面临严重危险的100个世界古迹名单中，俄罗斯有7处世界名胜榜上有名"[1]，可见保护文化遗产形势之严峻。其次，重建和修缮工作促进了对城市历史环境的保护与尊重，这在建筑技术日益发达、建筑形态复杂多变的今天显得尤为重要。例如建成于17世纪和18世纪交替时期的阿尔汉格尔斯克宫殿花园建筑群，在苏联时代，一部分辟成博物馆，另一部分成为上层人物的疗养院，可是，当时的官员们只知道在此放松身心，却很少考虑保护古迹的事情。奥拉宁鲍姆宫殿的情况也是一样。再次，教堂古建筑的重建也复兴了建筑修复科学，从修复经济、修复管理、修复技术、传统工艺等方面，全方位地促进了建筑修复科学的系统化和完善化，并为修复科学的发展提供了实践的平台。[2]

为保护俄罗斯的古典艺术和民族传统，避免损失众多优秀的木结构建筑古迹，俄罗斯在国家层面建设了一个文化遗产修复工程的大型数据库，用以监控文化遗产的保护和利用情况并对基础设施建设给予支持。据统计，2001—2011年，在《俄罗斯文化》（2001—2005）（2006—2011）等国家项目规划的总体框架下，联邦预算拨款近20亿卢布用于重建和修缮宗教古建筑，主要包括对圣尼古拉海军大教堂、升天大教堂、三位一体谢尔盖大修道院的重建及对圣彼得堡喀琅施塔得大教堂等资金

---

[1] 邱莉莉：《透视莫斯科》，中国城市出版社2002年版，第174页。
[2] 岳璐：《当代俄罗斯建筑艺术与国家形象塑造》，《俄罗斯学刊》2013年第5期。

支持。① 其中，对莫斯科的古建筑修复和重建工作无疑是国家支持的重中之重。1993 年，为迎接莫斯科建城 850 周年，莫斯科开始了对古迹的大量修复，20 世纪 20—60 年代被拆除的历史性建筑被重新修复。"一些 18—19 世纪老旅馆、老门脸也得到了政府的特别保护，中世纪的铸币厂和印刷厂被列入保护的范围。另外，一些反映俄罗斯建筑风格的独立住宅也成为人们关注的热点。这些建筑大部分建于 18—19 世纪，既有文化、历史价值，又有观赏、保存价值。"② 现在，位于城市中心的 3000 多座历史遗迹、1 万座拥有历史文化价值的纪念性建筑已经被列入古迹保护名单，处于国家的监督和保护之下。其中最有影响的是基督救世主大教堂、饭店宫、大剧院、彼得罗夫宫殿和几个著名的庄园以及莫斯科岸边的老建筑等。

古建筑不是孤立存在的，它作为城市建筑有机的组成部分，具有历史、艺术、审美、生态等多种属性。虽然，俄罗斯经历了激烈的社会变革和经济危机，但保护古建筑的问题并没有被普京政府所忽视。国家对城市古建筑保护的重视不仅体现了当下政府对待俄罗斯传统文艺的珍视态度，更重要的是表征了普京政府恢复民族传统和重塑国家核心形象的态度和决心。

三 帝国重建意识下的大规模现代城市建筑兴建

以恢复大国地位为诉求的民族主义成为转型时期俄罗斯主流意识形态后，彰显强国风采和帝国情怀就成为当代俄罗斯城市建设的基本诉求。于是，一批造型独特、富于现代感的"超级"建筑正在拔地而起，其中包括即将成为欧洲第一高楼的"联邦大厦"、世界占地面积最大的"水晶岛"项目和号称世界最大的社区"大多莫杰多沃"等，这些项目无疑成为民族主义在当代俄罗斯建筑层面的最强表达。在经历 20 世纪 90 年代的萧条后，这些位于俄罗斯主要城市的"超级"建筑设想大胆、水平高超，不仅在建筑领域成为引导现代化创作的潮流，而且成为俄罗斯彰显强国

---

① Федеральная целевая программа "Культура России（2012 – 2018 годы）"（http：//archives. ru/sites/default/files/186 – prill）.

② 邱莉莉：《透视莫斯科》，中国城市出版社 2002 年版，第 175 页。

形象的载体，在当代俄罗斯建筑创作领域倍受瞩目，为转型时期的俄罗斯城市带来了震撼人心的宏伟表现。①

拥有"世界第一高楼"是许多国际化都市梦寐以求的，这不仅能向世界展示国家实力与经济活力，同时也可给城市带来更大的知名度，同时还会吸引更多的投资和游客。随着普京的各项经济与外交政策，俄罗斯经济逐渐复苏，民族信心得到鼓舞。在民族主义社会心理的推动下，俄罗斯人一直渴望在城市建设上向世界彰显其经济实力。由此，莫斯科的新建建筑不断刷新俄罗斯建筑高度的纪录。2006 年，由福斯特建筑事务所主创的俄罗斯塔项目为 118 层，总建筑高度达到 612 米，该建筑将构筑欧洲建筑新的至高点。俄罗斯塔不仅在高度上拥有绝对优势，在建筑创作理念上，设计者以生态设计理念为指导，合理利用自然资源、应用高技术手段实现能源的循环利用，成为在俄罗斯率先"能源循环"使用的建筑，堪称当代俄罗斯应用高科技实现生态建筑的前奏。在建筑结构上，根据三角形高效、稳定的构图原理，形成三角形支撑的金字塔式的建筑结构形式。俄罗斯塔总建筑面积将达到 47.09 万平方米，内部包含公寓、酒店、办公和休闲等多种功能空间，建成后将成为莫斯科重要的触媒点以加强莫斯科的经济建设，带动社会活力。

由诺曼·福斯特设计的在建的"水晶岛"位于纳加蒂诺半岛，建筑高 457 米，占地面积 0.96 平方英里，"水晶岛"项目高度几乎达到伦敦摩天楼"金丝雀码头"的两倍，宽度也是格林威治千禧巨蛋的两倍，面积大约相当于五角大楼的 4 倍，总建筑面积 250 万平方米，建成后将成为"全球最大建筑"。整个巨型建筑包括 900 个公寓和 3000 个酒店房间、一所可供 500 名学生读书的国际学校以及多个电影院、博物馆、剧院、医院、体育馆和数十家商店、酒吧、餐馆，估计每天最多可接待 100 万人，可以说是一座"楼中之城"。这项耗资 16 亿英镑的"水晶岛"项目已经获得莫斯科市政府的批准，建成后将成为世界上最具特色的建筑之一，更将成为当代俄罗斯建筑史上具有"里程碑"意义的建筑，象征着俄罗斯世界大国的实力，成为俄罗斯的新地标。福斯特本人也宣称这座大厦

---

① 谢略：《俄罗斯转型时期建筑创作发展研究》，博士学位论文，哈尔滨工业大学，2011 年，第 81—82 页。

"是世界上最具雄心的建筑",是俄罗斯恢复世界强国地位的象征。

四 自由主义新型建筑模式的兴起与创建

由于苏联时期对建筑风格统一的限制,俄罗斯到处都是装配式的盒子住宅或古典风格的建筑,这使人们对俄罗斯既有建筑产生了审美情趣上的疲劳。当代的自由主义社会思潮带来了对"个性自由"的追求上,改变了当代俄罗斯社会的审美取向,表现在建筑层面则体现在对个性化的追求,这种个性化的审美取向实现了建筑个体意识的觉醒。在这样的社会背景下,新时期的俄罗斯出现了一批造型新奇、功能多样的新建筑,同样表征着强国复兴的勃勃生机和创新态度。

当代俄罗斯的城市建筑艺术在国家意识形态的作用下,从创作手法到设计风格都显露出全新大胆的尝试,出现了自由主义的新风格发展趋势。新的建筑类型包括银行、地铁站、商业设施和写字楼等,在设计师自由地试验和探索的创作中得到了不断的发展。建筑师奥列格·杜波尔斯基设计的位于莫斯科马斯克瓦街角的蛋形结构住宅楼就是其中代表,以奇特的造型从街区建筑环境中脱颖而出,并在转型时期的建筑创作中显得与众不同。奥列格·杜波尔斯基曾是苏联时期"纸上建筑师"的一员。"纸上建筑师"的创造力被限制于图纸无法实践,但是苏联解体后,俄罗斯进入社会转型的今天,这些追求新建筑形式的乌托邦式的建筑构想却满足了自由主义思潮下社会心理的需求,从而获得了从创作走向实践的可能。马斯克瓦街角住宅正是以与众不同的蛋形结构形式来反抗传统的街区单调的空间关系,利用独一无二的建筑造型展现了建筑师对个性化的追求。[1] 再如2003年完工的圣彼得堡拉多日斯基火车站是一个后现代主义的代表作。建筑师将火车时代的精神带到了现代,火车站内部设计的钢制横梁起到了纯粹的审美功能。建于1995年的下诺夫哥罗德的Garantiya银行养老金总部,以水平条纹为主要体裁元素,将整个建筑的各个部分组合起来。这是新艺术主义风格建筑的典范之作。在彼尔姆,1996年建成的一处住宅楼,无论在结构还是几何装饰上都采用了新艺术

---

[1] 谢略:《俄罗斯转型时期建筑创作发展研究》,博士学位论文,哈尔滨工业大学,2011年,第83页。

主义风格。这座建筑风格与它周遭的那些斯大林风格的建筑虽然风格不同，但看起来却好像成了这个地方的主角，并与环境的承接非常和谐。新艺术主义无论是现在还是将来，都代表了一种生活的态度，它和俄罗斯的传统主义是一种并行不悖的风格。新艺术主义建筑与周遭环境和谐共生的整体效果足以证明，而且这种效果让俄罗斯的新建筑看起来更富有个性。

1990 年开始启用现在名字的城市——下诺夫哥罗德，作为一个汽车工业中心，为了适应新的经济发展需要及满足城市居民购买力的提升，开始在宾馆和体育馆里建一些大型的购物场所。位于低城的一个区 Kanavino 里的购物中心，建于 2000 年，其新的建筑形式体现出对 20 世纪和早期现代主义的文体形式的偏好。它是城市重建项目的一部分，它的建成激活了周围地区的经济。建于 2003 年的莫斯科购物中心位于莫斯科主干道 Leningradsky Prospekt 上，与机场地铁站相邻。这个在城市西北部新建的购物中心不仅解决了建筑学上的问题，而且也有助于城市的空间发展。

还有一种更现代的建筑艺术表达方式。2002 年建成的昆采沃的体育网球中心和 2004 年建成的 Krylatskoye 冰雪体育馆，它们都是将有机的建筑形式引入体育中来，成为有机建筑或绿色建筑风格的典范之作，并体现了俄罗斯当下建筑的人文意识与环境意识。无论是后现代主义、新艺术主义还是更现代的表达方式，俄罗斯新建筑类型的艺术风格迎来了转机性的时刻。这些新的建筑大都建在城市中心区域，这就要求新的建筑要与原来的建筑环境相融合。令人称道的是，新的建筑艺术风格做到了这一点，它们悄然融于原有的建筑风格中。无论是与莫斯科的构成主义风格建筑，还是与圣彼得堡的巴洛克与古典主义风格建筑，这些新建筑都采用了比较适中的方式与其和谐共生，解决了新旧交替的问题。例如，建于 2004 年的丰坦卡运河边的俄罗斯中央银行，它的正面是预制的建筑材料，有凸窗和华丽的装饰，使其与周遭的那些上百年历史的建筑几乎难以分辨。但边道的正面只是新传统风格的建筑，以钢铁和玻璃建造。这些新传统风格的建筑形式反映在了新的建筑类型中——银行、购物中心、地铁站等，显现了俄罗斯新建筑革命的目的。同时，也彰显了俄罗斯国家的政治价值取向——

传统与现代、民族与世界、集体与个人并存共生发展的价值观，凸显了其对外要积极推广的国家形象。

五 生态主义建筑艺术的兴起与国家形象塑造

20世纪90年代，随着苏联的解体，曾经发挥经济支柱作用的旧工业区如今大都成了废弃地和重污染区，还有一些为适应当时经济社会发展需要而建造的具有强烈时代烙印的功能建筑空间如今也都破旧不堪，它们见证着俄罗斯国家经济与社会发展的历程，浓缩了这个国家曾经辉煌的工业文明形象。对于这部分建筑空间，是拆旧立新，还是通过公共艺术的介入对其进行景观改造与生态重塑，是政府与艺术家一直以来都在思考的问题。对待这部分建筑的态度与采取的措施，反映了国家对待传统以及未来建筑艺术发展的态度趋向。同时，更重要的是向世界传达了俄罗斯国家不是资源污染的国家，而是注重保护生态环境的环保国家形象。

当代，随着科技发展、产业结构调整及社会的变迁，过去曾作为国家经济支柱的工业基地不再辉煌，出现了大批工业废弃地；一些曾经在旧经济模式下发挥作用的功能建筑出现了被废弃的景象。面对这部分建筑空间，当下俄罗斯的文艺推广者正致力于一种新的尝试。在景观改造的同时治理受污染的土地，并在保留大部分原有建筑物的基础上，赋予废弃地换新的功能和意义，使之得以激活，并作为一种提供独特审美的场所和见证历史的基地重新发挥作用。具体实施的措施包括功能重构、形象重塑及艺术审美再现、废物再利用等，即以公共艺术的理念对废弃与破旧地的景观进行改造与生态重塑，艺术参与其中的建筑改造，赋予了废弃之地换新的时代审美价值。

俄罗斯艺术设计师达莎·祖科娃和她的团队在俄罗斯就致力于这样的工作，即和世界顶级建筑师合作，将苏联留下的废弃的优秀建筑改建成富有创意的艺术场馆，通过探索苏联时期的建筑遗迹，研究并解读它的尺度，使其焕发新的功能。他们试图通过这种做法，向民众提供更多选择，并在推动俄罗斯文艺积极变革的同时，对外传达俄罗斯国家资源环保的国家形象。例如，位于俄罗斯首都莫斯科的"车库当代艺术中心"建筑，就是由一座废弃多年的旧建筑改造而成的。这座建于20世纪 60 年代的预制混凝土建筑一直处于废弃状态，经改建之后成为展示当代俄罗斯文艺的新画廊和展览空间。而"车库当代艺术中心"原来所在位置是一个由苏联构成主义建筑师康斯坦丁·莫列诺夫和弗拉基米尔·舒霍夫于 1926 年设计的莫斯科北部市郊半工业区的"汽车终点站"。现在艺术中心将移至高尔基公园中，现也处在改造过程中，它从莫斯科河延伸出来，并与莫斯科城市中心相连。这种改造保持了当时建筑风貌的原汁原味，保留了一些苏联时代的元素，装饰性的马赛克贴砖和暴露的砖墙，使历经风雨已显沧桑的时代建筑焕发了新的韵味。建成后的车库艺术中心是一个非盈利机构，它将致力于促进俄罗斯艺术与国际的交流，并鼓励和欢迎新一代艺术家到这里创作和展览。在瓦维洛夫街上一块废弃地，原来是一个旧幼儿园，2005 年经改建修成一座办公楼。这座办公楼处于大片的住宅区和工业建筑之间，红砖砌成的正面将其与周围的水泥建筑区分开来，使这块毫无活力的土地焕发了重新开始的希望。

莫斯科国家当代艺术中心是由一个旧工厂改造而成。在这里，结构工程师和建筑师遇到的最大挑战是，要在没有支撑结构的情况下建造这座楼。改造者在建筑正面利用一个金属框架固定墙体以解决这个问题。这样，既不大规模改变原来旧的砖墙，还能创造出一种现代的效果。陈旧的砖墙既散发出工业文明的历史厚重感，又弥漫着时尚和艺术的气息。这个翻新的建筑，从外观上看，新旧之间的关系非常明显，砖墙与金属框架赋有个性的对比，既体现了对旧工业建筑古典主义的继承，也彰显了俄罗斯建筑当下新旧之间的存在关系。除了对废弃地的改造，还有对废弃材料的再利用。建筑设计师亚历山大·布罗茨基利用在奥斯特泽卡大街的布特戈韦斯基工厂废墟中的废弃建筑材料——1917 年以前的窗框，作为建筑元素，构建了一个专门为伏特加典礼所专用的展厅。外观白色斑驳痕迹的窗框与透过磨砂玻璃窗弥漫进屋的阳光，一起构筑了设计者对这种仪式的态度。还有以废弃工厂厂房的红砖砌成的位于莫斯科市中心街路上的多层停车场，这种建筑构想使它看起来比周遭的后现代主义的建筑更加踏实。无论是对废弃地还是废弃材料的再利用，艺术介入其中的建筑改造，都让当下俄罗斯建筑艺术在焕发新的审美价值的同时也凸显了国家的生态意识，为俄罗斯塑造生态环保的国家形象起了推动作用。

　　建筑艺术是一种审美的文艺表达，同时也是一种文化传达。俄罗斯的建筑艺术代表了俄罗斯的传统文化，是历史遗留下来的宝贵遗产和精华所在。应该说，当代俄罗斯建筑艺术所释放出的多元文化气息，亦体现了当下俄罗斯文艺发展的现状，展现了俄罗斯国家当下的政治价值观与对外政策。以中立、平等的伙伴关系为原则的"俄罗斯式"方式及其"自由航行"对外模式，体现在建筑艺术形式的构筑中，形成一种矛盾和谐共生的建筑风格状态。尽管俄罗斯的建筑艺术在当下并未形成某种特定的风格，但对于一个正处于调整与发展中的国家而言，当代俄罗斯建筑艺术已经显现出作为提升一个国家软实力的重要标志的艺术景观特质。这对于其国家政治价值观及外交政策等国家软实力的推广无疑具有潜移默化的深远意义。总之，当代的俄罗斯建筑与同期其他艺术形式一样释放出多元文化气息，彰显出俄罗斯国家的传统与现代、民族与世界、集体与个人并存共生发展的价值取向，凸显了作为提升一个国家软实力的重要标志的艺术景观特质，发挥着文艺对国家形象塑造的浸染、渗透的软性功能。

本章小结

　　当代，在新闻书刊检查制度废除的基础上市场经济体制逐步成熟，政治上的帝国重建诉求、经济上的多极化发展和社会上的多样化选择共同构成了当代俄罗斯文化产业机制下的文艺发展环境。综观以文学、电影和建筑艺术为代表的当代俄罗斯文艺，我们不难发现许多作品所表现出与国家利益、民众期待和社会心理的深层关联。当代俄罗斯文艺在全球化背景下，虽然深受西方创作观念的影响和社会转型所带来的文化巨变的冲击，但根植于俄罗斯精神深处的大国自尊、民族本位和宗教情怀从未断裂。在当代文艺战略的影响下，主流文化、精英文化和大众文化分别以各种不同的方式表达出对于帝国重建、国家认同和现代社会的理解和观点。因此，我们在多元文化的各个流派甚至在标榜解构、去中心的后现代主义、娱乐主义等非政治化艺术流派中均可见"俄罗斯思想"的继承和传达，它们以主动参与和被动裹挟的方式努力促进着所谓极权文化和民主文化、传统文化和自由文化的结合，在对西方艺术思潮和本土民族文艺的"破""立"之间，当代俄罗斯艺术家们以自己的探索和尝试、成功和失败勾勒着转型时期俄罗斯文艺的面貌，成就了当代俄罗斯多元化文艺调色板上的亮丽色彩。

结语与启示

文艺精神是俄罗斯民族绵延、发展、强盛和复兴的重要动力,是其实现文化传承、自我确认、国家认同和形象推广之本,是其屹立世界民族之林的独特价值之基。文艺战略是一个国家特别是正在崛起的大国意识形态建构、精神力量凝聚、国家认同促成和文化事业发展的重要途径和表征。当代的俄罗斯文艺战略在俄罗斯社会整体转型的巨大洪流中孕育生成,是国家意识形态重建和文化治理结构变迁的产物,其中既包含俄罗斯帝国及苏联时期文化政策的传统基因,也继承了戈尔巴乔夫和叶利钦时期关于文化建设的某些观念,但其归根结底是普京以文化强国重振俄罗斯雄风的战略部署和决策考量,是国家文化意志、俄罗斯民族精神、现代化进程发展和市场利益诉求等多重因素共同作用的结果。本书立足于通过对普京执政前后俄罗斯文艺和文化事业国家宏观管理政策的历史沿革、核心理念、主要形态、运行机制和效应影响等方面的研究,全面展示在社会制度转型、文化软实力提升战略和全球化背景影响下,俄罗斯文艺和文化形势变迁发展的整体面貌,并得出如下结论。

第一,在社会制度整体转型之下,当代的俄罗斯文艺战略与苏联时期相比,在核心理念、价值取向、运行方式等方面都发生了巨大的变化,其中既有意识形态断裂后资本主义社会在民主制度、文化管理和现代化重建等方面的鼎新革故,也有宗教精神、强国意识、民族性格等"俄罗斯思想"经典内涵的传承延续、生生不息,在文艺战略的大变革和大转向中我们发现了积淀于俄罗斯民族血脉灵魂中恒久不变的气质和诉求。

第二,融合传统思想与现代价值的"新俄罗斯思想"是当代俄罗斯文艺战略的核心理念,是总揽当代俄罗斯文艺和文化大形势的国家主流意识形态。它吸取"俄罗斯思想"的基本内涵与精华，集中体现了社会转型期文化更新的时代精神，剔除了专制主义和民族极端性等与现代化社会进程不相符合的元素。在"新俄罗斯思想"指导下的文艺战略比较成功地应对了叶利钦时期社会思潮多元化和主流意识形态失落造成的文化困境，有效起到了整合社会思想、增进国家认同、构建国家形象、增强文化软实力、保护文化遗产和繁荣文化事业发展等方面的作用。

第三，考察当代俄罗斯文艺政策和文化战略的主要形态和运行方式，我们发现，在新型国家主义的政治体制下，俄罗斯的文化管理机制偏向于"国家统一型"机制模式，同时也具有"放任自由型"机制模式的一定特点，最高领导人的政治意志和文化思考仍是左右俄罗斯文化发展的重要动力，总统处于文化决策权力的中心和顶峰，从动议起草、颁布落实再到反馈修正全方位控制当代俄罗斯文化的发展，是推动文艺战略的法制化、现代化、信息化和制度化进程的重要力量。这种管理机制比较好地保障了政府对文艺战略的话语权和影响力，维护和保持了国家统一的文艺战略意志和理念。但同时总统威权的决策模式、发育不良的公民社会、严重失衡的权力结构、弱化的政党政治、薄弱的公民社会基础以及宗教思想固有桎梏等制约性因素也成为俄罗斯文化革新发展中的内在阻力，亟待克服。特别是如何在制度上既保障政府对文化政策的财政支持和监督义务，又能尊重民间文化机构合理支配和使用财政资金权利的前提下，较充分地调动社会开展文化工作的主动性、积极性和创造性应成为今后俄政府着力调整的重点。

第四，当代俄罗斯联邦在叶利钦时期文化政策的基础上完善形成了以宪法为立法依据、以文化立法基础等法律法规为基础保障、以若干纲领性文件为发展规划和导向、以文艺奖项和文艺教育为辅助的文艺战略体系。这一体系为实现和推进国家文艺和文化发展的整体战略意图搭建了总体框架，为市场经济条件下的国家意识形态和文化发展诉求的传达、贯彻和执行提供了保证，并在一定程度上有效实现了国家文化软实力提升特别是意识形态重建和国家形象塑造等的预期目标。

第五，当代以"新俄罗斯思想"等为主导的系列文艺战略的颁布和实施，在市场经济条件下通过政府引导、政策鼓励、民间融资、领导人示范等间接方式对当代俄罗斯文艺生态产生了重要影响。同时，在俄罗斯现代化进程再次启动和强国复兴梦想的国家整体利益诉求下,文艺创作者作为时代先知也以独特姿态表达出对社会现实、民族未来和国家前途的希冀与忧虑,主动融入了俄罗斯帝国重建的历程中,诉说着内心文艺形态的"俄罗斯强国梦"。

中俄同为具有国际影响的文化大国,中国梦与俄罗斯强国梦高度契合,当前两国都将增强国家软实力和文化竞争力作为实现大国复兴的重要目标和途径。此外,中俄人文合作日益密切,中俄文艺事业和文化产业发展具有可比性和相互参照、借鉴意义,分析俄罗斯国家文艺战略的基本特征和战略意图,中我国社会主义核心价值观及文化强国建设具有如下借鉴和启示。

第一,构建国家核心价值、保障国家利益和文化安全是崛起大国确定文艺战略的最高宗旨。

在多元价值体系并存的全球化时代,保持国家核心价值观和主流文化的主导地位,是确保意识形态安全和文化自立自强的基本要求。一个民族和国家如果不能构建和巩固强有力的主流文化,势必造成无法抵御多元异质文化的冲击而失去了统一独立的精神空间,最终只能在全球化浪潮中随波逐流甚至导致更加严重的后果。苏联覆灭就是意识形态和文化领域崩塌带给我们的重要启示。总结回顾当代文艺战略的主要经验之一就是在执政初期寻找到了基本符合俄罗斯国情的崭新意识形态——新俄罗斯思想,它既继承了俄罗斯优秀文化传统同时又顺应全球化发展大势,堪称是彼得大帝以来俄罗斯西方道路、国家主义、大国意识、爱国精神、强权主张等多种国家意志追求的精神集合体,对于重建俄罗斯意识形态和主流文化、保持俄罗斯文化的独立性、在一定程度上挽救文化危机起到了作用。因此,面对文化多元化时代特别是以流行文化为主要形态的美国文化霸权主义的侵袭威胁,中国要保持文化竞争中的国际地位,必须不断增强文化软实力,其中构建具有强大吸引力、生命力和影响力的国家核心价值,保证国家文化安全是第一要义。为此,我们应借鉴俄罗斯经验吸取中华优秀传统文化的思想精华和道德精髓,大力弘扬以爱国主义为核心的民族精神和以改革创新为核心的时代精神,构建具有说服力和竞争力的社会主义核心价值观,以此为基础通过制定符合国情和文化发展规律的文艺战略切实提升国家文化软实力。

第二，弘扬民族传统文艺精神、强化传统文化教育是制定文艺战略的重要内涵。

普京执政初期，面对民族虚无主义和全盘西化对国家文化的威胁，俄罗斯政府坚定民族文化本位主义，通过立法和制定规划等方式保护民族物质和非物质文化遗产，通过扶持文艺教育、文艺创作和文艺研究等途径保护民族文脉、普及艺术知识、培养文艺人才，通过建立海外俄语中心等文化推广机构、承办各类大型国际型文艺和体育活动等，以经典文化为品牌要素推广俄罗斯文化、塑造俄罗斯国家形象。文艺是决定民族历史和现实生存状态的基因，"新俄罗斯思想"中强调全人类共同的价值观与俄罗斯传统价值观有机地结合在一起，其中传统的价值观就是根植于俄罗斯传统中的文化精华，是强国意识、爱国精神、宗教情怀等俄罗斯民族精神的核心要素。历史证明，任何移植的西方化文化模式都会因水土不服而夭折失败，只有坚持民族本位，转型时期的文化才能在民族延续的血脉滋养下生长延续并不断更新发展，焕发出恒久的生命力。同时，文化的民族性也离不开时代性。民族文化只有充分体现时代精神并与时代精神相结合，在原有基础上不断拓展其时代内涵，才能注入新的活力。同时，也只有积极参与世界文化的交流与对话，才能不断提高自身文化的影响力和竞争力，才能切实保持和增强文化的民族性。因此，应当用世界眼光来把握文化的民族性，自觉增强文化发展的时代意识、世界意识，用文化的世界性、时代性来增强文化的民族性。构建社会主义先进文化及制定相关政策应深入挖掘和阐发中华优秀传统文化讲仁爱、重民本、守诚信、崇正义、尚和合、求大同的精华，熔铸重法治、讲民主的时代精神，在保持自己文化的民族性和自主性的同时，走出一条健康的文化发展之路，融入世界文化交流之中。

第三，强化文艺和文化立法工作是构筑文化事业良序发展的法治保障。

俄罗斯是一个高度注重法制化建设的国家。当代俄罗斯新颁布的文艺和文化相关法律、法规、总统令等具有法律效力的文件近8000部，其中基础艺术类151部、造型艺术类3部、电影艺术类136部、音乐艺术类141部、舞蹈艺术类9部、马戏杂技类132部、戏剧艺术类170部、图书馆管理75部、博物馆管理1183部、民间文艺创作类15部、历史文化遗产保护类248部、国际文化交流类8部、科技信息交流类16部,这些法律法规的颁布为文艺和文化保护及发展提供了有力的法治保障。反观中国,截至2013年8月立法总数约38000件,其中有关文化的法律、法规、规章和规范性文件数量约1042件,占全部立法的2.7%。其中现行的文化领域法律约占全部现行法的比例为1.68%,与之对应,经济领域法律、政治领域法律、社会领域法律和生态环境领域法律占全部现行法的比例分别为31.5%、52.1%、7.56%和7.56%。文化立法工作的严重滞后必将阻碍中国经济、政治、文化、社会、生态一体化建设工作的协同推进。[①] 因此,要持续推进中国文化事业和文化产业的持续健康发展,建设社会主义文化强国,保障公民文化权利,就必须首先通过立法将党和政府关于文化工作的路线、方针、政策固定为社会行为规范;必须尽快通过健全的文化法制体系,为深化文化体制改革创造良好的法制环境;必须从法律层面对保护公民享有文化成果、保护公民参与文化活动、保护公民开展文化创造以及对文化艺术创造所产生的精神和物质利益设定具体法律条例;必须加强文化立法体系与中国现有法律体系之间的衔接与统一,正确协调不同法律部门的规范性法律文件之间的矛盾关系,及时进行调整、完善和补充,避免出现法律滞后问题,真正达到保障文化安全、促进文艺和文化建设健康发展的最终目标。

第四,推动文化创新是为文化强国提供不竭生长动力的根本途径。

全球化、信息化时代,文化创新力是文化强国的重要标志和动力。影视、音乐、新闻、游戏、视觉艺术、工业、时尚、建筑设计等文化产业都以创新和创意作为评价首要标准。激发国家的文艺和文化创造活力,必须在国家主导的条件下营造一个开放宽松鼓励创新、宽容失败、保护知识产权的环境,必须在科学精神和人文素养、基础设施和充足投入的交汇融通中逐渐形成,必须有教育、科技、金融、贸易、法律等领域的制度协同创新和要素优化组合才能实现。当代,俄政府特别注重青年文化人才支持和创新创意文化产业的发展。为此,俄罗斯不但在国家文化奖项中增添了青年和创新奖专项,同时,又设立了相关领域的青年基金和项目以推动文化创新产业的发展。因此,中国加快建设文化强国必须

[①] 范周:《文化立法刻不容缓》,《光明日报》2014年5月12日。

以文化体制的改革和文化机制的创新为突破口，一是要紧跟工业化、信息化、城镇化、农业现代化的潮流，结合各地区域特点，不断探索更加有利于文化人才涌现和文化创新产业发展的政策、路径和方法，进一步释放全民族文化创造力；二是要将文化产品与高新技术相结合，在中国传统文化资源的基础上进行挖掘、创造性转化工作和创新，开发出高附加值的、具有跨地域魅力的文化产品，提供出具有民族特色的高科技含量的文化产品与服务，增强文化产品的感染力和市场竞争力。如此，在实现中国梦的过程中，中华民族最基本的文化基因才能与当代文化相适应、与现代社会相协调，把跨越时空、超越国度、富有永恒魅力、具有当代价值的文化精神弘扬起来，把继承传统优秀文化又弘扬时代精神、立足本国又面向世界的当代中国文化创新成果传播出去。让收藏在博物馆里的文物、陈列在广阔大地上的遗产、书写在古籍里的文字都活起来，让中华文明同世界各国人民创造的丰富多彩的文明一道，为人类提供正确的精神指引和强大的精神动力。①

尽管本书力图通过对俄罗斯文艺战略的研究，全面展现俄罗斯当代文艺和文化发展全貌，但由于研究视角、研究能力的局限，对一些重要问题仍未深入涉及，例如，文化遗产保护的重点类别、公民文化权利的保障分配、国家文化统一性与民族文化自治关系等问题的论述没有展开，俄罗斯思想的思想内涵与俄罗斯民族性格的内在关联及其对普京文化决策影响的内在机制研究不够深入等等，都为本书留下了遗憾。同时，由于本书所关注的是当代俄罗斯文艺发展形势，因此决定了我们的研究对象——当代俄罗斯文艺战略的形势的发展演进性和丰富多变性，需要我们密切跟踪和及时研究。2014 年，由普京亲自策划、总统办公厅主任伊万诺夫负责组织总统文化艺术委员会起草的《俄罗斯文化政策要义》已经向社会公布，作为国家层面的文化政策纲要其中包含的文化保守主义倾向、文化空间统一规划、文学创作支持计划、青年文艺扶植计划、电子信息支持和发展计划等崭新信息代表了未来一个时期内俄罗斯文化政策的走向值得我们高度关注，其中国家认同与文艺政策制定、适应多民

---

① 习近平在联合国教科文组织总部的演讲（http：//news. xinhuanet. com/politics/2014 - 03/28/c_ 119982831_ 3. htm）。

族国家的文化立法诉求、文化价值与现代公民塑造、具有美学价值的建筑环境创造等课题也必将为我们提供更多的研究素材，成为我们今后进一步拓展研究的重点。

附　录

一　"俄罗斯文化（2001—2005年）"联邦目标纲要

Федеральная целевая программа Культура России（2001 – 2005 годы）

为全面解决关于保护和发展国家文化潜力、保护和高效利用俄罗斯联邦民族文化遗产的问题，俄罗斯联邦政府决定：

1. 批准所附"俄罗斯文化（2001—2005）"联邦目标纲要（下称"纲要"）。

2. 自2001年开始，俄罗斯联邦经济发展与贸易部和俄罗斯联邦财政部将把纲要纳入由联邦预算资金进行拨款的联邦目标纲要名录中。

在实施过程中，纲要的各项措施及其拨款规模应当根据联邦预算能力进行年度调整。

3. 建议各俄罗斯联邦主体行政机关对纲要的措施予以拨款。

俄罗斯联邦政府主席　M. 卡西亚诺夫

"俄罗斯文化（2001—2005）"联邦目标纲要概览

纲要名称	"俄罗斯文化（2001—2005）"联邦目标纲要
纲要的制定依据	俄罗斯联邦政府2000年6月3日第764-р号命令
纲要的订购者与协调者	俄罗斯联邦文化部
纲要的国家订购者	俄罗斯联邦档案署
纲要的基本制定者	俄罗斯联邦文化部 俄罗斯联邦档案署

续表

纲要名称	"俄罗斯文化（2001—2005）"联邦目标纲要
纲要的基本执行者	文化、艺术和电影组织，档案机构，科研机构，文化艺术人才的创作团体和协会，社会团体和组织
纲要目标	为保护国家的文化潜力和文化遗产创造条件，在确保俄罗斯文化发展的继承性的同时，支持文化生活的多样性和文化创新 保障国家统一的文化空间，为在多民族国家中的文化对话创造条件，为在俄罗斯不同地域的居住者以及不同社会团体的代表提供享受各种文化生活的途径创造条件 使个人和社会团体形成对那些保障俄罗斯社会顺利实现现代化的价值观的重视和关注
纲要实施期限	2001—2005年
亚纲要目录	"发展俄罗斯文化与保护俄罗斯文化遗产"亚纲要 "俄罗斯电影业"亚纲要 "俄罗斯档案"亚纲要
纲要的财政总额及其来源	联邦预算资金284.087亿卢布 俄罗斯各联邦主体预算资金78.364亿卢布 预算外资金来源129.088亿卢布
纲要实施的预期最终结果	扩大公民享有各种文化珍品和文化财富的途径与可能性 保护文化的人才潜力 巩固国家统一的文化空间 高效地保护和利用文化遗产，包括重建和发展瓦拉姆群岛、修复谢尔盖圣三一修道院建筑群 发展本国电影业 保护俄罗斯联邦的档案资源库
监督纲要执行的组织体系	根据纲要制定的管理规则，由俄罗斯联邦文化部和俄罗斯联邦档案署对纲要的实施进行管控

1. 要解决的问题以及运用纲要方法解决这些问题的必要性

为实施"俄罗斯联邦政府社会经济政策基本方针长期展望"，制定"俄罗斯文化（2001—2005）"联邦目标纲要（以下简称"纲要"）是为了保证俄罗斯联邦政府的各项社会经济政策的主要方向能够长期高效地实施。

俄罗斯社会改革和国家实施的经济改革必然触及文化生活，在近十年内，国家的文化生活受到了这两种对立趋势的影响。

国家民主基础的形成为公民创造精神的提升以及剧院、博物馆、创作团体和协会的产生提供了条件。文化人士和文化组织所获得的自由空间保障了其积极发展的条件。出现了新类型的专业艺术消费者和买单者，他们在市场原则下与创作人士建立了自己的联系。

与此同时，国家也相应地缩减了对民族文化的支持，其认为正在形成的市场可以解决不断出现的各种问题。文化对俄罗斯社会和公民形成积极的政治目标和价值取向的影响逐步减小。

尽管文化的发展情况复杂，甚至个别州区的情况处于危机之中，但我们成功地在一定程度上克服（摆脱）了在文化领域的家长式管理，使得文化活动组织的纲要方法得以传播，扩大了社会参与支持文化的形式和范围。目前，存在着开始彻底地更新文化领域内国家管理和（国家）调控的系统的社会、经济和心理的必要基础。现在该领域的情况在一定程度上可以定性为其稳定发展新阶段的开始。

同时，在市场关系和社会民主化逐渐形成的条件下，文化所积蓄的潜能要求进行改革，纲要的制定正是定位于实现这些改革。

文化现象的多样性使得很难解决其面临的问题，在某些地区或者组织中，各级国家权力机关与社会组织和其他文化活动的主体并没有广泛互动，这都决定了运用纲要方法解决问题的必要性。

2. 纲要实施的主要目标、任务和期限

纲要的主要目标是：

保护国家的文化潜能和文化遗产，在支持文化生活多样性的同时保障俄罗斯文化发展的继承性；

保障统一的文化空间、不同地区人民和不同社会与团体的代表享受文化生活途径的平等性，在多民族国家为文化对话创造条件；

使个人和社会团体形成对保障俄罗斯社会顺利实现现代化的价值观的关注和重视。

在保留同"俄罗斯联邦文化发展"联邦目标纲要（1993—1999）的继承性的同时，该"纲要"在很大程度上致力于后续的改革并保障以下方面：

由国家对职业创作进行保障性扶持，为专业创作的发展和公民参与文化生活创造条件；

保证俄罗斯文化遗产、俄罗斯联邦档案库以及对文化遗产和档案库的高效利用；

巩固和发展文化领域的基础设施，保障公民参与文化生活并具备充足的条件来获取国家博物馆、图书馆、档案库等处的信息资源，将俄罗斯融入世界信息空间之中；

通过国家部门的结构重组以及激活市场与生产、出租和放映音像制品领域的互动机制，实现电影业的稳定发展；

提高文化在巩固公民社会制度中的作用，提高文化在形成社会积极人格中的作用，提高文化在保护弱势群体中的作用；

集中预算资金用于文化发展的优先方向。

本纲要同科学、教育、青年和民族政策、环境保护以及联邦关系领域的其他纲要紧密相关。

纲要的实施日期是2001—2005年。

3. 纲要的资源保障

纲要各项措施的资金依靠联邦预算资金、各联邦主体的预算资金以及预算外资金。

本纲要的资金规模总额是491.539亿卢布，其中联邦预算为284.087亿卢布，各联邦主体预算资金为78.364亿卢布，预算外资金为129.088亿卢布。

各个相应的联邦主体根据同本纲要的国家买单者之间的协议来确定参与对本纲要的资金支持。

2001—2005年纲要的资金规模具有前瞻性，考虑到联邦预算的各种可能变化，要根据在制定联邦预算和联邦针对性投资计划草案时规定的原则对其进行年度核准。

按支出资金的来源和方向的纲要资金预计总额分配
（单位：百万卢布，根据2000年的价额计算）

财政来源和 开支方向	2001—2005年 财政总额	其中				
		2001年	2002年	2003年	2004年	2005年
总额	49153.9	5071.2	8297	9796	12039.6	13950.1
其中:						
联邦预算	28408.7	2231.1	4844.3	5839.3	7235.8	8258.2
各联邦主体预算	7836.4	1146.9*	1328.5	1522.5	1785.3	2053.2
预算外来源	12908.8	1693.2	2124.2	2434.2	3018.5	3638.7
国家投资总额	12871.8	772	2291.7	2755.8	3423	3629.3
其中:						
联邦预算	12017.2	737.9	2163.8	2580.1	3194.2	3341.2
各联邦主体预算	824	30	122.4	169.2	221.8	280.6
预算外来源	30.6	4.1	5.5	6.5	7	7.5
科学研究与试验设计工作总额	122.3	11.5	24.8	25.6	28.6	31.8
其中:						
联邦预算	120.3	11.3	24.5	25.2	28.1	31.2
各联邦主体预算	—	—	—	—	—	—
预算外来源	2	0.2	0.3	0.4	0.5	0.6
其他需求总额	36159.8	4287.7	5980.5	7014.6	8588	10289
其中:						
联邦预算	16271.2	1481.9	2656	3234	4013.5	4885.8
各联邦主体预算	7012.4	1116.9	1206.1	1353.3	1563.5	1772.6
预算外来源	12876.2	1688.9	2118.4	2427.3	3011	3630.6

*资金规模为2001年纲要国家买单者同各联邦主体行政机关协商的数量。

4. 纲要实施机制

纲要的实施是在国家合同（协议）的基础上实现，以上合同（协议）的订立要遵循俄罗斯联邦文化部（纲要的国家买单与协调者）和俄罗斯联邦档案署（纲要的国家买单者）同纲要各项措施的执行者规定的原则。

通过评比对纲要框架内的各项措施进行选择。

根据俄罗斯联邦《关于满足国家需要竞标采购货物、完成工作、提供服务法》的规定确定各项措施的执行者。

通过国家买单者按照下一财年核定的拨款数额来确定联邦预算对本纲要的支持数额。

当预算拨款数额改变时，纲要的国家买单与协调者按规定更正各联邦主体预算资金支持的数额和预算外资金的数额，同时更改纲要各项措施以使其在规定的期限内完成。

纲要的实施机制要求每年形成工作文件：各亚纲要措施实施的组织方案、各具体纲要措施执行者的遴选计划、根据遴选结果同纲要措施执行者签署的协定（协议）草案、纲要各项措施具体执行者准备和实施措施的清单（包括确定的资金规模和来源）。

5. 纲要实施期间的管理和控制

考虑到纲要实施的庞大规模和复杂性，为了合理组织纲要实施的管理工作，该纲要分为若干亚纲要。

俄罗斯联邦文化部负责纲要全面的实施工作，保障纲要各项措施的准备和实施，保障专项、高效地使用预算资金，按规定制定并提出用于下一财年的纲要资金的综合的财政预算拨款申请，以及准备年度纲要实施情况的报告。

纲要的领导机关是俄罗斯联邦文化部。纲要的领导机关对纲要的实施、最终效果、专项并高效利用已拨款项情况负责。

对于纲要的目前管理工作，国家买单者建立了行政领导机构，确定了领导机构的章程和组成。

纲要的国家买单者负责向俄罗斯联邦财政部、俄罗斯联邦经济发展和贸易部报告所有有关与纲要执行者签署的合同（协议）的情况，以及这些合同（协议）的财政预算、预算外资金和各联邦主体预算拨款情况，并且向俄罗斯联邦工业、科学和技术部报告有关民用科研开发计划的情况。

国家买单者负责组织运用信息技术在纲要措施完成的过程中进行管理、分析和控制。

按照规定根据纲要的国家买单与协调者的建议对纲要进行调整，包括纳入新的亚纲要以及延长纲要实施期限。

纲要的实施期限每次最多可以延长1年。当必须延长1年以上时，则需要制定新的纲要。

由纲要的国家买单与协调者会同俄罗斯联邦国家委员会根据统计的数据，组织纲要实施的统计报告工作，并向俄罗斯联邦经济发展和贸易部及俄罗斯联邦工业、科学和技术部报告纲要的实施情况和资金使用效率情况（包括民用科研开发工作）。

纲要的国家买单者连同俄罗斯联邦经济发展和贸易部应当按照规定组织对纲要的实施过程开展专家评估。

按规定纲要的国家买单与协调者在国家和主管部门报告以及签署的合约（合同、协议）的基础上对纲要完成情况进行监督。

监督包括定期报告有关纲要各项措施执行的情况、划拨给执行者用于纲要实施的资金的合理使用情况、已完成纲要措施的质量情况以及有关协议（合同、协定）履行期限的情况。

纲要各项措施的执行者按规定对划拨给其用于纲要实施的资金的专项使用情况进行汇报。

6. 评估纲要实施效果

纲要实施的社会经济效果体现在文化的社会作用的提升上，这是因为：

巩固了作为保护俄罗斯国家完整性重要因素的统一文化空间，战胜了孤立主义和分离主义倾向；

为创作措施、俄罗斯文化与世界文化进程的融合、开发新的文化交流的形势和方向创造了有利条件；

使更多的人享受到了文化财富并获取文化信息；

激活了文化发展的经济进程，被吸引进入该领域的非国家资源有所增长；

在自由劳动市场的条件下，保障了青年艺术创作者的竞争力，青年人的审美学教育得以发展；

优化了资金使用，集中资源解决文化领域的优先任务，使文化领域的资料库实现了现代化。

7. 纲要措施的系统

根据纲要研究和实施一系列的旨在解决所面临任务的措施应当在以下三个亚纲要的框架下进行：

"发展俄罗斯文化与保护俄罗斯文化遗产"分纲要。

"俄罗斯电影业"分纲要；

"俄罗斯档案"分纲要；

"发展俄罗斯文化与保护俄罗斯文化遗产"亚纲要和"俄罗斯电影业"亚纲要涉及俄罗斯联邦文化部的工作领域，而"俄罗斯档案"亚纲要涉及俄罗斯联邦档案署的工作范畴。

"发展俄罗斯文化与保护俄罗斯文化遗产"分纲要

从 1993 年至 1999 年，在实现联邦保护和发展俄罗斯联邦文化和艺术方面所付出的努力从总体上减缓了俄罗斯文化中积聚的危机现象，保护了大量的历史和文化遗迹，阻止了国家文化和艺术机构、文化教育机构的关闭和转行，支持建立和形成民族文化中心，实施保护和发展文化和艺术的地区性纲要。

这一时期在市场关系正在形成中的条件下，文化组织和个人逐渐调整以适应已经改变的经济条件，形成新的文化活动的形式具有重要地位。

"发展俄罗斯文化与保护俄罗斯文化遗产"分纲要（以下简称"分纲要"）的措施系统是一系列相互紧密联系活动的集合，这些举措目的是在 2001—2005 年确保文化和艺术的稳定发展。

（译自 https：//www.mkrf.ru/）

二 "俄罗斯文化（2006—2010）"联邦目标纲要

Федеральная целевая программа Культура России（2006－2010 годы）

为全面解决关于保护和发展国家文化潜力、保护和高效利用俄罗斯联邦民族文化遗产的问题，俄罗斯联邦政府决定：

1. 批准所附"俄罗斯文化（2006—2010 年）"联邦目标纲要。

2. 俄罗斯经济发展和贸易部及俄罗斯联邦财政部在制定联邦年度预算草案时上述第一条规定中纲要纳入依靠联邦预算资金支持的联邦目标纲要名录。

3. 要求各个联邦主体的权力执行机关在制定 2006—2010 年地区目标纲要时考虑该政府令确定的纲要中的各项规定。

俄罗斯联邦政府主席　M. 弗拉德科夫

"俄罗斯文化（2006—2010）"联邦目标纲要概览

纲要名称	"俄罗斯文化（2006—2010）"联邦目标纲要
编制纲要的决定——名称、序号、日期	俄罗斯联邦政府 2005 年 9 月 15 日第 1432 – p 号命令
纲要的订购者与协调者	俄罗斯联邦文化与大众传播部
纲要的国家订购者	俄罗斯联邦文化与电影署、俄罗斯联邦出版与大众传媒署、俄罗斯联邦档案署
纲要的基本制定者	俄罗斯联邦文化与电影署、俄罗斯联邦出版与大众传媒署、俄罗斯联邦档案署
纲要目标	保护俄罗斯联邦的文化遗产； 建立统一文化空间，为保障各群体平等地享受文化珍品和信息资源创造条件； 为保护和发展各民族的文化潜力创造条件； 融入世界文化进程； 保障文化领域适应市场条件
纲要任务	保障历史文化遗产的完整；保护和发展艺术教育体系，支持青年人才；对专业艺术、文学和创作进行专项支持；保障艺术创作和创新活动的条件；保证文化交流；开发和应用文化领域的信息技术；支持民族文化艺术创造者，推动其进入国际市场； 更新文化与大众传播组织的专业设备； 更新俄罗斯联邦的无线广播网
纲要的最重要指标与参数	本国电影占总电影放映数的份额 状态良好的文化遗产客体占所有联邦文化遗产客体的份额 可向公众开放的博物馆占所有博物馆总数的份额 处于良好状态或可以永久保存的档案文件的数量占所用档案文件的份额；图书馆馆藏图书数量/读者数量；与上一年相比较博物馆的新增访问量；已修复的独一无二或特别珍贵的档案文件占所有应修复文件的份额；戏剧、音乐会、展览（包括巡演和艺术节）等活动的新增访问次数；新的专业艺术作品占所有艺术表演组织排演剧目的份额
纲要的实施期限和阶段	2006—2010 年
亚纲要清单	无

续表

纲要名称	"俄罗斯文化（2006—2010）"联邦目标纲要
纲要的财政总额及其来源	纲要资金总额为641.364亿卢布（根据当年价格计算），其中联邦预算资金543.42亿卢布；其他来源为97.944亿卢布 资金用于：资本投资425亿卢布；科研开发工作3.443亿卢布；其他需求212.921亿卢布
实施纲要的预期最终结果和社会经济效果指标	保障俄罗斯联邦文化遗产客体的完整，包括历史和文化不可移动文物、博物馆珍品、图书馆藏和档案文件： 将状态良好的文化遗产客体占总量的份额扩大至33.5%； 将已修复的独一无二或特别珍贵的档案文件占所有应修复文件的份额扩大至3%； 将状态良好的或可以永久保存的档案文件的数量占所有档案文件的份额扩大至21%； 巩固统一文化空间、各地区间的文化联系，保障不同群体都能平等地享受文化珍品和信息资源： 将向公众开放的博物馆占所有博物馆总数的份额扩大至15%； 增加博物馆的访问量； 扩大戏剧、音乐会、展览，其中包括巡演和艺术节的访问次数； 扩大图书馆平均馆藏图书数量/读者数量； 扩大首演和创新项目的数量（将新的专业艺术作品占所有艺术表演组织排演剧目的份额扩大至18%）； 提升民族电影业在俄罗斯和国际市场的地位（将民族电影占放映总数份额扩大至22%）； 巩固俄罗斯文化对世界文化进程的影响力，巩固世界的文化联系，利用其他国家发展本国文化的经验（与上一年度相比，在2010年将境外俄罗斯文化活动的数量扩大至1.15%）

I. 纲要致力于解决的问题的性质

2001—2005年，俄罗斯国内政治和经济局势稳定。私人财产权得到巩固，逐步实现预算和财税的立法进程。经济发展获得了先决条件。

社会和国家重新关注文化问题。一个重大的跨越便是通过了"俄罗斯文化（2001—2005）"联邦目标纲要，正是在该纲要的帮助下，使得我们能够在总体上阻止文化滑坡，加大国家对文化的支持力度，扩大财政支持。这可以让我们预防一些文物的损毁，巩固民族和地区间的联系。

同时，经济衰退期间文化领域所积攒的问题在很大程度上已经失去了解决这些问题的机会。文化领域在传统上一直依赖国家财政的支持，极不适应市场经济。特别珍贵的文化遗产的损耗速度仍然滞后于其修复的速度。同样的情形也发生在博物馆文物领域。实际上，今天祖先们所积累的民族文化财富还在不断损耗（既包括物质财富，也包括精神财富）。时至今日，评估物质和非物质文化遗产的标准尚不健全。

随着文化在社会中的作用不断回归，文化不再仅仅是满足需求的形式之一。文化成为社会经济进程的重要组成部分，这需要来自国家的特定支持。国家对于文化的投资就相当于对"人才"的投资。

重建文化领域是当前政治和经济改革的直接结果。需要寻找解决方法，一方面，这些方法可以保障文化的完整；另一方面，还可以建立能够促进文化在新的市场条件下有效发展的经济机制。

建立国家与个人合作的机制是促进文化发展的一个重要因素，这一机制能够：

发展文化领域的赞助和慈善行为；

发展文化珍品市场，使国家和商业共同参与发展文化市场，包括参与经济效益良好的文化项目；

发展文化珍品市场需要解决与其评估和保险相关的问题；

强化俄罗斯文化在国外的地位，建立俄罗斯作为文化大国的形象，这是融入国际关系体系的国家战略的组成部分；

文化领域的进程与社会领域的进程紧密相连，其使得目标纲要方法成为该部门进一步发展的必要条件。

纲要实施费用将主要用于联邦文化遗产客体的重建、修复和防灾。目标纲要方法使得我们可以集中财政资源以解决具体文化设施和预防资金不集中的问题。

对于实施纲要的其他涵盖所有文化生活领域的方向来说，使用计划目标方法也是必要的，例如剧院、音乐、现代和传统艺术。已经成型的实践经验要求地区或乡村，乃至社会认可的文化团体和个人都要积极参加各种比赛和节日。

拒绝适用目标纲要的方法将导致负面后果，比如，限制国家在各地区推行文化政策时的影响力。

缩减资金和对于纲要的无效管理将引发十分严重的风险：

过量且不适度地对文化进行恢复和采取防护措施会导致部分国家文化遗产客体的损失；

博物馆、档案资源以及巡演活动的缩减将会导致经济损失；

导致国产电影在俄罗斯电影市场的份额下降；

减弱国家对于"人才"培养的影响力，流失文化领域的专业人才；

破坏国家的统一文化空间；

损害各居民群体平等地享受文化珍品和信息资源的权利。

当国家社会经济环境发生改变时，或出现了新的应当优先予以解决的国家任务时，或未对纲要进行有效管理时，可以提前终止纲要。在上述情况下，无法完成纲要的目标。

II. 纲要的主要目标和任务，包括纲要实施的期限、阶段和目标指标

考虑到文化组织功能的经济和法律环境发生的革新，根据对社会发展的战略目标和文化领域近年趋势的分析，选择纲要的优先目标。

（I）据此，纲要的目标是：保护俄罗斯联邦的文化遗产；建立统一文化空间，为保障不同群体都能平等地享受文化珍品和信息资源创造条件；为保护和发展各民族的文化潜力创造条件；融入世界文化进程；保证文化领域适应市场条件。

（1）保护俄罗斯联邦的文化遗产

俄罗斯文化有着深厚的历史根源。一方面，其基础是古典艺术的传统；另一方面，则是生活在我们这个多民族国家的各个民族的传统。俄罗斯所经历的各个不同历史阶段在其文化遗产形成的过程中都留下了自己的印记。

在纲要的框架下实现上述目标要求：开展保护和修复文化遗产客体、博物馆、档案文件和图书馆的工作；维护和发展基础设施，以保障上述珍品的完整，并保障公民接触该珍品的机会。

（2）建立统一文化空间，为保障不同群体都能平等地享受文化珍品和信息资源创造条件

在市场经济形成的年代里，社会分层加快，民族和区域间的联系减弱，这使得业已形成的文化联系发生紧缩，导致了传统的弱化以及社会的优先发展方向与价值观的更迭。

在纲要实施期间，实现上述目标意味着为满足那些生活在不同地区、属于不同社会群体的公民都能享受到文化与大众传播领域内的国家基础服务而创造条件。

完成上述目标需要：

扩大节日、戏剧巡演和展览的数量；

在文化与大众传播领域研制、应用和传播新的信息产品和技术；

发展基础设施，巩固其物质技术基础。

（3）为保护和发展各民族的文化潜力创造条件

人才因素是文化顺利发展的基础。在创作活动发挥主导作用的文化领域，这一因素具有特殊意义。

完成上述目标应当：

在文化与大众传播领域发掘青年人才，并支持其创作；

支持文化领域内的先锋创作项目；

阻止有天赋的文化艺术人才从俄罗斯流失；

对竞赛、节日以及其他文化活动的举办进行支持。

（4）融入世界文化进程

提高俄罗斯在世界文化进程中的参与度需要在国外推动本国文化，缩小俄罗斯文化与世界文化在目标和任务上的差距，借鉴国外先进经验来解决本国文化所面临的任务。

完成上述目标要求我们交流文化纲要，开展国际研讨会和会议。

（5）保障文化领域适应市场条件

实现上述目标，一方面，应当保障文化领域适应新的市场条件，另一方面，要保护其免受激烈的市场影响，以防在竞争中对文化造成破坏。

在纲要的实施过程中，应当形成新的经济机制，该机制的目标是优化文化在新型市场关系条件下的功能。所提的解决方法应当能够保证文化机构在市场环境下顺利地开展工作，规定国家和人才在文化支持活动中的不同层次的参与机制。

拟制定提高各文化领域的经济效益的方法论基础。

完成上述目标应当：

建立并调节文化市场；

加强国家在保护各民族文化珍品中的作用。

其结果是使公民在文化遗产客体的问题上采取新的态度。

（Ⅱ）纲要的基本任务：保障历史文化遗产的完整；保护和发展艺术教育体系，支持青年人才；对职业艺术、文学和创作进行专项支持；保障艺术创作与创新活动的条件；保证文化交流；在文化领域开发和应用信息技术；支持本国文化财富的生产者，并推动其进入国际市场；更换文化与大众传媒组织的专业设备；更新俄罗斯联邦的无线广播网。

（1）保障历史文化遗产的完整

为完成该任务，应当在将资源集中应用于具有特殊意义的可移动文化遗产客体与不可移动文化遗产客体的基础之上，加强保护措施的针对性，为此，应当：

使文化遗产客体处于合适的状态；对具有联邦意义的博物馆、图书孤本、档案文件和影片拷贝进行保护，对特别珍贵的档案、图书和电影资源进行保护性拷贝；

保证联邦文化珍品的安全存放。

实施纲要的资金主要来自联邦预算，其应当用于重建和修复联邦文化遗产客体。

在实施纲要的框架下，应当改善文化遗产客体的技术保障，保障这些文化可以回归经济和文化流通领域。

将会对博物馆、独一无二或特别珍贵的档案文件开展修复工作。

该任务实施的预期目标主要关注已修复的文物和受特殊保护的单位的数量。完成该任务应当依据附件1中的条款2、3、4、5、7相应指标。

（2）保护和发展艺术教育体系，支持青年人才

特别重要的是应当保证创作潜能的再生产的连续性，保护和发展世界闻名的本国艺术教育体系，发掘和支持青年人才。

在纲要的框架下，应当采取措施以支持专为儿童和创作青年举办的艺术节、竞赛、展览和大师班等活动。

该任务实施的预期目标主要关注专为儿童和创作青年举办的艺术节、竞赛、展览和大师班等活动的举办数量。在完成该任务时，应当依据附

件 1 中的第 11 个和第 12 个参数。

（3）对职业艺术、文学和创作进行专项支持

专项支持专业艺术、文学和创作要求为激活文化交流创造新的机会，以及提高俄罗斯居民接触艺术和文学的机会。

通过对作为统一文化空间组成部分的全俄、族际、国际的节日、竞赛和展览提供财政支持，由国家创造条件以发展竞争并扩大对于文化活动成果的需求。

支持文化领域内的创作活动家。

该任务实施的预期目标主要关注艺术作品的创作数量。在完成该任务时，应当依据附件 1 中的第 12 个参数。

（4）保障艺术创作和创新活动的条件

通过建设高效的环境来开展实验、进行创新和应用新技术是发展文化艺术的迫切需要。

纲要应当支持具有新思想和新方法的创作个体，支持文化首演，拓宽途径以开发和实现艺术发展的创新理念。

该任务实施的预期目标主要关注创作首演、创新项目以及文化领域应用的新技术的数量。在完成该任务时，应当依据附件 1 中的第 12 个参数。

（5）保证文化交流

在扩大各联邦主体权力的条件下，国家文化政策的主要任务仍然是保护统一的文化信息空间、提升人民享受文化艺术的机会以及通过文化产品缩减来保障人民生活方面的地区差异。

实现这一任务要求支持巡演和展览活动。

该任务实施的预期目标主要关注举办的巡演、演唱会、节日和展览的数量。在完成该任务时，应当依据附件 1 中的第 13、14 和第 16 个参数。

（6）在文化领域开发和应用信息技术

在社会信息化的条件下，保障文化的竞争力在很大程度上依赖于加快形成文化领域的信息网络。

应当在广泛应用信息传播技术、装备现代设备和程序软件的基础上，采取措施以改变文化领域的基本储备结构。

在信息技术快速传播的背景下出现了新的任务，这个任务涉及建立虚拟博物馆、电子图书和档案馆，以及各居民群体都能接触到的文化遗产的电子目录与清单。

应当将博物馆、图书馆、档案和电影的信息资源转化为数字形式，在互联网的帮助下发展信息交换系统，以及建立包含历史和文化不可移动文物（4万个客体）信息的电子数据库、建立俄罗斯图书馆综合名录和国家电子图书馆。

该任务实施的预期目标主要关注信息化水平提高的指数：在俄罗斯图书馆综合目录和国家统一俄罗斯联邦民族文化遗产客体（历史和文化文物）名录数据库中所记载的数量以及其他指标。在完成该任务时，应当依据附件1中的第9个和第10个参数。

（7）支持本国文化财富的生产者，并推动其进入国际市场

为了支持民族文化艺术创造者，并推动其进入国际市场，应当在以下方向实施纲要的措施：

由国家对俄罗斯电影的制作进行支持；

在推动俄罗斯文化、艺术和文学产品进入国际市场的过程中，采取国家保护主义；

该任务实施的预期目标主要关注电影产量以及国家文化活动的举办数量。在完成该任务时，应当依据附件1中的第1个和第15个参数。

（8）更新文化与大众传播组织的专业设备

文化组织的专业设备滞后于现代化要求，因此，更新文化组织的专业设备是纲要的重要任务。

该任务实施的预期目标主要关注文化部门所具备的独有专业设备和电脑技术的指标。在完成该任务时，应当依据附件1中的第2、3、4和第7个参数。

（9）更新俄罗斯联邦的无线广播网

在资金投入的基础上对俄罗斯联邦无线广播网进行更新，通过更换接收和发射装置逐步过渡到数字广播阶段。

在对国家社会环境进行客观评价和分析方面开展的科研开发工作是纲要的科学保障基础。要对国家文化服务的需求市场总量进行全面的研究，研究新技术来创作、保存、传播和使用文化产品。

一些管理纲要、协调各方行为的措施是纲要的组织保障。纲要的国家定制协调方在国家定制方的参与下，负责组织纲要清单中《纲要的科学、组织和信息保障》一节中规定的项目。

纲要要在2010年前完成各项战略目标。由于纲要各项措施在实施过程中是转入下一年度的，所以总体上将纲要实施的每个单独阶段是一个自然年。

III. 纲要活动清单

纲要活动清单在附件2中，而依靠国家财政支持的项目清单在附件3中。

2006—2010年应当对300个联邦文化遗产项目开展一系列维修和修复工作，这其中包括下诺夫哥罗德克里姆林宫、阿斯特拉罕克里姆林宫、莫斯科勒弗尔托夫宫、托博尔斯克行宫、车里雅宾斯克的兵工厂建筑、奥斯塔菲耶沃庄园、文学博物馆项目、国家博物馆保护区"卡特钦娜"和"巴甫洛夫斯克"国家博物馆保护区、阿尔汉格尔斯克"客人"宫、苏兹达里克里姆林宫、特维尔行宫等。

2006—2010年在纲要实施过程中要激活文化交流、提升艺术的通达性、让不同地区的人民都能享受到具有特殊社会价值的文学作品。

纲要的各项措施旨在发展俄罗斯民族电影产业。要创作超过30部动画电影。

纲要各种资源应当用于克服博物馆、图书馆、档案馆在使用现代信息技术方面滞后的问题，运用电子设备创作文化作品的问题，保障这些作品储存安全性的问题。

对于俄罗斯图书馆和档案馆来说，现在重要的问题是将信息资源从纸质载体转换到电子载体上，借助互联网发展信息交换。

要进一步发展地区和跨地区间的文件储存中心，形成俄罗斯联邦档案库的国家自动清点系统。

纲要的实施使得我们可以继续建立俄罗斯联邦国家博物馆名录的数据库，保障每年向该数据库注入150万条记录。能够接入互联网的博物馆数量在不断增长。俄罗斯联邦档案库独一无二和特别珍贵的文件档案、博物馆设施都建得到修复。

IV. 纲要资源支持的基础

根据当年价格计算，纲要资金支持的总额为641.364亿卢布，其中联邦预算支持543.42亿卢布，其他来源支持资金97.944亿卢布。

按照资金支持来源和使用方向列出的资金总额详见附件4。

纲要资金支持的基础是联邦预算资金（其份额占总资金的85%）。其中73%用于文化项目的资本投资，26%用于支持其他需求，不到1%用于科研工作。

资金支持总额中超过15%来自其他来源。其他来源资金中超过75%用于电影产业。在这一领域国家和个人资本参与共同生产和组织俄罗斯电影的制作和发行已经有了成熟的经验和实践。其他国家—个人合作原则实施的重要方向还有发展俄罗斯境内的无线广播系统。这一领域的投资来自预算外资金，其中包括外国资金，这些资金将既用于资本投资，又用于向数字广播转化的科技工作。

V. 纲要实施的机制，包括自身管理机制和与国家定制方的协同机制

纲要的领导者是俄罗斯联邦出版与大众传媒署。纲要的领导者有责任实现和完成纲要最终目标，合理使用资源，必要时成立纲要的科学协调委员会。

国家定制方目前对纲要进行管理。

自俄罗斯联邦政府通过纲要之日起两个月内，国家定制协调方连同定制方一起管理纲要的原则，包括确定：

纲要组织和财务计划的制定规则；

纲要各项活动的年度计划的制定规则；

纲要活动和活动实施期间的资金保障的调整机制；

保障纲要实施的控制指标、控制结果以及纲要各项活动的公开性的程序，确保参与纲要各项活动的条件、确定中标人的竞选和标准的公开性的程序。

纲要实施之前国家的定制协调方确定并向联邦经济发展和贸易部提供上述规则。

在一个自然年内由国家定制协调方同国家定制方协商确定每年度的纲要活动计划。对年度结果进行分析。

（译自 https：//www.mkrf.ru/）

三 "俄罗斯文化（2012—2018 年）"联邦目标纲要

Федеральная целевая программа Культура России（2012 – 2018 годы）

俄罗斯联邦政府通过以下决定：

1. 批准提出的俄罗斯联邦目标纲要《俄罗斯文化（2012—2018）》（以下简称"纲要"）。

2. 俄罗斯经济发展和贸易部及俄联邦财政部在制定联邦年度预算草案时上述第一条规定中纲要纳入依靠联邦预算资金支持的联邦目标纲要名录。

3. 要求各个联邦主体的权力执行机关在制定 2012—2018 年地区目标纲要时考虑该政府令确定的纲要中的各项规定。

4. 要求俄联邦文化部连同俄联邦经济发展部和俄联邦财政部在纲要实施框架下制定俄联邦政府令草案，并于 2013 年 1 月 1 日前按规定送交俄联邦政府。该命令草案规定了从联邦预算中以补贴的形式提供资金的规则，这笔资金用于支持当代艺术领域的创新项目。

俄罗斯联邦政府主席　B. 普京

"俄罗斯文化（2012—2018）"联邦目标纲要概览

纲要名称	联邦目标纲要《俄罗斯文化（2012—2018）》
制定纲要的依据	2012 年 2 月 22 日通过的第 209 – p 号俄罗斯联邦政府令
纲要的国家订购者	俄联邦文化部、俄联邦档案署、俄联邦出版与大众传媒署、联邦文化预算机构"国立艾尔米塔什"、国家文化预算机构"俄罗斯联邦电影基金会"
纲要的国家订购协调者	俄联邦文化部
纲要的基本执行者	俄联邦文化部、俄联邦出版与大众传媒署、俄联邦档案署

续表

纲要名称	联邦目标纲要《俄罗斯文化（2012—2018）》
纲要的目标和任务	保护俄罗斯文化的独特性，为公民平等地获得文化珍品创造条件，发展和实现每一个个体的文化和精神潜能； 为提高文化艺术领域内服务水平和多样性创造条件，使文化机构的工作实现现代化； 保障每一个个体的文化和精神潜能得到发挥的可能性； 使文化领域实现信息化； 使既保留俄罗斯传统的优秀流派又符合当代要求的艺术教育系统和文化艺术人才的培养系统实现现代化； 发现、保护和普及俄联邦各民族的文化遗产； 在国际社会建立俄罗斯文化的积极形象
纲要的最重要参数和指标	国家所有且状态良好的文化遗产项目占全部国有文化遗产项目的份额； 国有且状态良好的文化机构占全部国有文化艺术机构的份额； 参与戏剧—音乐会活动的人数增量（同一个基础年作相比） 俄罗斯电影占所有俄境内放映电影总量的份额； 拥有官方网站的文化机构占所有文化机构总数的份额； 俄罗斯图书馆自由的电子目录中图书馆记录的增量（与上年相比）； 相关信息被纳入联邦各民族文化遗产项目的国家统一电子名录的文化遗产项目的数量占全部文化遗产项目总数的份额； 拥有现代化物质—技术设备（包括儿童艺术中学）的文化教育机构占所有文化教育机构总数的份额； 在艺术中学学习的儿童占全部儿童数量的份额的增量； 文化遗产项目的状态和使用受到监控的联邦主体的数量占联邦所有主体总数的份额； 以任何形式向公众开放的博物馆设施的数量占全部博物馆设施数量的份额； 博物馆的访问量； 处于能够长期（永久）保存的状态的国家档案文件的数量占国家档案文件总数的份额； 与规定相比，图书馆图书资源成套水平的增量； 图书馆的访问量； 境外文化活动的增量（与上年相比）； 文化休闲活动参与者的增量（与上年相比）； 为视力残障人士出版图书的数量

续表

纲要名称	联邦目标纲要《俄罗斯文化（2012—2018）》
纲要实施的期限和阶段	2012—2018 年 第一阶段：2012—2014 年 第二阶段：2015—2018 年
纲要资金的来源和数额	纲要的资金总额为 1928.6303 亿卢布（根据当年价格计算），其中： 联邦预算资金 1865.1357 亿卢布，其他来源资金 63.4946 亿卢布；其中，各联邦主体预算资金 38.5859 亿卢布，预算外来源资金 24.9048 亿卢布 1154.9158 亿卢布用于资本投资，9.1565 亿卢布用于科研实验，764.558 亿卢布用于其他需求
纲要实施的最终目标和社会经济效益指标	到 2018 年扩大国家所有且状态良好的文化遗产项目占全部国有文化遗产项目的份额至 45.3%； 到 2018 年扩大国有且状态良好的文化机构占全部国有文化艺术机构的份额至 72.8%； 到 2018 年扩大参与戏剧—音乐会活动的人数增量为 4.2%（同一个基础年作相比） 到 2018 年扩大俄罗斯电影占所有俄境内放映电影总量的份额至 28%； 到 2018 年扩大拥有官方网站的文化机构占所有文化机构总数的份额至 94%； 到 2018 年扩大俄罗斯图书馆自由的电子目录中图书馆记录的增量为 2.3%（与上年相比）； 到 2018 年扩大相关信息被纳入联邦各民族文化遗产项目的国家统一电子名录的文化遗产项目的数量占全部文化遗产项目总数的份额至 52%； 到 2018 年扩大拥有现代化物质—技术设备（包括儿童艺术中学）的文化教育机构占所有文化教育机构总数的份额至 20.5%； 在艺术中学学习的儿童占全部儿童数量的份额，达到 2011 年儿童学生总数的 12%； 到 2018 年扩大文化遗产项目的状态和使用受到监控的联邦主体的数量占联邦所有主体总数的份额至 100%；

续表

纲要名称	联邦目标纲要《俄罗斯文化（2012—2018）》
纲要实施的最终目标和社会经济效益指标	到 2018 年扩大以任何形式向公众开放的博物馆设施的数量占全部博物馆设施数量的份额至 34%； 到 2018 年增加博物馆的每人每年访问量到 0.9 次； 到 2018 年扩大处于能够长期（永久）保存的状态的国家档案文件的数量占国家档案文件总数的份额至 24%； 到 2018 年与规定相比，扩大图书馆图书资源成套水平的达到规定的 92%； 到 2018 年增加图书馆的每人每年访问量至 4.6 次； 到 2018 年扩大境外文化活动的增量（与上年相比）至 1.22%； 到 2018 年扩大文化休闲活动参与者的增量（与上年相比）至 7.2%； 为视力残障人士出版图书的数量为每年 61 部

I. 纲要所解决的问题的特点

当代俄罗斯发展的一个特点便是社会对文化的关注度提高。在俄罗斯联邦政府 2008 年 11 月 17 日第 1662 – p 号命令通过的《2020 年前俄罗斯社会经济长期发展构想》中，文化在人力资本构成中起主要的作用。

文化环境现在已经逐渐成为当代社会的重要概念，不是国家调控独立领域，而是复杂且多层次的系统，只能够通过考虑众多复杂因素，联合各个部门、各种社会制度和商业力量来解决该领域内的问题。

国家文化政策的优先方向是要解决以下任务：

在青年人心中培养法治民主、公民性和爱国主义，崇尚创新文化和自由创作；

发展民族文化潜力，保障社会各阶层享受国家和世界文化的途径畅通；

保护俄联邦各民族的文化珍品和传统，保护俄罗斯的物质和非物质文化遗产，将俄罗斯的物质和非物质文化遗产作为文化和经济发展的资源；

支持俄罗斯文化在国外的较高威望，扩大国际文化合作。

俄罗斯联邦具有巨大的文化潜力，但是这个潜力到目前为止尚未被全部利用起来。尽管近十年间实施的一系列纲要措施出现了某些指标的增长，但是这些措施并未对文化形势起到决定性的积极影响。90年代文化形势被严重破坏。2009年5月12日第537号俄罗斯联邦总统令通过了《俄联邦2020年前的国家安全战略》，根据该战略文化领域内最重要的国家安全威胁是对满足社会边缘阶层精神需求的大众文化产品的把持，以及对文化设施的非法侵占。

文化领域内联邦目标纲要实施的正面经验已有差不多15年。尽管国内和世界经济震荡，正是得益于联邦目标纲要《发展和保护俄联邦文化和艺术》《俄罗斯文化（1997—1999）》《俄罗斯文化（2001—2005）》《俄罗斯文化（2006—2010）》的实施，我们得以成功地克服文化发展的衰退，扩大了国家和社会参与支持文化事业的形式和规模。

如果不实施纲要将会引起以下可能的后果：

联邦执行机构、各个联邦主体执行机构以及自治地区机构行为的不协同，削弱这些部门的责任，并且会出现文化领域内国家待解决问题的无序性；

无法有效使用预算资金，无法有效吸引预算外资金；

文化机构的物质—技术基础恶化，俄罗斯人休闲生活品质的下降；

文化领域人才的培养水平降低；

俄联邦多民族文化的独特性不能得到发展，公民的精神价值无法发挥；

弱化俄联邦多民族的文化精神整体性；

国家对于俄罗斯文化的总体状态的影响力受限；

为公民发挥自我创造性而提供条件的进程减缓。

对于发展文化来说，纲要具有十分重要的作用。当然，可以根据俄联邦政府一些单独的决定来采取一些单独的措施，而某些措施是由某个独立的政府部门来完成。这些措施的独立性和不系统性迟早会导致国家文化政策的整体性遭到破坏、预算资金的低效利用、俄联邦各区域间的联系弱化、在文化现代化的过程中以及文化适应市场关系的新机制中出现不可预测的复杂性，最终削弱俄罗斯各民族的精神统一、限制国家对文化形势的积极影响。

我们制定并分析了两种形成和实施联邦目标纲要《俄罗斯文化

(2012—2018)》(以下简称"纲要")的方法用于选择解决文化领域面临问题的不同手段。

第一种方法(现实主义的)要依靠联邦目标纲要《俄罗斯文化(2012—2018)》制定的方法,是纲要的合乎逻辑的延伸。这个方法的资金基础可以解决一系列的当前任务和具体措施,一些新的能够满足当代文化发展要求的新措施还在不断补充中。

第二种方法(乐观主义的)源自完成国家文化发展战略目标和解决面临任务的必要性。为此,发展当代艺术、文艺教育、文化信息化的优先方向突显出来,我们给出了论据,给出了纲要措施清单,并在此基础上确定了资金支持的必要规模。在文化领域利用应用信息、传媒技术的创新方法和观念来解决相关问题。

对于第一种方法来说最可能的风险涉及根据已有资源对文化领域进行财政支持的规模缩减。

为了预防不良后果,在制定纲要时要考虑以下原则:

在所有主要联邦主体和文化进程参与各方广泛互动的基础上(国家权力机关和自治地区当地的权力机构、社会和其他非官方组织),综合解决实施国家文化政策面临的任务;

纲要有关保护和发展本国文化和文化遗产的各项措施具有社会普遍关注;

支持纲要的优先创新和投资项目,在文化机构的工作中使用现代的行政、信息和其他技术;

纲要的各项方案和措施要适应正在改变的俄罗斯文化发展的内部和外部条件;

要坚持根据条件变化来实施独立的纲要项目和措施。

从已取得的成果和费用开支的角度来看,在上述第二种制定纲要的方法框架下,依靠加快实施跨地区间的项目、提高文化服务质量,有可能保证纲要各项措施实施的效益最大化。

II. 纲要的主要目标和任务,包括其实施的期限和各个阶段以及完成纲要过程中体现出的目标指标

纲要最主要的战略目标是保护俄罗斯文化的独特性,为公民平等获得文化珍品创造条件,发展和实现每一个个体的文化和精神潜能。

完成该目标应当解决以下任务：

为提高文化和艺术领域内的服务的质量和多样性创造条件，使文化机构的工作现代化；

保障所有俄罗斯公民享受文化财富，发挥文化潜能的可能性；

文化领域的信息化改革；

对于那些负责保护俄罗斯优秀的文化传统同时又满足当代需求的文化艺术教育和培训机构，要得到现代化更新；

发现、保护和普及俄联邦的文化遗产；

在国际社会建立俄罗斯正面的文化形象。

我们将在六个纲要方向的框架下完成纲要目标和上述任务。

提高文化服务的质量和多样性，以及使文化机构的工作现代化，这两个任务的解决要在发展文化艺术教育、投资文化事业、发展物资和技术基础的框架内进行调整。

为了完成上述任务我们确定了以下主要的目标指标：

到2018年扩大国有且状态良好的文化机构占全部国有文化艺术机构的份额至72.8%；

到2018年扩大参与戏剧—音乐会活动的人数增量为4.2%（同一个基础年作相比）；

到2018年扩大俄罗斯电影占所有俄境内放映电影总量的份额至28%；

到2018年扩大文化休闲活动参与者的增量（与上年相比）至7.2%；

为视力残障人士出版图书的数量为每年61部。

在文化领域应用信息传播技术解决文化领域信息化的任务，同时还要考虑某些保护文化遗产的措施。

目前，根据俄罗斯总统和俄联邦政府设定的构成信息化社会和在此基础上提高公民生活水平的任务，在文化领域应用信息传播技术就迫在眉睫。在保障俄联邦公民最大化享受文化财富，不同收入水平、社会地位和居住地俄公民参与文化生活方面以及保障残疾人士享受文化财富方面，信息技术应当起到重要的作用。

上述任务完成的水平要依据以下指标进行评估：

到2018年扩大拥有官方网站的文化机构占所有文化机构总数的份额

至94%；

到2018年扩大俄罗斯图书馆自由的电子目录中图书馆记录的增量为2.3%（与上年相比）；

到2018年扩大相关信息被纳入联邦各民族文化遗产项目的国家统一电子名录的文化遗产项目的数量占全部文化遗产项目总数的份额至52%。

要采取一系列措施保护和发展俄罗斯独特的培养包括音乐家、演员、导演、舞蹈设计家、画家、雕塑家、设计师和电影艺术工作者在内的艺术人才的三层次系统。要特别关注发展当代创新艺术门类的人才培养、对儿童艺术学校的设备进行现代化改造、使文化教育机构的物质基础得到发展和现代化。

为了完成上述任务我们确定了以下主要的目标指标：

到2018年扩大拥有现代化物质—技术设备（包括儿童艺术中学）的文化教育机构占所有文化教育机构总数的份额至20.5%；

在艺术中学学习的儿童占全部儿童数量的份额，达到2011年儿童学生总数的12%。

在解决发现、保护和普及俄联邦各民族文化遗产方面主要关注文化遗产的保护。要依靠一系列的措施来发现、保护、保存和普及文化遗产设施：俄罗斯文化和历史的可移动和不可移动的文物遗迹，以及保护具有考古价值的遗产设施，保证博物馆文物的完整性，发展博物馆，发展档案事业和图书馆。

为了完成上述任务我们确定了以下主要的目标指标：

到2018年扩大国家所有且状态良好的文化遗产项目占全部国有文化遗产项目的份额至45.3%；

到2018年扩大文化遗产项目的状态和使用受到监控的联邦主体的数量占联邦所有主体总数的份额至100%；

到2018年扩大以任何形式向公众开放的博物馆设施的数量占全部博物馆设施数量的份额至34%；

到2018年增加博物馆的每人每年访问量至0.9次；

到2018年扩大处于能够长期（永久）保存状态的国家档案文件的数量占国家档案文件总数的份额至24%；

到2018年与规定相比，扩大图书馆图书资源成套水平达到规定的 92%；

到 2018 年增加图书馆的每人每年访问量至 4.6 次。

在国际社会建立俄罗斯文化的积极形象的问题主要关注俄罗斯参与国家文化进程，支持本国艺术家赴海外巡演和展览，在主要的国际书展和洽谈会展示当代俄罗斯文学和出版物，支持将俄罗斯作家的作品翻译成外文，积极开展宣传俄罗斯专业艺术、文化成就和各民族文化的工作。

完成这一任务我们要到 2018 年扩大境外文化活动的增量（与上年相比）至 1.22%。

判断纲要实施效果的各项指标清单详见附件 1。各项指标的计算方法详见附件 2。纲要效果的评估方法详见附件 3。

2018 年要完成各项战略目标。分为两个阶段。

第一阶段（2012—2014）是初步阶段，要根据国家的整体经济形势来保持资金支持必要的稳定性。要支持专业艺术，激励新的当代作品，完成必要的修复工作，开展文化活动，发展文化机构的物质基础，这将会保障提供给公民的各种文化财富和服务的必要质量。保护文化遗产首先要保护和研究考古项目，以及特别支持俄罗斯参与国际文化进程。

第二阶段（2015—2018）是发展阶段，要扩大财政拨款支持新的文化艺术首创的力度。要在不同的文化领域开展有意义的项目，在俄联邦各个主题中文化进程中发展发挥积极作用，在文化领域应用信息传播技术，对文化遗产设施开展必要的修复工作，在各个联邦主体建设新的文化艺术设施。

要采取措施保障联邦的、地区的和地市级别的文化、艺术、教育和电影机构，向这些机构提供专业设备、车辆、乐器、教材和文献资料。要扩大专项支持艺术团体、发起人、执行者和其他艺术进程的参与者制度清单，其中也包括扩大补贴的力度。

除了基本建设项目的拨款，联邦预算向联邦各个主体拨款用于共同负担发展文化机构的规则和这些资金的分配规则详见附件 4。

联邦预算向联邦各个主体拨款用于巩固包括地区档案馆在内的地区文化设施的物质基础的资金分配情况详见附件 5。

纲要要考虑遵守在所有联邦主体开展各项活动的固有原则。这特别涉及巡演活动、支持青年人才、系统修复工作、巩固物质技术基础和文化领域的信息化。根据科研结果逐渐扩大这一领域工作资金支持的总额。

III. 纲要措施

纲要将采取最重要和最高效的项目和措施来制定戏剧、音乐、造型艺术、马戏、当代艺术和电影业产品，完善具有当代艺术新技艺的人才的培养系统。应用信息传播技术、建设和巩固物质技术基础等方向还有大量工作有待完成。不同联邦主体文化遗产的修复工作的规模在扩大。将各种具体项目纳入纲要的条件是这些项目是否明确指向完成纲要目标。要按规定在公开遴选程序的基础上选择满足纲要要求的项目及其执行者。

纲要财政支持的活动和规模清单详见附件6。

满足国家需求、依靠财政资本投资的项目清单详见附件7。这些项目的实施要依靠联邦财政2012—2018年的专项投资计划。

在选择某个项目作为财政支持项目时，要考虑文物保护机构对每一个项目的技术状态做出的有关结论。

国家要支持旨在进行基础建设和修复投资回报时间较长的区域投资项目，要运用拨款机制从联邦预算向各联邦主体拨款。

联邦预算向各联邦主体拨款用于共同支持各联邦主体和地市的国家基础建设项目的拨款和分配规则清单详见附件8。

要运用标准的方法来明确文化领域面临的目标和任务，以及确定纲要各项指标的数值。俄罗斯专家在文化进程管控领域的研究成果、国际组织的推荐、联合国教科文组织有关文化遗产状态评估和图书馆配套标准方面的推荐和标准是文化长期发展的标准。还要注意广泛监察文化进程，包括获得的有关文化遗产项目状态的详细信息。

IV. 纲要的资源基础

纲要的实施依靠联邦预算、各联邦主体预算以及预算外资金。

纲要的资金总额为1928.6303亿卢布（根据当年价格计算），其中：

联邦预算1865.1357亿卢布；

各联邦主体预算38.5898亿卢布；

预算外资金24.9048亿卢布。

资金用于：

资本投资1154.9158亿卢布；

科研经费9.1565亿卢布；

其他需求 764.558 亿卢布。

根据财政支持的来源和花费方向安排的纲要各项活动的资金数额详见附件9。

文化发展进程必须吸引预算外资金，利用现行的市场机制，必须依赖国家—个人合作协同进行实质支持。在实施旨在发展单独的文化领域、保护和利用文化遗产、扩大区域文化吸引力和提高文化服务的质量的各个项目时，所有权力机关、商业、科学和社会组织要有效互动。

近些年来，这样的各方参与在联邦、区域和地方层面都得到了保障。其中也包括通过实施相应的文化目标纲要得到的保障。

此外，大多数联邦主体都制定了有关发展文化的方案、战略和区域纲要，这些方案、战略和区域纲要中规定了在全联邦发展文化战略的框架下要共同进行资金支持和参与。区域制定文化发展方案应当着眼于中长期。现在已经积累了使用纲要方法管理文化领域的一定的正面经验，这其中还要有应用国家个人合作的机制，这一机制使我们在各层次执行机关、商业和其他利益相关方通力协作的基础上，可以解决一系列发展文化服务市场竞争力面临的任务。

在制作和传播戏剧、音乐和马戏艺术领域的产品，以及在支持生产电影产品时，吸引预算外资金显示出自身的活力。预算外来源资金应当用于支持现代艺术人才的创作项目，组织和开展全俄表演比赛、青年作者和表演者的首演以及用于保障民族创作和艺术的项目。在涉及俄罗斯参与国际文化进程时，支持本国艺术家在海外的巡演以及国外优秀艺术团体来到俄罗斯艺术节等各项活动中，预算外投资都起到十分重要的作用。

我们计划进一步继续这种各领域各层次的国家——个体合作。为此吸引预算外资金来促进未来文化的良性发展。

V. 纲要的实施机制

纲要的领导者是俄罗斯联邦文化部，对纲要实施、最终效果、专项高效利用资金负责，确定管理纲要实施的形式和方法。

俄联邦文化部作为纲要的国家定制—协调方，在其实施过程中：

要保障国家定制方准备和实施纲要，要保障对联邦预算好预算外资金的分析和合理使用；

按照规定制定俄联邦政府关于纲要变更和提前终止纲要的决定草案；

在职权范围内制定完成纲要必要的标准法案；

准备纲要实施的季度报告；

完成纲要实施的季度财务报表。

纲要的制定协调方确定纲要制定方每年的计划和纲要实施的报告，确定纲要制定方提出的各项目标指标。

纲要的国家制定方：

参与准备纲要实施过程、取得成绩和资金利用效率的报告；

完成纲要实施的季度财务报表；

按规定准备下一年度纲要措施清单的修订建议，明确各项活动的费用，以及制定纲要实施的机制；

制定监察纲要实施的各种数值清单；

在竞标的基础上选择执行方，以及每个活动的供货方；

与主要的纲要参与者协商活动完成的期限、资金的来源和规模；

向纲要国际定制协调方提供有关纲要实施的战略、咨询和分析信息；

组织运用信息技术来管理和控制纲要实施过程；

组织信息发布，包括以电子形式发布有关纲要实施进程及取得成果的信息、关于资金使用情况的信息、吸引预算外资金的情况、开展纲要参与者竞选的信息以及纲要投资者的参与规则。

纲要实施前俄罗斯联邦文化部应当：

确定管理纲要实施的章程，形成纲要实施的组织—资金计划；

确定纲要各项活动的协调机制以及这些措施的资源保障；

制定程序，确保有关纲要实施各项目标指标、监察结果、执行者参与条件以及确定胜出者的选拔和标准的有关信息的公开性；

Ⅵ. 纲要社会经济和生态效果评估

文化的基本特点在于文化活动的最重要结果体现在延迟社会效应、提高智力潜能、改变价值取向和个体的行为准则上；还在于最终可以改变社会的功能基础。

要利用反映文化活动当前效果的评价系统和数字指标。与此同时，纳入纲要的具体项目可以包含自身特有的效果指标。纲要的国家定制方和定制协调方要对纲要和纲要每一个单独的子项目实施效果进行评估。

纲要实施主要的社会经济效益是文化在俄罗斯公民生活中的社会性

作用提升，并相应地提升俄联邦的生活质量，巩固俄罗斯作为文化大国的形象，建立实现国家现代方针的良好社会氛围。这一效果随着时间推移将会体现在：

巩固国家统一的文化空间，这一空间在保障各民族自身独特性的同时对保护国家完整起到促进作用；

为创造活动、文化艺术服务和信息的多样性和可通达性创造良好条件；

为俄罗斯文化与世界文化进程的融合、发展文化交流的新形式和方向创造良好条件；

激活文化的经济发展，吸引的非国家资源增多；

在自由市场的条件下保障青年艺术家的竞争力，包括在国际市场的竞争力，还体现在青年人美育的发展中。

发展文化的任务与保护环境的任务紧密相关。通常，这种联系会体现在保护文化风景和名胜古迹及博物馆保护区方面。形成名胜古迹和受保护的历史文化区域的系统与解决生态问题和保护自然遗产直接相关。因此，纲要要解决文化发展的问题与保护环境的任务紧密相关。

反映当前纲要实施效果、确定纲要实施社会经济效果的各项目标指标详见附件1。根据纲要确定的各项目标指标的实际完成水平对纲要的实施效果进行评估。

纲要的实施加大了联邦文化项目的利用成果。

纲要的经济效益将会和它依靠国家—个体合作、依靠为商业建立吸引经济的条件而吸引到的文化附加投资有关。同样还涉及提高文化在历史区域、建立文化旅游基础设施中文化作用的提升。这将会增加额外的工作机会，补充各层次的相应预算，保障国内生产总值的上升。

（译自 https：//www.mkrf.ru/）

四　俄罗斯国家文化政策基础

（第808号俄罗斯总统令2014年12月24日签发）

Основы государственной культурной политики

（утв. Указом Президента РФ от 24 декабря 2014 г. N 808）

该法令确立了国家文化政策的主要方向，并构成了俄罗斯联邦立法和其他监管俄罗斯联邦文化发展进程以及公共和市政方案的法律及其他法律行动的基本文件。

该法令的法律基础是俄罗斯联邦宪法。

该法令是国家文化政策的目标和战略目标，以及实现这些目标的关键原则。

国家文化政策旨在为实现经济繁荣、国家主权和文化认同提供优先的文化和人道主义保障。

国家文化政策是俄罗斯联邦国家安全战略的一部分。

Ⅰ. 前言

俄罗斯是一个创造了伟大文化的国家。在整个俄罗斯历史长河中，恰恰是文化的聚集以及向新一代人传承民族的精神体验，这二者保障了俄罗斯多民族国家的统一，并且在诸多方面确定了俄罗斯对世界的影响。

当今，在全球化思想信息竞争日趋白热化的条件下，并且20世纪发生的那场国家灾难所造成的后果还没有完全克服的情况下，俄罗斯文化的这种特性对于国家的未来具有决定性作用。

如果没有文化，就不可能保证社会质量的提高，无法保证社会团结公民、决定并实现共同发展目标的能力。如果一个人无法形成道德的、负责的、独立思考的和创造性的人格，同样也就不可能确立全民族发展的思想体系。

国家文化政策来源于对文化的最重要的社会使命的认识。这一使命是将一系列作为民族特质基础的道德的、美学的价值观传递给新一代人。对自身文化的了解和参与奠定了人们心中的基础的道德优先方向：对历史、传统以及民族精神基础的尊重使得每一个人的天赋和能力得到彰显。

国家文化政策的基础是对文化巨大的培育和启蒙潜力的认可，以及文化在个性形成过程中的重要作用的认定。

在保护各民族文化和民族独特性的基础上，保障俄罗斯多民族国家的统一性的文化土壤使得国家文化政策中必须体现各地区、各民族的文化特性。国家文化政策要促进俄罗斯各地区文化生活的丰富性，促进跨地区文化协作的发展。这是生活质量提高的重要因素之一，是俄罗斯联邦各个主体动态发展的保证，不仅是文化空间统一的基础，而且是俄罗斯国家统一的基础。

国家文化政策旨在提高文化的社会地位，促进文化对所有国家政策和社会生活各领域的影响。这一政策不是一次性的一系列纲要和措施，而是一个不间断的动态过程，根据国内和国外的形势不断修正，考虑新出现的各种问题，在最初选择的方法无法到达规定的目标时，应当对行动方法做出改变。

国家文化政策的基础是《俄罗斯联邦宪法》所规定的公民自由和权利以及公民和国家的义务和责任。

Ⅱ. 国家文化政策的目的、内容和原则

俄罗斯国家和现今社会在历史阶段的目标是建立一个在各个领域强大的、统一的和独立的俄罗斯，遵循自身的社会发展模式，同时还是一个与所有民族、国家和文化进行开放的合作和活动的国家。

为了达到这个目标，必须要有一个特点鲜明、持续有序地实施的国家文化政策。这是由于俄罗斯的多民族性决定了文化作为传承和再造传统俄罗斯社会的道德价值观的主要媒介的历史作用，决定了公民认同感的来源。

国家文化政策的目标是俄罗斯精神的、文化的、民族的自我认定，团结俄罗斯社会，在利用民族文化所有潜力的基础上培养道德的、独立思考的、富有创造力的以及负责任的个体。

当代国家文化政策的内容是在俄罗斯传统的道德价值观、公民责任感和爱国主义精神的基础上，通过掌握俄罗斯的历史和文化遗产、世界文化，发展个体的创造能力、从美学的观点理解世界的能力，以及参加各种不同形式的文化活动来创建并发展公民的培育和启蒙体系。

理解俄罗斯传统道德价值观的基础是人类创造的，对于所有宗教所共有的准则，以及保障充实的社会生活各项要求。

这首先是诚实、守法、爱国、无私，不接受暴力、偷盗、诽谤和嫉妒心，家庭价值观、纯洁、热心和慈悲心，守信、对长辈的尊重、对诚实劳动的推崇。

将恢复传承和再造个人和社会生活有价值的基础的任务视为是国家的优先方向，这使得我们可以保护公民和文化的统一，保证俄罗斯国家的独立、强大和动态发展。从一方面讲，这使得我们可以消除公民对政权的不信任，从另一方面讲，可以克服社会的坐享其成的心理。实施这样的国家文化政策无疑将促进人们创建并发展公民社会制度、积极参与地方自治，以及从总体上提升公民责任感。

当代俄罗斯社会的状态使得我们必须重视文化的优先的培育和启蒙功能。这使得文化对个性形成、教育人文化、青年的顺利社会化、建立有效的有助于个性发展的信息媒介等过程的作用得以实质性地强化。

应当遵循以下原则来建立国家文化政策：

文化对国家政策的各个方面和社会生活的各个领域都应产生影响；

将俄罗斯文化视为世界文化不可分割的一部分；

在自然人和法人的财产利益面前，社会法律的优先方向是保护俄罗斯物质和非物质的文化遗产；

将国家文化政策的目标的综合性与文化活动的主体和客体的独特性相结合；

在实现公民享受文化珍品和参与文化活动的权利时，注重公民的地域和社会平等；

在评估国家文化政策所达到的目标时，优先考虑实质性指标。

Ⅲ. 国家文化政策的战略任务

国家文化政策的实施是要解决一系列战略任务，这些任务中的一部分在当今国家控制文化的实践中要么无关，要么间接相关，但是它们同时对于国家的社会和文化发展都有重要的意义，并且在同等程度上都属于文化活动的官方和非官方领域。

将俄罗斯族的文化和俄罗斯所有民族的文化遗产作为体现全俄罗斯民族独特性和生命力的综合价值而加以保护。

在制度和实施国家文化政策时，对于"俄罗斯联邦民族文化遗产"这一概念要在广义上加以阐释。这一概念应当包括所有形式的物质遗产——具有历史和建筑价值的、体现独特工程和技术方案的楼宇建筑，城市建设设施，工业建筑遗迹，历史和文化景观，具有考古价值的对象和考古遗迹本身、纪念碑、雕塑、纪念遗址等。毫无疑问，造型、实用和民族手工制品，所有能够最大化地保留过去岁月里人们生活的各个侧面和特点的物质世界种类繁多的事物，文件，书籍和照片等，也就是说所有博物馆、档案馆和国家图书馆的馆藏文物。

文化遗产还包括非物质文化遗产：语言，传统，风俗，方言，口头艺术，传统的生活方式，各个民族关于世界构造、民族性和族群的理解。

伟大的俄罗斯文学、音乐、戏剧、电影遗产以及俄罗斯独特的艺术人才培养体系是俄罗斯民族文化遗产不可分割的一部分。

因此我们所理解的俄罗斯文化遗产是所有俄罗斯文明积累下来的精神的、道德的、历史的、文化的经验的汇聚。由此，文化遗产是发展和保护国家统一和独特性的基础和源泉。

对于俄罗斯文化遗产全方位价值的认定不仅体现了第二次世界大战后形成的国际上对于人类对其所创造的文化珍品的责任的观点，同时体现出俄罗斯今后发展的来源和基础别无他选。

国家文化政策最重要的任务是在大众的意识中接受上一代人所积累的历史和文化经验，将其视为是个体和整体发展所必需的条件。

当我们谈到保护文化遗产时，应当了解，这里所提到的保护不仅是保护那些已经存在的，或者在某种程度上讲是过去已经意识到的事物。对于文化遗产的保护还意味着对其进行不断补充，因为我们经历的每一天都在创造历史；其还意味着不断的研究过程，因为我们的认知技术和对世界与人类历史的理解总是在不断的完善之中；还意味着对遗产的不断了解，因为每一个新的历史阶段都为我们提出了新的问题。同时，形式多样的人类和社会掌握之前所积累下来的历史和文化经验的过程同样属于对文化遗产的保护。

国家文化政策的任务还包括：

系统化、扩大并发展在教育过程中使用文化遗产设施，利用图书馆、档案馆以及俄罗斯博物馆、保护区的科学和信息潜力的现存经验；

为了实质性地提高文化遗产设施、城市和村落的历史环境、特定地区的传统生产方式保护区，土地利用制度、风俗和手工业的作用，要改变区域发展和当地规划的模式。这使得我们要提高保护俄罗斯小城市的措施的效率，为文化旅游的发展创造条件；

支持和发展公民自愿参与民族、地方和考古考察的主动性，以及发现、研究和保护文化遗产项目的积极性。

将俄语作为俄罗斯联邦公民和文化统一的基础对其加以发展与保护——俄语是俄罗斯联邦的官方语言，同时是跨民族交流语言。

俄语是我们的文化和国家得以统一的基础和前提。俄罗斯通过不同的民族与不同文化、宗教和语言相融合的道路形成俄罗斯的多民族的性格，将俄语的作用定义为俄罗斯文明存在的基础。

俄语标准语拥有无穷的可能性来表达最复杂的概念和形式、细腻的情感和情绪色彩。俄语在很大程度上能够适应来源于其他语言和文化的词汇和概念，而不破坏其固有的本性和发展规律。

同样俄语还能够在很大的程度上反映我们社会发展的每一个历史阶段的特点和问题。

国家文化政策面临着保护俄语的任务，首先要为提高公民掌握俄语的质量创造必要的条件，这也包括公务员、记者、政治家、教育者，以及所有工作中需要有公开性质的交流的人。保护俄语同样还是不论民族、居住地，实质性地提高教育质量。在俄罗斯不应当有接受了中学教育但还不能掌握哪怕是口语性质的俄语的公民。针对外国人要为其在俄罗斯从事工作以及保护权利提供学习俄语的条件。俄语在作为俄罗斯联邦官方语言使用时，对俄语标准语的当代形式进行改变和确定的科学和专业性的保障系统同样也是对俄语的保护。

俄罗斯国家文化政策在为俄罗斯联邦各个民族的语言的保护和发展、为生活在俄罗斯民族共和国和地区的公民的双语性、为在制止和电子媒体中使用民族语言提供必要条件的同时，应当保证作为跨民族交流语言的俄语的发展。要支持将以俄罗斯各个民族语言写就的文学作品翻译成俄语，实现这些译作在全国范围内的出版和发行。

对俄语、俄语语法结构和功能性，研究古迹，建立俄语科学院词典和电子语料库这些工作的组织和支持同样属于国家文化政策的直接任务。

发展俄语还需要致力于其在世界的推广，在国外支持和拓展俄语群体，扩大在世界各国特别是独联体各国以及所谓"后苏联"空间内的各国内对俄语和俄罗斯文学的兴趣。

发展俄语要加强俄语在网络中的存在，这包括同其他国家的官方语言对俄语的排挤进行斗争。为了让世界在最大程度上出现俄罗斯对时事的评价，这就尤其重要。在这方面的成功取决于对于外国受教育居民有益有趣的俄语网络资源的丰富与否，首先是那些在这些国家内本国语言所未覆盖的信息空间。必须从实质上扩大优质网络资源的数量，这些资源能够让各国公民研究俄语，获得关于俄语和俄罗斯文学的信息。

支持本国文学的发展，恢复阅读的兴趣，为发展图书出版业提供条件，保障公民能够获得俄罗斯的经典和当代俄罗斯文学作品，以及用俄罗斯各民族语言写就的作品。

在俄罗斯的精神和文化生活中俄罗斯文学占据着特殊的地位。正是伟大的俄罗斯文学形成着道德理想，传递给新一代人宝贵丰富的民族精神。当下没有当代文学就意味着没有俄罗斯精神、文化和道德的自我认同。

支持当代文学创作、图书出版业、出版文学刊物是国家文化政策的最重要任务之一。

要不断支持出版经典的俄罗斯文学作品以及对本国文学史的研究。

恢复对阅读的兴趣与这些任务不可分割。对复杂的文学作品没有深思熟虑的阅读是无法掌握俄语的巨大财富的，也无法学会表达和理解当代现实复杂的含义。若一个人不但无法表达所阅读内容的含义，也无法口头或者书面表达自身的想法，公民的持续增长的功能性无知是更加可怕的。这个趋势可怕不仅是因为俄罗斯社会的文化水平整体下降，同时相当数量的公民参与社会和国家生活的机会受限。

国家文化政策应当完成增加公民获得经典和当代的俄国和世界文学作品、儿童文学、俄罗斯各个民族语言作品的机会的任务。为此，在为薄利的图书出版领域的发展和在全国范围内不同出版社图书制品的发行系统恢复创造条件的同时，必须发展图书馆。作为文化启蒙的核心，当代的图书馆应当通过薪酬合理、受过良好教育的专家人才得到保障，当代图书馆应当组织由学者、政治家、教育家、作家、藏书家参与的正式文化教育活动，还应当提供法律、生态、消费及其他信息服务。图书馆应当是一个交流的俱乐部，其运用当代信息交流技术，建立自己的反映当地历史的地方志信息。

支持和发展有助于个性形成的信息环境。

国家文化政策在信息环境方面是所有媒介、广播电视、网络的汇合，以及在这些媒介的帮助下得以传播的文本和虚拟领域材料、信息，同样还包括已经建立的或在建的数字档案馆、图书馆、数字化图书馆。

只有在所有的信息和材料是由正确的标准语言表述时，信息是由专业的记者来提供，当广播和电视中提供经典和当代艺术的作品时，当通过网络为我们提供了通达民族数字信息和文化资源的途径时，有利于形成个性的信息环境才可能存在。

对图书馆、档案馆和博物馆进行数字化，建立国家电子图书馆和国家电子档案馆（音乐、绘画等），进一步形成统一的国家电子知识空间是十分重要的。

必须找到提高网络资源质量的有效形式和方法。在纸质时代最聪明的、受过教育的、有专门知识的从事文章和书籍写作的人的数量有限。他们的文字受限于专业的评价，对其文字的现实对象，内容、语言的质量、有益性、必要性受到修正，专家来确定这样或者那样的作品需要有多少发行量以及在哪儿发行。人们总是知道谁来负责具体的文本，即使是作者以笔名来写作。

而现在在巨大空间内所有能够使用电脑和互联网的人，不论教育程度、视野、生活经验、知识、心理健康和其真实意图是什么样的，都能够创造和传播些什么。因此信息空间被污染，而这些污染对我们的影响并不能够被很好地承认，但是，这些污染已经可以和我们呼吸的空气、我们饮用的水资源受到的污染相提并论。在这样的情况下，公民的媒体信息文化水平成为社会发展的最重要要素之一。媒体和信息化的文化素质包括：知识、能力、理解哪些信息何时被需要的必要的技能；在何处以及如何获得信息；如何客观地评价和组织信息；如何符合伦理地使用信息。这需要教育，批判思维，专业或教育领域内或领域外的行为技能，还包括所有类型的信息资源——口头的、书面的和数字的。

寻求方法以解决电子信息，特别是网络资源的保护的问题同样必要。音频文件、电子资源、电子书、网站、社交媒体等在改变着保护信息的概念性方法。现在大量的极其珍贵的电子信息资源已经遗失。大量形成于 Instagram、YouTube、Facebook、Twitter、Google 的大众信息保存在美国的信息库内，包括在国会图书馆内保存，而与此同时在俄罗斯这些资源都没有被保存。

建立电子信息保护的国家计划也属于国家文化政策的任务。

广泛吸引儿童和青年人参与认知、创造、文化、地方志的慈善组织、联合会和团体。

国家在文化领域的行动首先要对俄罗斯公民的青年一代发力。俄罗斯的未来取决于能否成功地培养和发展每个人的创造力，以及是否为实现这些创造力提供了良好的条件。如果个人得不到社会生活中的切实经验，得不到与其他人的互动，得不到交流技能，不进行辩论，没有对其他观点和立场的宽容，没有对自身、对亲人、身边人的责任感的培育，就无法培养出一个负责任的、完全掌握社会中生活技能的、由衷地爱国并为祖国服务的个体。对于儿童和青少年来说，形成积极的公民意识并吸引他们来加入创造未来的过程，这是十分重要的。

全方位地支持建立旨在开展创造性、慈善的、认知行为的儿童和青少年组织、联合会、运动也是国家文化政策的任务。权力机关和国家文化制度的任务是切实保障儿童和青少年参与决策那些足以影响他们生活的决定，最大化地展现他们的才能和天赋，以及为培养儿童和青年组织的领袖创造条件。这些组织的工作人员应当掌握一定的实际的教学技能，了解各个年龄段的心理特点，掌握纠正儿童和青少年行为的方法。建立这些组织的倡导者和这些组织的参与者应当设立官方和非官方的服务分层机构，这机构能够根据不同类别的儿童和青少年来开展活动。

这一领域的工作首先是儿童和青少年在团队中得到具有社会意义的工作技能，与此同时获得新的知识和能力。

当有关家乡、村落、边疆区的过去知识成为一种被社会积极需求的活动时，儿童和青少年组织在研究和保护当地文化、地方志方面的行为就具有特殊的意义。这使得我们形成了关于故乡生活的民族、文化、宗教特点的概念，使得我们能够理解当地之前的世代经验和人出生地的今后生活状况。

应当吸引俄罗斯地理学会、俄罗斯历史学会、俄罗斯战争历史学会以及正在建设中的俄罗斯文学学会和类似机构加入到儿童和青少年团体中。

发展俄罗斯及各民族文化，为专业的创作活动、公民的自主创作行为提供条件，保护、建立并发展必要机构。

社会发展的能力直接取决于文化、职业艺术的发展水平，取决于公民参与各种各样不同形式的文化活动的水平。

过去取得的成绩当然值得骄傲，但是这并不够。在俄罗斯，我们只有在国家和社会受到不断支持的情况下，当代专业艺术才可能达到高水平。对于当代文化作品、音乐、美术和戏剧的创造者的支持尤为重要。哪怕是天才的作品，其创作阶段的价值都不是十分明显，但是扼杀了个性的天赋这不仅是个体的悲剧，从总体上讲，对民族文化也是沉重的打击。苏联时期的专业创作扶持形式在当代条件下已经无法被接受，因此国家文化政策的任务应当是建立一个不断培育新的民族创作潜力的天才艺术家并使其显露和支持的系统和机制。

俄罗斯理应为自己的音乐、戏剧艺术、合唱艺术和芭蕾艺术等感到骄傲。在我们最受认可和尊重的同胞中有音乐家、歌剧艺术家、指挥家、导演和芭蕾舞演员。但是表演艺术的总体发展水平处于下降趋势，专业艺术团体对于艺术人才的需求无法得到满足，培养质量下滑。近期出现了是否有必要吸引国外音乐家加入音乐团体工作的问题。国家文化政策的一个任务便是解决表演艺术发展的问题，这一问题的解决需要采取一系列措施，并且消耗相当长的时间。

国家非常关注俄罗斯本土电影业的发展，也为此消耗了大量的资源。国家支持的主要方向是观众电影业，这可以使我们扩大在俄罗斯荧幕上放映的本国电影数量。但是还需要将电影作为一门艺术来扶持其发展。为电影业、创作实验提供实质上的更加有利的条件，以及支持儿童与青少年电影、纪录片、科幻片及教学和动画电影都是俄罗斯文化政策的重要任务。

保护民族文化传统、支持建立在此基础之上的民间创作是国家文化政策的任务。这些民间创作在俄罗斯构成了最宝贵的民族文化多样性，并且在很多方面哺育着专业文化，同时也是公民认同感的重要部分。

俄罗斯及各民族文化的发展需要专业的创作活动和公民自主的创作行为创造法治的、社会的和物质的条件。

有一种观点认为，通过保障数十家大型剧院、乐团和创作团体就可以解决国家的文化发展的任务，这种观点不仅是错误的，而且是危险的。众所周知，需要让上百位高水平的音乐家加入国家乐团中，各类儿童音乐学校需要招收一万名具有音乐天赋的孩子。听众、观众、博物馆和画廊的参观者的文化水平也是十分重要的社会文化发展高水平的体现。公民高水平的文化储备是专业艺术顺利发展的必要条件。

在中学教学大纲中应当培养儿童进行理解和创作艺术作品的技能，

这是必要的，而不是补充的。这些艺术包括美术、音乐艺术、口技和戏剧艺术等。掌握艺术的语言，能够理解伟大的音乐、绘画和戏剧向我们传递的信息，其重要性不亚于全面掌握母语，能够阅读并理解复杂的文本。对伟大艺术的理解和交流使我们可以发展形象思维、情感理解能力，帮助我们培养品位、美学标准和价值取向，因此能够保证个体的和谐发展。

在制定和实施国家文化政策时，应当考虑国家对大众化管理的必要形式和充足形式。这些形式既是影响公民文化的主要因素，也是专业文化与大众文化进行互动的主要因素。

最大程度地吸引公民参与创作活动，发展文化启蒙教育的任务已经摆在面前，但是全面解决这些问题还需要团结各级权力机关，减少在共同使用资源时存在的障碍。为了让每一个热心于自己的工作、有才华的专业人士能够得到工作的支持和各种条件，必须在文化娱乐领域建立一个积极选拔人才的系统。

与从前一样，建立一个专业的和个体创作的物质保障机构以及支持并对该机构实施现代化是十分迫切的任务。这里不仅要考虑具体的需求，还要考虑在各个地区、城市和村落已经形成的传统，这一点特别重要。

1. 支持现有的和重建的机构以及与不同文化活动有关的社会倡议

历史上形成了各种保障不同文化活动的机构。基础文化机构（剧院、博物馆、图书馆和档案馆）的历史开始于古罗马时期。必要的用于公开演奏的音乐作品或者展示当代美术的机构出现在启蒙运动时期，我们所熟悉的文化宫、文化俱乐部在20世纪上半叶才出现，这时在解决公民的大众启蒙任务。

这些机构是俄罗斯文化活动组织机构的基础，这些机构恰恰是文化珍品同社会相结合的基础和必要条件。对这些机构的支持，对其活动的保障和发展是国家文化政策的重要任务。

存在着这样的观念：文化活动是服务领域，其组织和评估在原则上与洗澡、洗衣店、社会保障和邮政的一般活动没有区别，而在解决上述任务时，重要的正是权力机关和公民对于这一观念的转变。

如果使用"服务"这个术语，那么传统文化机构向社会提供的服务可以与保卫公民生活和国家安全的军队所提供的服务相提并论，并且与向社会提供国家管理职能的政府所提供的服务相提并论。

博物馆、图书馆、档案馆、剧院、音乐厅和文化宫正在完成历史和文化启蒙的国家和社会功能。如果包括金融管理机构和经济管理机构在内的管理机构在制定相关决策时能够将此作为出发点,那么,就可以为这些文化机构提供活动条件。这也是国家文化政策的任务之一。

这一观点使我们开始转向在对这些机构的社会效能进行定性评估的基础上管理和保障这些机构的活动,而维护和发展这些机构的支出则是对国家未来的直接投资。

其他的俄罗斯文化组织机构包括不同的艺术家联合会和意在参与某种文化活动的公民社会团体。在实施国家文化政策时,必须形成高效透明的国家与这些机构间的联系机制,这一机制使得权力机关不仅可以实现与专业的创作团体和社会团体间的反馈和互动,还可以在解决国家文化政策任务的过程中将这一关系转化为全面的社会与国家间的合作。

今天,与传统文化活动机构一道,还在不断出现新的文化活动形式和文化活动组织。文化通过创造新的艺术形式和新的内涵来实现发展,这些创造的社会评价虽然经常是充满矛盾的,但是艺术创造、寻找和实验的事实本身应当引起社会的关注。对不断出现的文化领域社会倡议、新类型的文化机构进行及时的经过缜密思考的支持是国家文化政策所要解决的一个十分复杂却又十分重要的任务。在这方面,国家管理机构与文化团体的协作以及吸引它们参与研究和实施具体的解决方案就具有特殊意义。

2. 切实保障公民平等地获得文化珍品、自由创作、从事文化活动、使用文化机构和文化福利的权利

对于公民平等地获得文化珍品和参与文化活动的权利来说,总是存在着地域上和社会上的不平等,而消除这种不平等正是国家文化政策需要解决的复杂任务之一。俄罗斯广袤领土上的社会经济发展不均衡、国家大部分地区文化基层机构的不发达,都使得在全面保障公民文化领域的宪法权利时遇到了大量问题。近些年出现了这样的观念,那就是以通过网络远程体验文化珍品的方式来完全解决这个问题。这样的观念是十分错误的。只有在博物馆里或者展馆中面对着真实的画作才能学会认识和理解画作。任何声音播放设备都无法传递当我们坐在音乐厅或歌剧院

中听到真实乐队、乐器和嗓音等声音时所产生的感受。技术设备和技术本身为信息的广泛传播创造了条件，帮助我们教育、培育和启蒙，但却无法代替人与艺术作品间的直接交流。

在我们国家的空间内建立相当数量的剧院、音乐厅和博物馆、展厅的任务，组织活跃的巡演和展览活动的任务仍然十分迫切。国家不同地区文化发展水平的接近与为所有公民提供平等的机会享受文化珍品，以及平等地参与文化活动和利用文化机构的机会都应全面考虑俄罗斯不同地区的区域和民族特点。

同样必须制定和实现那些允许中心城市和村镇的居民参与戏剧、演唱会和展览会，允许有机会享受到更好的专业艺术的支持形式。有益的、适宜的小城市文化环境可以使我们减少这些城市的人口流失，可以使这些城市的生活对青年公民更具吸引力。

3. 创造条件以形成具有美学价值的建筑和其他实物环境

大约74%的俄罗斯人生活在城市，对于这10800万俄罗斯公民来说，其身边的环境是家乡的街道以及公共建筑、住宅、教学机构的内部装饰。人们正是在建筑环境中成长和生活，而建筑环境能够对其心理状态和工作能力产生影响，大部分公民了解或者听说过这一点。建筑环境还会对人们认识世界的特点产生影响。从古罗马时期开始，建筑和纪念碑艺术就被用来表达对神的态度，昭示国家的力量，区分城市中的宗教区域、公共区域和私人区域。直到20世纪最后25年，俄罗斯境内也开始认识到建筑和城市建设对于培养个体的重要性。俄罗斯过去注重将建筑作为艺术门类来发展，尽管不是主要的，但仍是国家的关切。早在19世纪，俄罗斯建筑流派就在欧洲主要流派中拥有了自己的位置，而在20世纪20年代，苏联建筑杰作永远进入了世界艺术的金色宝库。随着向市场经济的过渡，俄罗斯建筑的国家地位被认为是建设市场国家中无须管理的因素，现在，俄罗斯建筑流派几近消失。

国家文化政策呼吁恢复这样的观点：在反美学建筑环境中，在周围都是广告的侵犯性的、多余的甚至是美学价值极低的条件下，在公共场所的内饰在没有任何特点和品位的条件下，无法培养一个具有较强审美能力和创造力的个体。

国家必须重新支持建筑创新，重新将建筑作为具有社会意义的艺术形式，国家应当成为当代俄罗斯建筑的主要订购者。这是十分必要的。

4. 支持文化艺术领域的科学研究

发展社会文化、达成国家文化政策目标都需要高度发达的文化艺术领域的科学技术。美学、艺术史和艺术理论，以及文化发展的社会和心理层面的研究、文论、语言学、非物质文化遗产的科学研究等，这些哲学和科学研究丰富了我们对于社会和文明的理解，使我们可以理解文化发展的规律。如果缺少文化科学，不可能制定出评价文化现象的客观标准，无法预知文化将如何发展。

相应地，如果没有文化科学，无法实现、分析和评价取得的成果，也无法修正国家文化政策。

发展文化和艺术科学应当是国家文化政策最重要的任务之一，这还在于它可以帮助我们应对虚假文化产品的传播，建立公民的美学品味。

只有文化和艺术科学获得发展，才能形成该领域的本国专家团队。

5. 文化艺术领域教育的发展

俄罗斯250年的本国艺术教育史形成了俄罗斯独特的创作人才培养体系。这种体系是建立在5~6岁年龄段直至完成所有高等教育阶段的连续教育模式。儿童音乐和艺术学校、舞蹈社团等教育的通达性和大众性使得那些有特殊天赋的儿童得以显现，能够保证这些孩子未来的专业艺术教育不受社会状况和居住地点的影响。

对于那些从较大年龄才开始培养人才的专业（声乐、导演、作曲和指挥艺术等），为其提供免费获得第二高等学历的机会。

艺术领域创作人才代表人物的较高社会地位，以及国家对这些人才一如既往的关心是这些艺术形式受到广泛需求的前提。

这一体系如遭到破坏，将不可避免地导致专业创作人才作品的缩减，其结果是俄罗斯专业艺术水准的整体下降。

在创作人才培养体系中推广普通教育的准则和规范，将使得那些不在文化首都居住或者没有足够资金来进行私人专业教育的儿童和青少年丧失在专业艺术创造领域实现其自身价值的机会。

恢复经证实为有效的早期专业创作人才培养体系也是国家文化政策的任务。当这一任务与普通教育系统的要求相矛盾时，就应当更正这一领域教育活动的普通教育的组织规则。为培养具有特殊天赋的儿童，应当提供所有必要的条件，包括为外地学生提供宿舍，保证为整个学习阶段和早期职业生涯提供高品质的乐器，为艺术创作提供物质支持等。为刚刚开始自己创作道路的导演、作家、作曲家提供展示其最初设计和计划的机会。解决作为第二学历的创作专业问题也十分必要，或免费的，或提供教育贷款。必须找到解决办法来扩大由国家电视台直播的当代优秀的本国专业艺术代表作品的数量。

国家文化政策要完成为各类文化活动培养高水平专业人才的任务。

除了严格的专业人才培养体系，文化和艺术领域教育还包括儿童艺术学校的扩展系统，在这个系统中不仅可以培养未来的专业人士，同时还可以培养所有有意愿学习的人。国家文化政策要为保护艺术教育的高品质以及为那些不打算成为专业人士的孩子创造条件。对于年轻人来说，自由选择古典的或当代的绘画、音乐及其他艺术形式应当成为其生活标准和生活方式。

Ⅳ. 国家文化政策的法律保障

实施国家文化政策需要对俄罗斯联邦法律做出修改。

从影响对培养过程、个性形成、创作活动、文化遗产保护、形成有利的信息环境等的角度，在对现行法律做出分析的基础上，扩大文化对国家政策各方面的影响要求对俄罗斯联邦法律各领域的现行规则进行校准或者提出新的标准。

应当扩大直属于这一领域法律的边界。

鉴于文化领域和文化政策对于国家的战略意义，该领域法律应当包含具体的法律机制，特别是社会和金融经济性质的法律机制，该领域的法律不应只是一个宣言。

以下是文化领域法律发展的实质方向：

提高实施宪法中有关保障和保护公民文化权利与自由的法律机制的效果；

从法律角度强化广义上的艺术教育权利和美学教育权利，这一权利应当是开放的，并受到高效实施机制的保障；

从法律角度强化国家支持创作活动、创作人员和创作团体的形式；

系统地完善限定俄罗斯联邦各主体权力机关和当地文化自治机构的职权标准；

为发展各种新的文化活动形式提供法律基础；

在联邦法律层面上强化文化领域具体的社会保障，强化对金融的支持以及福利、鼓励和激励机制。

V. 结语

如果没有国家管理的现行系统，就无法实现国家文化政策纲要中提出的各项目标以及顺利完成其所提出的任务。应当对这一体系进行深度改革，在改革过程中，它应当在本质上重新制定其他的优先方向，其他着眼于文化政策优先方向的指标应当是评价改革效率的基础。还应当出现制定、调节、更正国家文化政策的主体，这一主体拥有足够的权力来克服跨部门和跨区域的障碍，拥有足够的人才和资金支持。

在改革初期，必须对现行国家管理体系与国家文化政策纲要提出的情况进行分析，而后应当制定未来改革后的国家管理体系模式，并做出必要的修正程序。

在改革进程中，应当实现一系列部委和机关功能，及其职权范围内和责任范围内的修正，跨预算关系应当得到完善，更改现行的和已制定的新的调节文化和文化政策领域关系的标准法案。并且，应当在这一领域进行概念、组织法律、制度方法层面上的关系调节变革。

（译自 http：//www.consultant.ru/document/cons_ doc_ LAW_ 172706/）

参考文献

外文译著

[1] [俄] 普京:《普京文集（2000—2002）》，中国社会科学院俄罗斯东欧中亚研究所编译，中国社会科学出版社2002年版。

[2] [俄] 普京:《普京文集（2002—2008）》，中国社会科学院俄罗斯东欧中亚研究所编译，中国社会科学出版社2008年版。

[3] [俄] 普京:《普京文集（2012—2014）》，华东师范大学国际关系与地区发展研究院、华东师范大学俄罗斯研究中心编译，世界知识出版社、华东师范大学出版社2014年版。

[4] [俄] 罗伊·麦德维杰夫:《普京总统的第二任期》，王尊贤译，社会科学文献出版社2007年版。

[5] [俄] A. 穆欣:《普京与幕僚》，高增训等译，新华出版社2004年版。

[6] [俄] 奥列格·布洛茨基:《通往权力之路——普京：从克格勃到总统》，汪吉译，浙江人民出版社2003年版。

[7] [俄] 瓦寄姆·佩切涅夫:《普京：俄罗斯最后的机会?》，于宝林译，百花洲文艺出版社2004年版。

[8] [俄] 罗伊·麦德维杰夫:《普京——克里姆林宫四年时光》，王晓玉、韩显阳译，社会科学文献出版社2005年版。

[9] [俄] 罗伊·麦德维杰夫:《当代：世纪之交的俄罗斯》，王桂香等译，世界知识出版社2001年版。

[10] [俄] 列昂尼德·姆列钦:《克里姆林宫的主人：从叶利钦到普京的权力战略》，李俊福、刘红侠、王春雨、耿显家译，百花洲文艺

出版社 2004 年版。

[11] [美] 迈克尔·麦克福尔：《俄罗斯未竟的革命：从戈尔巴乔夫到普京的政治变迁》，余亚梅、唐贤兴、庄辉、郑飞译，上海人民出版社 2010 年版。

[12] [俄] 格奥尔基·弗洛罗夫斯基：《俄罗斯宗教哲学之路》，吴安迪译，上海人民出版社 2006 年版。

[13] [美] 西达·斯考切波：《国家与社会革命：对法国、俄国和中国的比较分析》，何俊志、王学东译，上海人民出版社 2007 年版。

[14] [美] 埃娃·汤普逊：《帝国意识：俄国文学与殖民主义》，杨德友译，北京大学出版社 2009 年版。

[15] [美] 马克·斯洛宁：《现代俄国文学史》，汤新楣译，人民文学出版社 2001 年版。

[16] [俄] 戈·瓦·普列汉诺夫：《俄国社会思想史（第一卷）》，孙静工译，商务印书馆 2009 年版。

[17] [俄] 戈·瓦·普列汉诺夫：《俄国社会思想史（第二卷）》，孙静工译，商务印书馆 2009 年版。

[18] [俄] 戈·瓦·普列汉诺夫：《俄国社会思想史（第三卷）》，孙静工译，商务印书馆 2009 年版。

[19] [俄] 阿格诺索夫：《20 世纪俄罗斯文学》，凌建侯等译，中国人民大学出版社 2001 年版。

[20] [俄] 尼·别尔加耶夫：《俄罗斯思想》，雷永生、邱守娟译，生活·读书·新知三联书店 1995 年版。

[21] [俄] 尼古拉·梁赞诺夫斯基、马克·斯坦伯格：《俄罗斯史》，杨烨、卿文辉译，上海人民出版社 2007 年版。

[22] [俄] 戈尔巴乔夫：《改革与新思维》，苏群译，新华出版社 1987 年版。

[23] [俄] 尼·雷日科夫：《大动荡的十年》，王攀译，中央编译出版社 1998 年版。

[24] [法] 爱弥尔·涂尔干：《宗教生活的基本形式》，渠东、汲喆译，上海人民出版社 1999 年版。

[25] [俄] 陀思妥耶夫斯基：《少年》，岳麟译，上海译文出版社 1985

年版。

[26]［俄］索洛维约夫等：《俄罗斯思想》，贾泽林、李树柏译，浙江人民出版社 2000 年版。

[27]［美］约瑟夫·奈：《美国霸权的困惑——为什么美国不能独断专行》，郑志国等译，世界知识出版社 2002 年版。

[28]［美］约瑟夫·奈：《美国定能领导世界吗》，何小东、盖玉云译，军事译文出版社 1992 年版。

[29]［俄］谢·维特：《俄国末代沙皇尼古拉二世》，张开译，新华出版社 1983 年版。

[30]［俄］德·谢·利哈乔夫：《俄罗斯思考》，杨晖等译，军事谊文出版社 2002 年版。

[31]［南斯拉夫］马尔科维奇、塔克等：《国外学者论斯大林模式》，中央编译局列宁斯大林著作编译室、世界社会主义研究所译，李宗禹主编，中央编译出版社 1995 年版。

[32]［俄］索洛维约夫：《俄罗斯与欧洲》，徐凤林译，河北教育出版社 2002 年版。

[33]［俄］恰达耶夫：《哲学书简》，刘文飞译，云南人民出版社 1995 年版。

[34]［俄］彼·雅·恰达耶夫：《俄罗斯思想文库·箴言集》，刘文飞译，云南人民出版社 1999 年版。

[35]［俄］伊万诺夫：《俄罗斯新外交：对外政策十年》，陈风翔等译，当代世界出版社 2002 年版。

[36]［俄］瓦·哈利泽夫：《文学学导论》，周启超、王加兴、黄玫、夏忠宪译，北京大学出版社 2006 年版。

[37]［匈］贝拉·巴拉兹：《电影美学》，何力译，中国电影出版社 1986 年版。

[38]［美］托马斯·沙兹：《旧好莱坞/新好莱坞：仪式、艺术与工业》，周传基、周欢译，中国广播电视出版社 1993 年版。

[39]［俄］米哈伊尔·杰里亚金：《后普京时代——俄罗斯能避免橙绿色革命吗?》，金禹辰、项红译，社会科学文献出版社 2006 年版。

[40]［美］罗伯特·达尔：《论民主》，李柏光、林猛译，商务印书馆

1999 年版。

中文专著

[1] 冯绍雷、相蓝欣主编：《转型理论与俄罗斯政治改革》，上海人民出版社 2005 年版。
[2] 郑羽、蒋明君：《普京八年：俄罗斯复兴之路（2000—2008）》（政治卷），经济管理出版社 2008 年版。
[3] 郑羽、蒋明君：《普京八年：俄罗斯复兴之路（2000—2008）》（经济卷），经济管理出版社 2008 年版。
[4] 潘德礼、许志新：《俄罗斯十年：政治、经济、外交》（上卷），世界知识出版社 2003 年版。
[5] 潘德礼、许志新：《俄罗斯十年：政治、经济、外交》（下卷），世界知识出版社 2003 年版。
[6] 张杰、汪介之：《20 世纪俄罗斯文学批评史》，译林出版社 2000 年版。
[7] 李辉凡、张捷：《20 世纪俄罗斯文学史》，青岛出版社 2000 年版。
[8] 李毓榛：《20 世纪俄罗斯文学史》，北京大学出版社 2000 年版。
[9] 李明滨：《俄罗斯二十世纪非主潮文学》，北岳文艺出版社 1998 年版。
[10] 许志新：《重新崛起之路——俄罗斯发展的机遇与挑战》，世界知识出版社 2005 年版。
[11] 左凤荣：《重振俄罗斯：普京的对外战略与外交政策》，商务印书馆 2008 年版。
[12] 张捷：《从赫鲁晓夫到普京》，社会科学文献出版社 2010 年版。
[13] 邢广程、张建国：《梅德韦杰夫和普京：最高权力的组合》，长春出版社 2008 年版。
[14] 朱达秋：《文化与信仰：俄罗斯文化与东正教》，华夏出版社 2012 年版。
[15] 贝文力：《转型时期的俄罗斯文化艺术》，上海人民出版社 2012 年版。
[16] 阎国栋：《俄罗斯文化概观》，南开大学出版社 2011 年版。

[17] 吴克礼：《当代俄罗斯社会与文化》，上海外语教育出版社 2001 年版。

[18] 黄力之：《从俄罗斯到中国：后马克思时期的社会主义文化问题》，人民出版社 2011 年版。

[19] 张冬梅：《俄罗斯民族世界图景中的文化观念家园和道路》，黑龙江人民出版社 2009 年版。

[20] 汪介之：《文学接受与当代解读：20 世纪中国文学语境中的俄罗斯文学》，北京师范大学出版社 2010 年版。

[21] 刘祖熙：《多元和冲突：俄罗斯中东欧文明之路》，人民出版社 2011 年版。

[22] 廖四平：《俄罗斯：北极熊与双头鹰》，中国水利水电出版社 2010 年版。

[23] 赵春梅：《俄罗斯文化概观》，南开大学出版社 2011 年版。

[24] 于沛、戴桂菊：《斯拉夫文明：世界文明大系》，福建教育出版社 2008 年版。

[25] 胡宁生：《现代公共政策学：公共政策的整体透视》，中央编译出版社 2007 年版。

[26] 甘雨泽等：《俄罗斯诗学》，黑龙江人民出版社 1999 年版。

[27] 黎皓智：《20 世纪俄罗斯文学思潮》，北京大学出版社 2006 年版。

[28] 刘文飞：《文学魔方：二十世纪的俄罗斯文学》，中国社会科学出版社 2004 年版。

[29] 林精华：《误读俄罗斯：中国现代性问题中的俄国因素》，商务印书馆 2005 年版。

[30] 刘文飞：《思想俄国》，山东友谊出版社 2006 年版。

[31] 曹维安：《俄国史新论：影响俄国历史发展的基本问题》，中国社会科学出版社 2002 年版。

[32] 刘文飞：《伊阿诺斯，或双头鹰：俄国文学和文化中斯拉夫派和西方派的思想对峙》，中国社会科学出版社 2006 年版。

[33] 刘祖熙：《改革和革命：俄国现代化研究》，北京大学出版社 2001 年版。

[34] 张建华：《俄国知识分子思想史导论》，商务印书馆 2008 年版。

[35] 陈建华：《走过风雨——转型中的俄罗斯文化》，重庆出版社 2007 年版。

[36] 李芝芳：《当代俄罗斯电影》，文化艺术出版社 2003 年版。

[37] 邱莉莉：《透视莫斯科》，中国城市出版社 2002 年版。

[38] 马龙闪：《苏联文化体制沿革史》，中国社会科学出版社 1996 年版。

[39] 张秋华等：《"拉普"资料汇编》（上册），中国社会科学出版社 1981 年版。

[40] 华世平：《政治学》，中国人民大学出版社 2007 年版。

[41] 刘军宁：《民主与民主化》，商务印书馆 1999 年版。

[42] 任光宣：《俄罗斯文化十五讲》，北京大学出版社 2007 年版。

[43] 董晓阳：《走进二十一世纪的俄罗斯》，当代世界出版社 2003 年版。

[44] 刘进田：《文化哲学导论》，法律出版社 1999 年版。

[45] 林军：《俄罗斯外交史稿》，世界知识出版社 2002 年版。

[46] 管文虎：《国家形象论》，电子科技大学出版社 1999 年版。

[47] 张昆：《国家形象传播》，复旦大学出版社 2005 年版。

[48] 李英男、戴桂菊：《俄罗斯历史之路——千年回眸》，外语教学与研究出版社 2002 年版。

[49] 孙成木、刘祖熙、李建：《俄国通史简编》，人民教育出版社 1986 年版。

[50] 白晓红：《俄国斯拉夫主义》，商务印书馆 2006 年版。

[51] 吴非、胡逢瑛：《俄罗斯传媒体制创新》，南方日报出版社 2006 年版。

[52] 谭得伶、吴泽霖：《解冻文学与回归文学》，北京师范大学出版社 2001 年版。

[53] 张树华、刘显忠：《当代俄罗斯政治思潮》，新华出版社 2003 年版。

[54] 胡惠林：《中国国家文化安全论》，上海人民出版社 2004 年版。

[55] 郑超然、程曼丽、王泰玄：《外国新闻传播史》，中国人民大学出版社 2005 年版。

[56] 张男星：《权力·理念·文化——俄罗斯现行课程政策研究》，教育科学出版社 2006 年版。

[57] 凌继尧：《西方美学史》，北京大学出版社 2004 年版。

[58] 宗白华：《西方美学名著译稿》，江苏美术出版社 2005 年版。
[59] 邵宏：《美术史的观念》，中国美术学院出版社 2003 年版。
[60] 孙津：《基督教与美学》，重庆出版社 1990 年版。
[61] 奚传绩：《世界美术史》（第六卷），山东美术出版社 1991 年版。
[62] 阎国忠：《古希腊罗马美学》，北京大学出版社 1983 年版。
[63] 朱伯雄主编：《世界美术（全集）》（修订版），山东美术出版社 2006 年版。
[64] 陆南泉：《苏联兴亡史论》，人民出版社 2002 年版。
[65] 乐峰：《东正教史》，中国社会科学出版社 2005 年版。
[66] 张百春：《当代东正教神学思想》，上海三联书店 2000 年版。
[67] 蒋孔阳、朱立元主编：《西方美学通史》，上海文艺出版社 1999 年版。
[68] 张政文：《西方审美现代性的确立与转向》，黑龙江大学出版社 2008 年版。
[69] 张政文：《现代性思想之思》，中国社会科学出版社 2013 年版。

中文期刊

[1] 杨成：《"第二次转型"的理论向度与原社会主义国家转型的多样性——以当代的俄罗斯制度转型为例》，《俄罗斯研究》2008 年第 4 期。
[2] 朱可辛：《普京的执政理念与俄罗斯的政治改革》，《中共中央党校学报》2007 年第 5 期。
[3] 王立新：《通向富民兴邦的道路》，《俄罗斯研究》2003 年第 2 期。
[4] 靳会新：《俄罗斯民族性格形成的历史文化因素》，《俄罗斯东欧中亚研究》2011 年第 1 期。
[5] 马龙闪：《苏联 30 年代的"大批判"与联共（布）政党文化的形成》，《俄罗斯学刊》2013 年第 1 期。
[6] 刘英：《俄罗斯文化政策的转轨与启示》，《探索与争鸣》2012 年第 2 期。
[7] 李淑华：《戈尔巴乔夫时期书刊检查制度评析》，《俄罗斯东欧中亚研究》2013 年第 2 期。

[8] 林精华:《文学国际政治学:苏联文学终结和冷战结束》,《黑龙江社会科学》2013年第1期。

[9] 邱芝:《转型期俄罗斯政治文化的变迁》,《南京师大学报》(社会科学版)2014年第2期。

[10] 王立新:《转型以来俄罗斯社会思潮的变迁和应对策略》,《南京师大学报》(社会科学版)2010年第5期。

[11] 甄文东:《文化安全与大国兴衰——俄罗斯文化安全战略对中国的启示》,《亚非纵横》2013年第6期。

[12] 郑永旺:《论俄罗斯思想的语言维度》,《求是学刊》2009年第3期。

[13] 朱达秋:《俄罗斯思想的现代意义》,《四川外语学院学报》2006年第2期。

[14] 林精华:《俄罗斯思想与转型时期的俄罗斯外交》,《国际论坛》2006年第4期。

[15] 靳会新:《俄罗斯民族性格形成中的宗教信仰因素》,《俄罗斯学刊》2014年第1期。

[16] 白晓红:《"俄罗斯思想"的演变社会政治生活试析》,《俄罗斯东欧中亚研究》2005年第1期。

[17] 林精华:《变"中国模式"为"中国思想":来自"俄罗斯理念"的启示》,《清华大学学报》(哲学社会科学版)2014年第4期。

[18] 李景阳:《俄罗斯改革的文化困境》,《东欧中亚研究》2000年第6期。

[19] 郑永旺:《俄罗斯民族性格与1812年卫国战争的胜利》,《俄罗斯文艺》2012年第4期。

[20] 林精华:《无处不在的身影——东正教介入俄罗斯社会政治生活试析》,《俄罗斯研究》2010年第5期。

[21] 蒋英州、叶娟丽:《国家软实力研究述评》,《武汉大学学报》(哲学社会科学版)2009年第2期。

[22] 乃风、孔琳:《"国家软实力构建与中国公共关系发展高层论坛"报道》,《国际公关》2007年第2期。

[23] 许华:《俄罗斯借助俄语在后苏联空间增强软实力》,《俄罗斯学

刊》2012 年第 4 期。

[24] 董毅：《俄罗斯当代音乐教育管窥》，《比较教育研究》2005 年第 10 期。

[25] 黄作林：《俄罗斯当代艺术教育探微》，《重庆师范大学学报》（哲学社会科学版）2004 年第 5 期。

[26] 陈树林：《俄国现代化文化阻力的文化哲学反思》，《俄罗斯学刊》2011 年第 1 期。

[27] 祖雪晴：《论俄罗斯现代化进程中的文化因素》，《俄罗斯东欧中亚研究》2011 年第 2 期。

[28] 张平：《普京的俄罗斯文化观》，《学术探索》2014 年第 2 期。

[29] 刘清才：《俄罗斯总统与总理的宪法地位与权限划分》，《俄罗斯东欧中亚研究》2008 年第 2 期。

[30] 赵传君：《普京经济学》，《求是学刊》2014 年第 1 期。

[31] 李雅君：《东正教文化与俄罗斯教育》，《外国教育研究》2009 年第 2 期。

[32] 雷永生：《宗教沃土上的民族精神——东正教与俄罗斯精神之关系探略》，《中国青年政治学院学报》1998 年第 1 期。

[33] 张立新、曾菲、耿艳艳：《俄罗斯学前艺术教育的目标及其功能分析》，《外国教育研究》2012 年第 3 期。

[34] 白雪：《在感悟音乐艺术中走向世界——新一代俄罗斯音乐文化教材〈音乐〉简介》，《基础教育课程》2007 年第 8 期。

[35] 李迎迎、宁怀颖：《21 世纪初俄罗斯艺术教育改革发展战略》，《西伯利亚研究》2012 年第 5 期。

[36] 赖大仁：《文学价值观问题探析》，《贵州社会科学》2013 年第 5 期。

[37] 林精华：《后苏联的文学生产：俄罗斯帝国情怀下的文化产业》，《广东社会科学》2013 年第 1 期。

[38] 张骥、张爱丽：《试析文化因素对俄罗斯外交政策的影响》，《当代世界与社会主义》2004 年第 3 期。

[39] 周启超：《开放与恪守并举解构与建构并行——今日俄罗斯文论前沿问题述评》，《探索与争鸣》2010 年第 2 期。

［40］靳会新：《俄罗斯民族性格形成中的宗教信仰因素》，《俄罗斯学刊》2014年第1期。

［41］王春英：《建构中的俄罗斯新意识形态》，《俄罗斯东欧中亚研究》2010年第5期。

［42］林精华：《后苏联重建国家的文化行为》，《俄罗斯学刊》2011年第5期。

［43］林精华：《后苏联俄罗斯文学发展和俄联邦政治进程》，《外国文学》2012年第3期。

政策文献

［1］Конвенция об охране и поощрении разнообразия форм культурного самовыражения（http：//www.chinaculture.org/static/files/pact_to_protect_diversity）.

［2］ОСНОВЫ ЗАКОНОДАТЕЛЬСТВА РОССИЙСКОЙ ФЕДЕРАЦИИ О КУЛЬТУРЕ（http：//www.consultant.ru/document/cons_doc_LAW_148902/）.

［3］О федеральной целевой программе "Культура России（2006－2010 годы）"（http：//pravo.roskultura.ru/documents/118048/page15/）.

［4］Федеральная целевая программа "Культура России（2012－2018 годы）"（http：//archives.ru/sites/default/files/186－prill）.

［5］Заседание президиума Совета по культуре и искусству（http：//state.kremlin.ru/council/7/news/20138）.

［6］"Выступление Президента РФ В.В. Путина на совещании в МИД России послов и постоянных представителей РФ за рубежом"，9 июля 2012 г,（http：//kremlin.ru/transcripts/15902）.

［7］ГОСУДАРСТВЕННАЯ ПРОГРАММА "ПАТРИОТИЧЕСКОЕ ВОС-ПИТАНИЕ ГРАЖДАН РОССИЙСКОЙ ФЕДЕРАЦИИ НА 2001－2005 ГОДЫ"（http：//www.rg.ru/oficial/doc/postan_rf/122_1.shtm）.

［8］Тенекчиян Артур Арутович：Социально-философский анализ Развития Идеологии В России（http：//teoria-practica.ru/ru/2－

2005. html).

[9] В·Бутин, "Россия На пороге нового тысячелетия", Российская Независимая Газета, 1999 – 12 – 30.

[10] Описание ФЦП "Культура России (2006 – 2011 годы)" (http://fcpkultura.ru//old.php?id = 3).

[11] История религиозной культуры: Основы православной культуры: Учебное пособие для основной и старшей школы. Бородина А. В. (http://borodina.mrezha.ru/ekspertitsyi-i-harakteristika/osnovyi-pravoslavnoy-kulturyi.html).

[12] ГлаваI Государственное управление культурным строительством. 1917 г. – 1935 г. (http://mkrf.ru/ministerstvo/museum/detail.php?ID = 273311).

[13] Архив документов ФЦП "Культура России (2006 – 2011 годы)" (http://fcpkultura.ru/docs.php?id = 12).

[14] Opening remarks at a ceremony presenting Russian Federation National Awards (http://eng.kremlin.ru/transcripts/5574).

[15] Концепциявнешней политики Российской Федерации. *Российская газета* 2000. 11июля.

[16] Концепция Внешней Политики Российской Федерации. 28 06 2000. (http://base.garant.ru/2560651/).

[17] Концепция Внешней Политики Российской Федераци. 12 июля 2008 г. [EB/OL]. http://base.consultant.ru/cons/cgi/online.cgi?req = doc; base = LAW; n = 142236, 访问时间: 2013 – 9 – 6。

[18] 《"俄罗斯年" 系列活动获得广泛支持和积极参与》(http://www.china.com.cn/culture/txt/2006 – 11 – 03/content 7315165)。

[19] 《日本国内首个俄罗斯中心落户函馆》(http://rusnews.cn/eguoxinwen/eluosi_duiwai/20081031/42319182.html.)。

[20] 《俄罗斯开始铸造将在世界各地树立的普希金半身铜像》(http://rusnews.cn/eguoxinwen/eluosi_wenhua/20080411/42104921.html)。

[21] 《普京在首尔出席俄伟大诗人普希金纪念碑揭幕仪式》(http://rusnews.cn/eguoxinwen/eluosi_duiwai/20131113/43910652.html)。

[22] 普京：《俄罗斯与不断变化的世界》（摘要）（http：//rusnews.cn/xinwentoushi/20120228/43351591.html）。

[23] 《普京红场阅兵发表讲话：民族自豪感让俄罗斯人精诚团结》（http：//news.163.com/13/0509/16/8UERSHMV00014JB6.html）。

[24] 于洪君译：《俄罗斯联邦宪法》（http：//www.Chinaruslaw.com/CN/InvestRu/Law/2005531140842_6715509.htm.）。

[25] ОСНОВЫ ЗАКОНОДАТЕЛЬСТВА РОССИЙСКОЙ ФЕДЕРАЦИИ О КУЛЬТУРЕ（http：//www.consultant.ru/document/cons_doc_LAW_148902/）.

[26] Государственное управление культурным строительством. 1992 - 2010 ггГосударственное управление культурным строительством. 1992 - 2010 гг（http：//www.mkrf.ru/ministerstvo/museum/detail.php？ID=274142）.

[27] Федеральная целевая программа "Культура России（2006 - 2011 годы）"（http：//fcpkultura.ru//old.php？id=3）.

[28] Федеральная целевая программа "Культура России（2012 - 218 годы）"（http：//archives.ru/sites/default/files/186 - prill.）.

[29] Федеральная целевая программа "Культура России（2006 - 2011годы）"（http：//fcpkultura.ru//old.php？id=3）.

[30] Winners of the 2012 Russian Federation National Awards announced（http：//eng.state.kremlin.ru/council/7/news/5545）.

[31] Указ о праздновании 200 - летия со дня рождения Ивана Тургенева（http：//www.kremlin.ru/acts/20399）.

[32] Opening remarks at a ceremony presenting Russian Federation National Awards（http：//eng.kremlin.ru/transcripts/5574）.

[33] Указ о премии Президента в области литературы и искусства за произведения для детей и юношества（http：//www.kremlin.ru/news/19844）.

[34] В Кремле вручены премии деятелям культуры и премии за произведения для детей（http：//www.kremlin.ru/news/20638）.

[35] Концепция Развития Образования В Сфере Кулътуры и Искусства

в Российской Федерации на 2008 – 2015 Годы（http：//www. klerk. ru/）.

［36］ Глава IV. Государственное управление культурным строительством. 1992 – 2010 гг.（http：//www. mkrf. ru/ministerstvo/museum/detail. php？ID = 274142）.

［37］ Концепция Развития Образования В Сфере Кулътуры и Искусства в Российской Федерации на 2008 – 2015 Годы（http：//www. klerk. ru/）.

［38］ Федеральная целевая программа "Культура России（2012 – 2018 годы）"（http：//archives. ru/sites/default/files/186 – prill.）.

［39］ ОСНОВЫ ЗАКОНОДАТЕЛЬСТВА РОССИЙСКОЙ ФЕДЕРАЦИИ О КУЛЬТУРЕ（http：//www. consultant. ru/document/cons_doc_LAW_148902/）.

［40］《普京称俄罗斯开始筹备〈国家文化政策原理〉》（http：//rusnews. cn/eguoxinwen/eluosi_wenhua/20140203/43972659. html/）。

［41］ Основные направления государственной политики по развитию сферы культуры и массовых коммуникаций в Российской Федерации до 2015 года и план действий по их реализации（http：//www. mkrf. ru/dokumenty/581/detail. php？ID = 61208）.

［42］ Федеральная целевая программа "Культура России（2012 – 2018 годы）"（http：//archives. ru/sites/default/files/186 – prill.）.

［43］ Основные направления государственной политики по развитию сферы культуры и массовых коммуникаций в Российской Федерации до 2015 года и план действий по их реализации（http：//mkrf. ru/dokumenty/581/detail. php？ID = 61208&t = sb）.

［44］ Встреча с Министром культуры Владимиром Мединским（http：//www. kremlin. ru/news/20672）.

［45］ Совет по культуре и искусству（http：//state. kremlin. ru/council/7/statute）.

［46］ Основные наравлгния политики Российской Федерации в сфере международного культурно – гуманитарногосотрудничества.（ht-

[47] 《俄罗斯总统〈关于联邦执行权力机关体系与结构〉的命令》（http：//document. kremlin. ru/doc. asp？ID＝021438）。

[48] Полномочия госоргана Министерство культуры Российской Федерации осуществляет следующие（http：//mkrf. ru/ministerstvo/polnomochiya_ gocorgana/）.

[49] 《普京欲促俄罗斯文学重振雄风》（http：//money. 163. com/09/1010/08/5L8GV76R00253B0H. html）。

[50] Meeting of Council for Culture and Art（http：//eng. news. kremlin. ru/news/4443）.

[51] Заседание Совета по культуре и искусству（http：//www. kremlin. ru/news/19353）.

[52] 普京：《在俄造统一文化空间 培养国家身份认同感》（http：//world. huanqiu. com/exclusive/2014 － 04/4979348. shtml）。

[53] 普京：《正在起草国家文化政策项目框架计划》（http：//russia. ce. cn/cr2013/yw/201402/20/t20140220_ 2340534. html）。

[54] Заседание рабочей группы по разработке проекта Основ государственной культурной политики（http：//state. kremlin. ru/face/20667）.

[55] Об утверждении плана основных мероприятий по проведению в 2014 году в Российской Федерации Года культуры（http：//government. ru/dep_ news/9379）.

[56] ОСНОВЫ ЗАКОНОДАТЕЛЬСТВА РОССИЙСКОЙ ФЕДЕРАЦИИ О КУЛЬТУРЕ（http：//www. consultant. ru/document/cons _ doc _ LAW_ 148902/）.

英文文献

[1] Gross, Stein J. , "Image, Identity and Conflict resolution", in Chester Crocker, FenHampson and Hashamova, Yana, Pride and Panic：Russian Imagination of The West in Post-Soviet Film, 2007.

[2] Holstein, Lisa Walls, Framing the Enemy：Changing United States Media

Images of China and the USSR at the End of the Cold War, Ann Arbor, Mich.: UMI, 2002.

[3] Pamela Aall (eds.), Managing Global Chaos, Washington, D. C.: United States Institute of Peace Press, 1996.

[4] Prizel, Ilya, National Identity and Foreign Policy: Cambridge University Press, 1998.

[5] Reeves R. (eds.), Do The Media Govern Politicians, Voters and Reporters in America, Thousand Oak, Calif.: Sage Publications, 1997.

[6] Silverstein, Brett, "Enemy Images: The Psychology of U. S. Attitudes and Cognitions Allison", R. Light, M. White, S. Putin's Russia and the Enlarged Europe: Oxford, Black well Publishing, 2006.

[7] Andrei P. Tsygankov, Russia's Foreign Policy: Change and Continuity in National Identity: Rowman & Littlefield Publishers, INC, 2006.

[8] Dennis, Everette E. ed., Beyond the Cold War: Soviet and American Media Images, Newbury Park, Calif.: Sage Pub., 1991.

[9] Feklyunina, Valentina, Battle for Perceptions: Projecting Russia in the West: Europe-Asia Studies Vol. 60, No. 4, 2008.

[10] Fisher B. B. (ed.), At Cold War's End: US Intelligence on the Soviet Union and Eastern Europe, 1989–1991, 1999.

[11] Flemming Splidsboel-Hansen, Russia's Relations with the European Union: A Constructivist Cut: International Politics39, Dec. 2002.

[12] Fousek, John, To Lead the Free World: American Nationalism and the Cultural Roots ofthe Cold War, Chapel Hill: University of North Carolina Press, 2000.

[13] Wang H., "National image building: a case study of China", International Studies Association meeting Paper: Hong Kong, 2001.

[14] Zevelev, Igor, Russian and American National Identity, Foreign Policy and Bilateral Relations: International Politics39, Dec., 2002.

[15] Rene Wellek, A History of Modern Criticism, volume1. The Romantic Age, Cambridge University Press, 1957.

[16] Rene Wellek, A History of Modern Criticism, volum2. The Romantic

Age, Cambridge University Press, 1964.
[17] Rene Wellek, A History of Modern Criticism, volume3. The Romantic Age, Cambridge University Press, 1981.
[18] Rene Wellek, A History of Modern Criticism, volume4. The Romantic Age, Cambridge University Press, 1981.
[19] Rene Wellek, A History of Modern Criticism, volume5. The Romantic Age, Cambridge University Press, 1985.
[20] Rene Wellek, A History of Modern Criticism, volume6. The Romantic Age, Cambridge University Press, 1986.
[21] Rene Wellek, A History of Modern Criticism, volume7. The Romantic Age, Cambridge University Press, 1988.
[22] Rene Wellek, A History of Modern Criticism, volume8. The Romantic Age, Cambridge University Press, 1995.
[23] Fred Rush, The Cambridge Companion of Critical Theory. Cambridge University Press, 2004.
[24] Edited by Karl Ameriks, The Cambridge Companion of German Idealish. Cambridge University Press, 2000.
[25] Edited by P. E. Easterling, The Cambridge Companion of Greek Tragedy. Cambridge University Press, 2000.
[26] Edited by Michael Gagarin & Paul Woodruff, Early Greek Political Thought from Homer to the Sophists. Cambridge University Press, 1995.
[27] NYE J. S., Soft Power: the Means to Success in World Politics, Cambridge: Public Affairs, a member of Peruses Books L. L. C, 2004.
[28] Laird, Voices of Russian literature: Inter—views with Ten Contemporary Writers, New York: OUP, 1999.

俄文文献

[1] Березкина О. П.. Политический имидж в современной политической культуре, дис. докт. Полит. наук.. СПб, 1999.
[2] Гершунский Б. С.. Россия и США на пороге третьего тысячелетия. Москва: 1999.

［3］ Гринберг Т. Э.. Политические технологии: ПР и реклама, М., 2005.

［4］ Замошкин Ю. А.. (отв. ред.), Общественное сознание и внешняя политика США, М.: Наука, 1987.

［5］ Доклад национального разведывательного совета США Контуры мировогобудущего, Шубин А., Россия – 2020: будущее страны в условиях глобальныхперемен, Россия и мир в 2020 году, М., 2005.

［6］ Здравомыслов А. Г.. Немцы о русских: на пороге нового тысячелетия, М.. 2003.

［7］ Кашлев Ю., Галумов Э.. Информация иPR в международных отношениях, М.: Известия, 2003.

［8］ Кременюк В. А.. (отв. ред.), Россия и США после холодной войны, М.: Наука, 1999.

［9］ Кобякова А. Б., Аверьянова В. В.. (под. ред.) Русская Доктрина, М.: Яуза-пресс, 2008.

［10］ Ланцов С. А.. Политическая история России: Учебное пособие, СПб.: Питер, 2009.

［11］ Ледовских Ю.. Проблемы участия американской общественности в формированиивнешней политики США, М., 1987.

［12］ Малинова О. Ю., (отв. ред.), Политическая наука в России: проблемы, направления, школы (1990 – 2007), М.: РАПН, РОССПЭН, 2008.

［13］ Медведев С.. Пересмотр национальных интересов: российская внешняя политика вэпоху Путина, Публикация Центра им. Маршалла №6, Август 2004.

［14］ Нормунд Гростиньш, Владимир Путин: Я Солдат До Смерти, Газета Капиталист Интернет-версия, 2004 – 09 – 15.

［15］ Ольшанский Д. В., Пеньков В. Ф.. Политический консалтинг: СПб., 2005.

［16］ Панарин И. Н.. Информационная война, PR и мировая политика, М.: Горячая линия – Телеком, 2006.

[17] Перелыгина Е. Б. . Психология имиджа, М. , 2002.

[18] Пирогова Л. И. . Имидж власти как отражение политической культуры российскогообщества, дис. канд. пол. наук. , М. , 2005.

[19] Рожков И. Я. , Кисмерешкин В. Г. . Бренды и имиджи: страна, регион, город, отрасль, предприятие, товары, услуги, М. , 2006.

[20] Рукавишников В. О. . Какой Россия видится изнутри и издалека: Социально-гуманитарные знания №3 , 2003.

[21] Рукавишников В. О. , Холодная война, холодный мир – Общественное мнение в США иЕвропе о СССР/России, внешней политике и безопасности Запада, М. : Академический Проект, 2005.

[22] Шепель В. М. . (ред.), Имиджелогия: тенденции и перспективы развития, М. , 2003.

[23] Шестопал Е. Б. . Образы власти в постсоветской России, М. , 2004.

[24] Шестопал Е. Б. . ред. , Образы российской власти: От Ельцина до Путина, М. : РОССПЭН, 2008.

[25] Друг по ресурсам, ЭкспертOnline , 20 Окт. 2009.

[26] Указ Президента Российской Федерации от 9 марта 2004 г. №11. С. 2605 – 2620

Власть и художественная интеллигенция. Документы ЦК РКП (6) – ВКП (6)

[27] ВЧК-ОГПУ-НКВД о культурной политике, 1917 – 1953. Под ред. Акад. А. Н. Яковлева, сост. А. Артизов О. Наумов. М. , МФД 2002.

[28] М. Р. Зезина. Советская художественная интеллигенция и власть в 1950 – е – 60 – е годы [М]. Диалог-МГУ, 1999.

[29] Российская политическая энциклопедия. Президиум ЦК КПСС. 1954 – 1964. ТомЧерновые протокольные записи заседаний.

[30] Стенограммы [М]. Москва: РОССПЭН, 2004.

[31] Л. В. Кошман и др. Историярусской культуры IX – XX веков. Издательство [M]. Москва: КДУ. 2011.

[32] Ф. М. ДОСТОЕВСКИЙ. Полное собрание сочинений в 30 томах, том 25 [M]. Ленинград: Наука, 1983.

[33] Русская идея, Сборник произведений русскихмыслителей [M]. Москва: Айрис-Пресс, 2004. с. 7.

[34] Епископ Зарайский Меркурий, Довгий Т. П. Государственно-церковное сотрудничество на федеральном и региональном-уровнях в реализации эксперимента по преподаванию учебного курса 《 Основы православной культуры 》//Педагогика. 2011. No. 1.

[35] Новая концепция внешней политики; Россия намерена быть "островком стабильности", Независимая Газета. 2012. 14 Декабря.

[36] Латухина К. Впередсмотрящие – Владимир Путин напомнил дипломатам о мягкой силе// Российская Газета. 2013. 12 Февраля.

主要俄罗斯文艺政策与文化政策官方网站

http：//www. kremlin. ru/acts　　俄罗斯总统官网

http：//www. government. ru/　　俄罗斯政府官网

http：//www. gpntb. ru/　　俄罗斯国家图书馆学会官网

http：//search. rsl. ru/　　俄罗斯国家图书馆官网

http：//www. rba. ru　　俄罗斯图书馆协会联合会官网

http：//www. itar-tass. com/　　俄罗斯通讯社塔斯社

http：//pravo. roskultura. ru/　　俄罗斯文化部文件搜索网站

http：//www. mkrf. ru/　　俄罗斯联邦文化部官网

http：//fcpkultura. ru/　　俄罗斯联邦文化部政策法规官网

http：//www. rusarchives. ru/　　俄罗斯联邦档案馆官网

后 记

本书为教育部人文社会科学重点研究基地重大项目《当代俄罗斯大国战略中的文艺格局研究》（项目批准号：13JJD750007）的结项成果，全书由项目主持人张政文教授统筹指导，课题组成员田刚健副教授执笔、具体撰写字数为30万，其中第六章第二节《电影——民族光影工业的复苏新生》吸收了课题组成员刁利明副教授部分研究成果。课题组自2013年开展研究以来，坚持从纵向上在民族性和现代化的历史维度中考察当代俄罗斯文艺战略的延续性和断裂性，全面把握当代俄罗斯文艺和文化政策现状和走向；横向上在全球化背景下俄罗斯社会转型、大国重建和文化软实力增强的三重视域下全面考察当代俄罗斯文艺战略的运行机制和实施功效。同时，在宏观上把握文艺战略对于俄罗斯在意识形态建构、国家形象树立、民族精神凝聚、文化认同实现和软实力增强等方面的重要作用和影响，在对当代俄罗斯文艺战略形态全面梳理的基础上，着重研究文艺政策和大国崛起、大国形象与文艺推广、市场经济条件下文艺政策导向与文艺生态、文艺政策与文化认同和民族精神构建等核心问题，突出本课题的资政针对性和智库实用性，努力在"一带一路"倡议背景下为中俄全面战略协作伙伴关系的良性发展提供建设性思路，为中国制定对相关文艺政策和文化战略提供咨询参考和智力支撑，为谱写人类命运共同体中的中俄人文合作篇章做出积极贡献。在研究过程中，课题组得到了中国社会科学杂志社孙麾先生、东北师范大学王确先生、华东师范大学朱国华先生等专家的指导和鼓励，使得前期成果得以在《中国社会科学评价》《文艺理论研究》《东北师范大学学报》等学术刊物上发表，在此谨致以衷心感谢。感谢黑龙江大学俄罗斯语言文学与文化研究中心的资助。感谢中国社会科学出版社总编辑助理王茵博士和责任编辑张潜博士为本书出版付出的心血。由于研究者学术水平有限，本书亦存在许多不足，恳请各位专家学者批评指正。

著　者

2018 年 12 月 3 日